文本与视觉：《红楼梦》人物图鉴

夏　薇◎著

河北出版传媒集团
河北教育出版社

图书在版编目（CIP）数据

文本与视觉：《红楼梦》人物图鉴/夏薇著.--

石家庄：河北教育出版社，2023.6

ISBN 978-7-5545-7714-1

Ⅰ.①文… Ⅱ.①夏… Ⅲ.①《红楼梦》人物—人物

研究 Ⅳ.① I207.411

中国国家版本馆 CIP 数据核字 (2023) 第 059349 号

文本与视觉：《红楼梦》人物图鉴

WENBEN YU SHIJUE: HONGLOUMENG RENWU TUJIAN

作　者　夏　薇

策　划　董素山
责任编辑　郝建东　刘宇阳　王　哲
装帧设计　徐春爽
营销推广　符向阳　李　晨

出版发行　河北出版传媒集团
　　　　　河北教育出版社
　　　　　地址：石家庄市联盟路705号
　　　　　网址：http://www.hbep.com
印　制　石家庄名伦印刷有限公司
版　次　2023年6月第1版
印　次　2023年6月第1次印刷
开　本　787mm×1092mm　　1/16
字　数　360千字
印　张　22
书　号　ISBN 978-7-5545-7714-1
定　价　98.00元

序

夏薇的《文本与视觉：〈红楼梦〉人物图鉴》是迄今为止国内外第一部专门研究清代孙温彩绘全本《红楼梦》图的学术专著。

孙温的二百三十幅彩绘《红楼梦》图在社会上流传已经很多年了，随着数字时代的开启，不仅各大出版社争相出版画册，各种文创用品上的图案对这些画的使用频率也越来越高，使得孙温的画几乎成为唯一为广大群众所熟悉的、最能代表《红楼梦》这部文学经典的古代绘画作品。

可是越是经常能看到的东西，其中的细节就越容易被人忽略。孙温绘本的色彩虽然绚丽，但它到底和《红楼梦》文本有多少差距，在多大程度上反映了小说作者的创作意图，又是否存在我们所不曾注意到的问题等等，就一直少有人关注和研究。

夏薇的研究让我耳目一新。这本书的章节设置非常精巧，而且章节之间的内在联系十分紧密。孙温是以一个画家兼读者的身份用绘画这种方式将自己对《红楼梦》的读后感画给我们看，因此他的画就是他对小说的理解，他喜欢哪个情节就画哪个情节，不赞成的或是不在意的就忽略掉。如果不是读了夏薇这本书，我确实不曾注意到孙温竟然忽略掉或者说淡化了如此多的重要情节，有时这些情节还都是《红楼梦》的精髓所在；同时也要承认看孙温的画比阅读文本多了很多让人重新认识作品的机会。

最让我感到有趣的是，我们一直在谈宝黛爱情，已经认为那是理所当然一样的存在。但到底宝黛是如何恋爱的，二人到底经历过怎样的心路历程，后来又怎么发展成张爱玲所说的"不好看"的结局，而所谓的"不好看"其实确实是最好看的部分，这些始终不曾有人掰开来揉碎了去分析。夏薇在书中提出了宝黛恋爱过程的二十一种方式，也是他们所经历的二十一个阶段或者说问题。正是在这些不易被人察觉的发展中，他们经历了情感的发芽、开花、结果的全部过程，这种细腻的分析让我们理清了曹雪芹对人物关系的设定初衷，比如宝钗是何时被作者推到读者视野中的，她和湘云充当了什么角色等；也看明白了宝黛爱情其实并非仅仅是情感问题，其中杂糅着家族命运、利益链、等级关系、性别问题等一系列复杂的内容。尤其是对书中提出的形成悲剧结局的原因，包括古代贵族恋爱的表达方式、礼教的作用、事态发展的必然规律等都让我们再次看到《红楼梦》能够成为一部伟大的传世的现实主义作品，能让几代人扼腕不已的深层内在机制。小红的问题也是第一次谈得这么深刻和清晰，以前总是认为小红只会是脂批所指示的、在八十回后才肩负了重要使命的人物，但现在看并非如此，前八十回中的小红已然是一把极为重要的钥匙，打开了几个主要人物的人生。

书中最后两章都是围绕作者的创作思想展开的讨论，是本书的重中之重。最有意思的是贾宝玉和甄宝玉的两个梦，以及贾府先祖的教育方式，从前没有注意到，二人的不同梦境竟然是作者有意设置的与作者要表达的政治理念相统一的情节。而关于《红楼梦》和古代劝诫小说最大的不同就是劝诫失效、小说人物坚持理想、悔与不悔的抉择、《风月宝鉴》与《红楼梦》思想的关系等观点的提出，为从根本上解决《红楼梦》创作思想问题提供了重要的参考。

夏薇这本书从画面细微处出发，对《红楼梦》中的各种细节展开有趣的思考，显示了她足够的学术敏感性。该书的观点都是全新的，既揭示出孙温绘本的得失和视觉与文本之间的关系，又在人物性格、具体事件和情节等方面给出更新鲜的解读。该书为中国通俗文学图像和文本关系的研究提供了极有价值的学术参考。

中国社会科学院文学研究所　刘世德

前　言

　　对《红楼梦》人物的研究可以说从《红楼梦》抄本流传阶段就已经开始，而且红学肇始阶段便有为辩小说人物优劣而朋友间"几挥老拳"的趣闻发生。近三百年的人物解读中，以不同时代和不同个体的审美情趣为背景，以批语、诗词、随笔、文章和著作形式所呈现的结论浩如烟海。在这诸多解读中，用绘画来表达对《红楼梦》的阅读体验，无疑是更新鲜更别致的阐释方式。而在众多的《红楼梦》绘画作品中，孙温所绘全本《红楼梦》图在尽可能广泛而全面展现原作风貌方面的努力和成绩最值得后人瞩目。

　　"读孙温的全本《红楼梦》图，你就仿佛置身于那情景交融的生活画卷之中，栩栩如生的人物和优美动人的故事，乃至音容笑貌、服饰打扮、生活情趣、建筑园林、民俗礼仪，更加直观地展现在你的眼前，帮助你对《红楼梦》有更为深刻的认识。"[1]这是中国红楼梦学会会长张庆善在为上海古籍出版社出版的《梦影红楼：旅顺博物馆藏孙温绘全本红楼梦》一书所作序言中的一段话。这段话清楚地表明，孙温的二百三十幅《红楼梦》图，对小说中人物、建筑、器具、风俗等社会生活的展现是具有一定的真实性和参考性的。我们可以借助这些图从更直观的角度解读《红楼梦》。

　　好的画作从来都是要承载更多更深刻的思想的，而图像和文本之间的关系又经常是互补的。所以，画家要表现思想，大致有两条路可选，一是靠自己高深的文化水平，从人类文明中提炼出精髓的思想；二是解读

[1]〔清〕孙温 孙允谟绘，旅顺博物馆编：《梦影红楼：旅顺博物馆藏孙温绘全本红楼梦》，上海古籍出版社2017年版，序言。

已有的文学和历史作品。后者中，最有代表性的就是中国古代通俗文学版画了。唐代佛讲是话本的发端之一，也是中国古代版画最早的内容之一。现存最古老的、将版画和文学完美结合的通俗读物就是元代至治元年至三年（1321—1323）产生于福建建安的《全相平话五种》。"它是借助了插图版画的力量，即借助图解赋予的视觉理解和一定程度上的阅读能力，来享受阅读的绘本。宋金元时期，其读者层逐步向着底层民众拓展，充分显示了通俗文学书籍与插图版画之间的密切关系。不仅如此，明代古典文学大众化的兴盛，也促使有插画的通俗文学书最终赢来了飞跃发展的时期。"[1]

遗憾的是，中国古代通俗文学的版画整理和保存工作不够完善，也许和历代藏书家对俗文学的认识有很大关系，他们认为俗文学不登大雅之堂，类似建阳"上图下文"形式的插图本作品更是不值一藏。所以目前可见的古代通俗文学插画都不甚清晰，很多图像中的人物面目、服装和所处环境都模糊难辨，对研究造成极大困难。而绘画相对版画在收藏和传播上的优势就比较明显，尤其是古代彩绘作品，我们今天能够欣赏到几乎没什么损毁的清代孙温色彩鲜明、大气磅礴的《红楼梦》图，即为莫大幸事之一。而对孙温画作的解读属当代视觉文化专业组织所定义的"视觉文化"研究："视觉文化是指一个人通过观看，同时体验其他感觉经验，并将其加以整合而发展成的视觉能力。这类能力对人的正常学习是十分重要的。具备视觉文化的人能识别和理解他在周围环境中见到的自然的和人工设计的动作、物体和形象符号。创造性地运用这些能力，就能够与他人进行交流。创造性地运用这些能力，还能领会和欣赏形象传播的名家杰作。"[2]图像研究，是目前范围越来越广的视觉文化研究范畴中最原始、最基本的构成单位。

[1][日]小林宏光著，吕顺长王婷译：《中国版画：从唐代至清代》，上海书画出版社2020年版，第48页。

[2] 王菡薇：《隐喻与视觉：艺术史跨语境研究下的中国书画》，商务印书馆2017年版，第74页。

我们都知道，在观看远古时代的画像时，"当我们思考：是谁制作了这些图像？是哪些人观看这些图像？制作者和观看者之间是什么关系？如何观看这些图像？……当我们这样反思和质疑时，我们就已经开始进入'视觉性'的概念之中了"[1]。虽然孙温绘全本《红楼梦》图在形式上是被比较完整地保存下来了，但内容到底如何，画作在多大程度上反映了《红楼梦》原作的思想，画家对小说的绘画阐释和其他形式的解读有什么不同，画家对小说独特的看法是如何从画作上表现出来的，等等。这一系列问题都需要对这部画作进行深入的研究才能得到答案。但到目前为止，还没有一部全面研究这部画作的学术著作。这也是本书的写作目的和研究价值之一。

这本书的名字之所以叫《文本与视觉：〈红楼梦〉人物图鉴》，是因为在中国古代文学中，还没有哪一部经典作品像《红楼梦》一样，在两百多年的传播史上，能够出现孙温这样的画家，对应小说原文，逐章描绘小说中发生的重要人物和事件，形成一部彩绘全本故事图集。正因为孙温采取的是与文本逐章对应的作画方式，自然而然，就会在图像与文本之间产生诸多差异。这些差异主要是受画家的阅读认知差异和对文本的熟悉程度的影响而产生的。小说故事情节的主要推动者和操演者是人物，虽然孙温的每一幅画中都不曾缺少人物，也注意到了用人物的姿态和处境来表现小说情节的问题，但他似乎把绝大部分画面中的人物都处理成了点缀山石花树、房屋楼阁的"点景人物"，而不是专注于绘人物以叙事的作画方式。

从小说传播史和接受史角度看，孙温绘全本《红楼梦》图不失为认真阅读过《红楼梦》的爱好者对小说的一种独特的解读。但毕竟他的解读是以中国古代文艺作品传播史上极为罕见的与文本逐章对应的作画方式来完成的，而绘画在叙事上的局限性和他自己的理解都会给这种解读带来很多不尽如人意的地方。因此，本书一方面要研究孙温绘全本《红楼梦》图对《红楼

[1]王菡薇：《隐喻与视觉：艺术史跨语境研究下的中国书画》，商务印书馆2017年版，第73页。

梦》人物解读的得失及视觉与文本之间的关系问题，另一方面要补充孙温画作中对人物解读的不足，对文本中人物和小说作者的思想展开深入探讨。所以本书既是对视觉和文本之间关系的研究，也是对文本中人物的研究。

本书共设十三章，分别对《红楼梦》中的重要人物及其在情节设置中的各自作用进行了详细解析。第一章通过对孙温画作整体人物发式和服装的辨析，联系画家的创作细节，对学术史上存在时间较长的关于黛玉性格的争议进行深入解读。第二章至第四章主要分析画家删掉的情节和画作中不可理解的内容，分析视觉和文本的差异给读者带来的不同甚至是截然相反的阅读体验。第五章提出了画家在整套画作中，尽量避开强烈性格冲突和情感冲突的场面，画风平和静雅的观点。中国画并不是不能表现人物的负面情绪，古代小说版画中常有人物间斗争的场景。孙温很显然是不太愿意把精力花在表现矛盾冲突上。《红楼梦》最富特色的冷热并存、悲喜交替的书写方式和创作风格，在孙温的画中很少体现，他更倾向于保留那些热闹祥和的场面。即便是在不得不画那些冲突的场面时，他也让人物的表情和肢体语言传达出与情节不太相符的意思，淡化刺激和矛盾。《红楼梦》是"还泪的故事"，这是众所周知的。但是到了孙温的画中，黛玉却几乎不太哭，甚至在很多情感大事上都看不到她的眼泪。但令人不解的是，画家并非不喜画悲泣场面，其实整本画作中表现了很多哭泣的画面，但却唯独回避黛玉的哭泣。甚至连宝黛之间的关系也被淡化得几乎无影无踪，宝黛几次重大争吵都完全不加表达，本应该是气恼、慌乱和惊惧的场面，但到了画作中都变得风轻云淡，尤其是画中人物的表情，不仅没有惊恐和气愤，还都是一派欢愉景象，如果是没有看过《红楼梦》的读者，先入为主地看孙温的《红楼梦》图，必定无法准确理解画中要表达的到底是什么意思，这也是画作失败的地方。第六章从画家对贾环诸多出场形式的表现，分析《红楼梦》中庶族的地位及家族内部日常嫡庶争斗。第七章从贾雨村和黛玉授课图反观贾政的文化素养，后四十回中不经意的一段宝黛对话赫然成为前八十回文字的注解，恰如其分地揭露了贾氏家族对子弟的教育情况；从孙温绘贾府祖先像中女性的缺席、有意移植情节、不按文本顺序描绘小说中难得一见的不堪景象、有意超越章回空间和时间的限制、人为设计出美丑同框的画面、俗雅的前后对比及丑化宝玉等多方面，探讨画家的性别意识。第八章主要通过分析《红楼梦》中各种女性对贾宝玉的看法，驳斥二百多年来所谓作者把宝玉设计成万人迷的错误说法。第九章主要探讨小红这个人物的重要性。小红和贾芸的故事在红学研究中是很著名的，原因是脂批中曾提到他们二人在后四十回中对宝玉的好处，因此受到了探佚学家们的极大关注。小红是作者创作中的重要工具，她就像万能钥匙一样，作者用她来设计人物和情节，随着她的故事的发展，读者看到了叙事的不同线索，包括宝黛情感的发端、几个主要人物的心理和性格，以及事业型女性的真实愿望等。第十章通过不同人物"遇奸"的描写，看作者的性别观念，并对红学中著名的二尤贞洁的版本问题提出新的看法。第十一章总结了《红楼梦》作者在对宝黛情感这条线索中使用的二十一种区别于才子佳人小说的叙事方式，证明了《红楼梦》在写作方法上的独创性。事先就听说《红楼梦》是"爱情小说"的当代读者，如果带着这个印象来阅读的话，会很失望的。因为读者不仅会不断地在小说中看到宝黛二人各种各样的吵架拌嘴，还会看到他们对情感的有意规避和躲闪，完全不会感受到在其他古代言情小说中的那种顺畅的、除了个别外力障碍、并无内因阻碍的热烈爱情。但是，也正是这样的描写，才让他们的情感显得更加真实，更符合那个时代的道德审美。作者让我们认识到古代才子佳人小说中男女主人公的情感之所以显得虚假，正是因为他们太过露骨的表达方式、缺乏过程的交往模式和毫无掩饰的求偶态度。因此，作者就要在这几点上反其道而行之。第十二章深入探讨了曹寅的《楝亭集》与《红楼梦》的亲缘关系，尤其是体现在小说人物林黛玉和贾宝玉身上的曹寅的特质。

第十三章主要总结了《红楼梦》的创作思想。提出《风月宝鉴》是传统"女祸"思想的延续，并探讨《红楼梦》作者如何借用了《风月宝鉴》"镜子正反面"分别代表"美女和死亡"的"女祸"思想，巧妙设计了贾宝玉和甄宝玉的两个完全相反、相当于照"风月鉴"正反面的游历，来宣扬他的政治观。而作者的政治观恰好是借助了其"女性主义萌芽思想"得以与传统决裂，这也是小说被清廷查禁的原因之一。作者用镜子的"正即反，反即正"（假作真时真亦假）的二元对立，和贾瑞、贾宝玉、甄宝玉、黛玉、秦钟几种人物的命运以及他们各自对仕途的态度来衬托作者自己思想中的两个正反面（悔和不悔）。结合曹寅《楝亭集》中所体现出来的对出仕和归隐的强烈思想比照，反观《红楼梦》作者对此问题的看法，可以发现他们之间明显的相似性。而《红楼梦》作者在对小说"劝诫"方法的运用时，摆脱了中国古代小说传统"劝诫功能"的套路的束缚（中国古代凡"劝诫"小说，绝大部分都是用规劝的过程和结果来表现规劝的好处，比如被劝者诚心改过，之后便家道兴盛、子孙功成名就、封妻荫子等，但从未有一部小说像《红楼梦》这样，"劝诫"的结果是无效的）。从《风月宝鉴》到《红楼梦》，作者的思想有质的飞跃，而用来表现这一思想的正是新颖而与众不同的创作方法，从而使《红楼梦》"反封建反传统"的思想清晰地展现在读者面前。

总之，将孙温的画作解读与文本人物情节对照看，可以发现画家经常对小说细节把握不够，在画中出现矛盾和错误之处。从构图上看，他的画大面积表现的是景色山石、亭台围墙，然后就是聚集型人物，最后才会略微交代一下故事主要人物在某一个他选定的重要瞬间的样貌。有时候由于绘画形式上的束缚，加上画家选择人物活动瞬间的不连贯，导致某一个小说事件在时间、空间和顺序上的错位，使得人物形象和故事发展受到干扰和误导。但对于熟悉文本的人们来说，这种情况偶尔也会收到令人意想不到的奇妙阅读效果。有时候故事情节所表现出来的私密性在绘画中被大幅度削减，原本被设计成彰显情感的场景失去了感染力，而变得极为普通，甚至产生相反的效果，想象的大门轰然关闭。但也有一些时候，绘本补充了小说中不能多写或写了就显得冗繁的细节，增加了现实感，是已经不熟悉古人日常生活的当代人阅读文本的重要辅助工具。孙温的画叙事性不强，强调的不是动态的发展，人物在画家笔下总是不如景物那么有分量，永远只是中国画中的"点景人物"的用途，而不是重点要讲述的对象。换句话说，画家和作家的不同在于，作家是在讲故事，而画家是在用望远镜看有人物点缀的景观。虽然如此，孙温也依然是两百年来诸多《红楼梦》读者中的佼佼者，是中国古代视觉文化建构的先驱。他的二百三十幅全本《红楼梦》彩绘图将绘画和文学完美结合，充分展现了文本与视觉之间的关联，不仅如此，通过对绘本优缺点的研究，我们对小说文本中诸多细节有了全新的甚至完全不同于以往的理解和认知，形成了一种以视觉衬托和突出文本的新的研究方法。

目录

第一章　这个女人是谁?

　　在孙温全本《红楼梦》图中,有一幅"黛玉进贾府"(图1-1),很值得玩味。

　　林黛玉进贾府后,曾分别由邢夫人和王夫人两个舅母带领着去拜见两位舅舅。画面用一个回廊将荣宁二府一分为二。上半部分的画面中右边的女子是邢夫人,左边是林黛玉。二人表情愉快,谈笑欢洽。画面下半部分中有三个女子。一座富丽堂皇的屋子伫立在左边,占去了画面近二分之一的空间。《红楼梦》第三回说黛玉进入堂屋,抬头迎面先看见一个赤金九龙青地大匾,匾上写着斗大三个字"荣禧堂"。画家勾勒出的正是黛玉和

图1-1 黛玉进贾府　　　　　　　　　　　　　　　　图1-1-1

王夫人站在赤金九龙大匾前那一刻的场景。最有趣的是，那个站在画面正中间的女人是谁？（图1-1-1）

小说的这一段故事中根本就没有这样一个应该站在如此引人注目的中心位置的角色。更何况，这个女人的表情令人疑窦丛生：她两手互握，扭着身躯，侧着头站在荣禧堂之外，乜斜着两眼，用一种不悦而蔑视的眼神瞅着屋里的两个人。在一大幅画面中，画家把中心最显著、离观者最近的一大片空地腾出来，只为了表现这么一个女人？

发　式

图1-2-1 邢夫人和王夫人

图1-3-1 王夫人

图1-1-2 黛玉和邢夫人

如果将整部《红楼梦》故事连贯起来看，我们能够推测出：这个女人是周瑞家的。

要想通过分辨绘本中人物的身份等级了解画中人是谁，最简单的办法就是观察她们的发型和发饰。夫人或夫人以上级别的女性，头发上都有一个镶嵌着珍珠的玄色三角形发冠，鬓边的头发上还装饰着闪闪发光的珠宝，戴着金镶玉耳坠，如"黛玉见贾母"（图1-2）和"王夫人接远亲"（图1-3）中的贾母、邢夫人和

图1-2 黛玉见贾母

图1-3 王夫人接远亲

图1-4-1 黛玉辞父

图1-2-2 黛玉见贾母

图1-5 贾政制灯谜

图1-6 蘅芜君兰言解疑癖

王夫人，"黛玉进贾府"（图1-1）中的邢夫人（图1-1-2）。

年轻姑娘和奶奶们的发式相差不大。姑娘们的头发都是向上挽起的随云髻、双螺髻或高椎髻。双螺髻最多，鬓边也簪有首饰，如"黛玉辞父"（图1-4-1）和"黛玉见贾母"（图1-2-2）中黛玉的发式，"贾政制灯谜"（图1-5）中宝钗和黛玉的发式，"蘅芜君兰言解疑癖"（图1-6）中宝钗（坐）和黛玉（站）的发式。其中，宝钗经常是以高椎髻出现的，而且项上所戴金锁也非常醒目，以区别于其他姊妹。

年轻奶奶们的发式和姑娘们的差不多，有时会在高高的随云髻或高椎髻上插着炫目的首饰，而且经常是比姑娘们多一个发髻，或者头发挽得更高。如"秦可卿托梦"（图1-7）中秦可卿和凤姐的发式。因为秦可卿是死前盛装了的，所以画面中站着的人是秦可卿，对床上坐着的其实还在睡梦中的凤姐说话。在"刘姥姥一进荣府"（图1-8）中凤姐的头上就有三个并排的发髻。在"黛玉进贾府"姗姗来迟的凤姐头上也是三个发髻，而且凤姐区别其他奶奶的重要标志之一就是她的肩上披着云肩（图1-9），衣裳颜色更鲜艳夺目。在"大观园螃蟹宴"（图1-10）中，围坐在桌边的不是太太、奶奶就是小姐，不论是螺髻还是高椎髻，总之她们的发式都是向上梳的，这就明显有别于丫鬟了。

以擅长从民间生活取材的清代著名画家、"扬州八怪"之一的黄慎对清代女性发式有很好的表现[1]，他笔下的女子梳的都是分股盘结，合叠于头顶的百合髻。清代宫廷画[2]中，对清代贵族妇女发式的描绘就更加细

[1]施达夫 吴彬 刘虹雨：《清代人物画风》，重庆出版社1995年版。

[2]故宫博物院编：《清代宫廷绘画》，文物出版社1995年版。

图1-7 秦可卿托梦　　　　　图1-8 刘姥姥一进荣府　　　　图1-9 凤姐的云肩

图1-10 大观园螃蟹宴

5

图1-11 （清）缪炳泰绘"湘云醉眠"（南京李瑞华藏）

[1]樊志斌：《乾隆间缪炳泰绘"湘云醉眠"扇面的发现及其意义》，《曹雪芹研究》2020年第4期。

腻具体，如（清）佚名的"颙琰古装行乐图"，（清）金廷标"弘历宫中行乐图"，（清）金廷标"仕女簪花图"，（清）丁观鹏"宫妃话宠图"，（清）王儒学"蕉桐婴戏图"，还有最著名的（清）佚名绘"胤禛妃行乐图"系列。这些宫廷女子大多梳的都是云髻或是抛家髻，大体上也是头发向上拢起成髻的发式。

南京书画收藏家李瑞华所藏清代乾嘉时期宫廷画家缪炳泰（1743—1806）绘"湘云醉眠"扇面（图1-11），"是当前所知绘制年代最早、涉及人群层次较高的《红楼梦》题材艺术品。……缪炳泰为乾嘉皇室御像画师，其美术功底自然是一时之选，而扇面又是受皇族之请而绘，艺术水准自然为精品中的精品……"[1]因此，扇面所表现的《红楼梦》小姐发式的写实性应该是比较强的。其中湘云和身边站着的女孩的头发也都是向上挽起呈双螺髻，背对读者、头发向下梳的应该是小丫鬟，体态卑微，谨慎地望向宝玉。

所以，即便有人说清人绘画经常借用前朝服饰或发型，不是完全写实的，但起码我们也可以说孙温绘本中的发式基本上还是比较符合清代尤其是乾隆时期的绘画习惯和约定俗成的绘画模式的。

第二十四回，宝玉初见小红时，她"一头黑鬒鬒的好头发，挽着个𩭅"。"𩭅"就是脑后的发髻。孙温绘本中丫鬟的头发都是向下梳的。如"黛玉剪香囊"（图1-12）中宝黛身后的小丫鬟向下（或向侧）梳的头发，第十七回，大家一起到王夫人上房时，一行人中，宝钗项戴金锁，高梳椎髻，黛玉依然是双螺髻，其他三个丫鬟全都是向下梳髻的、近似于堕马髻或是比堕马髻还要低垂一些的发式（图1-13）。"宝玉梦可卿"（图1-14）

图1-12 黛玉剪香囊

图1-14 宝玉梦可卿

图1-13 同去王夫人上房

图1-16 宝玉见贾政

图1-4 黛玉辞父

图1-17 贴绛芸轩匾额

图1-15 贾政制灯谜

时，身边的四个丫鬟的发式也是如此。

在"贾政制灯谜"（图1-15）中，地上站着的都是丫鬟和婆子，丫鬟基本都是偏梳一髻或髻在脑后，而婆子都是头上戴着蓝色头巾的。蓝色头巾是绘本中嬷嬷、婆子们的最重要标识。在宝玉应召去见贾政，正在门口迟疑不敢进的场景中，宝玉身边跟着一对丫鬟和婆子，她们的发式很容易区别，站在最右边的两个戴蓝头巾的就是婆子，其他三个围着宝玉，脑后梳髻的就是丫鬟（图1-16）。还有黛玉辞别父亲时身边也是跟着几个戴蓝头巾的婆子（图1-4），晴雯贴绛芸轩匾额中宝玉身边戴蓝头巾的婆子们（图1-17）。

陪房们的态度

现在，我们再来看周瑞家的。她在小说中出现得比较集中的就是第七回"送宫花"，因此，用这个故事的画面来确定周瑞家的的形象是比较可靠的方式。她先是见到了闺中养病的薛宝钗（图1-18），接着去见薛姨妈和王夫人（图1-19），拿了宫花出去，见到了香菱（图1-20）。因为贾母说孙女儿太多，就让迎春、探春、惜春三人住到王夫人房后三间小抱厦中，周瑞家的又顺路到了这里。先见迎春和探春在窗前下围棋（图1-21），又到惜春处，见到惜春正和水月庵的小尼姑智能儿顽笑（图1-22）。从凤姐房出来，才到了宝黛处（图1-23）。把这一系列出现过周瑞家的的场景放到一起看就很清楚了，周瑞家的也和贾府其他婆子、嬷嬷一样，戴着蓝色头巾。

我们再把前面站在画中央的女人的面部放大来看（图1-1-1-1），发现其面貌、神情和装束与图1-18—图1-23中的周瑞家的非常相似。

图1-1-1-1

图1-18 周瑞家的探宝钗

图1-19 薛姨妈、王夫人与周瑞家的

图1-20 周瑞家的见香菱

图1-21 周瑞家的与迎春、探春

图1-22 周瑞家的与惜春、智能儿

图1-23 周瑞家的与宝黛

从以上对贾府各种人身份的分析来看，她不是太太、奶奶、小姐或丫鬟，而是一个嬷嬷。能在黛玉和王夫人于荣禧堂的一幕中出现的嬷嬷，除了黛玉的奶妈和嬷嬷们，就是王夫人身边的婆子和嬷嬷们。小说对黛玉的奶妈和嬷嬷从来都是略写的，但对王夫人身边的周瑞家的却着墨甚多。她是王夫人的陪房，从娘家带来的，贴身伺候王夫人。第四十五回凤姐因周瑞家的儿子做错了事，要撵他出去。赖嬷嬷劝凤姐道："他有不是，打他骂他，使他改过，撵了去断乎使不得。他又比不得是咱们家的家生子儿，他现是太太的陪房。奶奶只顾撵了他，太太脸上不好看。依我说，奶奶教导他几板子，以戒下次，仍旧留着才是。不看他娘，也看太太。"只因涉及王夫人，就能让盛怒之下的凤姐马上转变念头，只打了他四十棍就草草了事，可见周瑞和周瑞家的在府中的特殊地位。第七十一回，荣府里的两个婆子得罪了尤氏，被周瑞家的知道了，小说写："周瑞家的虽不管事，因他素日仗着是王夫人的陪房，原有些体面，心性乖滑，专管各处献勤讨好，所以各处房里的主人都喜欢他。他今日听了这话，忙的便跑入怡红院来，一面飞走，一面口内说：'气坏了奶奶了，可了不得！我们家里，如今惯的太不堪了。偏生我不在跟前，若在跟前，且打给他们几个耳刮子，再等过了这几日算帐。'"又挑唆凤姐说："这两个婆子就是管家奶奶，时常我们和他说话，都似狠虫一般。奶奶若不戒饬，大奶奶脸上过不去。"结果导致凤姐因此事得罪了婆婆邢夫人，当众给凤姐没脸。

　　《红楼梦》中太太的陪房几乎都是反面角色。作者用力刻画的陪房，除了王夫人的陪房周瑞家的，就是邢夫人的陪房费婆子，她"常倚老卖老，仗着邢夫人，常吃些酒，嘴里胡骂

图1-24 抄检大观园之王善保家的　　11

乱怨的出气。如今贾母庆寿这样大事，干看着人家逞才卖技办事，呼幺喝六弄手脚，心中早已不自在，指鸡骂狗，闲言闲语的乱闹。"（第七十一回）也正是她挑唆邢夫人当众羞辱凤姐的。第七十四回抄检大观园中又出现一个邢夫人的陪房王善保家的，更是小说中一个著名的反面人物（图1-24），也正是因为听了她的挑唆，王夫人才撵走了病重的晴雯，使其少年殒命。几个陪房婆子不仅是抄检大观园的执行者，也是亲手撵走丫鬟们的人。第七十七回撵司棋时，她们露出往日里没有过的狰狞面目，对司棋的哭告置之不理，"周瑞家的发躁向司棋道：'你如今不是副小姐了，若不听话，我就打得你。别想着往日姑娘护着，任你们作耗。越说着，还不好走。如今和小爷们拉拉扯扯，成个什么体统！'"

图1-25 撵司棋之周瑞家的

气得宝玉："又恐他们去告舌，恨的只瞪着他们，看已去远，方指着恨道：'奇怪，奇怪，怎么这些人只一嫁了汉子，染了男人的气味，就这样混帐起来，比男人更可杀了！'"（图1-25）

《红楼梦》作者借宝玉之口表达了对这些陪房嬷嬷们的深切厌恶。但是我们也不要忘记，如果没有夫人们的支持和纵容，这样的人又怎么能在贾府中生存下去呢？我们知道，看小姐们的丫鬟就能了解她们主人的脾气秉性，比如第七十四回探春的丫鬟侍书在抄检大观园时有精彩的表现，痛骂了王善保家的，凤姐笑道："好丫头，真是有其主必有其仆。"探春冷笑道："我们作贼的人，嘴里都有三言两语的。这还算笨的，背地里就只不会调唆主子。"作者就是有意要把探春及其丫鬟的性格写得具有一定的共性。在第三十九回螃蟹宴，宝钗和李纨细数各房里的丫头们："宝钗笑道：'你们这几个都是百个里头挑不出一个来，妙在各人有各人的好处。'李纨道：'……比如老太太屋里，要没那个鸳鸯如何使得……这一个小爷屋里要不是袭人，你们度量到个什么田地！凤丫头就是楚霸王，也得这两只膀子好举千斤鼎。他不是这丫头，就得这么周到了！'"主子和奴才的脾气性格必然有相容性，相互欣赏。比如贾母就是喜欢晴雯，认为只有晴雯才配给宝玉当妾。试想晴雯的性格那么倔强，如果贾母的审美观和王夫人一样，晴雯还能有存活的空间吗？还能这样自由自在地在宝玉身边吗？事实证明，王夫人一旦发现晴雯，就立刻把她赶走了。因此，《红楼梦》作者虽然没有明确地告诉大家贾府里的奴才是主子的镜子，但他随时随地在故事中提示着。

林黛玉为什么叫"林怼怼"？

最近新兴的文体"林黛玉文学"也叫"林黛玉发疯文学"，就是效仿林黛玉的说话方式，揶揄讽刺，反唇相讥。黛玉刚进贾府时是步步留心，时时在意，不肯轻易多说一句话、多行一步路，唯恐被人耻笑了她去，怎么突然就变成了见谁怼谁的林怼怼了呢？尤其是周瑞家的送宫花给她时，本来她在读者心目中还是一个寄人篱下、孤苦无依的弱女形象，却一下子伶牙俐齿刁钻刻薄得让人无法理解。很多人甚至都不能说服自己林黛玉是一个正面人物形象了，难道黛玉变成了"坏人"吗？有人解释为宝钗来了，很多人都喜欢宝钗，所以黛玉吃醋；还有人就坚定地认为黛玉本来就性格不好又心胸狭窄，甚至还有人认为她自私，只想自己。这都是带着偏见的解读，我们不妨从黛玉的具体生存环境来分析。

周瑞家的是王夫人从娘家带来的，是看着王夫人长大的嬷嬷。周瑞家的常做什么、敢于做什么，也都无不是迎合王夫人的意愿。她作为奴才，能发挥自我个性的空间很有限。所以，周瑞家的就是王夫人的一面镜子。看到她，我们也就看到了王夫人。而学者们也都承认晴雯是黛玉的影子，晴雯最后是遭到了邢夫人陪房王善保家的构陷而死去的。反观黛玉，作者虽然没有明写周瑞家的对黛玉不好，但我们从王夫人对黛玉的态度，就可以很明确知道像周瑞家的这样趋炎附势的人平时会怎样对黛玉。虽然黛玉有贾母的疼爱，但贾母也是高高在上的老封君，不可能事事照顾到。而且我们应该也注意到，除了黛玉进贾府时，贾母和黛玉有过对话外，作者基本没写过贾母和黛玉说话。也许作者是为了体现黛玉的孤单？也许是觉得没必要表现贾母和黛玉的亲近关系？但黛玉平日所受排挤却可以从周瑞家的送宫花发生的事中得窥一斑。

很多人一直认为黛玉说"我就知道，别人不挑剩下的也不给我"，表现了黛玉的"小性"，但却忘记了另外一个细节：第三十四回，宝玉挨打之后让晴雯给黛玉送旧帕子。但黛玉却说："这帕子是谁送他的？必是上好的，叫他留着送别人罢，我这会子不用这个。"为什么宝玉送的东西，黛玉想也不想就认为一定是上好的？我们也记得，《红楼梦》中宝玉每次都是自己觉得很宝贵的东西才会送给黛玉。我们都知道巴甫洛夫的条件反射实验原理，"宝玉送的东西都是最好的"，这个观念已经深入黛玉的思想意识，所以即便宝玉送的是旧帕子，她不想也觉得是上好的。那为什么周瑞家的送的宫花，她就立刻认为是挑剩下的呢？首先，只剩下两支，当然是没法挑选了。其次，周瑞家的日常对待黛玉必然和宝玉相反，习惯于慢待她。一看到只剩下最后两支花，她当然会想到是周瑞家的和往常一样没安好心，故意为之。

我们还可以假设：这两支剩花是宝玉给黛玉的，很可能黛玉的想法会完全不同。她甚至会认为这也许是宝玉专门挑了两支最好的给她留着的。黛玉在这件事上对周瑞家的的态度是累积性的，并不是就事论事，亦非一朝一夕，是黛玉在贾府日常遭到排挤的集中体现。

作者虽未明写，但读者知之甚深。孙温也是读者，且是一位"骨灰级"粉丝，读了原著还不肯罢休，定要用二百三十幅画作绘出他自己心中的《红楼梦》。他用画笔来分析和研究《红楼梦》，把对小说的理解全部体现在了他的画作中。他把一个婆子装扮的女人放在画幅中如此显著的位置，绝不是偶然。他的二百三十幅画作分别针对一百二十回本《红楼梦》每个章节中的故事，每幅画的构图都是经过精心设计的，出场人物、故事情节、环境背景，甚至人物表情和体态语言，都代表了孙温对小说的看法和解读。或许他是和王夫人一样厌恶林黛玉的，但又不能在画面上直接明显地表现出王夫人的厌恶，因为作者对此也并非正面描写，于是就借用王夫人身边的陪房周瑞家的的态度来影射王夫人，才有了现在我们看到的这样一幅构思奇特的画面。

可以设想，如果没有这个女人，这幅画面将给人多么宁静融洽的感觉。但是她那么不愉快而别扭地站在黛玉身后，使整个场面的空气凝住了，使黛玉进荣国府的时刻充斥着尴尬与不和谐。这就是孙温的读后感，他又用画作把这种感受传递给了我们。无独有偶，难道只有黛玉是这样对待老嬷嬷的吗？可以说宝玉对待自己的奶妈李嬷嬷的态度简直和她如出一辙。要不然怎么说他俩是知己呢？这件事我们在下文中有详细的分析。

第二章　写出来的和画出来的

熟读《红楼梦》的读者都不会忘记一个细节，就是第五十四回贾母在批评历来的才子佳人故事时说：

> 既说是世宦书香大家小姐都知礼读书，连夫人都知书识礼，便是告老还家，自然这样大家人口不少，奶母丫鬟伏侍小姐的人也不少，怎么这些书上，凡有这样的事，就只小姐和紧跟的一个丫鬟？你们白想想，那些人都是管什么的，可是前言不答后语？（第五十四回）

小说和图画的不同就是小说的文字是用来突出表现最需要表现的某个人或某件事的工具，无关的人物或事件就没必要赘述。图画除了能够突出表现某个人或某个场面外，也可以同时在同一个画面中利用陪衬的身份或环境来表现另外一些人或物，而不会让观者感到冗赘。比如贾母所说，才子佳人小说中那些为了故事情节的需要而略写的跟在小姐身边的丫鬟、婆子们，他们在读者的阅读体验中失去了存在感。

在孙温的画中，这些被作者和读者忽略的部分突然异常清楚地展现在面前，就好似云开雾散后的青山，朗阔鲜明地跃入眼帘。但是，什么都看清楚了，到底是好事还是坏事呢？

众目睽睽下的路遇

孙温和《红楼梦》作者一样，都很重视贾母所说"怎么这些书上，凡有这样的事，就只小姐和紧跟的一个丫鬟"这个细节问题。第十一回中凤姐从秦可卿房中出来，路遇贾瑞。小说在结束了凤姐和秦可卿的对话后，说"于是凤姐儿带领跟来的婆子丫头并宁府的媳妇婆子们，从里头绕进园子的便门来"，这的确是和历来的才子佳人小说不同了，他写出了这群跟着的人。

但是这句话很容易被读者忘掉，为什么呢？因为小说紧接着就进行了一大段鸟语花香的景色描写，而后就是贾瑞和凤姐"巧遇"的场面（图2-1）：

> 贾瑞说道："嫂子连我也不认得了？不是我是谁！"……一面说着，一面拿眼睛不住的觑着凤姐儿。凤姐儿是个聪明人，见他这个光景，如何不猜透八九分呢……凤姐儿假意笑道："一家子骨肉，说

图2-1 贾瑞路遇凤姐

什么年轻不年轻的话。"贾瑞听了这话，再不想到今日得这个奇遇，那神情光景亦发不堪难看了……贾瑞听了，身上已木了半边，慢慢的一面走着，一面回过头来看。凤姐儿故意的把脚步放迟了些儿……（第十一回）

在插入了如此趣味横生的一段描写之后，读者关心的就是故事接下来的发展，早就忘记了凤姐和贾瑞说话时到底是一个人还是身边跟了一群人。对于当代完全没有贵族出身经验的读者而言，身边跟着一大堆丫鬟仆妇就被拦路调戏是个什么感觉，更是毫无头绪。仔细阅读上面一段对话，便会发现，如此露骨的男女会面描写，我们很难甚至不愿去想象是在有一群旁观者在场、众目睽睽的情况下发生的。因此，当代读者读到这一段时，受阅读期待和社会习俗的影响，很容易忘记凤姐身边的那些人。

但是，当我们乍一看到孙温绘本时，会被凤姐遇贾瑞这一场景中的一大群人惊到。而与此同时，也会很快认同这种构图，并开始用一种全新的眼光去看待小说中的这一段。在绘本中，凤姐和贾瑞在凤姐的一群跟随者的衬托下显得不如在小说中那么突出了。故事情节所表现出来的私密性，甚至贾瑞的无耻和色欲，都有很大程度的削减。也就是说，有了除二人之外的人的介入，被设计成彰显情欲的场景失去了感染力，而变得极为普通，甚至产生相反的效果。我们也明白了，为什么贾母所谓的才子佳人小说不写小姐身边的一大堆丫鬟仆妇，而是只写跟着的一个丫鬟

图2-2 宝玉偶遇门客

了。情感或情欲离现实越近就越会失去色彩和诱惑力。

其实画家经常在这种地方让读者惊觉到主角身边奴仆群聚的场面，比如第八回，宝玉为怕遇到父亲贾政而绕路，结果巧遇门客相公们时，小说中已经交代："众嬷嬷丫鬟只得跟随出来。"（图2-2）但读者在阅读时，只顾着情节发展，很难记得宝玉身边还跟着一堆人。然而，当他们在画面中出现，画家用一个嬷嬷和一个丫鬟代表宝玉的随从，便将读者天马行空的想象拉回到现实中。所以，孙温以写实的手法，按照贾母的观点和作者的原文画出了凤姐路遇贾瑞的一场戏，但其效果却是让我们觉得既然是在这么多人的注视下，贾瑞就算说了什么，也不会多么过分，凤姐即便假意迎合了，也不会有失大礼，毕竟还要顾忌身边的仆人们呢！于是，想象的大门就这样被轰然关闭了。

丫头泼粪

在贾瑞被凤姐设计教训的画面（图2-3）中，我们也发现了同样的情况。对于贾瑞被泼粪水一节，小说是这样写的：

图2-3 丫头泼粪

> 贾瑞此时身不由己，只得蹲在那里。心下正盘算，只听头顶上一声响，哗拉拉一净桶尿粪从上面直泼下来，可巧浇了他一身一头……满头满脸浑身皆是尿屎，冰冷打战。只见贾蔷跑来叫："快走，快走！"（第十二回）

读了小说，我们只知道贾瑞见到的只有贾蓉和贾蔷两个人，但看了孙温绘本，才突然醒悟，贾蓉和贾蔷也应该像贾母所说不可能没有跟在身边的仆人。图中显示的是一个小丫鬟站在高处向躲在墙根底下的贾瑞泼粪水。对此，我们也不得不认同。因为像贾蓉和贾蔷这样的纨绔子弟，怎么可能亲自跑去拎一桶屎尿，又自己动手浇到贾瑞身上呢？相比之下，绘本补充了小说中不能多写或写了就显得冗繁的细节，增加了现实感，的确是已经不熟悉古人日常生活的当代人阅读文本的重要辅助工具。

宝玉的"书包"

图2-4 宝玉上学

第九回宝玉上学之前去和黛玉辞行（图2-4）。但绘本中却又是另一番景象，画面被一间屋子一分为二，宝玉和黛玉在屋里叙话，屋外满满地等了一群人，这不由得让我们回想早起袭人交代的话：

> 宝玉起来时，袭人早已把书笔文物包好，收拾的停停妥妥……"大毛衣服我也包好了，交出给小子们去了。学里冷，好歹想着添换，比不得家里有人照顾。脚炉手炉的炭也交出去了，你可着他们添。那一起懒贼，你不说，他们乐得不动，白冻坏了你。"（第九回）

袭人确实是收拾了一大堆宝玉日用之物，都交给跟着宝玉的那些小厮们了。孙温很细腻，他想表现这一细节，但袭人的话和收拾的动作很难画出，于是他就借用了宝玉和黛玉说话的场面，在同一画面中把给他拿着文具、衣服和防寒物资的小厮们也展现出来，他们甚至还挑了两口箱子。这样一来，也告诉了读者，宝玉的日用品极多极琐碎，显示出他的尊贵和地位。我们还在那一群仆人中看到了秦钟，又一次点明了差一点儿被我们忘记的、从早上起就和宝玉一起给贾母请安的人。孙温的画中，男人们也是用衣帽来区分等级的。秦钟头戴红帽子。和秦钟一样，贾蔷的帽子也是红色的（图2-3）。当出现年龄等级时，红色帽子的等级高一些。比如在有贾蓉出场时，贾蓉的帽子是红色的，而秦钟的帽子，甚至连贾蔷的帽子都是用灰调

图2-5 宝玉会秦钟

图2-6 凤姐接风琏二爷

21

子处理的。在第七回"宝玉会秦钟"（图2-5）中，被凤姐拉着手询问的是秦钟。所以，站在地上和宝玉说话的、头戴红帽子的就是贾蓉。

另外，第十六回"凤姐接风琏二爷"（图2-6）中，贾蓉和贾蔷来向贾琏请示商讨为元妃省亲下姑苏采买的事。可以看出小说中具体汇报事情的人是贾蔷，贾珍主要指派了他负责去姑苏采买。所以画家用了三种姿态来表现贾琏、贾蔷和贾蓉三者的身份和正在进行的对话内容：贾琏坐着，贾蓉站着，贾蔷跪着。贾琏是贾蓉和贾蔷的叔叔，所以坐着的那个男人一定是贾琏。小说第九回交代贾蔷及其和贾蓉的关系时说，贾蔷虽然也是宁府正派玄孙出身，但是个孤儿，从小由贾珍抚养，和贾蓉一起长大。贾蓉比贾蔷大，是兄长。因此，在图6中，画家除了贾蔷因向贾琏汇报事情而让他呈跪姿外，也是要告诉读者他在三人中的地位是最低的。论年资，贾蓉比贾蔷年轻，堪称美少年；论辈分，贾蓉又比贾蔷长，加之贾蓉和贾蔷在这场戏中都与凤姐夫妇有对话，很难分出戏份儿的轻重，所以这里的红帽子，作者还是给了贾蓉。

跛足道人到底有脚还是没脚

跛足道人在《红楼梦》中一共出现了八次，在孙温绘本中也出现了八次。依次是"青埂峰僧道谈顽石"（图2-7）"甄士隐梦幻识通灵"（图2-8）"士隐抱孩路遇僧道"（图2-9）"甄士隐听歌遇跛足道"（图2-10）"跛足道与风月鉴"（图2-11）"通灵玉蒙蔽遇双真"（图2-12）"贾政路遇贾宝玉"（图2-13）"甄士隐度女归太虚"（图2-14）。这并不仅仅说明孙温对小说情节的完整表现，更说明跛足道人这个人物在《红楼梦》中的重要性。

跛足道人在《红楼梦》中的外貌是有变化的。女娲娘娘所遗"石头"（即后来的通灵宝玉）在青埂峰第一次见到道人时，他"生得骨格不凡，丰神迥别"。戚本有夹批说："这是真像，非幻像也。"在古代民间信仰中，一切得道之人都有"真像"和"幻像"的区别，"真像"是得道成仙后的本来面目，幻像则是为了从天上或仙境到人世间，为人类方便说法而借用神通虚幻出来的。因此，跛足道人在天上做神仙时的样貌是很有神采、极具仙风道骨的，从孙温绘本中可以一目了然。图2-7中的道人根本不是跛足，他衣着鲜明，表情安闲，神采俊逸，端坐于石上，右手握竹拂尘，身后有一支拴着葫芦的竹竿。这就是携带通灵宝玉下凡历劫的"渺渺真人"。

到了图2-8，甄士隐在太虚幻境

图2-7

图2-8

图2-9

图2-10

图2-11

图2-12

图2-13

图2-14

23

见到渺渺真人时，他的外形就变了，开始跛了一条腿，但小说此时并没有具体描写僧道的外貌。甄士隐在人间抱着英莲遇到道人时（图2-9），小说这样描写："那道则跛足蓬头，疯疯癫癫，挥霍谈笑而至。"甲戌本的批语是："此则是幻像。"在孙温绘本中，"幻形入世"的道人果然不再有仙气，而是跛足光脚，或者胡须蓬乱，身后要么背一副斗笠，要么背一只葫芦。表情极具揶揄戏谑之态。而到了图2-13、图2-14回归太虚时，他又变得神采俊逸、表情凝肃了。

值得注意的是绘本中用来表现"跛足"的方式。我们知道孙温绘本的绘者中除了孙温，还有孙小州，所钤之印有时是"孙温""润斋"，有时是"孙小州""小州""允谟"等。有人考证出孙温的字是润斋。八幅有跛足道人的图中，图2-7、图2-8、图2-9、图2-11钤印"孙温"，图2-10、图2-12钤印"润斋"，图2-13图2-14钤印"小州"。孙温所绘道人是一只腿只剩下半只的样子，挂着一个木或竹的拐杖，并把半只残腿搭在拐杖分叉上（图2-8、图2-9、图2-11），衣服颜色和发型也是一致的。"润斋"所绘道人则与钤孙温印的画中道人在形象上出入较大，尤其是图2-12。《红楼梦》第二十五回叔嫂遭魔魇时，僧道来给宝玉治病，道人的样子是："一足高来一足低，浑身带水又拖泥。相逢若问家何处，却在蓬莱弱水西。"一足高来一足低，说明他的腿脚并非残肢，还是有脚的。图2-12正好画的就是这一回。说明"润斋"注意到了小说文字中说的道人形象，因此，他就把脚画上去了。但是奇怪的是，图2-10的道人也是"润斋"所绘，却又没有脚了。图2-10和图2-12，从道人背葫芦的形象看，似乎这两幅画又是同一人所为。不过，为什么同一画师在绘制同一人物时，有脚没脚，前后差距如此之大却没有注意并加以修改呢？且润斋绘图2-10和图2-12的道人从衣帽服饰到相貌表情，都与"孙温"所绘有很大差别。尤其是孙温图2-8、图2-9、图2-11的道人表情和长相与图2-1道人在青埂峰仙境时的样子很相近，也就是说道人在天上和人间的相貌并没有太大变化。而润斋在图2-10中表现的道人与甄士隐对答时的狡黠微笑，却让我们

图2-7-1　　　　　　　图2-8-1　　　　　　图2-9-1　　　　　　图2-10-1

图2-11-1　　　　　　　图2-12-1　　　　　　图2-13-1　　　　　图2-14-1

图2-15 铁拐李

[1]雅昌艺术网，北京保利国际拍卖有限公司第27期中国书画精品拍卖会，"散真集成——中国书画"专场。

很容易联想到小说中"疯狂落脱，麻屣鹑衣"，唱着"好了歌"的疯癫道人。这更说明润斋细心的是，唱"好了歌"的道人不是像在前面几幅画中光着脚的，而是穿着"麻屣"，即麻鞋。因此，图2-10中的道人也的确是穿了鞋的。又说明润斋是认真读过小说文本的。也许"孙温"和"润斋"并非同一人，润斋一开始仿照孙温的没脚道人形象绘制了图2-10后，又读到第二十五回"一足高来一足低"，就又画了图2-12的有脚道人。

值得一提的是，将跛足搭在拐杖分叉上的人物画法早已有之。五代南唐画家池阳陶守立《铁拐李像》[1]中的铁拐李，就是拄着一只木拐，木拐下面有一个分叉，铁拐李把一只脚踩在上面（图2-15）。但画中的铁拐李的腿并非残肢。孙温借鉴过来，又进行了极为夸张的修改，干脆把脚和小腿截掉，让触目惊心的短短残肢直接搭在枝杈上，将幻形之后的仙人描绘成活灵活现的油滑市井，更好地表现了小说想要表达的意象。

跨时空构图的震撼

图2-16讲述了小说第一回中后半部的三个情节，一是葫芦庙炸供失火，一是甄士隐落拓遇跛足道人，一是贾雨村上任途中遇娇杏。小说中，这三个情节不在同一时间段发生而是有间隔地相继发生。尤其是甄家遭火和雨村上任，前后相差至少两年时间。首先是火灾，甄士隐正是因为这场火灾而家财尽失，以至于"暮年之人，贫病交攻"，然后才有了他遇到跛足道人的画面。但有一点比较可惜，就是孙温在画甄士隐与道人见面时的

图2-16 葫芦庙大火和贾雨村升任

图2-16-1 贾雨村途中遇娇杏

27

图2-17 宝玉堕迷津

样貌和小说中有点儿不同，没有表现出他贫病交加的落魄形象。不过，小小遗憾很快就被另一个让人震撼的场面对比给消除了。原本站在甄士隐家中撷花的娇杏，又站在别人家门首与雨村再次偶遇（图2-16-1）。新上任的雨村在轿中威坐，在娇杏再一次地默默注视下，在"街上喝道之声"中走过，而他们身后不远处却是一个人群涌动、水火喷涌的救火场面。本不在同一时空发生的两件事被放在同一画面，马上让人联想到第一回中跛足道人口中所念"好了歌"和甄士隐的解，昨怜破袄寒，今嫌紫蟒长，衰草枯杨，曾为歌舞场。贫富、生死、老少轮转交替。甄家破败，贾家升官，的确是"乱哄哄你方唱罢我登场"。画家在一幅画中把第一回作者要表现的思想用强烈对比的画面描绘了出来。相同效果的画还有太虚幻境中宝玉听曲和宝玉堕入迷津的同框对比，一面是声色歌舞，一面是鬼怪妖魔。正好符合了"风月宝鉴"正面是骷髅，背面是美人的二元论寓意。这都是对作者创作意图有深切领会才会设计出来的构图（图2-17）。

　　同样令人震撼的还有一处例证，就是第二十九回和第三十回，小说先写了宝黛清虚观打醮之后的那次大闹，然后时间又过了好几日，宝玉才来找黛玉和好，小说写的是："话说林黛玉与宝玉角口后，也自后悔，但又无去就他之理，因此日夜闷闷，如有所失。"二人和好后，又发生了第三十回"宝钗借扇机带双敲"的尴尬事件，之后作者又模糊地给出了一个时间间隔："谁知目今盛暑之时，又当早饭已过、各处主仆人等多半都因日长神倦之时，宝玉背着手，到一处，一处鸦雀无闻。"然后才发生了宝玉在王夫人睡觉时和金钏调情的事件。也就是说，宝玉和黛玉吵完架已经好多天过去后，宝玉才和金钏调情。但孙温把这两件事放在同一幅画中表现出来，就出现让人大为震惊的场面（图2-18）。在这幅画中，宝玉一面和黛玉摔玉大闹，一面和金钏调情。在视觉的接受中，他的两个行为是同时存在的，很难意识到时间的间隔。宝玉瞬间变成了一个玩弄感情、没心没肺的花花公子。这种文字与视觉之间的巨大差异在孙温画册中的很多地方都显著存在。虽然看似不合实际，缺少了时间的润滑，但宝玉的行为却是完整的，也是前后连贯的，省略时间间隔后，宝玉行为的本质就被凸显出来。他和黛玉情感的差异也很容易被读者捕捉到。

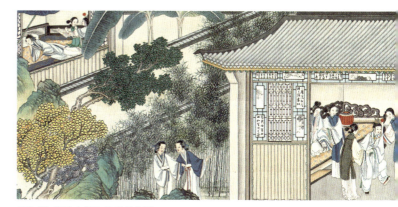

图2-18 宝黛大闹和宝玉调金钏

模糊的绘画表达

有时候图画可以表达的内容远比文字多，但当涉及更多风俗礼教和人情世故的内容时，绘画和文字相比就又会显得无力得多。比如我们从孙温对小说第三十四回宝玉挨打之后发生的几件重要事情的表现中就可以感知绘画叙事的局限性。第三十四回一共发生了五件大事，分别是宝钗探望宝玉、黛玉探望宝玉、袭人谏言王夫人、宝玉遣晴雯送帕黛玉、宝钗与薛蟠冲突。从小说内容看，五件事中袭人谏言和晴雯送帕都是很重要的情节，她们分别是宝钗和黛玉的影子。在宝玉挨打的大事上，作者都想让她们有所表现，来巩固她们在读者心中的印象。袭人谏言，在王夫人心中埋下了日后修剪怡红院女孩子行为的种子，也让读者看到了袭人与王夫人之间的默契以及袭人的另一面。而晴雯送帕则是更大、更隐晦的一种表现人物性格的情节。

第三十四回，宝玉挨打之后，心里惦记黛玉，想让人去看看黛玉怎么样了，但是又怕袭人知道，就一边打发袭人去跟宝钗借书，一边私下让晴雯替他去看望黛玉。宝玉给了晴雯两条手帕，晴雯马上表示不好，说手帕是半新不旧的，怕黛玉又要生气了怎么办。宝玉说，黛玉自然明白。晴雯只得拿了帕子往潇湘馆来。当晴雯说是宝玉让送手帕来的，黛玉听了不明白就说：手帕必是上好的，叫他留着送别人罢。当晴雯说手帕不是新的，就是家常旧的之后，林黛玉恍然大悟。作者这时候说晴雯：只得放下，抽身回去，一路盘算，不解何意。我们可以很清楚地看到，整个送手帕的过程中，晴雯都处于一种"迷惑不解"的状态。古代未婚男女是不可以私下传递随身所用之物的，这叫"私相传递""互赠表记"，都是有私情的表现。小红通过坠儿和贾芸相互传递自己的手帕，在薛宝钗眼里就是罪大恶极、罪不可赦的行为。而得到宝玉手帕的林黛玉对这种男女私相授受的行为也是心怀惧怕和惭愧的。晴雯走后，黛玉有四种心理活动，包括可喜、可笑、可愧，还有一个就是可惧："想到令人私相传递与我，又可惧。"说明黛玉是知道这件事不合礼法的。抄检大观园时，不就是要查男女之间"传递"的物件吗？这种行为代表的是偷情，是有违礼法和道德规范的。小红、坠儿、宝钗、黛玉、宝玉，还有大观园姐妹们都知道的事，晴雯却浑然不觉。当然，小姐们是读书人，宝钗、黛玉更都是读过《西厢记》之类有着男女私通描写的书，对这种行为能够明白也不足为奇。但和袭人相比，宝玉既把晴雯看作可以托付事情的知心人，又在一定程度上利用了她的天真。在宝玉心中，晴雯的确是天真烂漫、没有邪念的。她还认为无事去看黛玉怕她生气，并让宝玉送件东西或取件东西作为借口。她在提出这

图2-19 宝玉挨打后

个建议时，读者很明白她完全是无心的，并不曾想过这种送和取的行为，如果放在别人的眼里，会产生什么样的联想和误会。而当黛玉已经领悟到其中的含义后，晴雯一路走回来，还是始终迷惑不解。这一次事件，并不止表现出宝黛两个人的情感进展和心理状态，还侧面交代了晴雯性格的两个方面，一是天真，二是处事粗率，有欠考虑。这往往会授人以柄，给借机毁谤者提供可能。

在孙温的整幅图中（图2-19），我们实在无法看到对这样细腻的问题的表现。我们能看到画家重点只表现了其中的三件事，近景：黛玉探宝玉；中景：宝钗与薛蟠冲突；远景：黛玉。画家画了黛玉探宝玉，却没有画宝钗探宝玉（从首饰上，尤其是宝钗一贯的高椎髻和髻上插着的金钗能判断这里不是宝钗），能看出来他更重视宝黛之间的关系。有趣的是，他虽然没有画宝钗探望宝玉，却很认真地描绘了宝钗和薛蟠冲突的场面（图2-19-1），让人猜测他在内心里也许是和薛蟠一样，认为宝钗心里想和宝玉结婚。画家没

图2-19-1 宝钗薛蟠冲突

图2-19-2 黛玉照镜

有画袭人，也许是不喜欢，观其整部画作，确实能感觉他不太喜欢表现袭人这个人物，连和贾府关系不大的香菱他都不放过每一个细节，但对袭人却不肯多费笔墨。

晴雯送帕情节的重要性也许是孙温没有领悟，或许也觉得太过暴露宝黛之间不合礼俗的关系而没有专门表现。但很奇怪的是这幅画的远景（图2-19-2），因为有鹦鹉出现，能看得出是黛玉的潇湘馆，但却并非送帕子的场面。这一回在潇湘馆中，黛玉已经在床上休息，这时候晴雯来送帕子。然后黛玉起床掌灯在帕子上题诗，作者说："林黛玉还要往下写时，觉得浑身火热，面上作烧，走至镜台揭起锦袱一照，只见腮上通红，自羡压倒桃花，却不知病由此萌。一时方上床睡去，犹拿着那帕子思索，不在话下。"从这段话中，可以粗略推测，画家也许画的是黛玉一手轻抚脸颊照镜子时的样子，但我们却看不到镜子。图画和文字相比，能表达的东西依然太少。也许是巧合，在这幅图中，我们看到的宝钗和黛玉竟然使用了同样一个姿态——以手扶面颊。画家想要强调什么？一个是因情羞涩，另一个是因无情而懊恼吗？但很明显，两个人此时的情感际遇都是因宝玉而起。

第三章　不能理解和错误的画面

　　孙温绘全本《红楼梦》图中还有一些让人无法理解或未能明确表达主题的画面，这里也顺便提出来，期待和读者们一起探讨。

红衣孩童是谁?

　　第三回宝黛初会图中（图3–1），画的右边部分表现了宝玉摔玉的场面，没有异议。很奇怪的是，左边有一间屋子，里面有个穿红衣的小孩儿（图3–1–1），从发型看，应该是年龄很小的男孩儿。床上坐着的女子，

图3–1　宝黛初会

图3-1-1

图3-2 刘姥姥一进荣国府

图3-3-1　　　　图3-4-1

从发型上看，应该是前面说过的主子奶奶的发式。这一回的小说中除了讲到宝玉初见黛玉、摔玉、黛玉问玉之来源等之外，并没有提到任何小孩子。但画家却在画面如此显的位置画上这么一个小男孩儿，不知道要表达什么意思。也许可以猜测，这个小男孩儿是贾兰。因为在主子中，还是孩童的也只有贾兰了。小说第四回说贾兰"今已五岁，已入学攻书"。小说第六回提到刘姥姥带着板儿去荣国府时："那板儿才亦五六岁的孩子，一无所知。"（图3-2）就是说，此时的贾兰和板儿同龄。

图2是刘姥姥带着板儿初见周瑞家的，这时候的板儿看起来似乎比红衣男孩大。但再看图3-3和图3-4，板儿见凤姐的时候，就和红衣男孩年龄身量相仿了。而且板儿虽然戴着帽子，但可以很清楚地看到帽子下面剃去头发部分的青皮（图3-3-1、图3-4-1），和图3-1-1中红衣男孩儿的发型完全一样。

我们都知道，在第九回顽童闹学堂时，作者除了提到贾蔷十六岁外，基本上没有提及学童们的年龄，只在讲到薛蟠时说了一句："原来薛蟠自来王夫人处住后，便知有一家学，学中广有青年子弟，不免偶动了龙阳之兴……谁想这学内就有好几个小学生，图了薛蟠的银钱吃穿，被他哄上手的，也不消多记。"再加上《红楼梦》中的人物年龄本就前后矛盾、纪年混乱，也不足为凭。因此，在读者心中，很容

图3-3 刘姥姥见凤姐、贾蓉　　　　　　　　　　　图3-4 刘姥姥见凤姐

图3-5 顽童闹学堂

易一会儿把人物想成十岁左右的小孩子，一会儿又把年龄虚化，终无正确年岁可循。但孙温的顽童闹学堂画中（图3-5），我们却可以通过学生们的发式，清楚地分辨他们的年纪。其中也有好几个是和红衣男孩、板儿的发式相同的学生，可见他们也应该是五岁左右。

图3-1主要描绘了小说第三回宝黛初会荣禧堂的情节，宝玉摔玉的

确是一个经典场面，图3-1用了不到三分之二的篇幅来表现，是意料之中的。但另外剩下的多于三分之一的画面却专门画一个未留头发的小男孩儿，如果说他就是贾兰，那实在让人无法理解了。孙温一共用了四幅图来表现第三回情节——"黛玉辞父进京""贾母迎接黛玉""黛玉拜见舅舅""宝玉摔玉"，基本上把这一回的主要情节全都表现出来了。只剩一个情节，即晚间黛玉和袭人谈论起宝玉摔玉和袭人安慰黛玉的情节没有画。按理说，这个情节在宝黛钗三人关系中其实是很重要的，因为有批语说黛玉无缘最先看到玉，玉却要在宝钗的手里首次与读者见面，就是要凸显宝钗和这块玉的关系，即金玉姻缘。且小说这一回并没有贾兰的文字，而且红衣孩童身边的女子手中像是拿着一本书，难道是李纨课子？画家如此描绘，不知用意为何。

要接之人在哪里：题图不一致的后果

图3-6 葫芦僧判断葫芦案

作者用了两幅图表现第四回葫芦僧判断葫芦案的故事。一幅是葫芦僧和贾雨村判案的场面（图3-6），另一幅图是王夫人接薛姨妈（图3-7）。判案的场面和小说文字的重点保持了一致性，表达得很清楚。但是王夫人接薛姨妈就很耐人寻味。小说第四回中的接远亲描写明显和贾母接黛玉时一样，也是一家人都到齐了的。画家也应该画出王夫人接亲时人物众多的场面，另外，小说中还有贾府给薛家母子安排梨香院的情节，梨香院是宝钗的居所，也是应该描绘的。但是图中却只有王夫人、宝玉、黛玉和一大

图3-7 王夫人接薛姨妈

图3-8 黛玉见贾母

堆丫鬟婆子，正预备去接亲的样子，完全没有薛家人（薛姨妈、宝钗、薛蟠）的踪影。

也许这是画家想要给读者留下悬念而有意为之的。试想，三幅画之前刚刚画了贾母接黛玉、女眷齐聚的宏大场景（图3-8），马上又画一个聚会场面，必定会让读者有疲惫感和重复感。另外，小说文本这一回的确没有详细描述宝黛钗三人第一次会面的场面，三人只在宝玉探病梨香

37

院时才第一次同时出现。画家为了忠实于小说文字的详略处理，也就没有画出三人会面的情景。这一点就和1987版《红楼梦》电视剧所强调的画面有明显不同。

既然不能展现会面，画家这时干脆选择另一种表达方式，借鉴《红楼梦》"不写之写"的创作手法，给读者留白。然而，让我们觉得有趣的是，这样反倒产生了非常理想的阅读效果。让我们急切想要看到被接之人，在心中不断勾画出诸多种重逢的场面，无形中拓宽了画作的承载量，增加了读者的想象空间。

甄士隐眼中的癞头和尚与跛足道人

第一回中甄士隐梦游太虚幻境，看到一僧一道，并向他们要来美玉观看（图3–9）。小说并没有在这里交代僧道的衣着和外貌，这些内容在小说中可以忽略不写，但到了画中却不能不画。孙温的画中，甄士隐看到的僧道的装扮和他后来在人间看到的一样，即"那僧则癞头跣脚，那道则跛足蓬头"。这里应该是孙温画错了。因为甄士隐在人间看到僧道，而僧道又向他索要英莲时，他并没有认出来是之前刚刚梦中见到的僧道（图3–10），还在"心下犹豫，意欲问他们来历"，"二人一去，再不见个踪影了。士隐心中此时自忖：这两个人必有来历，该试

图3–11 青埂峰对谈

一问，如今悔却晚也。"按照小说作者的意思，僧道第一回一出场的样子
应该是："生得骨格不凡，丰神迥异"，孙温在画僧道把顽石变为美玉对
谈的样貌时留意到了这一点（图3-11）。可惜他在画僧道和甄士隐见面时
的样貌没有注意到小说的原文：甄士隐在人间看到形容丑陋的僧道时，不
能辨认，正说明僧道和梦中不一样。画家对小说细节的把握不够，就在画
中体现出了矛盾。

图3-9 甄士隐梦僧道

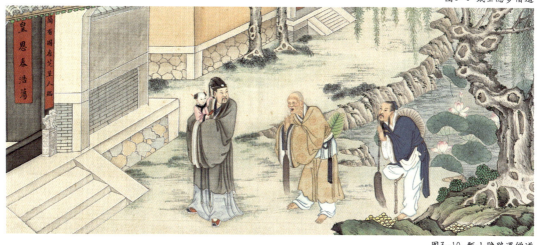

图3-10 甄士隐路遇僧道

贾雨村几次进甄府

小说第一回一共写了两次贾雨村进甄府见甄士隐。第一次发生了娇杏撷花看雨村之事（图3-12-1），才有了所谓"风尘怀闺秀"的题目。但这一次因为严老爷来拜望甄士隐，打断了二人谈话。作者说："雨村打听得前面留饭，不可久待，遂从夹道中自便出门去了。士隐待客既散，知雨村自便，也不去再邀。"短短几句，不仅写出甄贾二人关系匪浅，更是写出两人洒脱、不拘凡俗的个性。第二次写甄贾二人见面是甄士隐中秋佳节宴请贾雨村（图3-12-2）。但是，我们在孙温这一回的图中的右上角又发现了另一个雨村和甄士隐在一起的场面（图3-12）。画家很明显是在描绘和前两次会面不同时间的事，因为我们可以从雨村手中扇子上的花色来分辨。花色不同，说明不是同一时间，而且画家特意用一堵围墙将空间隔开，用空间的不同来表现时间的差异，这是孙温惯用的手法。

雨村手中扇面上一为竹（图3-12-1-1），一为兰（图3-12-3），很容易让人想到画家是有意为之。可是小说第一回中并没有雨村第三次进甄府的文字。每一回的内容都比较多，孙温的画也并不能把小说内容全都展现出来，他只能挑他认为重要的来画，而且纵观整

图3-12-1　娇杏看雨村

图3-12-2　甄士隐中秋宴雨村

图3-12 贾雨村进甄府

部画作，他比较喜欢这种三角式结构设计，一幅画面分成三个空间，分别表现小说同一回或两回中的内容。画面很宝贵，表现小说中的内容尚且不足，难道还要衍生出更多画家的想象？这雨村第三次进甄府画面的出现到底是为了什么？也许画家是为了画面结构的稳定感，或者只是为了体现小说中的一句话："士隐常与他交接"，但未免有浪费画幅空间之嫌。

图3-12-1-1 一幅扇面　　　图3-12-3 另一幅扇面

黛玉弃鹡鸰香串的私密性哪儿去了？

第十六回，黛玉奔父丧后返贾府，和宝玉小别重逢，作者在秦可卿死、秦钟死和元春加封的百忙之中插叙了一个宝黛之间宝玉送黛玉鹡鸰香串的小情节。其发生的地点应该是在黛玉的住处。显而易见是宝玉来找黛玉，正赶上黛玉把家乡带回来的礼物分发给大家。虽然其中也提及宝钗、迎春等，但并没表示她们此刻就正好在黛玉房间。而且鹡鸰香串既然是宝玉"珍重"的专门给黛玉保留着的，那就应该在一个相对私密的时间和空间中拿出来交给黛玉。1987版《红楼梦》电视剧在表现这一场景时就注意到了这一点。但在孙温的画中我们看到的却是这样的（图3–13）：

宝黛身边围了一大堆人，如果是黛玉房中的丫鬟仆妇也不为过，但我们前面已经讨论过孙温画中女性发型的身份象征，能够看出宝玉身后站着的还有两位是奶奶或小姐的人，而从高椎髻和发上插的金钗来看，其中一

图3–13 黛玉弃鹡鸰香串

个是宝钗。也许画家是对这一段文字中提到的宝钗等人有一个空间上的错判或记忆错误，才会把不应该在那个专属宝黛二人的时空中出现的人物体现在了画面上。

哭泣的贾环?

第二十回，李嬷嬷骂袭人的画中（图3–14），屋外拐角处，有一个小男孩儿在哭泣。小说第二十回的情节中有李嬷嬷骂袭人、宝玉给麝月篦头、贾环和莺儿掷骰子、宝黛龃龉等。其中贾环和莺儿掷骰子中，又包括宝玉、赵姨娘和凤姐三人训斥贾环的文字。贾环哭只有一次，就是在和莺儿掷骰子时。那么这个哭泣的男孩儿有可能是贾环。

图3–14 李嬷嬷骂袭人

他身边的两个女人，一个是丫鬟，另一个年龄大一些的发髻向下梳，并不像太太奶奶，但又不是嬷嬷的打扮，有可能是赵姨娘。但贾环哭的时候是在薛姨妈和宝钗的屋子里，并没有这样站在外面哭，也不是被赵姨娘骂哭的。

图3–15 贾环蜡油烫宝玉

而且这个男孩儿的发型一看便是还没有戴冠，和前文中板儿、贾兰的发型类似。而孙温在画第二十五回贾环抄写《金刚咒》、用蜡油泼宝玉时，贾环却已经戴冠了（图3–15）。

因此，第二十回孙温画中的这个男孩儿可能是贾环，但却被画家画错了形象，也画错了哭泣的环境。可见，画家对小说文本虽然钟爱，但解读得并不十分认真，对重要情节的选择也不尽如人意。

湘云的金麒麟

　　第二十九回清虚观打醮中张道士给宝玉提亲，宝玉看到麒麟时在几个主要人物心中都掀起了惊涛骇浪，是整部小说中重中之重的情节。但我们从孙温的画中却完全无法看出这种细微的情感变化（图3-16），画面中的人都面带真诚的笑容，齐齐看向张道士手中的麒麟。而那只麒麟也大得惊人，完全不可能是后来史湘云在园子里捡到那只的大小，因为小说作者曾专门让宝钗说出麒麟的大小："史大妹妹有一个，比这个小些。"还因此遭到了黛玉毫不留情的嘲讽："他在别的上还有限，惟有这些人带的东西上越发留心。"孙温画的麒麟是站立式的，挺胸抬头（图3-16-1），明显是一种摆设，而不是一个可以佩戴在人项上的饰品。在这一点上，孙温可谓读书不够细致。

　　这更可以说明，孙温对湘云所佩戴的麒麟和麒麟所涉及的宝黛钗关系也同样没有深入的认识和理解。关于史湘云的婚姻，说法不一，之所以成为争论焦点，都是她那只金麒麟惹的祸。有人认为，史湘云的结局是早早就死了或者是守寡了，理由是第五回太虚幻境中的册子中题咏和曲子说：云散高唐、水涸湘江。还有湘江水逝楚云飞的词句。也有人认为她是能够在婚姻中白头偕老的，理由是第三十一回回目"因麒麟伏白首双星"。关于史湘云的结婚对象，有的说是宝玉，有的说是卫若兰，还有的说是其他人。也有人拿出好几种清代笔记来证明史湘云另有结局，不是现在后四十回中写的那样，同时证明后四十回不

图3-16-1　站立的麒麟

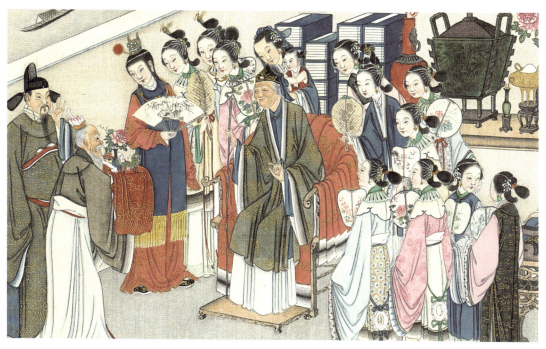

图3-16 清虚观打醮之送麒麟

是作者原稿。比如清代同治元年的进士平步青在《霞外捃屑》中谈到了一些小说戏曲资料考订问题，说到湘云时，他说：初仅钞本，八十回以后轶去，高兰墅侍读鹗读之，大加删易。原本史湘云嫁宝玉，故有"因麒麟伏白首双星"章目；宝钗早寡，故有"恩爱夫妻不到冬"谜语。兰墅互易，而章目及谜未改，以致前后文矛盾，此其增改痕迹之显然者也。我们从他这段话就能很明白看出，他所知道的就是高鹗在读《红楼梦》时进行了删改，而并没有认为高鹗是续书者。他认为因为有"白首双星"的回目，所以就必然是史湘云最后嫁给宝玉了。平步青认为是高鹗在整理后四十回时把宝钗和湘云的命运互换了一下，但是回目和诗谜却忘记修改了，所以现在还有白首双星和恩爱夫妻不到冬的文字。清代类似的笔记还有几种，也是说《红楼梦》最后几个人物的结局和现在的不同。比如清代甫塘逸士《续阅微草堂笔记》中说曾经有一个所谓旧时真本，写贾府抄家后，宝钗早死，宝玉没法生活，就沦落成打更的更夫，湘云变成乞丐，之后和宝玉成夫妻，就和第三十一回回目"白首双星"吻合了。还有清代赵之谦《章客杂记》中说宝玉成了看街兵，史湘云再嫁给宝玉，《红楼梦》才结束。董康《书舶庸谈》记载他母亲小时候见到过一部《红楼梦》，写的是黛玉和宝钗都死了，宝玉娶的是湘云。还有几种说法也基本都是宝钗婚后难产死了，宝玉穷困落魄，湘云成了寡妇，两人就凑合在一起了。经过长期争论，学术界基本可以达成一致的观点是，这类的说法应该和现在流传下来的《红楼复梦》《红楼圆梦》《补红楼梦》《红楼真梦》之类的书一样，都是各种人读过《红楼梦》后重新创作的续书，并不是什么所谓的"真本"。这类的续书基本上都是在程伟元、高鹗整理出版《红楼梦》之后写的，也许是对程高本的结局不满，所以在对主要人物的处理上和程高本结局有很大不同，而且很多地方刻意和前八十回保持一致，比如对湘云结局的安排，就是很明显要照应这个因麒麟伏白首双星的回目。

俞平伯先生在研究中注意到了第三十一回中的两条脂批，一条是第三十一回回前批说："金玉姻缘已定，又写一金麒麟，是间色法也。何颦儿为其所惑？故颦儿谓'情情'。"另一条是回末批说："后数十回若兰在射圃所佩之麒麟，正此麒麟也。提纲伏于此回中，所谓草蛇灰线，在千里之外。"因为这两条批语，俞平伯先生无论在《红楼梦辨》中，还是在修订更名之后的《红楼梦研究》中，都认为湘云的麒麟和宝玉没什么关系。他说：金麒麟的事，脂砚斋已经说得很清楚，是间色法，并没有宝湘成婚之说。这个说法显然是很符合逻辑的。周汝昌却不同意，他像写小说一样详细假想了一番，他认为，史湘云家也被抄家了，未婚少女要由官府处置发落，所以湘云可能被送到贵族家中为奴，就这么到了卫若兰家里，当他看见卫若兰的金麒麟时，大吃一惊，知道是宝玉的东西，就伤心落泪。卫若兰见她哭了，就很奇怪，反复追问才知道湘云是宝玉的表妹。用周汝昌原话就是"不禁骇然"，然后就极力去寻找宝玉的下落，最后大概是冯紫英的帮忙，宝玉和湘云才得以重逢。这时，宝钗已死，宝玉也已经出家，再见到湘云，彼此都是无依无靠之人，就在卫若兰和冯紫英的撮合下结为夫妻，也就照应了因麒麟伏白首双星的回目了。这是周汝昌《红楼梦新证》中的观点。这种说法毫无根据，不能算是学术结论，倒可以算是小说家言。我们可以想象，如果宝钗和宝玉结婚以后，宝钗难产而死，宝玉出家，遁入空门后遇到了湘云，然后就又还俗回来，和湘云结婚，最后又因不耐俗世，再次出家。这成了什么了？反复无常，简直是把信仰和婚姻都当作儿戏。难道脂砚斋在批语中说的宝玉最后"悬崖撒手"就是出家以后又还俗吗？有人又问：已经回到青埂峰下的顽石，曹雪芹还会把它搬回人间吗？又有学者说，这么多让宝玉和湘云结婚的说法，都必须要有一个前提，就是宝钗早死。但是看前八十回的伏笔或脂批等种种迹象都没有宝钗早死的提示。

从薛宝钗名字的研究来看，"钗"代表着分别的意思，因为钗是分两股的，白居易在《长恨歌》中说："钗留一股合一扇，钗擘黄金合分钿。但教心似金钿坚，天上人间会相见。"说唐明皇和杨贵妃把金钗的两股分开，把钿盒的两扇劈开，各拿一半。只要两个人有坚定的情感，天上人世总会有见面的时候。辛弃疾《祝英台近》词："宝钗分，桃叶渡，烟柳暗南浦。"杜牧《送人》："明镜半边钗一股，此生何处不相逢。"吴世昌说情人告别时分钗破镜这样的习俗，到了宋代还留着。因此宝钗就象征着分离，也预示着她最后的命运是和宝玉分离。更有意思的说法是第六十二回，众姊妹在大观园过生日，行酒令时，拈阄射覆，宝钗覆了一个"宝"字，宝玉就射了一个钗字，大家问他为什么，他说：旧诗有"敲断玉钗红烛冷"（南宋礼部侍郎郑会的《题邸间壁》中的句子，诗人在外游历，想象着家中的妻子是如何敲断玉钗，思念自己，计算着自己的行程该到哪里了。宝玉提到的这首诗依然是一个夫妻分离的隐喻）。香菱出来继续解释：李义山有七言绝句说"宝钗无日不生尘"，而岑参有五言律说"此乡多宝玉"。香菱还说，我还笑说他两个的名字，都在唐诗上呢。后来就有研究者认为：这里的这些话都与宝钗的命运有关，是一种预示：宝钗无日不生尘，预示着宝钗以后要和宝玉分离，孤单地生活，钗不用当然会落满灰尘，暗示着宝钗婚姻的闲置。更进一步的说法是，香菱是宝钗的女伴和侍女，用香菱来点明宝钗名字上的寓意并不是偶然的。宝钗自己的诗中也有"焦首""煎心""琴边衾里总无缘"这样的词句，都暗示着守寡的意思。

第二十一回有一条脂批说："宝玉有此世人莫忍为之毒，故后文方能悬崖撒手一回，若他人得宝钗之妻，麝月之婢，岂能弃而僧哉。"这里说宝玉有别人都不忍为之的毒，就是宝玉的情极之毒，这个情极之毒很准确地描述出了一个人在面对特别无奈的时刻所表现出的无力感，和走向反面的极端情绪。最明显的就是第七十七回，晴雯、芳官和四儿被撵出去后，宝玉一开始还哭得厉害，后来却又说："从此休提起，全当他们三个死了，不过如此。况且死了的也曾有过，也没有见我怎么样。"虽然我们对《红楼梦》中人物结局的认可不能达成一致，但有一个观点，应该还是可以达成一致的。就是宝玉最后出家这个结局。他的离开是义无反顾的，让他又回头和湘云结婚，与宝玉的思想性格逻辑相违背。有人曾提出"宝玉一生都在尽全力要打破金玉姻缘的枷锁，难道遁世出家之后却又要去寻找另一段金玉良缘吗？"的问题，是很贴切的。

我们再来说说什么叫"间色法"。脂批说：金玉姻缘已定，又写一金麒麟，是间色法也。然后又问：为什么林黛玉要被这个金麒麟迷惑，而生湘云的气呢？我们知道，"间色"是绘画术语，是指混合两原色而生成的另一种颜色。书中"间色法"是指将不同人物的情感、命运等用间色原理混合于某一物的手法。这里脂批的意思是，宝钗和宝玉的"金玉姻缘"已经定了，金麒麟只是起"间色"之用，它对钗玉婚姻有渲染、反衬、烘托等作用。其实在《红楼梦》中，湘云这个人物就是来衬托和陪衬宝钗的。她是代替宝钗受箭的盾牌，像黛玉讽刺湘云："他不会说话，他的金麒麟会说话！"其实并非反感湘云和她的金麒麟，也不是嫉妒她和宝玉，湘云给宝玉梳头时那么熟悉热络，黛玉也认为很自然、很应该。所以黛玉针对的是宝玉对待这种佩戴的物件十分看重的态度，影射的是宝钗的金锁。

　　湘云是宝钗的陪衬和反衬的另一个例子在第三十二回，湘云劝宝玉要潜心于仕途经济学问。这并非要实写湘云和宝玉，实写的其实是宝钗平时和宝玉的矛盾，不仅补写出宝钗平时对宝玉的规劝，也是一种写作方式。我们想一下：如果让宝钗一见到宝玉就劝，成什么小说了？宝钗的形象岂不是和唠叨琐碎的人没差别？但是作者为了提醒读者宝钗的劝，就通过湘云这样侧面写一下宝钗，效果会更好，也给宝玉和宝钗这两个主要人物的关系，尤其是为后文中二人的夫妻生活留出了余地，不至于让两个人之间的矛盾特别突显和巨大。另外，我们还有一个例证：第七十四回，王善宝家的说晴雯坏话，王夫人有一段对晴雯的评价，可以看出，王夫人讨厌林黛玉，认为她与晴雯类似。过去，有人认为王夫人不喜欢漂亮的女孩儿，是她有嫉妒心。其实不是，王夫人不喜欢的是任情任性的美人，她喜欢稳重的宝钗式的美人。而湘云的性格更加开放，其豁达爽朗、无遮无拦之处，较之晴雯又超出许多，在主子小姐中也属另类。这里，实际上显露出王夫人的择媳标准。在此标准下，她能允许宝玉和湘云联姻，简直不可想象，除非论者也能从脂批推测到后来王夫人也死了。林语堂也曾用诙谐的话这样阐释："史湘云据三十七回'自是霜娥偏爱冷'，应该早寡，但据三十一回'因麒麟伏白首双星'，又应当白发偕老。又要拆散，又要偕老，这是前八十回自身的矛盾，是不可能的事，不关高鹗。"有学者给出了一个更好的解释，就是要重新定义"白首双星"的含义。不能只看白首，就觉得是白头到老的意思。对于女子来说，这是一个成语：白头之叹。是说女子年老后被抛弃的哀叹。元代王实甫《西厢记》中说："此身皆托于足下，勿以他日见弃，使妾有白头之叹。"清代洪昇《长生殿》中说："妾蒙陛下宠眷，六宫无比，只怕日久恩疏，不免白头之叹"。再来看什么是"双星"。从唐宋以后就对双星这个词有了很严格的定义，就是牵牛星和织女星。比如杜甫说"银汉会双星"，辛弃疾说"泠泠一水会双星"，元代马祖常说"银河七夕度双星"。神话传说中牛郎和织女的结局就是不能永团圆。所以，因麒麟伏白首双星，暗示的是湘云以后的命运，和十二钗册子中湘云的题咏和曲子并不矛盾，题咏最后一句是"湘江水逝楚云飞"，"乐中悲"的曲子说湘云是：厮配得才貌仙郎，博得个地久天长，准折得幼年时坎坷形状。终久是云散高唐，水涸湘江。楚云飞、云散高唐，都是化用宋玉《高唐赋》中的楚襄王梦见和能行云布雨的巫山女神幽会的典故，楚襄王与女神的欢会是在梦境中，和牛郎织女一样，好景不长。也同样说明湘云和丈夫劳燕分飞、不能相聚的白首之叹。湘云的婚姻似乎也只是一次，完全没有她嫁过好几次的意思，更找不到曾被卖掉的意思。

"玻璃绣球灯"还是"明瓦灯"：宝玉是来还是离开

第四十五回，紧接着宝钗探黛玉，二人互剖金兰语之后，宝玉来看黛玉。要离开的时候，宝玉说他是点着灯笼过来的，黛玉笑道："这个天点灯笼？"宝玉道："不相干，是明瓦的，不怕雨。"人民文学出版社1982

　图3-17 金兰契互剖金兰语

年版《红楼梦》此处关于"明瓦"的注释
是："古时未有玻璃，用蛎壳磨成半透明
的薄片，茜于窗间或灯架上以透光照明，
谓之'明瓦'。"《红楼梦大辞典》中的
解释又进了一步："用磨成半透明的蚌
壳、蛎壳片，以竹木为小格，嵌于灯框上
作灯罩的灯。"[1]明确说瓦灯是有竹木格
子支撑的。黛玉听宝玉说完，"回手向书
架上把个玻璃绣球灯拿了下来，命点一支
小蜡来，递与宝玉，道：'这个又比那个
亮，正是雨里点的。'……'这个又轻巧
又亮'……宝玉听说，连忙接了过来，前

[1]冯其庸 李希凡
主编：《红楼梦
大辞典》，文化
艺术出版社2010
年版，第75页。

图3-17-1

头两个婆子打着伞提着明瓦灯，后头还有两个小丫鬟打着伞。宝玉便将这
个灯递与一个小丫头捧着，宝玉扶着他的肩，一径去了"。黛玉给的玻璃
绣球灯才是用玻璃制成的，是全透明的。看孙温的画（图3-17），的确是
一个小丫头打着灯笼，宝玉扶着她的肩在走。丫鬟手里打着的灯笼很明显
是玻璃绣球灯，全透明的，甚至可以很清楚地看到里面燃烧着的蜡烛，周
围都是玻璃，并没有竹木围的小格。这些都没有错，但是这幅画却十分容
易让人误会，因为画家把宝玉画成穿着蓑衣急匆匆向黛玉的房子走去的样
子，宝钗此时还在黛玉房中，说明这时候的宝玉是正在去潇湘馆的路上。
但从玻璃绣球灯来看，画家画的却是宝玉已经从黛玉家离开的时候了。画
家对小说内容在画面中的设计比较随性，几乎没有规律可循，上一回的内
容可以在下一回的画幅中出现，反之亦然。画面中场景的捏合也没有一定
之规，基本上是作者想怎么画就怎么画，即画家自己知道他要表达什么就
可以了，时间、地点、方向和空间的定位也比较随意，不太会照顾到隐含
的阅读群体的读画体验。

第四章 删掉的重要情节

有些小说中比较重要的情节，被画家删掉不画，这种选择反映了画家对故事的态度和对整部小说人物关系和事件的认识程度。

宝黛钗初会也删除

宝黛钗初会是在宝玉探病梨香院其间，即小说第八回。这么重要的情节，画家当然也要尽力表现。孙温一共画了两幅图（图4-1、图4-2）来展示三人初次见面的场景。

但奇怪的是，图4-1画的是宝玉和宝钗在宝钗的屋子里共同看金锁的场景，黛玉不在场，只在院子外还没进来。图4-2画的已经是黛玉和宝玉在薛姨妈家吃完饭告辞出来的场景了，黛玉依然没有在屋子里，更没有和宝钗谋面。中间极为重要的宝黛钗三人的聚餐却完全没有刻画。《红楼梦》中的重要聚餐大概有十五次左右，其中最重要的就包括了宝黛钗在薛姨妈家吃酒这一次，作者第一次让三人一起面对读者，展开复杂而有趣的言语和心理角逐，也为后文三人的情感关系奠定了基调。但孙温却完全忽略了这一情节，实在是令人费解。我们发现整套《红楼梦》图中，似乎画家更钟情于山水景色，对山石、围墙和房子的绘画确实多于室内图画。如果说画家不擅画家中宴会场面，那么之后的一些宴会，他却画得很不错，也很细致。比如：宝钗生日宴（图4-3）、荣府元宵家宴（图4-4）、冯紫英设宴（图4-5）、贾府螃蟹宴（图4-6、图4-7）人物众多，张灯结彩，

图4-1 宝玉探病梨香院（宝钗识金锁）

图4-2 宝玉探病梨香院（宝黛离开）

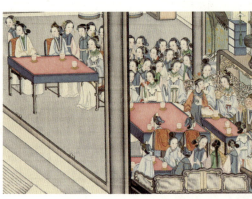

图4-3 宝钗生日宴

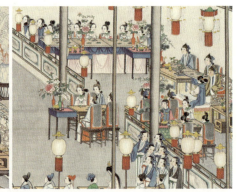

图4-4 元宵家宴

图4-5 冯紫英设宴

图4-7 螃蟹宴众姊妹雅集

图4-6 螃蟹宴

甚至连桌上碗盘中的菜肴都很清楚。

可见，画家并非不擅长画宴会，他就是没打算画宝黛钗梨香院聚餐的那一幕。因为图4-1是强调宝玉和宝钗，图4-2是强调宝玉和黛玉，所以，画家很可能只是要提醒读者，宝玉和两个女孩子的不同情感纠葛。但是，失去了梨香院聚餐场面的画作，加上两幅图都用大幅表现雪景，给人一种冷清凄凉之感，竟使人误以为：这中间会不会有画作丢失了呢？

画家和宝玉都不喜欢李嬷嬷

在一片冷清静谧的宝黛钗"初会"画之后，作者马上画了两个热闹欢快的场景：晴雯贴字和秦钟见贾母（图4-8），前后环境气氛对比之大，令人咋舌。

画家基本是把一个画面分成差不多两个等份，右图是宝玉从薛姨妈家回来，晴雯告诉他，帮他贴了他早起写的"绛芸轩"三个字，大家围在一起抬头看字；左图是第二天一早，秦钟来拜见贾母。宝玉从薛姨妈家归来

图4-8 秦钟见贾母 晴雯贴字绛芸轩 　55

后，有几个重要场面：晴雯贴字、黛玉赞字、枫露茶事件、袭人装睡。其中发生龃龉、矛盾和不愉快的事是枫露茶事件，为此宝玉醉酒大闹，要撵了自己的乳母李嬷嬷。这个场景也很重要。

因为读者就此知道宝玉和乳母之间的矛盾激化到什么程度，为什么宝玉会这么对待乳母。有人认为是宝玉的公子哥脾气导致的。其实不然。宝玉的这一情感表现和黛玉对周瑞家的说"别人不挑剩下的，也不给我"的情感是完全一致的。前文说过，正是因为周瑞家的平日对黛玉就不好，黛玉已经深切感受到了。宝玉也是感受到了李嬷嬷的虚情假意，才厌恶她的。李嬷嬷的哪些表现让宝玉确定她对自己没感情呢？且不说李嬷嬷喝了宝玉的枫露茶、吃了宝玉给晴雯的豆腐皮包子，就从第八回宝黛钗初会，饭桌上李嬷嬷来劝宝玉少喝酒时黛玉说"这个妈妈，他吃了酒，又拿我们来醒脾了！"就能明白她也认为李嬷嬷不是真心待宝玉。李嬷嬷之前早就已经说了她劝宝玉少吃酒的原因：

> 当着老太太、太太，那怕你吃一坛呢。想那日我眼错不见一会，不知是那一个没调教的，只图讨你的好儿，不管别人死活，给了你一口酒吃，葬送的我挨了两日骂。姨太太不知道，他性子又可恶，吃了酒更弄性。有一日老太太高兴了，又尽着他吃，什么日子又不许他吃，何苦我白赔在里面。（第八回）

原来她劝宝玉少喝酒，并非为他的健康着想，而是怕自己挨骂。在贾母、王夫人眼前，宝玉即便醉死了，也与她无干。又抱怨贾母的法度无定数，害得她自己陪着挨骂。一席话中所关心的全都是自己，哪里有宝玉？不仅如此，她还偷懒，能溜就溜，不恪尽职守。第八回她借口回家换衣服，直接溜号，不管宝玉。贾母问起，没人敢以实相告，只有宝玉回答："他比老太太还受用呢，问他作什么！没有他只怕我还多活两日。"如果我们只看到宝玉对她不敬，看不到她对宝玉的不慈，还真是冤枉宝玉了。

一直以来，宝玉摔茶盏骂茜雪的一段描写都被当作宝玉纨绔子弟习气发作的最好例证，来证明宝玉并非完人，或者说并非一个思想精进的人，还保留着所谓贵族子弟的坏脾气。其实人类不管高低贵贱，在面对一个在自己身上没有用一点儿真情的所谓亲近之人时的情感和表现都是一样的，就是必然要表示不满和反抗。

这就让我们又考虑到另一个问题，画家在宝黛钗初会和晴雯贴字两幅画中都删掉了有李嬷嬷存在的场面，是不是也有另一层含义，即不想表现这种复杂的人物冲突。或者说，画家或许也不喜李嬷嬷，但从礼教角度讲，也不赞同宝玉对待她的态度。

接风宴只画"尾声"

前文也说过，画家并非不擅画宴席，但却对小说中个别较为重要的宴饮场面人为删减或回避，令人不解。除上文中提到的宝黛钗初会的家宴作者完全没有表现外，在第十六回王熙凤接风迎贾琏中，将接风其间的重要情节置之不理，却只画出了接风宴之后，贾蓉和贾蔷来找贾琏的画面（图4-9）。

第十六回小说文本中，凤姐给贾琏的这场接风宴中表现了很多重要内容：凤姐喝酒的节制和对礼的恪守，凤姐夫妇和贾琏奶妈之间的融洽关系，首次透露元妃省亲的来由和准确消息、贾府的应对措施，首次借赵嬷嬷和凤姐的对话叙述出皇帝南巡和接驾之事。但画家都选择忽略掉，他的画面对应的是小说文本中宴饮

图4-9 凤姐接风迎贾琏

57

结束时的场面：贾蓉和贾蔷向贾琏汇报盖省亲别院和下姑苏采买女孩子等事。文本中的贾琏正在盥手，与画面相符，但凤姐却不同。王夫人来叫，凤姐忙吃了半碗饭，漱口要走，见贾蓉贾蔷来，"凤姐因亦止步稍候，听他二人回些什么"。她此时应该是站起身正要离开的时候，但画面中却依然优哉游哉地端着一杯茶坐在床边和赵嬷嬷聊天。贾蔷向贾琏汇报的场面应该是这一回中最无趣的部分，都不及之后贾蓉在灯影里拉凤姐衣裳，示意凤姐在贾琏面前帮着说话，以及凤姐借机将赵嬷嬷两个儿子安排到这一项工作中等情节生动有趣。也许画家认为，这样设计就能把此段中出现的人物全部笼罩进来。但其实却是为求全而放弃了细节的独特性和趣味性。

画家的取舍

孙温绘全本《红楼梦》中，画家对情节的取舍有时候我们很难猜出原因，也只能通过他没有画的，又被普遍认为是比较重要的情节来看，画家的欣赏眼光的确有些不一样。比如，第三十五回"白玉钏亲尝莲叶羹 黄金莺巧结梅花络"和第三十六回"绣鸳鸯梦兆绛芸轩"的内容被画在同一幅画面中（图4-10），莺儿打梅花络这么重要、有趣的情节却没有画出来，从黛玉剪掉玉上的穗子后，宝钗用络子络上玉，就完成了宝黛和玉钗之间关系的一个里程碑式的转变。从此以后，对宝玉来说，黛玉逐渐远离，而宝钗逐渐走近。而且虽然画中有黛玉和湘云探望袭人在门外偷看的场面，但这个瞬间的重要性根本就不能和宝钗在宝玉床边绣兜肚、宝玉梦呓的时刻相提并论。画家舍去最重要的点题的情节不画，也许又是为了避宝钗之讳吧。联想起他在后面居然画了宝玉光着身子挑逗五儿的画面，就更为这里不能画出宝玉穿着色彩鲜艳的兜肚午睡、喊出令宝钗大为震惊的话的场面而遗憾了。

还有一些取舍也是如此。第三十七回为"蘅芜苑夜拟菊花题"，但是画面中却完全没有宝钗和湘云夜拟菊花题的内容，只是在水亭子中吃螃蟹

的宴会（图4-11）。如果能画
出二人所拟题目，将其一一在
墙上展示出来，那么大观园诗
社雅集的味道会更浓。

第四十七回"呆霸王调情
遭苦打 冷郎君惧祸走他乡"，
其中包含了赖尚荣家宴会、柳
湘莲打薛蟠、贾珍贾蓉寻找薛
蟠、柳湘莲惧祸逃走。可是图
中这些故事都完全没有表现，
只有一堆山石和房子、宝玉和
一群人而已（图4-12）。虽然
有两匹马在远处，似乎要点明
薛蟠和柳湘莲的去向，但从对
正文的表现来说，依然不能说
有任何意义。

如果按照回目逐一排查，
画家在对情节的取舍上确有许
多让人不能理解之处。但是，
画作本就是阅读者评论的一种
形式，画什么不画什么就代表
了读者对人物和情节的喜爱、
认可和选择。孙温的画就是让
我们看到了一个画家心中的
《红楼梦》的样子。

图4-10 白玉钏尝莲叶羹

图4-11 螃蟹宴

图4-12 呆霸王调情遭苦打 冷郎君惧祸走他乡

第五章　淡化文本中的情感

我们能发现，画家在整套画中，的确是尽量避开强烈冲突的场面，画风平和安闲。其实，中国画并不是不能表现人物的负面情绪，古代小说版画中很常见人物间斗争的场景。如《三国演义》"张翼德怒鞭督邮"的版画[1]（图5-1）中，张飞大幅度地鞭打动作与小说文本描写就非常贴合。小说写：

> 督邮未及开言，早被张飞揪住头发，扯出馆驿，直到县前马桩上缚住，攀下柳条，去督邮两腿上着力鞭打，一连打折柳条十数枝。（第二回）

再如《水浒传》"鲁提辖拳打镇关西""鲁智深野猪林救林冲"[2]的版画（图5-2）中，鲁智深打斗的动作和郑屠的表情姿态都能明显看出人

[1]《古代小说版画集成》第二册，汉语大词典出版社2002年版，第7页。

[2]《古代小说版画集成》第二册，汉语大词典出版社2002年版，第483页。

图5-1 张翼德怒鞭督邮

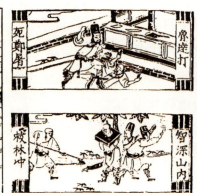

图5-2 鲁提辖

图5-3 《云合奇踪》

物的情绪和场面的紧张。《云合奇踪》[1]（图5-3）中的打斗场面也是动作伸展幅度很大。

[1]《古代小说版画集成》第四册，汉语大词典出版社2002年版，第14页。

因此，只能说孙温不太愿意把精力花在表现矛盾冲突上，在《红楼梦》冷热并存、交替进行的故事情节中，他倾向于画那些热闹、和平的场面。即便是在不得不画冲突的场面时，他也让人物的表情和肢体语言传达出与情节不太相符的意思，淡化刺激和矛盾。

比如，第三回宝玉摔玉是全书第一次表现人物强烈情感的场面（图5-4），小说中这样描写：

> 宝玉听了，登时发作起痴狂病来，摘下那玉，就狠命摔去……宝玉满面泪痕泣……（第三回）

但画中宝玉的脸上却木讷无情，举止动作更是"潇洒愉快"，看不出一丝激烈的情绪（图5-4-1）。画家并没有有意识地根据小说情节营造应有的画面气氛。第七回，焦大骂宁国府（图5-5），原本也是令人触目惊心的场面：

> 凤姐在车上说与贾蓉道："以后还不早打发了这没王法的东西！留在这里岂不是祸害?……"众小厮见他太撒野了，只得上来几个，揪翻捆倒，拖往马圈里去。……众小厮听他说出这些没天日的话来，唬的魂飞魄散，也不顾别的了，便把他捆起来，用土和马粪满满的填了他一嘴。……凤姐听了，连忙立眉嗔目断喝道："少胡说！那是醉汉嘴里混吣。你是什么样的人，不说没听见，还倒细问！等我回去回了太太，仔细捶你不捶你！"（第七回）

图5-4-1

红学史上曾经有凤姐和贾蓉有私情之说，虽然从版本角度已

图5-4 宝玉摔玉

图5-5 焦大醉骂

经得到解释，但这个问题依然被有些人质疑。作者此处也确实特别描写了一下凤姐和贾蓉的状态："凤姐和贾蓉也遥遥的听见了，都装作没听见。"这一句话说得有些突兀，似乎生怕读者不明白似的。虽然他们二人都装作没听见，但凤姐却没能抑制住怒火。所以当宝玉问她焦大话中的意思时，凤姐登时发作起来，呵斥宝玉。我们应该知道，在整部《红楼梦》中，凤姐这是唯一一次如此声色俱厉地对待宝玉。这恰好说明她是出于瞬间没有控制住的愤怒才斥责宝玉的，当宝玉表示认错后，她也正好冷静下来，所以立刻对宝玉改变了态度，并用宝玉最喜欢的、和秦钟读书的事哄他高兴，借以掩饰自己不冷静犯下的过失。

小说中这些人物此刻的动作和凤姐的怒火，在画中全然没有表现出来。马车里的凤姐平静愉悦，站在旁边的贾蓉也一脸微笑，抓住焦大和站在一旁的小厮奴仆甚至还面带笑容，尤氏和秦可卿还在门首站立观看，表情淡然，如同没事人一样。整个画面的气氛和小说文本中喧闹、尴尬的场面天差地别。

"还泪"的主题不见了?

《红楼梦》是"还泪的故事"，这是众所周知的。黛玉的哭泣和眼泪是小说极为重要的情感表现，时常在小说中出现。黛玉并非都是在与宝玉拌嘴或与宝玉有关的事上哭。

整部小说中，明写黛玉哭的文字共三十一次，现将哭的原因开列如下：

序号	事件	回
第一次	辞别林如海	第三回
第二次	初见贾母	第三回
第三次	宝玉摔玉	第三回
第四次	与宝玉"言语不和"	第五回
第五次	因剪香袋，宝玉掷还荷包	第十七回至第十八回
第六次	正月里，宝玉到宝钗家玩，湘云又来	第二十回
第七次	宝玉说"若共你多情小姐同鸳帐"	第二十六回
第八次	黛玉被拒怡红院门外	第二十六回

序号	事件	回
第九次	黛玉葬花	第二十七回
第十次	和宝玉理论前一晚为何不开门	第二十八回
第十一次	清虚观打醮之后宝玉摔玉	第二十九回
第十二次	宝玉摔玉、黛玉大哭大吐之后宝玉来赔罪	第三十回
第十三次	宝玉在湘云面前赞黛玉不说混账话，宝玉诉肺腑	第三十二回
第十四次	宝玉挨打	第三十四回
第十五次	看到宝玉有亲人探望，想到自己的孤独	第三十五回
第十六次	感念宝钗送燕窝	第四十五回
第十七次	宝琴李纹等来到，黛玉又觉孤单	第四十九回
第十八次	黛玉向宝玉赞宝钗，想到自己孤独	第四十九回
第十九次	紫鹃试宝玉，宝玉痴狂	第五十七回
第二十次	夜间紫鹃与黛玉肺腑	第五十七回
第二十一次	宝钗在黛玉面前和薛姨妈撒娇	第五十七回
第二十二次	"杏子阴"一回，宝黛互看消瘦	第五十八回
第二十三次	黛玉潇湘馆设祭	第六十四回
第二十四次	宝钗赠黛玉土仪勾起乡愁	第六十七回
第二十五次	中秋夜黛玉感怀伤情，凹晶馆联诗	第七十六回
第二十六次	宝玉哭迎春出嫁，黛玉共情	第八十一回
第二十七次	宝钗打发婆子送蜜饯荔枝勾起黛玉思绪	第八十二回
第二十八次	黛玉噩梦，贾母等疼爱不在，宝玉剜心	第八十二回
第二十九次	疑心婆子骂自己	第八十三回
第三十次	黛玉看宝玉旧物感伤	第八十七回
第三十一次	误听宝玉订亲知府千金	第八十九回

　　以上都是有原因的哭。有十六次是为宝玉而哭，其他十五次哭都是为表达其他情感，尤其是思乡之情。针对日常无原因的哭，作者曾总体一说，就算都概括了：

　　　　紫鹃雪雁素日知道黛玉的情性，无事闷坐，不是愁眉，便是长叹，且好端端的不知为了什么，常常的便自泪道不干的。先时还有人解劝，怕他思父母，想家乡，受委屈，只得用话宽慰解劝。谁知

图5-6 撵司棋

图5-7 贾环被疑偷玉

图5-8 黛玉和傻大姐

图5-9 李嬷嬷骂袭人

图5-10 芳官

图5-11 柳五儿蒙冤

图5-12 黛玉葬花

图5-13 宝玉摔玉

后来一年一月的竟是常常如此，把这个样儿看惯了，也都不理论了。（第二十七回）

但是到了孙温的画中，黛玉却很少哭，甚至在很多情感大事上都看不到她的眼泪。但令人不解的是，画家并非不喜画悲泣场面，其实整本画作中表现了很多哭泣的画面。比如，第七十七回，抄检大观园后撵司棋的场面在小说中就十分惊心动魄，司棋拉着宝玉哭，宝玉也哭，周瑞家的大骂司棋，威胁要打。到了画中，虽然画家依然没能如文本那样淋漓尽致地表现出每个人的态度，但不管怎样，也画出了司棋掩面哭泣的动作（图5-6）。第九十四回，宝玉失玉，大家怀疑是贾环，就骗了他来询问（图5-7）："只听得赵姨娘的声儿哭着喊着走来……说着将环儿一推，说：'你是个贼，快快的招罢！'气的环儿也哭喊起来。"贾环的哭，画家在这里也表现出来了，掩面的动作很清晰。第九十六回，黛玉遇到傻大姐呜呜咽咽地哭个不止（图5-8），孙温画中的傻大姐一只手揉眼，作哭泣状。第九十八回，黛玉去世后，众人到她灵前哭泣，画家对哭的群像的表现也很不错。另外还有，第二十回，李嬷嬷骂袭人"一心只想妆狐媚子哄宝玉"，袭人听了"由不得又羞又委屈，禁不住哭起来了"（图5-9）；第六十回，赵姨娘和芳官为蔷薇硝打架，芳官大哭（图5-10）；第六十一回，柳五儿被冤偷盗茯苓霜和玫瑰露，"五儿唬得哭哭啼啼，给平儿跪着，细诉芳官之事……这五儿心内又气又委屈，竟无处可诉；且本来怯弱有病，这一夜思茶无茶，思水无水，思睡无衾枕，呜呜咽咽直哭了一夜"。（图5-11）

这些人在孙温画中的哭泣都一目了然，但在黛玉的三十一次明确哭泣中，却仅仅挑选了两个场面来画，一个是第二十七回黛玉葬花（图5-12）；另一个是第二十九回，清虚观打醮回来之后，宝黛拌嘴之后宝玉摔玉（图5-13）。但黛玉葬花如此重要的场面，画家却用了一个远景，画黛玉对着一个小花冢哭，宝玉在山石后面哭。二人的身影在画中非常渺小。

宝黛情感的淡化

至于黛玉思乡之情的哭泣在绘本中更是毫无反映。无论是黛玉辞别父亲（图5-14），还是和外祖母一起思念母亲（图5-15），或者是宝玉摔玉（图5-16）（宝玉摔玉之后黛玉独自哭泣、向袭人询问玉的来历的情节，画家并未画及），甚或是误剪香囊时（图5-17），在孙温的画中，黛玉的表情要么是愉快的，要么是平静的，完全看不到难过和伤心。掩面而泣的

图5-14 黛玉辞父   图5-15 黛玉见贾母

图5-16 宝黛初见摔玉

图5-17 误剪香囊

图5-18 去王夫人上房

姿态作者已经画了很多，而且黛玉之哭泣和其他人的哭泣又自不同，正是小说新颖独特的主题所在。画家对此不仅不加渲染，反而完全忽视，实在令人费解。比如图5-18，小说文本中，黛玉误剪给宝玉新做的香袋之后本自懊恼，宝玉又故意冷言冷语将身上所带的荷包掷还，"黛玉越发气的哭了，拿起荷包又铰。"画上没有体现出这一场闹，且小说上明明说是："一面说，一面二人出房，到王夫人上房中去了。可巧宝钗也在那里。"就是说，出门的只有宝黛二人，并无宝钗等人。但图5-18中却是一大群人和宝玉先走出去了，黛玉才从后面追来，一副开心愉快的样子，宝玉却像没事人一样意外地回头看她。画作对小说这种地方的改动也是不容忽略的，这种改动不仅不忠实原作，还淡化了小说中人物的情感，拉远了人物间的距离。

在小说文本中，宝黛之间的情感恰是通过多次的哭泣、吵闹和猜忌来表现而令人印象深刻的。如果画作中没有这些内容，宝黛二人的情感则变为子虚乌有，不仅不能指望可以打动人，如果对文本不熟的读者看了，甚至都不会认为这两个人之间还会有什么特殊关系。比如，第二十六回，宝玉白天用《西厢记》中的话和黛玉开玩笑说："若共你多情小姐同鸳帐，怎舍得叫你叠被铺床？"惹怒黛玉，晚上在外面喝了酒回来，没料到黛玉被晴雯拒之门外，作者浓墨重彩写黛玉当时的心情："原来这黛玉秉绝代姿容，具稀世俊美，不期这一哭，那附近柳枝花朵上的宿鸟栖鸦一闻此声，俱忒楞楞飞起远避，不忍再听。"

第二十六回中的这些浓烈情感都是为了后面第二十七回写黛玉葬花做铺垫。但画家在表现"潇湘馆春困发幽情"（图5-19）一节时只画了宝玉在门外傻站着的样子和薛蟠宴请，宝玉和黛玉在房间里的一场很有情趣的揶揄怄气却毫无表现，更别说晚上黛玉被拒的精彩场面了。

第三十二回，宝玉向黛玉诉肺腑一节（图5-20），画面中有四组人物，最前面的是贾政叫宝玉，宝玉匆忙出门，袭人赶着给宝玉送扇子；山石后面的两个女孩儿是湘云和翠缕，在讨论捡到金麒麟的事；画面左边远远有一个女孩儿拿着扇子，也许是黛玉，因为这一回中是写黛玉偷听到宝玉在袭

图5-19 潇湘馆春困发幽情

图5-20 宝玉诉肺腑　　69

图5-21 黛玉探宝玉　　　　图5-22 金兰契互剖金兰语

人和湘云面前称赞自己；画的右边角落是宝玉，正拿着扇子走出来。画家把两回文字中的四个场景集中到一幅画上，却恰恰漏掉了最重要的宝玉向黛玉诉肺腑的场景，使得小说这一回标题"诉肺腑心迷活宝玉"的含义完全落空。

第三十四回宝玉挨打之后，黛玉去探望宝玉（图5-21），小说写道："（宝玉）恍恍惚惚听得有人悲戚之声。……只见两个眼睛肿得桃儿一般，满面泪光……此时林黛玉虽不是嚎啕大哭，然越是这等无声之泣，气噎喉堵，更觉得利害。……方抽抽噎噎的说道：'你从此可都改了罢！'宝玉听说，便长叹一声，道：'你放心。别说这样话。我便为这些人死了，也是情愿的！'"

这段话不仅写了黛玉悲泣之程度，也是小说作者要表达的关键内容之一，即宝玉的"不悔"，是小说主旨所在。但这么重要的地方，在画家笔下黛玉的哭泣之状并不明显，更谈不上"气噎喉堵"。

第四十五回"金兰契互剖金兰语"（图5-22）是黛玉和宝钗的关键文字，而且里面还有宝黛关于"渔翁渔婆"的有趣比喻，正是凸显宝黛情感的重要情节。但画家却用了大部分的画幅来表现房屋山石，只在画面斜对角的两个位置画了很小的宝钗和黛玉，远远地能看到穿着蓑衣的宝玉，近角的黛玉还是个背影。人物在画家笔下总是不如景物那么有分量，永远只是中国画中的"点景人物"的用途，而不是重点要讲述的对象。换句话说，画家和作家的不同在于，作家是在讲故事，而画家像是用望远镜看有人物点缀的景观。

第五十七回，"慧紫鹃情辞试忙玉"（图5-23）一节，宝玉对黛玉似傻如狂的情痴众所周知。一开始宝玉在潇湘馆的回廊上看到紫鹃，紫鹃提醒宝玉不要拉拉扯扯，并躲进别的房里去不和他说话，这时作者说："因祝妈正来挖笋修竿，便怔怔的走出来，一时魂魄失守，心无所知，随便坐在一块山石上出神，不觉滴下泪来。"由此我们知道，画的右下角是紫鹃和宝玉。扫叶子的老祝妈在画的中间偏右，占了一个相当显著的位置，而且人像也比其他人都大，这让人有主次不分的感觉。画面左边的一个丫鬟应该是雪雁，她告诉紫鹃宝玉一人在"沁芳亭后头桃花底下"呆坐哭泣后，紫鹃又去找他，就是画中最远处的两个人。我们可以看出，宝黛之间的情感在这里依然缺席。孙温的画在对故事情节和人物情态的表现上和原

图5-23 慧紫鹃情辞试忙玉　71

著的差距还是相当大的。

　　其实，不仅在宝玉的争吵拌嘴中，画作上的黛玉很少哭，即便是到最后将死之时，她也并没有给人流泪的感觉。如第八十九回"杯弓蛇影颦卿绝粒"（图5-24）和第九十七回"林黛玉焚稿断痴情"（图5-25）画中，我们也看不到她的哭泣之状。

　　更可笑的对比是宝玉的眼泪。画家把宝玉的唯一一次眼泪留给了探春，而没有给黛玉。第一百回探春远嫁，画家让宝玉坐在床沿上掩面悲哭（图5-26）。而与之形成强烈对比的是，第九十八回，小说回目是"病神瑛泪洒相思地"（图5-27），我们在孙温的画中看到一群女子在黛玉灵前哭泣，却又看到一个胖公子哥由四个轿夫抬着悠然而来。画作细部可见宝玉表情安闲淡然，优哉游哉，四个轿夫情绪高昂（图5-27-1），哪里像小说里写的"宝玉……不禁

图5-27-1

嚎啕大哭……宝玉已经哭得死去活来……宝玉又哭得气噎喉干"。

　　虽然小说中确有"贾母等只得叫人抬了竹椅子过来，扶宝玉坐上"的文字，但为什么画家恰选宝玉坐轿而来的瞬间，而不是痛哭黛玉的时刻呢？

　　从画家对宝黛情感的淡化来看，他似乎在有意避讳对宝黛情感的描绘，也许依然是礼教思想作怪，也许是想刻意避免让《红楼梦》给人留下才子佳人小说的印象吧。

　　第二十二回，因众人说唱戏的龄官长得像黛玉，引发了宝黛之间的龃龉。这次的争执也是宝玉第一次悟道的诱因，是小说中比较重要的情节。到了孙温的画中（图5-28），却完全没表现出这一幕的情节。画中三组不

图5-24 杯弓蛇影颦卿绝粒

图5-25 林黛玉焚稿断痴情

图5-26 探春远嫁

图5-27 病神瑛泪洒相思地

同时间段中的人物，只有两组人物的行为暂可分辨，即最前面的一组是袭人给黛玉看宝玉的偈语，左边一组是宝钗、黛玉、湘云戏谑宝玉的场面。隐藏在房后的宝玉和一个丫鬟打扮的人，也许是宝玉被黛玉拒于门外的场面，能看出画家十分不在意宝黛之间的情感发展。

第二十三回宝黛共读《西厢记》是《红楼梦》中的大关键（图5-29），但孙温却将贾政面命和训诫宝玉放在画面最前方，用大幅面展现丫鬟们戏谑宝玉的场面，而把宝黛共读《西厢记》放在了画面最远处，作为一个背景隐含在山石中。而且更可笑的是，宝玉身边堆了快半人高的

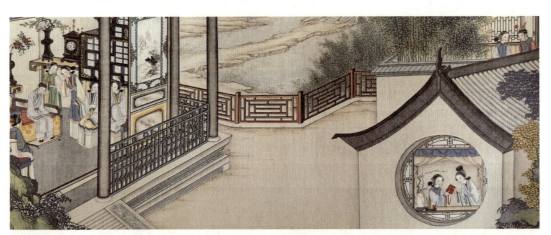

图5-28 听曲文宝玉悟禅机

图5-29 《西厢记》妙词通戏语

书，可能是对小说中的"早饭后，宝玉携了一套《会真记》，走到沁芳闸桥边桃花底下一块石上坐着，展开《会真记》，从头细玩"产生了误解，认为宝玉是连着书的函套都一起抱了出来，堆在山石上。其实所谓"一套"可能就是小说作者随意使用的量词，和"一部"之

图5-30 潇湘馆春困发幽情

类差不多，并不一定就是说宝玉出门把一整套书都带上了。如果是这样，那么为什么后来黛玉要看书时，"宝玉见问，慌的藏之不迭，便说道：'不过是《中庸》《大学》。'"黛玉还一直追着要？黛玉只需随便拿起石头上函套中的书就可以看到，其或函套上也会有书名题签，足可以一目了然。

历来的读者都知道宝黛共读《西厢记》这一段中就是宝黛在一起讨论作品时的对话描写最好看，但孙温偏偏不表现这一场景，而只画宝玉的背影和朝他走来的黛玉，让时间停留在二人并未交集的一刻。这一刻恰恰是这个故事中一点意义都没有的部分。

第二十六回，"潇湘馆春困发幽情"（图5-30），小说中本是这样写的："宝玉便将脸贴在纱窗上，往里看时，耳内忽听得细细的长叹了一声道：'每日家情思睡昏昏！'宝玉听了，不觉心内痒将起来，再看时，只见黛玉在床上伸懒腰。"

宝玉在窗外往窗里看，能看到黛玉在床上的情况。这时候，潇湘馆"悄无人声"，而画中却恰好相反，和以往的惯例一样，画家依然在主角周围画上老嬷嬷和丫鬟。其实画家完全可以放大画面，画出隔着碧纱窗，宝玉和黛玉一个在窗外、一个在窗里的状态，那样的构图效果就能够把"春困发幽情"用图像完美地表现出来了。但画家却只让宝玉呆呆站在房

子外面很远的地方。在用绘画表现情感上，画家显得比较笨拙和缺乏情趣，当然也不排除他有意避开男女亲密的画面。

　　这种情况不仅由表现宝黛关系的画面中反映出来，也能从其他重大情感类细节看出来。比如，黛玉葬花（图5-31）、宝钗扑蝶（图5-32）和晴雯撕扇（图5-33），都是小说最关键、最重要的细节，但孙温在画这些细节时都采取了很可笑的表现方式，令人不能理解地把宝钗、黛玉和晴雯的重要行为都放到画面远处，处理成很小的人像，尤其是晴雯撕扇，如果不放大，几乎就是看不到。令人感到他的画主要表现的是景色山石，然后就是聚集的人物，最后才会把故事主要人物略微交代一下即可。所以，孙温的画并不在于讲故事，强调的不是动态的发展，而更多的是静态的景色和散落其中的点景人物。

　　还有一些明显是闹得人仰马翻的情节，也被画家淡化了，比如第

图5-31 黛玉葬花

图5-32 宝钗扑蝶

图5-33 晴雯撕扇

图5-35 不问累金凤

图5-36 抄检大观园

六十八回"酸凤姐大闹宁国府"（图5-34），凤姐又哭又闹又撞头又打贾蓉耳光的激烈场面，到了绘画给人的视觉中却显得异常温柔和谐，甚至还有两个小丫头在厅外调笑交谈。

再比如，第七十三回"懦小姐不问累金凤"中迎春的奶母和丫鬟之间的吵闹（图5-35）；第七十四回"惑奸谗抄检大观园"（图5-36）更应该是一个充满气恼、慌乱和惊惧的场面。但到了画作中都变得平静而风轻云淡，尤其是画中人物的表情，不仅没有惊恐和气愤，还都是一派高兴欢愉，如果是没有看过《红楼梦》的读者，先入为主地看孙温《红楼梦》图，必定无法准确理解画中要表达的到底是什么意思。

图5-37 贾迎春误嫁中山狼

图5-38 冯紫英设宴

还有第七十九回"贾迎春误嫁中山狼"（图5-37），这一回写宝玉因遭遇司棋死、迎春嫁、香菱病和晴雯死等一连串不幸而卧病不起。但画作中的气氛却一派祥和。

相比之下，画家似乎更喜欢展现排场，类似贾元春归省、秦可卿出殡、刘姥姥游园（七幅图）、贾母庆寿等大场面，有时候会用多幅图表现。还有各种宴席和聚会等，如冯紫英设宴（图5-38）。清虚观打醮（图5-39—图5-42）就画了四幅图，而大部分还都是在表现贾府一行人路上的风光繁华景象和人物众多的场面，并不着重渲染细节和人物情感。

在孙温的《红楼梦》图中，宝黛之间几乎看不出有什么特殊关系，遑

图5—39

图5—40

图5—41

图5—42

论爱恋。但实际上，整部《红楼梦》，作者最想要区别于同时代说部的地方，恰是宝黛之情（后文详论）。

李纨睡觉不许看

明清两代，在以四合院为基本框架的建筑格局中，女子的闺房不像西北窑洞或地蜗式建筑中的闺房那样有较强的私密性。四合院中常见的普通闺房有花隔窗，窗下置床，女子睡觉很容易被人看到，《红楼梦》中便有例证。第二十六回，黛玉睡觉被宝玉隔窗窥见："（宝玉）走至窗前，觉得一缕幽香从碧纱窗中暗暗透出。宝玉便将脸贴在纱窗上，往里看时，耳内忽听得细细的长叹了一声道：'每日家情思睡昏昏。'宝玉听了，不觉心内痒将起来，再看时，只见黛玉在床上伸懒腰。宝玉在窗外笑道：'为什么每日家情思睡昏昏？'"窗里窗外的人之间只有一帘薄纱相隔。

我们再来看另外一个人的睡觉：第七回送宫花（图5-43），周瑞家的和智能儿唠叨了一会儿，便往凤姐儿处来，接下去，作者描写了周瑞家的经过李纨窗外，窥见李纨睡觉的情形。这里就存在一个版本问题，庚辰

图5-43 周瑞家的送宫花

本、己卯本、梦稿本皆作："穿夹道，彼时从李纨后窗下过，隔着玻璃窗户，见李纨在炕上歪着睡觉呢。遂越过西花墙，出西角门，进入凤姐院中。"我们很惊奇地发现，除庚辰本、己卯本和梦稿本外，甲戌本、蒙本、戚序本、戚宁本、舒序本、甲辰本、列藏本、程甲本、程乙本基本都是："穿夹道，从李纨后窗下过，越西花墙，出西角门，进入凤姐院中。"除个别字有出入外，各本均无"隔着玻璃窗户，见李纨在炕上歪着睡觉呢"一句。很明显，这些本子将这句话删掉了。

李纨睡觉为什么不能让人看到？这使人联想起晴雯的睡鞋来。《红楼梦》第七十回，晴雯、芳官等在床上打闹。庚辰本作："那晴雯只穿葱绿苑绸小袄，红小衣红睡鞋，披着头发，骑在雄奴身上。"程甲本、程乙本此处作："那晴雯只穿着葱绿杭绸小袄，红绸子小衣儿，披着头发，骑在芳官身上。"睡鞋在古代女人私生活中的功用，笔者曾有专文论述，此处不赘言。程甲本和程乙本直接删除了"红睡鞋"，因为睡鞋除了和小衣一样的意义外，它还紧密牵扯着古代人们敏感的性神经，程伟元和高鹗在这里只删除"睡鞋"而不删除"小衣"就很说明问题。他们大概觉得晴雯还算是个正面人物，一个清白女孩儿，如何能大白天脚蹬红睡鞋出场？简直不可容忍，不如删去。[1] 如果说程伟元和高鹗在刻书时有多种本子参照，那么这种修改也同样能说明不仅他们二人，那些底本的收藏者或修改者在这个问题上也是抱有同样理解和看法的。与此类似，删去李纨睡觉，大概也是出于要保护她形象的目的。众所周知，李纨是《红楼梦》中一位典型的为丈夫守节的寡妇，她这种坚定不移的贞节观，令贾府上下敬重钦佩。在《红楼梦》抄录者和刊刻者这些士大夫心中，她的形象不容亵渎和诋毁。因而，李纨的睡觉和晴雯的睡鞋一样，都要被删掉。

除此之外，还有一个问题值得注意。甲戌本、蒙本、戚本在"从李纨后窗下过"后有双行夹批："细极！李纨虽无花，岂可失而不写者，故用此顺笔便墨，间三带四，使观者不忽。"略有异文。这些本子皆无"隔着玻璃窗户，见李纨在炕上歪着睡觉呢"句，因此，批者并不会对李纨睡

[1] 夏薇：《〈红楼梦〉中的"睡鞋"与明清两代小说的史料价值小议》，《红楼梦学刊》2014年第1辑。

觉有任何评价。其中，甲戌本和其他二本不同，因为很多人一直认为它可能是《红楼梦》最早的抄本。但是，甲戌本这里不仅没有对李纨睡觉的描写，批者更显示出对此事完全不知情，这不得不让人对这一版本的"最早"说有所怀疑。孙温的画很多地方都对细节有很好的表现，但在送宫花的画幅中，他画了四个场景，从右向左依次是：①正在下棋的迎春和探春②宝黛③凤姐门口的丫鬟丰儿（小说写的是丰儿坐在凤姐堂屋房中的门槛上，与画中不同）④惜春和智能儿。却唯独将李纨完全抛开，也许画家也是不想让人看到睡觉的贞洁寡妇，也许画家看到的是庚辰本、己卯本和梦稿本之外的其他版本的《红楼梦》，里面本就没有李纨睡觉的文字。

祭奠金钏的那一缕散香

图5-44 宝玉祭金钏

图5-44-1

宝玉祭奠金钏是《红楼梦》的重要内容之一。但小说中却并不是明写的，这也是《红楼梦》作者在这部小说中比较独特的一种写作手法。读者只能把一系列和金钏相关的元素拼接到一起后，才能知道祭奠的对象是金钏，而其中最重要、不可或缺的元素就是井和焚香。因为金钏是跳井而死，而要祭奠就需要有香，宝玉正是在井边焚香祷告的。但在孙温的画中，这些元素一个也没有（图5-44）。群山占据了绝大部分画面，两匹马站在寺庙门外，宝玉和茗烟站在寺庙的香案前欣赏着洛神像（图5-44-1）。小说此回在写宝玉到井边祭奠之前，先写了宝玉对着寺庙中栩栩如生的洛神像垂泪。洛神是水神，金钏的死和水有关，所以宝玉要借来寄托哀思。但如果单从看洛神的情节来判断，完全不足以知道宝玉要祭奠的人是谁。孙温其实也明白，但他在表现宝玉祭金钏的情节时，依然只选择了这个细节。可见之后宝玉和茗烟在井边的一系列举动和言辞并未能打动他，令他印象深刻和喜爱到要把它们画下来。相反，画家认为以洛水女神为隐喻的思路很妙。

画家没有留意的，我们不能不在意，《红楼梦》第四十三回正文写宝玉问茗烟要檀、芸、降三种香，茗烟建议他在自己的小荷包里找散香，宝玉就找到了两星"沉速"，又想到是自己亲身带的，就觉得比外面买的好些。这段文字中明确提到的香有四种：檀香、芸香、降香、沉速。这几种香的名贵自不待言，但其高下如何？在《红楼梦》时代，到底哪种香更为贵重？观其名，前三种人们都比较熟悉，唯有第四种，如今并不常见了。人民文学出版社1982年版《红楼梦》此处文下注释作："沉香和速香。这里是指两小块以沉香和速香合成的香料。……香之等凡三，曰沉，曰栈，曰黄熟是也……其黄熟香，即香之清虚者，俗讹为速香是矣。"

清代康熙年间，檀香和沉香的价格差距还是很大的，"沉香三十六斤，每斤价银一两，共银三十六两。檀香三十六斤，每斤价银二钱八分共银一十二两六钱"。[1]沉香价格比檀香高出近三倍多。《度支奏议》广西司卷四："沉速二香产自海外，彼中客贩不以时至，故其价常腾涌难购……大抵诸料之中，惟沉香最贵，沉速、白蜡次之，檀香又次之……沉速价高，不妨稍昂其值，收选太严，不妨稍宽其格……然而，沉香一百七十余斤，其堪收者不过四十斤；而速香则二千余斤之中不得一焉。"[2]《度支奏议》广西司卷三："……香蜡灯草原系上供急需，每岁除各省解到黄白蜡三十余万觔外，仍派商买正旦元宵节一单大料，降真香

[1]〔清〕陈梦雷纂：《古今图书集成·方舆汇编·职方典》第一千二百九十五卷《广东总部汇考·广东田赋考》，中华书局1985年版，第19474页。

[2]〔明〕毕自严撰：《度支奏议》，广西司卷四"会估香蜡价值疏"，《续修四库全书》，顾廷龙主编，上海古籍出版社2002年版，第489册，第40页。

[1]〔明〕毕自严撰：《度支奏议》，广西司卷三，《续修四库全书》，顾廷龙主编，上海古籍出版社2002年版，第487册，第367页。

[2]〔明〕毕自严撰：《度支奏议》，广西司卷四"会估香蜡价值疏"，《续修四库全书》，顾廷龙主编，上海古籍出版社2002年版，第489册，第41页。

[3]〔明〕毕自严撰：《度支奏议》，广西司卷四"会估香蜡价值疏"，《续修四库全书》，顾廷龙主编，上海古籍出版社2002年版，第489册，第40页。

[4]〔清〕吴绮撰：《岭南风物纪》，《景印文渊阁四库全书》，第592册，台湾商务印书馆1986年版，第837页。

二万觔，沈香二十觔，沉速香二千觔……惟沉速二香产自海外，购之稍难，而上纳时，该库极其精选，每十不得一。故各商常称苦累……"[1]降香、沉速皆以千斤万斤论购时，沉香才二十斤，可见沉香之不易得及其昂贵的价值，而沉速仅次于沉香，地位又高于檀香。

而且，时人对沉速的称呼也往往是"沉速二香"，又可见，其并非如沉香或檀香类为一种单纯的香料。如《度支奏议》广西司卷四："……惟沉速二香，专供御用……"[2]"其料之足否，则视买之难易计，该库之最难办者，惟沉速二香。"[3]

清代吴绮《岭南风物纪》对各种香料有备细说明，其中提到沉速时谓之"女儿香，出东莞县马蹄冈、金桔岭、梅林、百花洞诸乡，离城四十里，土人采香归家，女儿拣选，拾其精者而藏之，故有女儿之名。栽种于清明未雨之前，收成于二三十年之后，必祖孙父子相继为业，略无近功……香中去其连头，盖底枯槁白木而留存其纯粹者，曰选香，谓经拣选过也，选中又选，其生结、穿胸、黑格、黄熟、马尾浸者，为最上，即女儿香矣。其次水熟、白纹、藕衣纹者，烧时虽香，微带酸气如沉速，不足贵也。"[4]这是吴绮对沉速的评价，虽言其不足贵，但毕竟也属女儿香中之上品之一，因此，清代宫廷祭祀上供依然所需甚多。星，是我国传统度量制度的一个单位，一星即是一钱，沉速是高等级的香，有两钱也很难得，因此宝玉心内欢喜。

《红楼梦》中女儿为贵，主要描写对象也是女儿。沉速这种香与女儿香的渊源也似乎是作者要向读者又一次暗示宝玉祭奠金钏的情义，用女儿香祭奠逝去的女儿。我们知道，该段的关目是"不了情暂撮土为香"，为什么要"撮土为香"？有人说因为没有合适的祭祀用香。可是宝玉和茗烟去了水仙庵了，姑子不仅借了香炉给他们，甚至连香供纸马也一并拿出来了，只不过宝玉没有接受这些东西。也就是说作者一定要让宝玉用他自己身上荷包里带的散香"沉速"。一般为了表示对受祭亡灵的尊重，都要选比较名贵的香，如《荆钗记》的《男祭》中，王十朋祭奠妻子钱玉莲时用的就是沉檀之类的香"爇沉檀香喷金猊"。但是更有趣的问题却不在这个沉速，而是"散香"。散香，指散碎之香。即不成丸粒状之粉末香，这就合了"土"的意思。散香系密教修护摩法时所用供物之一，散表示微细之烦恼。佛教中有贪、嗔、痴三毒，切花、丸香各表示三毒中之贪、嗔，"散香"则代表痴。这才是大关键，才是宝玉祭奠金钏的"眼"，可惜画家没有关注到。

袭人的假寐

在第八回，我们第一次看到作者直白地告诉读者，袭人在"里间"装睡，目的是哄宝玉和她玩："原来袭人实未睡着，不过故意装睡，引宝玉来怄他玩耍。"这一场面，在孙温的画中也体现出来了。（图5–45）比较好笑的是，孙温并没有按照小说中的说法，画一个"里间"给袭人藏身，而是把她睡的床直接画到了离大门口很近的外间。画面里的人物有宝玉、小姐、丫鬟和嬷嬷，都站着说话，袭人却在床上的幔帐中笑眯眯地合目假寐。在当代人眼中，睡觉也都算是私密事，何况在礼教严格的古代，让人一看便

图5–45 袭人假寐

图5-46 宝玉探袭人

图5-47 李嬷嬷骂袭人

图5-48 四儿侍读

图5-47-1

会产生什么样的感觉，可想而知。

第十九回和第二十回也算是小说中袭人的正传。第十九回"情切切良宵花解语"的主题包括宝玉去袭人家探望、袭人劝谏宝玉两个情节，其实这两个情节之间是有很重要的内在联系的。尤其是宝玉探袭人，更是小说中难得一见的表现不同阶层之间生活的碰撞的部分。小说中这一段的描写极为精彩。作者转换了叙事视角，让宝玉和袭人的日常关系在读者眼中已经熟悉得快要到被忽视的时候，突然用袭人的母亲和哥哥的视角来叙述，使读者梦醒的同时，又借此交代出袭人的原生家庭背景，让袭人一贯的"争荣夸耀之心"有了可以追溯的源头。而且还从袭人对宝玉的谎言中，看到了她的虚伪和狡猾。所以第十九回的宝玉探袭人和袭人劝谏宝玉是第二十回李嬷嬷骂袭人的铺垫，缺一不可。只有让袭人暴露出她争当宝玉妾室的隐晦心思，李嬷嬷的骂才能落到实处。

可惜的是，孙温对宝玉去袭人家探望的场面只用了一个远景点到为止，即宝玉和茗烟骑马出城外的画面（图5-46），而对李嬷嬷骂袭人的场面却很有兴趣（图5-47）。从而使第二十回的故事缺少了一个重要的背景依托。但是，可喜的是，画家让袭人被骂时躺在床上哭泣（图5-47-1），一众人依然是站在地上，也算是使李嬷嬷的话有所落实。

紧接着，第二十一回"贤袭人娇嗔箴宝玉"，作者又一次表现袭人的"睡"："只见袭人和衣睡在衾上……原来袭人见他无晓夜和姊妹们厮闹，若直劝他，料不能改，故用柔情以警之……今忽见宝玉如此，料是他心意回转，便越性不睬他。"两次都是要"劝"宝玉，两次都是躺在床上，希图靠着所谓的"柔情以警之"。袭人的这次假寐，画家没有表现出来，在他的画中（图5-48），只有宝玉在书桌前续写《南华经》、旁边一个小丫头四儿站着看的场景，没有袭人，也没有"娇嗔"，袭人爱吹枕边风的习惯在画家的作品中落空了。

第六章　庶族的烦恼：被边缘化的贾环

在贾府的主子中，地位最低的要算像赵姨娘这样的妾了。连她亲生的儿子贾环也因庶出而经常受丫头婆子们的气。虽然这也和他个人的品格不无关系，但他的庶出身份使得他经常不能出席家庭中重大的宴会和雅集，不能在众人面前崭露头角，也是不争的事实。比如像第十七、十八回元妃省亲这么大的事，他和母亲赵姨娘也不能参加。但是连极幼、未达诸事的贾兰，还可以随母依叔行礼，元春还命赐琼酥金脍等物。贾环亦是贾政的儿子，是元妃的同父异母弟弟，作者却借口生病而令其回避了。《红楼梦》己卯本夹批说："补明，方不遗失。"也就是说，作者之所以还能有闲笔提一句贾环生病，不是因为他在贾府中有多重要，而是要显示作者创作毫发无遗的精细之处而已。

小说中，贾环真正出场已经是在第二十回了。他第一次正式与读者见面就处于一个非常尴尬的境地。元妃省亲完毕，贾府沉浸在新正的热闹气氛中，贾环参与了宝钗、香菱、莺儿赶围棋掷骰子，结果因为输了耍赖，和莺儿发生龃龉，贾环说出了心里话："我拿什么比宝玉呢。你们怕他，都和他好，都欺负我不是太太养的。"这是一种很新奇的出场方式，其令人震惊的程度不亚于凤姐的出场。可以说他刚和读者见面就是自带尖锐矛盾冲突的。

接着，贾环因在大正月哭闹被宝玉数落，回家又被赵姨娘骂，后又被凤姐教训了一顿。作者虽然表现了贾环撒谎赖账的卑琐相，但他处处受挫，他的牢骚话也的确是大家族中的庶子的真实感受。参考赵姨娘和大丫鬟差不多的收入，贾环在乎那几个小钱，境界不比丫鬟高，不是没有原因的。贾环时时和嫡子宝玉相比，其实也不是他去比，而是家中主子奴才都这样比。谁都可以随便给他甩脸子，连丫鬟莺儿一张嘴便也是宝玉如何好，他如何不好。也难怪贾环想也不想马上就把原因归结到"欺负我不是太太养的"这件事上来。在他心中，庶出就是一切他所遇到的不遂心事的根源。

另外，从这里我们还能看到另一层内容，即宝钗和莺儿的关系。宝钗可以在外人面前大摆主子款，拿出气势来斥责莺儿，虽然只有这惊鸿一瞥，已经让人十分心惊！可以想见宝钗平时对莺儿的教训和要求都是非常严格的。反观黛玉和紫鹃，我们从未看到黛玉像这样当面申饬过她，相反，在紫鹃试忙玉一章，我们还听到紫鹃说她和黛玉如同姊妹一样，一刻都不想分离。紫鹃还敢于公然在宝玉面前、在宝钗薛姨妈面前像黛玉的至亲一样挺身而出为她筹谋婚姻大事，态度坚决，情谊深重。宝钗和黛玉的价值观和性情都是在此等琐碎小事中鲜明生动地得以体现的。

谁是我舅舅：探春和曹寅

在为人处世上，凤姐说："真是一个娘肚子里跑出这么两个天悬地隔的人来。"贾环和姐姐探春都是赵姨娘的孩子，都是庶出，可在对待庶出这件事上，贾环是一直挂在嘴上的，而探春却是怕人提起。第五十五回探春理家（图6-1），赵姨娘的哥哥赵国基死了，赵姨娘找探春要丧葬费，探春不给，赵姨娘说出探春是庶出这件事，就当场遭到探春强烈反抗，否认这个舅舅的存在。探春的话虽然让人听起来觉得尖酸刻薄、无情无义，但在当时，却是可以理解的，我们从李纨的态度就能得到证实："姨娘别生气，也怨不得姑娘。"

提到"舅舅"，还有一个很有意思的话题，就是《红楼梦》作者曹雪芹的祖父曹寅的身世。曹寅和小说中的探春贾环一样是庶出的，他也有一

图6-1 探春理家

个舅舅，而曹寅也是多年不敢公开认他这个舅舅。曹寅的生母蕲州望族顾氏女是曹玺的小妾，他的舅舅是顾景星。曹寅与其舅舅顾景星关系密切，甥舅相知相惜。曹寅有《春日过顾赤方先生寓居》道："逆旅药香花覆地，长安日暖梦朝天。开轩把臂当三月，脱帽论文快十年。即此相逢犹宿昔，频来常带杖头钱。"顾赤方即顾景星。在其《白茅堂全集》卷二十《曹子清馈药（己未）》中，顾景星也提到曹寅把薪俸分给他作生活费："药碗绳床尝废日，他乡逆旅动经年。世情交态寒温外，别有曹郎分俸钱。"曹寅对这位"穷且益坚"的舅舅尊敬爱戴有加。但是，《楝亭诗钞》卷四有《题王南村副使风木图》诗："风木吟何限，杯圈属孝思。穷年护丘垄，黔墨变松茨。破散伤游子，清明摘柳枝。披图良触迕，日暮更深悲。"对此，胡绍棠先生说："诗题所及之《风木图》，盖其为曹寅所绘。此诗盖作于康熙四十二年春。清明祭扫之日，曹寅……赋诗抒写其思母之悲情。……但因顾氏虽生其身，却是庶母，故压抑多年，乃父去世已久，嫡母孙氏亦至垂暮之年，方得一写其'孝思'。此前曹寅有悼念母舅顾景星之作《舅氏顾赤方先生拥书图记》，并留表兄顾昌于金陵署中，校雠顾景星遗著《白茅堂集》，为之出资付梓。此诗所寄托的感情，与该文如出一辙，悲悼之外，皆另有一层有憾于当年，而弥补于当今之意。"[1]

顾景星有《怀曹子清》，朱淡文说："末句证实两人别后常有鱼雁往还，而近来曹寅似受某种阻挠，书信减少。令顾老深感思念之苦。'老我'一联又明用《世说新语·容止》王济谓其甥卫玠'珠玉在侧，觉我形秽'典，……年轻的曹寅虽然对顾老百般关照，却似有隐衷，迟迟不敢在诗文中公开承认两人的舅甥关系。直到康熙三十九年八月，顾景星弃世十四年之后，曹寅才写《舅氏顾赤方先生拥书图记》，公开称顾景星为'舅氏'……其辞颇若有憾于二十二年前之忍情，而欲弥补于将来者。"[2]

于是，和探春一样，"曹寅在青年时期不敢正式承认顾景星为舅氏，因为当时曹玺及孙氏健在，虽然曹寅在政治上已有一定地位，但正式承认父妾之兄为舅却是不策略的。冒犯宗法，自甘'下流'，有碍前程，为'政治家'所不取"。[3]按清制"凡嫡母在，生母不得封"（《清史稿·职官》），曹寅后贵为朝廷三品大员，其母顾氏因曹寅嫡母孙氏尚在而始终未得封诰。庶出的曹寅与嫡母及其异母兄弟之间的嫌隙的确也是可以想见的，正是曹雪芹所形容之"乌眼鸡""恨不得你吃了我，我吃了你"。生母在家族中的生存环境，曹寅每日目睹，必定痛心疾首，却又不敢明言或为其争得什么。不仅如此，他自己虽有才多能，恐也要因庶出而常常蒙受屈辱，这也是一部《楝亭集》中有大多郁郁不得志之作的原因之一吧。

通过曹寅的这种作为庶出的经历与情感，我们反观《红楼梦》中探春的生存状态，便豁然开朗。也同时明白曹雪芹之所以能在嫡庶描写中秉持相对公平公正的态度，可能正是基于对祖父曹寅的理解和认同，才会对庶系出身的德才兼备之人怀有平等之心和悲悯之情。

[1]〔清〕曹寅著，胡绍棠笺注：《楝亭集笺注》，北京图书馆出版社2007年版，第170页。

[2]朱淡文：《红楼梦论源》，江苏古籍出版社2000年版，第49页。

[3]朱淡文《红楼梦论源》，江苏古籍出版社2000年版，第52页。

这样一比较，无论是作者还是读者，都会对探春产生尊重，对贾环产生厌烦。读者的这种对贾环的厌恶情绪也许有各种表现或表达，在孙温的绘本中，他就表达了作为《红楼梦》忠实读者对贾环的不屑和憎恶。他并不是通过把他画得很丑来表达自己的态度，而是用缺省来淡化贾环这个人物的存在。

消失的贾环

《红楼梦》中，贾环的出场次数本来就不多，到了孙温绘本中，就更是所剩无几了。比如在第二十二回"制灯谜贾政悲谶语"中，小说写元春打发小太监送灯谜给大家猜，图6-2就是孙温所绘的这个场景。大家齐聚在贾母上房，小太监手提白纱灯，宝玉和众姊妹围观。但孙温没有画贾环。然后太监传谕说元春的灯谜只有迎春和贾环猜错了。猜着的有礼物，迎春、贾环没得到。元春可能觉得这样还不足以羞辱贾环，还让太监继续问他出的谜是什么，结果"众人看了，大发一笑"。

这是贾环的第二次正式出场，和第一次一样，又闹出一个大笑话。他总是命运多舛，诸多不顺，遭人鄙视的。擅长用模拟小说人物的口吻写诗词的作者更是把他当作一个笑料，精心为他设计了两个滑稽的谜面和谜底，难怪《红楼梦》庚辰本批语说："可发一笑，真环哥之谜。诸卿勿笑，难为了作者摹拟。"

小说作者虽然嫌弃贾环，却也还让他存在着。孙温则干脆直接把他从画面中抹去。图6-2中除宝玉外，本应还有贾环和贾兰，但二人都没出现。如果有人说画家不仅没画贾环，也没画贾兰，不能因此说明画家不重视贾环。那么我们来看另一个例证。大家都还记得，小说中在这个时候也写了贾兰的一件事。贾政不见贾兰来，便问缘由，李纨说："他说方才老爷并没去叫他，他不肯来。"贾政忙遣贾环与两个婆娘将贾兰唤来。贾母让他在身旁坐了，还抓果品与他吃。这就是图6-3所绘场面，贾兰跟贾

图6-2 元春命制灯谜　　　　　　　　　　　　　　　图6-3 贾政悲谶语

母、贾政、宝玉在炕桌边围坐。

　　贾兰在家中是有尊严的，贾政不见他来便要问，庚辰本批语说："看他透出贾政极爱贾兰。"这里的"他"就是指作者。一切都是作者的安排和态度，是作者让贾政极爱贾兰，让贾兰有"不请不到"的高傲和骄矜，让他坐在贾母身边这样尊贵的位置上。孙温作为读者，对此毫无异议。他在画中也的确把贾兰安排在贾母身边。一张四人炕桌，只坐了贾母、贾政、宝玉和贾兰。可见孙温并没有故意要删掉贾兰，相反，他用绘画表现了贾兰在贾府中的重要地位。而在图6-2和图6-3所对应的小说文本中，贾环不仅存在，还有相当的戏份儿。但到了孙温的画中，他却都不存在了。

　　贾环第三次正式出场是在第二十三回，在小说中的戏份儿也并不多，时值贾政吩咐宝玉搬进大观园和姊妹们一处住，他也在场。虽然他连话都没说，作者也没忘记好好利用一下他这个反衬的角色，来凸显宝玉的美好。贾政原本并不太喜欢宝玉，但在贾环的衬托下，觉得宝玉"神彩飘逸，秀色夺人"，而贾环却是"人物委琐，举止荒疏"。

　　这次孙温也还是没有画他，只是强调了宝玉在贾政门外被丫头们戏谑

图6-4 宝玉见贾政

图6-5 宝玉探病贾赦

的场景，大家看他害怕贾政的样子，觉得十分好笑（图6-4）。其实宝玉见贾政的这场戏中，还有一个版本问题，很有意思。"一见他进来，惟有探春和惜春、贾环站了起来"一句，有的版本是"迎春、探春、惜春、贾环都站了起来"。很显然，说唯有探春、惜春、贾环站起来的版本是作者最初的文字，因为迎春是宝玉的姐姐，不必见到宝玉进门就站起来。如果这个场面能画出来，一定很好看，我们也就能判断孙温读过的是哪个版本的《红楼梦》了。

贾环第四次出场，是在宝玉去给生病的贾赦请安时，小说写道：

> 只见贾环、贾兰小叔侄两个也来了，请过安，邢夫人便叫他两个椅子上坐了。贾环见宝玉同邢夫人坐在一个坐褥上，邢夫人又百般摩挲抚弄他，早已心中不自在了……邢夫人向他两个道："你们回去……今儿不留你们吃饭了。"……宝玉道："大娘方才说有话说，不知是什么话？"邢夫人笑道："那里有什么话，不过是叫你等着，同你姊妹们吃了饭去。还有一个好玩的东西给你带回去玩。"（第二十四回）

庚辰本批语说邢夫人此举是"明显薄情之至"。贾环此时又是宝玉的陪衬，他心中对宝玉的愤恨也更加深重。孙温也没有画贾环，甚至都没有表现宝玉、贾环和贾兰同邢夫人在一起的情形，而是强调了宝玉在路上遇到贾芸的场面（图6-5）。在他心中，贾环这个人物不能增加他的阅读兴趣，而贾环的苦恼和遭遇就更不能引起他的关注，自然在画中也没有表现的必要。

"苦瓠子"赵姨娘

直到贾环第五次出场，孙温终于把他画了进去（图6-6）。

小说的第二十五回，王子腾的寿诞，薛姨妈同凤姐儿并贾家三个姊妹、宝钗、宝玉一齐都去了。贾环当然还是没有资格去，所以等他放学回来，王夫人命他抄写《金刚咒》。结果他因误会彩霞喜欢宝玉而冷落自己，就故意推翻蜡油灯烫伤宝玉，小说明写："（贾环）素日原恨宝玉，如今又见他和彩霞闹，心中越发按不下这口毒气。虽不敢明言，却每每暗中算计，只是不得下手，今见相离甚近，便要用热油烫瞎他的眼睛。"

凤姐的一句"赵姨娘时常也该教导教导他"提醒了王夫人，王夫人便叫过赵姨娘来骂了一顿。《红楼梦》甲戌本批语说："补出素日来。"大家族嫡庶间日常斗争的激烈在这场戏中体现得最为明显。这种矛盾发展到后来就变成了凤姐和宝玉魔魇法事件，而就在全家人都忙乱得废寝忘食时，小说写道："赵姨娘、贾环等心中欢喜称愿。"

赵姨娘为什么会使这么毒辣的阴招害人？我们还记得尤氏曾把赵姨娘和周姨娘称为"苦瓠子"。有人说是因为赵姨娘命苦，所以才把她叫作苦瓠子，这种说法仅把苦字与她的命运联系起来，却忽略了一点，苦瓠子并非生来便是苦的，它正确的名称应该是瓠子。瓠子是葫芦科葫芦属下的一种，别名甘瓠、甜瓠、瓠瓜等。顾名思义，瓠子本来应该是甜的，所以称为甜瓠。但是有个别瓠瓜不是甜的，却是苦的。苦瓠瓜含有一种植物毒

图6-6 贾环泼灯油

素——碱糖甙毒素，且毒素加热后也不易被破坏，误食后可引起食物中毒，严重者会有生命危险。翻看医学病例，会发现苦瓠子中毒并非不常见现象。那么，甜瓠子为什么会变苦呢？这与赵姨娘这个人物有什么关系呢？

瓠子在生长过程中，不能弄断它的茎或者叶，否则就变苦了，有毒不能食用。也就是说瓠子变苦是植物的自我保护，更进一步说就是对自身繁衍的保护。如果在生长期间，瓠子身体某部分受到损伤，它就知道周围存在着危险，于是就分泌出一种毒素，防止再受到侵害，这样结出的果实就是苦的。这简直就是赵姨娘的人生写照。其中包括两点：一，苦瓠子之所以苦，是一种自我保护，尤其是要保护的对象是它的孩子；二，苦瓠子有毒，能杀人。这两点在赵姨娘身上皆有反映。她的一切行为皆是为了她的儿子贾环，在受到不公平待遇之后，她要奋起反抗，使凤姐和宝玉叔嫂

"遭魔魇"，毫不留情地报复周围伤害她的人。这姑且作为对赵姨娘性格与人生的另一种解读吧。

贾环的爱情

贾环第六次出场，孙温也没有丢弃他。因为宝玉挨打这一回，是贾环从中挑唆，才使贾政对宝玉憎恨加重，大加笞挞的（图6-7）。所以孙温将画幅一分为二，分别表现了贾环告状和宝玉挨打的情景。

贾环第七次出场，即"茉莉粉替去蔷薇硝"（第六十回），也入了孙温的画，因为这次他又是被人耍弄的对象，可供喷饭（图6-8）。蕊官托春燕给芳官带了一包擦春癣的蔷薇硝，贾环向宝玉要，芳官给贾环找硝时发现平时用的蔷薇硝没有了，只好把茉莉粉给了贾环。贾环兴高采烈地献宝一样交给他喜欢的丫鬟彩云，结果当然被彩云奚落。

其实这一段故事倒写出了贾环性格中厚道老实的一面。他开始是很不见外地张口就叫好哥哥，让宝玉分给他一点儿蔷薇硝，读到这里还不知道他要硝做什么用。接下去看到他高兴地给了彩云，才知道他看到硝时，心

图6-7 宝玉挨打　97

图6-8 贾环求蔷薇硝

中立刻想到了心爱的女孩儿，为了她，肯向自己素日满心憎恶的宝玉讨好乞要，还要叫"好哥哥"。他虽是庶出，却也是大家公子，芳官给他蔷薇硝时的态度却是："芳官听了，便将些茉莉粉包了一包拿来。贾环见了，喜的就伸手来接。芳官便忙向炕上一掷。贾环只得向炕上拾了，揣在怀内，方作辞而去。"一个唱戏的丫头，还当自己小姐一样不能直接递东西给男人，在等级社会中，这种行为就是对男主人的侮辱。可惜，得势的主子房里可以鸡犬升天，谁又能在此时给贾环主持一个公道，帮他找回尊严呢。贾环只能忍受下来了，之后也并没有念念不忘，反而还因为自己拿到了很难弄到的蔷薇硝而满心得意起来，即便被彩云点破不是蔷薇硝而是茉莉粉时，也没有像赵姨娘那样疯狂报复。他那种强烈的想要取悦彩云的样子还真有些憨厚可爱。

但是，孙温也并没有表现贾环的这种可爱和他送蔷薇硝给彩云时的喜悦场面。可以看出，孙温对贾环的三次刻画，都是经过了精心选择和设计的，全都是贾环以明显反面角色出现在小说文本中时的场面。孙温是要让观画者只记得他的坏，至于他的无辜和他生活的惨淡，并不在画家的考量中。而且两次刻画都不是画出贾环的正面表情。灯油泼宝玉的画面中，他让贾环背对观众，我们看不到他的表情和相貌，只见他一副事不关己的慵怠姿态；宝玉挨打的画面中，孙温又让他奴颜婢膝地跪在贾政面前，侧脸对观者，面色中还似包藏嬉笑之态；茉莉粉事件中，他依然是背对观者。

谁来袭爵：家族内斗的日常

　　作者曹雪芹都能相对公正地讲述客观事实，孙温作为读者，却非常执拗地用绘画表达了他对贾环的厌恶和不屑。不过，孙温对贾环的厌恶还没大到要为他突破文本和礼俗的程度，所以在一些有贾政也出席的大型家族聚会场面中，也依然可以看到贾环的身影，比如"宁国府除夕祭宗祠"（图6-9）。那个站在角落里、穿粉色长衫的可能就是贾环（图6-9-1）。画面中只有三位公子有帽缨。小说中贾环很多次出场也都是和贾兰在一起，站在他前面的那个男孩儿也是有帽缨的，应该是贾兰。宝玉站在立

图6-9　宁国府除夕祭宗祠

图6-9-1 祭宗祠中的贾环（粉衣）　　　图6-9-2 宝玉

于门首的贾政身边的重要位置上（图6-9-2），他身着蓝衣，另外两个就是站在人群后面的贾兰和贾环。三位公子面貌的差别相比之下就很明显，宝玉雍容矜持，贾兰眉目端庄，只有贾环眉毛下垂、眼泡浮肿，表情猥琐，还以叔叔的身份列侄子贾兰之后。

贾环第九次出场是在第七十五回"赏中秋新词得佳谶"中，小说中的描写在贾府众人心中曾引发海啸般的震荡，只是需要我们去细微体察才能看到。虽然画（图6-10）中有他（"贾母右边贾政、宝玉、贾环、贾兰团团围坐"），三位公子中间那位就是贾环。但除了穿红衣服的宝玉给了一张侧脸外，其他两个都是背对观众。小说这一回原本是贾环正传，是他在众人面前第一次展才，还得到了贾政的首肯和贾赦的极大奖赏：

（贾环）今见宝玉作诗受奖，他便技痒，只当着贾政不敢造次。如今可巧花在手中，便也索纸笔来立挥一绝与贾政。贾政看了，亦觉罕异……贾赦乃要诗瞧了一遍，连声赞好，道："这诗据我看甚是有气骨。想来咱们这样人家，原不比那起寒酸，定要'雪窗萤火'，一日蟾宫折桂，方得扬眉吐气。咱们的子弟都原该读些书，不过比别人略明白些，可以做得官时就跑不了一个官的。何必多费了工夫，反弄出书呆子来。所以我爱他这诗，竟不失咱们侯门的气概。"因回头吩咐人去取了自己的许多玩物来赏赐与他。因又拍着贾环的头，笑道："以后就这么做去，方是咱们的口气，将来这世袭的前程定跑不了你袭呢。"

贾赦的这一段话在整部《红楼梦》中非常重要，很多人都忽视了。他最后一句"将来这世袭的前程定跑不了你袭呢"一出口便是惊心动魄，不知道让在场的人心里都受到了多么巨大的冲击！贾府世袭祖上功名的大事就如同皇家选继承人一样重要，贾赦竟用如此轻松近乎玩笑的口吻讲出，明显表达了自己的态度和倾向。贾赦正袭着宁国公的世职，由上一代的袭爵者亲口定下来下一代的继承人，能不让人吃一大惊吗？所以贾政听完马上劝说："不过他胡诌如此，那里就论到后事了。"接着，贾母就把贾赦、贾政打发走了。之后贾赦崴了脚，贾母再次提到贾赦讲的母亲偏心的笑话，气氛尴尬异常。贾府的家宴总是暗流涌动，是各种矛盾和冲突的集中体现，作者就是要用以和谐为目的的宴会来表现家族内部的不和谐与激烈斗争。这个中秋宴就是贾府家宴中极为不和谐的场面之一，集中展现了

图6-10 贾府赏中秋

兄弟间、嫡庶间的矛盾冲突。但是孙温却完全不画这一小说作者少见的正面刻画贾环的情节。连庚辰本批者都觉察到了作者的用意而专门作批说："而贾环作诗实奇中又奇之奇文也，总在人意料之外。竟有人曰：'贾环如何又有好诗，似前言不搭后文矣。'盖不可向说问。贾环亦荣公之正脉，虽少年顽劣，见今古小儿之常情耳。读书岂无长进之理哉？况贾政之教是弟子，自已大觉疏忽矣。若是贾环连一平仄也不知，岂荣府是寻常膏粱不知诗书之家哉？然后知宝玉之一种情思，正非有益之聪明，不得谓比诸人皆妙者也。"

作者不疼，画家不爱：贾环的各种尴尬出场

贾环第十次出场是在第七十八回"老学士闲征姽婳词"中（图6-11）。贾政让宝玉、贾环和贾兰作《姽婳词》挽林四娘，众人也夸贾环的诗，贾政评价是："还不甚大错，终不恳切。"

图6-11中三位公子都在场，远处桌边坐着的人因项戴美玉，则是宝玉无疑。贾兰是第一个写出诗的，所以站在离贾政最近的地方，他二人都头戴蓝缨。因此头戴红缨的就是贾环。三人身边皆有小厮侍立。最有趣的是，虽然贾环的着装和宝玉、贾兰没什么区别，但画家有意让三人身边的小厮的着装有了差异。宝玉和贾兰的小厮从穿戴到神情，几乎如出一辙，他们穿戴齐整，有靴有帽，神情泰然自信。而贾环身边的小厮则无帽亦无靴，脚上穿着很普通的布鞋，连发型都是和村野乡民无异，且表情怪异，扭头看着贾环，更是露出可怜兮兮的神色，完全不像豪门贵族的家仆，倒像当街流浪打闹的顽童。也许画家想借仆从来表现主人们的身份和家族地位。

贾环第十一次出场是在小说第八十四回"探惊风贾环重结怨"（图6-12）。巧姐病了，凤姐好不容易找来了牛黄，和真珠、冰片、朱砂几味药一起配好了，煎给巧姐吃。这时候贾环来探巧姐的病，闹着要看牛黄，

图6-11 闲征姽婳词

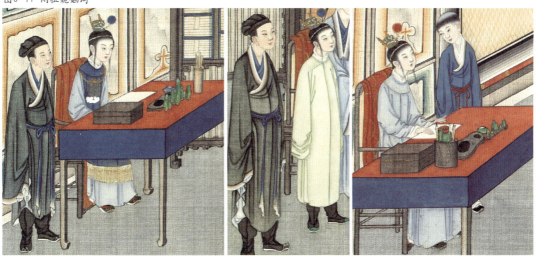

图6-11-1 宝玉　　　　　　图6-11-2 贾兰　　　　图6-11-3 贾环

结果打翻了药吊子，害得平儿重新配药再熬。如果说后四十回有不好看的地方，那么凤姐这一段和贾环的对话和对他的咒骂就属于这种情况了。我们还记得前文中的正月里贾环被凤姐教训的精彩段落，一大段数落，语言写实，生动泼辣，极有生活气息，又与凤姐身份地位和性格相称。可是第八十四回她对贾环虽然也是咒骂，却语言干瘪，毫无风趣。也许是曹雪芹的初稿，还没来得及修改，初稿只是勾勒一个故事的雏形，还没有开始修饰语言，而是主要强调赵姨娘、贾环和凤姐两家的结怨，当然也是为了后文贾环设计卖巧姐做铺垫。因此，作者在赵姨娘埋怨贾环时，让贾环不再像前八十回时那样懦弱胆小：

> 只听贾环在外间屋子里更说出些惊心动魄的话来。……只听贾环在外间屋里发话道："我不过弄倒了药吊子，洒了一点子药，那丫头又没就死了，值的他也骂我，你也骂我，赖我心坏，把我往死里遭塌。等着我明儿还要那小丫头子的命呢，看你们怎么着？只叫他们提防着就是了。"那赵姨娘赶忙从里间出来，握住他的嘴说道："你还只管信口胡嘈，还叫人家先要了我的命呢！"……因此两边结怨比从前更加一层了。（第八十四回、第八十五回）

这一切的一切，都是为了后面的一句话："两边结怨比从前更加一层了。"很明显，作者就是为了得到这个结果，为了符合题目中的"重结怨"，而故意生发出了贾环打翻药吊子的故事。但这个故事的说服力却并不大，倒给人大惊小怪、小题大做之感。贾环是最怕凤姐的，在她面前大气不敢出一声，这次奇了，居然当着凤姐的面，大模大样直接去揭药锅盖子，要看什么牛黄！凤姐的言行更是和以前不同，以前隔着门听见贾环母子二人对话还要插上几句，骂了贾环还要捎带上赵姨娘，这次贾环公然在面前折腾、没事找事，她反而拙口笨舌地几句话搪塞过去了。二人的对手戏体现不出各自的身份和性格，完全没了意思。作者只是为了情节而情节罢了。

贾环第十二次和第十三次出场是在第八十八回"博庭欢宝玉赞孤儿"（图6-13）和第九十四回"宴海棠贾母赏花妖"（图6-14）。

图6-13，宝玉当着贾母和众人赞孤儿，赞的是贾兰，而贬的却是贾环。当然这都是作者的意图。第八十八回，宝玉提着蝈蝈笼下学回来，并告诉贾母是自己帮了贾环对对子，贾环买了孝敬的，贾母骂："那环儿小子更没出息，求人替做了，就变着方法儿打点人。这么点子孩子就闹鬼闹神的，也不害臊，赶大了还不知是个什么东西呢。"

图6-12 探惊风贾环重结怨

图6-13 宝玉赞孤儿

图6-14 贾母赏花妖

在宝玉和贾母的对话发生时，贾环和贾兰是不在场的，他俩后来才来请安。但绘画就可以忽略时间，把发生在几个时间段中的事在同一幅画中体现出来。我们能看到画家很细腻，连宝玉的两个蝈蝈儿笼子也不曾漏掉。宝玉伸拇指给李纨，赞美贾兰。贾母慈眉善目、笑容可掬地看着贾兰。不可思议的是画家居然设计让贾环的一半脸被柱子遮住，在一边无人理睬。

第九十四回"贾母赏花妖"中，贾母对贾环的厌恶表现得就更加直接，她让大家作诗，而后说："我不大懂诗，听去倒是兰儿的好，环儿做得不好。都上来吃饭罢。"而作者安排给贾环的诗的确显得粗制滥造一些。这当然就是作者的态度了。但孙温却在画中没有把这句话的意思表现出来，也许他不觉得贾环有那么重要，值得他在连贾政和贾赦被贾母骂走的场面都画了出来之后，还要继续斟酌要不要把贾母对贾环的态度也告诉观者吧。

贾环第十三次出场是在第九十四回"失宝玉通灵知奇祸"（图6-15）中。

第九十四回宝玉丢失了通灵玉，大家都认为可能是贾环偷走的，于是让平儿将他哄骗了来问是不是他拿了，贾环说："人家丢了东西，你怎么又叫我来查问，疑我？我是犯过案的贼么！"又说："他的玉在他身上，看见没看见该问他，怎么问我。捧着他的人多着咧！得了什么不问我，丢了东西就来问我！"我们从贾环的话就可以明显感到贾环在逐渐长大，他开始变得思维缜密且应变敏捷，语言也犀利很多。仔细琢磨他的这段话，精彩非常，入情入理，让人无法驳回。图6-15的画面表现的正是这一幕。画家署名"允谟 小州"。这里王夫人的头饰不见了，但画中人物身体弯曲的程度，即人物姿态的动感更突出。

贾环第十四次出场就是第一百一十三回，他母亲赵姨娘在给贾母送殡期间发病死亡（图6-16）。作者为了让赵姨娘之前用魔魇害凤姐和宝玉的事情败露出来，就借用宗教对她的死亡进行了一番非常恐怖的渲染：

（赵姨娘）眼睛突出，嘴里鲜血直流，头发披散……自己拿手撕

图6-15 失宝玉通灵知奇祸

图6-16 赵妾赴冥曹

开衣服，露出胸膛，好象有人剥他的样子。可怜赵姨娘虽说不出来，其痛苦之状实在难堪。正在危急，大夫来了……用手一摸，已无脉息。贾环听了，这才大哭起来。众人只顾贾环，谁料理赵姨娘。只有周姨娘心里苦楚，想到："做偏房侧室的下场头不过如此！况他还有儿子的，我将来死起来还不知怎样呢！"于是反哭的悲切。

小说作者描写的场面还是非常恐怖的，又是流血，又是撕衣服，但画家却表达得相当含蓄。其实孙温对赵姨娘一直都很仁慈，他笔下的赵姨娘从来都不曾失了体统。比如在芳官和赵姨娘打架的故事里，小说中写得很精彩，又是打耳光，又是撞头，几个女人号啕大哭着互相撕打。赵姨娘一开始也是大打出手，后被几个小姑娘拉扯撞头，能想象出她肯定是衣冠不整，头发蓬乱。但到了画中，我们看到的赵姨娘却是一副相当文雅和无辜的样子站在当地（图6-17）。而且赵姨娘的相貌也没有被丑化，从始至终都是一副贤良温顺的形象。也许是《红楼梦》在画家心中太神圣了，以至于他不想让他心中极为喜爱的文学作品给人留下一丝半点丑恶的印象吧，又或者他也认为芳官等小戏子太仗势欺人，目中无人，对赵姨娘有了些许同情。

图6-17 众女戏撕打赵姨娘

贾环最有分量的一次出场，即完成了作者给予的最让人厌恶和憎恨的使命的出场是在第一百一十七回"欣聚党恶子独承家"（图6-18）。贾环和贾蔷、邢大舅、王仁这一伙不务正业的男人混在一起，商议着要把巧姐卖给藩王为妾。其实这件事的始末至第一百一十八回"记微嫌舅兄欺弱女"（图6-19）才告一段落。贾政送贾母灵柩返乡后，家中男主只剩宝玉、贾环和贾兰。宝玉是不管事的，又一心想着摆脱世俗，连巧姐的终身大事，他也认为是命中注定而并不在意。贾兰又是只专注于举业，别的事也一概不理。只有贾环，身上背负着多年的仇怨，心中含着偌

图6-18 欣聚党恶子独承家

图6-19 记微嫌舅兄欺弱女

大的委屈，趁这时候都爆发出来，他要向所有伤害过他的人报复，甚至包括妙玉。贾环对妙玉被掳一事的态度是："妙玉这个东西是最讨人嫌的，他一日家捏酸，见了宝玉就眉开眼笑了。我若见了他，他从不拿正眼瞧我一瞧，真要是他，我才趁愿呢！"（第一百一十七回）又说："我可要给母亲报仇了。家里一个男人没有，上头大太太依了我，还怕谁！"（第一百一十九回）

这里又补出了妙玉平日对待贾环的态度，更让我们感受到贾环在贾府被众人排挤的氛围。第一百一十九回，贾环计划摆布凤姐女儿巧姐的事败露之后，在王夫人的协助下，巧姐和平儿逃离贾府，到刘姥姥家躲避。

这并不是贾环单方面的行为，仍然是嫡庶斗争的过程，受到不公正待遇的庶子反抗报复时，又遭到正统嫡系方庞大势力的回击。王夫人放走了巧姐和平儿，反而回头和贾环要人，到最后贾环左右不是人。家下仆人也都是受过平儿恩惠的，是平儿使唤过的人，作者也说是"通同一气，放走了巧姐"。这就看出嫡庶之间力量的悬殊。即便是家中没有可以管事的男主人，只剩下贾环这一"恶子"，单凭一群女眷的力量加起来也比他这个庶子大得多。从这个角度来看，回目中"独承家"三个字也是极具讽刺意味的。庶子在任何情况下，也是没有能力"承家"的。这也是贾环的悲哀。而"记微嫌舅兄欺弱女"的回目也是嫡系立场的说法，贾环悲剧的一生只被淡化成"微嫌"。小说叙事视角对读者的价值判断所起的影响是不可估量的。和小说相比，孙温的画就显得十分平淡了，嫡庶之间你死我活的激烈斗争完全没有表现出来。

通过这些画和小说文字综观贾环的生活，仔细分析贾环的为人，的确有狭隘的一面，但这也是和他生长的环境和周围人对他的态度不无关系的。庶子的低贱地位非常可怜，加之眼前就有一个处处比他优秀又得众人疼爱的嫡系兄长，他的生活就更加艰难了。遭遇过太多不公正待遇的人会产生仇视心理，形成反社会人格，仇视他周围的人和生存的社会。回想贾环的很多细节，我们能发现他性格中也有厚道、淳朴甚至开朗达观的一面，如果能生长在一个人际关系好一点儿的环境中，有尊严地活着，他的性格和人格应该不是小说最后这个样子。他的这种结局虽然是作者主观设定的，其实也已经产生了一定的客观效果，即让我们看到了大家族中一个庶子的真实成长过程：凄惨、狼狈、无助，缺乏起码的人格尊严、自信和良好的精神素养。因此，贾环的结局也是一种悲剧，他的人生是《红楼梦》男性中典型的悲剧人生。

第七章　画家的性别意识

画家孙温在画卷上体现出来的不仅是《红楼梦》的故事情节，还有他对情节和人物的认识和接受。画家不靠文字的描述来表达态度，而是靠陈列、放置来告诉读者，什么才是令他感到舒服和合适的样子。

从雨村和黛玉的间隔与后四十回宝黛对话看贾府教育

翻开画作，最先能感受到画家性别意识的就是第二回黛玉师从贾雨村的画了（图7-1）。

小说中这样写雨村得教黛玉的经过："因闻得嶐政欲聘一西宾，雨村便相托友力，谋了进去，且作安身之计。妙在只一个女学生，并两个伴读

图7-1 黛玉师从贾雨村

丫鬟，这女学生年又小，身体又极怯弱，工课不限多寡，故十分省力。"画中的确是三个女孩子在一起读书。但有趣的是，画家把雨村放在了有一墙之隔的户外，一个人在临水的廊上喝茶打扇，赏夏池荷花，好不惬意。也许雨村教黛玉时确有这样的情况，但现实中的教学怎么可能一直都是这样的？我们也知道雨村对冷子兴说："怪道这女学生读至凡书中有'敏'字，皆念作'密'字，每每如是；写字遇着'敏'字，又减一二笔，我心中就有些疑惑。今听你说的，是为此无疑矣。怪道我这女学生言语举止另是一样，不与近日女子相同，度其母必不凡，方得其女，今知为荣府之孙，又不足罕矣……"可见二人确是面对面地上课，并非相隔两地讲授，雨村对黛玉方可近距离地观察。关于塾师的日常教学活动，在各种文献记载中都非常少，不足以为研究提供充足的支持，尤其是男老师单独教授女弟子的记载就更不容易找到。但是有研究者从一些社会学文献和笔记中总结了明代社师的日常教学生活，其中最为常规的教学活动包括：让生徒洒扫、检视学生容止、诵书、正句读、歌诗、监督学生楷书《风》《雅》和古体律诗绝句、品评书法、讲授算学、温书习礼仪、教习进退应答待师事亲之礼、演习诸礼、审听音乐、教授舞蹈、宣风化、学生讲书、解答各种疑问等等。[1] 该研究者又在书中引用了明末来华的葡萄牙传教士奥伐罗·塞默多对明代家庭教师授课情况的高度赞扬：

> 他们没有供学生读书的大学，但有财力的人可以在家给孩子延请老师，有时两位，如果孩子们的年纪有很大差异。这位老师一直跟孩子们在一起，不仅教他们识字和知识，还教授有关政治、品行和道德方面的事，以及如何对待各种事件。有身份的人家，学生总离不开教师。教师指导学生的礼仪及优良行为，特别是拜访，有许多常用的礼节，有的难以做到；如无老师帮助，易犯错误。无疑的，这种教导方法很有助于他们的荣誉，对他们的学习有益，使他们不沾上坏行为，不冶游。[2]

[1]刘晓东：《明代的塾师与基层社会》，商务印书馆2010年版，第166–167页。

[2][葡]曾德昭：《大中国志》，第45页。转引自刘晓东：《明代的塾师与基层社会》，商务印书馆2010年版，第167–168页。

112

作者还在书中提到了17世纪《大中国志》的英译者在《致读者》前言里的一段话："他们的身体，以及他们的头脑，可以说是欧洲人的楷模；……至于种种德行，你将从中发现他们远远胜于我们，可以当作基督教国家的优秀榜样（也使这些国家惭愧）。"[1]

[1][葡]曾德昭：《大中国志·致读者》。转引自刘晓东：《明代的塾师与基层社会》，商务印书馆2010年版，第168页。

国人的家庭教育让欧洲人感到惭愧和羞耻，可以说明该教育是一种全面的社会文化教育，内容广泛深入。清沿明制，两朝的制度风俗礼仪大体相同，可想而知，作为家庭教师，雨村要教给黛玉的内容也绝不可能仅是读书，必然需要和上述内容大体一致，即便他自己说教起来"十分省力"，也不可能糊弄了事的。我们可以从第七十回黛玉为帮宝玉敷衍贾政的考察而仿宝玉的字迹"临的钟王蝇头小楷"、第八十六回黛玉读琴谱抚琴等情节，看出黛玉跟老师学了很多东西。和黛玉相比，从没有请过家庭教师，只匆匆进过没有好老师、好教导的家塾，混着读过几天书，后又长期辍学在家的宝玉，简直就是村野孩童一般，他能学会一些东西也都是自学成才、无师自通。所以，黛玉能嘲笑他："好个念书的人，连个琴谱都没有见过。"不仅宝玉没受到应有的正规教育，贾府的所有子侄都没有。

贾府只有一个由腐儒教师贾代儒和一个品行不端的助教贾瑞组成的家塾，来这里求学之人鱼龙混杂，连只想以找娈童、搞同性恋为目的的薛蟠都可以来去自如。被放养着的贾府里的孩子们压根儿就不知道家庭教师是什么。就连贾政亦如是，宝玉说："我们书房里挂着好几张（琴），前年来了一个清客先生叫做什么嵇好古，老爷烦他抚了一曲。他取下琴

图7-2 淑女解琴书

113

来说，都使不得，还说：'老先生若高兴，改日携琴来请教。'想是我们老爷也不懂，他便不来了。"宝玉这段话讲得再明白不过，精通音律的高雅之人还以为贾政多么有学问，与其讲究琴艺，又主动提出拿来自己的好琴请教，结果必然因为是看到贾政完全不感兴趣，也不懂乐理，扫兴之至，交往一次之后再也不要登门，可见是嫌弃他粗鄙孤陋，不堪为友。宝玉的话从侧面又一次勾勒出贾政的文化修养，贾政在整个贾氏家族中是学问做得最好的了，都是如此浅陋，遑论其余。宝黛闲聊中的一段话，再结合塾师应该教授的内容来看，竟然可以把整个贾家的文化状况揭露殆尽，又怎么能说后四十回中没有作者原稿呢？

　　另外，还有一点必须提一下，就是虽然家庭教师要教授的内容很多，虽然作者明示黛玉是被假充男孩儿教养的，我们似乎可以想象雨村教黛玉的内容会和社会普遍教授给男学生的内容没有多大差别。但小说中也说：

> 妙在只一个女学生……这女学生年又小，身体又极怯弱，……女学生侍汤奉药，守丧尽哀……近因女学生哀痛过伤，本自怯弱多病的，触犯旧症，遂连日不曾上学。（第二回）

　　妙在只有一个女学生，依然强调了是女学生。这就说明因为女学生没有将来科考举业的压力，教授起来必定会轻松许多。女学生身体弱，又遇到母亲生病及守丧事宜，所以雨村才能有很多时间可以闲游，才有了后面信步行至村肆寻觅野趣，偶遇冷子兴的情节。了解到家庭教师和学生之间的教学情况，知道了家庭教师几乎是整日都和学生待在一起的，即便是黛玉常常休假，但只要开始读书学习，也会是有很长时间的近距离相处，我们再来看孙温的画，就会觉得他在黛玉师生之间那么多相处的机会中，特意只选取了二人不在同一房间的场景，是有意为之。画家在避讳什么？应该就是不想直白描绘男老师和女学生相处一室的状态，就像他在整部画作中极少表现宝黛情感一样，这是性别意识在作怪。

图7-3 黛玉辞父

　　小说第三回中说："（黛玉）随了奶娘及荣府几个老妇人登舟而去。雨村另有一只船，带两个小童，依附黛玉而行。"甲戌本此处专门针对"依附"二字的讽刺意味有批语说："老师依附门生，怪到今时以收纳门生为幸。"画家应该是留意到了这两个字的意思，为表示认同，有意将两只船画成一前一后，紧贴着停靠（图7-3），这里要强调的不是师生关系，而是权势的依附关系，似乎就又没必要讲究男女之大防了。

没有女性的祖先像

　　中国古代的绘祖先像传统从庙堂传至民间。从帝后真容画像到百姓祖先像、私家族谱和宗族私学，都是古代宗族制度的产物。在家族宗祠的祭奠活动中，张挂于宗庙中最显赫的位置的祖先像是供族中后辈瞻仰和崇拜的焦点。"每位接受祭拜的先人都是曾经活在世上的真实个体，而画像则是气灵魂呈现的载体。因此，民间画工的最大贡献之一在于以写实主义的态度来满足顾客对重现祖先容貌的要求。"[1] 而祖先像中，必然是有男有女的，有时候夫人还不止一个，如图7-4至图7-8[2]。

　　《红楼梦》第五十三回"宁国府除夕祭宗祠"，详细描写了贾府春节

[1]吴卫鸣：《明清祖先像图式研究》，社会科学文献出版社2020年版，第37页。

[2]吴卫鸣：《明清祖先像图式研究》，社会科学文献出版社2020年版。

祭祀的经过。其中也曾提到祖先像："且说贾珍那边，开了宗祠，着人打扫，收拾供器，请神主，又打扫上房，以备悬供遗真影像。"可知，贾府的祖先像平时是不悬挂的，这也是绝大部分家族的做法。只有在祭祀时才取出张挂。小说这样描写贾府祖先遗像："众人围随贾母至正堂上，影前

图7—4

图7—5

图7—6

图7—7

图7—8

图7-9 除夕祭宗祠 图7-9-1

锦帐高挂，彩屏张护，香烛辉煌。上面正居中悬着荣宁二祖遗像，皆是披蟒腰玉；两边还有几轴列祖遗像。"

画家应该是根据作者的说法，亦步亦趋画了这两位"荣宁二祖遗像"（图7-9）。参考上面几幅清代祖先画像，孙温的画虽然注意表现了贾府祖先武将出身的服饰特点，但大部分的服饰和绘画形制都不是清代祖先像的绘制模式。最关键的是缺少女性祖先。这也是文字和图像应该有所区别的地方，而画家却没有给予更多的关注。小说中虽然没有写明也有女性祖先的画像，但从文学创作角度看，在描写这样的场面时，一笔带过的内容甚多，加之古代男性中心的性别制度所形成的话语体系，说"荣宁二祖遗像"，而不是说"荣宁二祖夫妇遗像"是很正常的表述。但孙温是生活在那个时代的人，对祖宗遗像应该有很清楚的认识，他在日常接触到的祖先像也必定绝大部分都是有男有女的，无须作者提示。而且看他对贾府祭祀场景中男女所站位置的描绘，也能知道他还是遵循了小说所写的男女辈分排列次序的。只可惜，画家在此处过于拘泥小说文字，或是忘记了日常生活的真实状态，或是为了图省事，或是无视女性存在，把贾府的祖先像画得十分简陋，有失五代勋贵家族的气势与风范。

美丑同框的强烈对比

第六十四回"幽淑女悲题五美吟"，小说中主要写了两个不同房间中的场面，都是二女一男。首先是宝玉去潇湘馆探望黛玉，宝钗随后也到。三人一起赏鉴黛玉的新诗《五美吟》；其次是贾琏、贾蓉叔侄二人到宁府找尤家姊妹，作者着重写的是贾琏和尤二姐的调情和贾蓉的凑趣儿。但孙温第六十四回的画幅（图7-10）中虽然也出现了两所房屋和一男二女，但图中右边的屋子中发生的事情却并非在小说第六十四回中，而是第六十三回"死金丹独艳理亲丧"中贾蓉独自回家调戏两位姨娘的场面，小说中这样写：

> 二姨娘红了脸……说着顺手拿起一个熨斗来，搂头就打，吓的贾蓉抱着头滚到怀里告饶。尤三姐便上来撕嘴……贾蓉忙笑着跪在炕上求饶，他两个又笑了。因又和二姨娘抢砂仁吃。尤二姐嚼了一嘴渣子，吐了他一脸。贾蓉用舌头都舔着吃了……（第六十三回）

画家在作品中经常将两回的情节放在同一幅画中，不把同回中贾琏戏二姐的内容和宝黛钗故事放在一起，却有意把属于第六十三回的贾蓉的行为移植到这里，和宝黛钗赏诗同框，不论画家原本的创作意图如何，从效果来看，却是意想不到得好。《红楼梦》中屈指可数的几个算得上"淫秽"的情节，在孙温笔下也少有体现。这里，画家按照小说原文，让贾蓉直接躺在尤二姐怀中，可以想见，在古人的绘画作品中，这样的画也算是半个春宫图了。这一回的前半回写的都是宝黛钗赏诗的清新典雅的场面，后半回，作者的笔锋一转，写贾琏吃槟榔调戏尤二姐，情遗九龙珮，这一俗一雅的前后对比，人物的情操和性格得到更清晰的彰显。也许孙温觉得这样依然不够体现宁府男人的坏，贾琏和尤二姐毕竟在亲缘关系上不近，但贾蓉就不同，虽然没有血缘关系，但尤氏姊妹是贾蓉继母的亲姊妹，是贾蓉的亲姨母，让丑陋的乱伦关系堂而皇之地呈现在画面上，让《红楼

图7-10-1

图7-10-2

图7-10 幽淑女悲题五美吟

梦》的主题之一"造衅开端实在宁"的思想得以落实。

　　孙温的画作立意展现美好、和平、宁静，经常有意识回避矛盾冲突和不洁的场面，有意回避性别之间的微妙之处，连宝黛之间也要有意拉远距离，不使二人表现得过于亲昵（下文有详述），却在这一回的画中描绘出小说中难得一见的不堪景象，而且有意超越章回、空间和时间的限制，人为设计出美丑同框的画面，可谓异常独到之创见。

不穿衣服的贾宝玉

如果说文学中有所谓对作品过度解读的理论，那么以文学为根据的绘画也存在这个问题。

五儿承错爱的情节可以说是《红楼梦》后四十回中非常好看（图7-11）、写得也非常成功的部分：

（宝玉）自己假装睡着，偷偷儿的看那五儿，越瞧越象晴雯，不觉呆性复发……宝玉看时，居然晴雯复生……怎奈这位呆爷今晚把他当作晴雯，只管爱惜起来。……宝玉已经忘神，便把五儿的手一拉。五儿急得红了脸，心里乱跳，便悄悄说道："二爷，有什么话只管说，别拉拉扯扯的。"宝玉才放了手……五儿听了这话明明是轻薄自己的意思，又不敢怎么样，便说道："那是他自己没脸，这也是我们女孩儿家说得的吗？"宝玉着急道："你怎么也是这么个道学先生！我看你长的和他一模一样，我才肯和你说这个话，你怎么倒拿这些话来遭塌他！"……忽然想起五儿没穿着大衣服，就怕他也象晴雯着了

图7-11 俟芳魂五儿承错爱

凉，……宝玉听了，连忙把自己盖的一件月白绫子绵袄儿揭起来递给五儿，叫他披上。……五儿红了脸笑道："你在那里躺着，我怎么坐呢？"宝玉道："这个何妨？那一年冷天，也是你麝月姐姐和你晴雯姐姐顽，我怕冻着他，还把他揽在被里渥着呢。这有什么！大凡一个人总不要酸文假醋才好。"五儿听了，句句都是宝玉调戏之意。那知这位呆爷却是实心实意的话。五儿此时走开不好，站着不好，坐下不好，倒没了主意了，因微微的笑道："你别混说了，看人家听见这什么意思。怨不得人家说你专在女孩儿身上用工夫。你自己放着二奶奶和袭人姐姐都是仙人儿似的，只爱和别人胡缠。明儿再说这些话，我回了二奶奶，看你什么脸见人。"（第一百零九回）

宝玉和五儿的对话中体现的全都是误会和不理解，恰好反映了晴雯在宝玉心中的地位和晴雯的不可替代性。都说五儿是晴雯的影子，但五儿对真情流露、毫无猥亵之意的宝玉的疑惑、不理解，甚至是些许厌恶，都表现了五儿这个人物认识水平的低下，在她心中，原来的打算就有些龌龊鄙陋：

> 后来听见凤姐叫他进来伏侍宝玉，竟比宝玉盼他进来的心还急。不想进来以后，见宝钗袭人一般尊贵稳重，看着心里实在敬慕；又见宝玉疯疯傻傻，不似先前丰致；又听见王夫人为女孩子们和宝玉顽笑都撵了：所以把这件事搁在心上，倒无一毫的儿女私情了。（第一百零九回）

宝玉和五儿对话这一段描写，作者看似在写男女之情，其实隐含的意思却并不是令人愉悦的，反而充满凄凉和无奈。一问一答都显得对牛弹琴、驴唇不对马嘴。宝玉对晴雯的思念和体贴是真情流露，是"意淫"，而非邪想，五儿的不能理解和对晴雯的诽谤、对宝玉的误解，更加衬托出宝玉的孤单寂寞，继黛玉和晴雯等有情趣、懂感情的女孩儿之后，宝玉再

图7-11-1

图7-12 贾琏和鲍二家的

无可以说话之人矣！

　　孙温的《红楼梦》图中极少有画男女欢爱的场面，连第四十四回"凤姐泼醋"中凤姐当场抓到贾琏和鲍二家的不穿衣服在被窝里的场面都画得非常隐晦（图7-12）。画面中，贾琏和鲍二家的隐藏在幔帐中，被院墙挡着，基本只露出头部，细看时，身上依然有衣服遮体。也许孙温也和五儿一样不能理解宝玉，更不能理解这一段在《红楼梦》中非常难得的精彩描写，居然把宝玉画成一个脱得光溜溜的男人，大半夜拉着丫鬟的手调戏（图7-11-1）。我们还记得第三十六回，袭人给宝玉绣兜肚，并和宝钗解释说："如今天气热，睡觉都不留神，哄他带上了，便是夜里纵盖不严些儿，也就不怕了。你说这一个就用了工夫，还没看见他身上现带的那一个呢。"这足以说明，宝玉即便是在夏天最闷热的天气里，最起码也是要穿一个兜肚睡觉的。何况还是在宝玉担心五儿没穿大衣服，怕她着凉的寒天。再说，此时宝玉已经结婚，又有宝钗袭人这些整日把精力都集中在宝玉身上的女人们在身边照顾，怎么可能让他在如此寒冷的天气里，晚上光着身子睡觉。难道宝玉原来是穿着睡的，看见五儿，他就把自己脱得精光了？孙温这幅画把小说这一段的精彩文字画得面目全非，几乎成了春宫，亵渎殆尽。此时的画家又不讲究男女之大防了。

第八章 宝玉不是"万人迷"：那些不爱宝玉的女孩儿们

　　贾宝玉这一生最大的愿望就是让大观园的姊妹们守他一辈子。当然，这种愿望的基础一定是要她们自愿才行。所谓的自愿，其实就是她们都因为喜欢他、爱他而不愿离开他。宝玉给别人的爱比较宽泛，对别人给自己的爱的要求也很广义，有没有血缘关系并不重要，只要是他身边、他看得上的都可以。从中也能看出宝玉的保守型人格，他对生活很知足，并不想改变现状。虽然一副纨绔子弟的慵懒相，却也没有纨绔子弟那些攀比和艳羡更奢侈浮靡生活的想法。只要有纯洁的女孩子们陪伴，他可以终老在与世无争的桃花源。

　　宝玉的理想就是：永恒的宁静和安逸。贾政幻想着归隐，其实他的儿子却是真正在利用有限的资源和条件践行着归隐的想法，可惜贾政不能容忍，所以人们认为贾政虚伪。

　　但是，宝玉的这个最简单也是最昂贵的愿望却根本实现不了。即便排除了寿命长短、姑娘要出嫁等因素外，他依然不能实现理想。因为令他灰心的事实是：并不是每个他看得上的女孩儿都能看得上他。

宝钗：没有前途的男人不可爱

　　第一个没看上他的人就是宝钗，可以说，宝钗从来没有爱过宝玉。但是自从"红学"出现伊始就有人认为宝钗总想当宝二奶奶，这种说法在两百多年中盛行不衰。我想说，这么想的人实在是低估宝钗了。我们永远都不要忘记《红楼梦》的主旨之一是“黛死钗嫁”的悲剧。死亡，大家都承认是悲剧。宝钗的出嫁其实是一种比黛玉的死亡更可悲的悲剧。[1]如果宝钗从一开始就心仪宝玉，那嫁给他就是幸福如愿，谈不上悲剧了。

[1]夏薇：《薛宝钗与“冲喜”——明清小说中女性的日常生活》，《红楼梦学刊》2019年第1辑。

第四回，宝钗从进入贾府那天起，就只有一个目的：待选，即公主、郡主的入学陪侍，充为才人赞善之职。此时的宝钗，满心里应该都是对入宫和选官的遐想，心中根本没有宝玉的位置。我们通过黛玉对宝钗进贾府的心态便可略知一二，这时候，三个人中似乎只有黛玉对彼此之间的关系敏感而笃定，不管是男女之情还是朋友之爱，宝玉和宝钗都没有特别在意：

> 黛玉心中便有些悒郁不忿之意，宝钗却浑然不觉。那宝玉……视姊妹弟兄皆出一体，并无亲疏远近之别。其中因与黛玉同随贾母一处坐卧，故略比别个姊妹熟惯些。（第五回）

图8—1 比通灵金莺微露意

黛玉不喜宝钗，并非因为她深得人心，而是她可以和自己抗衡，影响到宝玉。因为在乎宝玉，所以黛玉表现出更多对宝钗的关注和在意。宝钗因对宝玉并无特别情感，所以一开始并没有把黛玉当成对手，即便是众人公开拿宝黛婚姻开玩笑时，她也毫不在意，并参与其中。

第八回（图8-1），宝玉到梨香院探望病中的宝钗时，宝钗提出要看玉，拿着玉反复念上面的字，莺儿又说出宝钗项圈和宝玉的玉上的两句话是一对儿的话。历来评论家就认为宝钗笃定了是对宝玉早有心思，所以故意多念几遍，引着莺儿的话。对此，我们似乎应该用变化的、动态的眼光来分析宝钗的心理，也就是说宝钗对宝玉的看法是不断变化的。

　　设身处地为宝钗想，如果从小就被人告知，遇到有玉的就是婚姻，那么任何一个女孩儿都会对此留意，会在见到有玉的男孩儿时觉得好奇，想要了解，毕竟和自己的终身大事息息相关。但留意和好奇并不代表就是喜欢或欣赏。宝钗是个才女，这个大家都不否认，不仅如此，她还是个有文化、有见识、有政治理想的女青年。她父亲对她的培养并不是一种对一般女孩子的培养，而是对她寄予了对男孩子才有的期望："当日有他父亲在日，酷爱此女，令其读书识字，较之乃兄竟高过十倍。"（第四回）但是因为家道中落，"自父亲死后，见哥哥不能体贴母怀，他便不以书字为事，只留心针黹家计等事，好为母亲分忧解劳"。就说明，宝钗以前并不是以针黹家事为念的女孩儿，而是像男孩子一样，每日以读书写字为主的。她的思想见识和理想绝不可能仅限于闺房、仅限于男人和未来的婚姻。一句"好风凭借力，送我上青云"是宝钗全部的政治和人生理想的完美注脚。她对自己有要求，对未来丈夫的要求就更高。连袭人这种地位的女孩儿，都对可能是自己未来男人的宝玉有很高的期待，何况宝钗。当她初到贾府等待宫廷选官的时候，她的人生面临两种情况，或者说宝钗有两手准备——要么进宫，要么待嫁。而就当时的情形看，进宫的可能性更大。

　　有人说宝钗待选只是薛姨妈的借口，她就是想住进贾家。其实宫中选不选人，宝钗有没有待选资格，贾府的人都是知道的，如果大家都认为薛家是这个目的，凤姐和大观园中的人也不可能都认为宝黛是姻缘了。与其说是薛姨妈借故来贾府，还不如说是作者借故让宝钗靠近宝玉，方便开始他的故事。我们应该对作者有基本的信任，不能动辄为证明一个问题，就说高鹗程伟元乃至曹雪芹都在撒谎。

　　那么，对全心准备进宫的宝钗来说，宝玉的确是那个传说中有玉的人，她对此十分好奇也是理所当然。不过，仅此而已了，因为，她对宝玉的性格和前途还不了解。对于像宝钗这样现实的人来说，仕途当然就是一个男性的魅力所在，没有前途的男人，她不喜欢。因此，二人后面的故事，就围绕着宝钗对宝玉前途的不断了解而展开，我们也就不断地看到宝钗对宝玉的微词和不满，以致最后的弃之不管。

宝钗的观察力是一流的，这个特点，大家有目共睹。她能隔着窗子辨认出说话的丫头是宝玉屋里的小红，还知道小红素日的性情；记得别人都不记得的湘云戴的麒麟；知道王夫人丫鬟金钏的身量尺寸；深知贾母年老，喜热闹戏文，爱吃甜烂之食。这些也不能说明她就是用尽了心机，只能说明她有着强大的记忆力和分析力。脑子不够用的，就算是用尽心机，也未必能做到。对下人尚且如此，我们不难想出她对男主人之一的宝玉，将会有更多一些的记忆和分析。但这依然不是喜欢，不是爱情，只是她能力所及而已。

宝钗第一次显示出对仕途的向往是在第十八回元妃省亲时（图8-2），她指出宝玉用字不妥，宝玉询问典出何处时，她说："亏你，今夜不过如此，将来金殿对策，你大约连'赵钱孙李'都忘了呢！"虽是

图8-2 元妃省亲

揶揄，也可见宝钗对男人的仕途是时时在心的，而且认为是必然要去做的事。她此时已然流露出对宝玉这方面能力的叹息。这里，我们把黛玉对待宝玉的态度拿来一比就知道区别了。宝钗看见宝玉为写诗急得直出汗，虽然也指点他修改了文字，但主要精力却放在嘲笑讽刺宝玉上了，并不是从内心心疼和关心他，有点儿站在一旁看热闹的意思。而黛玉却是："因见宝玉独作四律，大费神思，何不代他作两首，也省他些精神不到之处。"干脆直接替宝玉作了一首，这才是真爱。宝钗为什么不替宝玉作？因为在她内心深处，差不多把元妃命题看成一次真正的应场考试了，所以很有感慨地叹息宝玉的紧张错乱，哪里会觉得应该帮他写一首呢！如果看到黛玉替他写，宝钗心里肯定还会说："难道以后金殿对策，你也帮他写不成？"宝钗看到的是一个窝囊废宝玉，黛玉看到的却是自己的爱人。

关于金玉良缘的事，如果有，也是薛姨妈一厢情愿，并非宝钗本意，说她有意远着宝玉，而且高兴宝玉被黛玉缠住，并不是作者撒谎。宝钗因母亲主动提起金玉姻缘而感到懊恼是完全可以理解的，试想一个有知识、有文化的女孩儿，当然会为目光短浅、毫无根据的想法感到尴尬和羞惭。但对方是长辈，是母亲，不能反对，所以反而觉得黛玉的存在是一件好事。而真正的原因却是，她根本没有欣赏宝玉，压根儿就没瞧上他。

其实薛姨妈也是被冤枉的，她也始终都没有认为宝钗一定要和宝玉结婚。因为在第八十二回，宝钗差人给黛玉送蜜饯荔枝，送东西的婆子"将一个瓶儿递给雪雁，又回头看看黛玉，因笑着向袭人道：'怨不得我们太太说这林姑娘和你们宝二爷是一对儿，原来真是天仙似的。'"这就从侧面写出薛姨妈平日在自己府上和仆人们常说的话，她公开认为宝黛是一对儿，而且这句话还是在后四十回中出现的。至少说明这个时候薛家还没有想让宝钗嫁给宝玉。

宝钗不仅瞧不上宝玉，连同宝黛二人的恋情也是颇有腹诽、内心瞧不起的。这种瞧不起除了表现在平时一些小的揶揄讥讽上之外，最大的一次爆发是在第三十回，宝玉拿宝钗比杨贵妃，宝钗大怒，可巧小丫头靛儿因不见了扇子，找宝钗要，宝钗借机指她道："你要仔细！我和你顽过，你再疑我。和你素日嬉皮笑脸的那些姑娘们跟前，你该问他们去。"说得靛儿跑了。

这就是宝玉和宝钗即便结婚了也不能"举案齐眉"的最大问题所在。他们俩根本想不到一块儿去，无法产生共鸣。宝玉想的只是杨贵妃的丰腴之美，并无他意，若非要有他意，则宝玉肯定是想起了之前看到的宝钗的酥臂，心中艳羡而已。但宝钗就不理解宝玉这些。历代诗人相继对杨贵妃给出评价，以宝钗的道德立场，她应该是继承杜甫之流的观点，杨贵妃是亡国的祸水，是女性的耻辱。所以她听到宝玉把她比喻成亡国之女会"大怒"，甚至说出不符合事实的话来。

小丫头靛儿，这个名字就寄寓了作者的态度。蓝靛是一种多年生草本，有药用价值，可用于温毒、血热、口疮等上火的症候。此时，作者也是开了一个玩笑，宝钗一发怒，把"胎里带来的热毒"也勾出来，要用这种治疗热毒的草药才行，所以靛儿出现。宝钗说她平时不和丫头们玩，这话是不合事实的。我们都还记得，第五回宝钗刚进贾府时，作者对她评价说："便是那些小丫头子们，亦多喜与宝钗去顽。"宝钗和小丫头们玩是早已有之的，宝钗此时盛怒之下的否认，与焦大吃醉了酒说"红刀子进去白刀子出来"有异曲同工之妙。目的是表现宝钗怒到言语凌乱的程度。之后用"负荆请罪"的典故对宝黛二人的挖苦，用当代网络用语就是"我已经忍了你们很久了"的意思。宝钗对宝黛二人的情感感到不齿和厌恶，不能误认为是宝钗嫉妒黛玉才有这种举动。

第三十二回，从湘云劝宝玉潜心仕途时，侧面写出宝钗平时和宝玉的矛盾。袭人说："上回也是宝姑娘也说过一回，他也不管人脸上过的去过不去，他就咳了一声，拿起脚来走了。"这是补写出宝钗平时对宝玉的规劝，也很清楚地告诉读者，宝钗不满意宝玉的现状，看不上他的这些做派。也不能就因此而认定她是在为自己的将来打算，最多也就是一种态度的表达，即便是朋友，也不希望朋友沦落、失去前途。

第三十四回宝玉挨打之后，宝钗去探望，宝玉替宝钗辩护时，宝钗心里马上想到的是："你既这样用心，何不在外头大事上做工夫。"依然是不能理解的意思。薛蟠认为宝钗护短，说："从先妈和我说，你这金要拣有玉的才可正配，你留了心，见宝玉有那劳什骨子，你自然如今行动护着他。"到此，我们就能明白，宝钗为什么对薛姨妈四处张扬金玉姻缘而烦恼，要躲着宝玉了。连自己家人都这样疑心，何况别人。这对宝钗亦为奇耻大辱，所以她"满心委屈气忿，待要怎样，又怕他母亲不安，少不得含泪别了母亲，各自回来，到房里整哭了一夜"。第二天早上，依然是"无精打采的去了，又见眼上有哭泣之状，大非往日可比……一面在他母亲身旁坐了，由不得哭将起来"。历来的才子佳人小说中是这样描写两情相悦的吗？佳人爱上才子时，会在背地里如此痛苦悲哭吗？在这一点上，宝钗实在是被冤枉的，她真的从没爱上过宝玉。

第三十七回起诗社，宝钗先给宝玉起号"无事忙"，又说："还得我送你个号罢。有最俗的一个号，却于你最当。天下难得的是富贵，又难得的是闲散，这两样再不能兼有，不想你兼有了，就叫你'富贵闲人'也罢了。"这就是整部小说中，宝钗给宝玉的盖棺论定。试问，像宝钗这样的才女，对这种"无事忙""富贵闲人"的男人，能有真爱吗？估计在她内心中，连最低限度的尊重都没有吧。但黛玉却是把宝玉看作"知己"的！黛玉也喜欢开宝玉的玩笑，但我们注意到，黛玉开的玩笑都是类似于"雪下抽柴""还没唱《山门》就《妆疯》"这样带有醋意的揶揄，都与情感有关，并不涉及对宝玉个人能力和人生状态的终极评价。两相比较，就能辨出谁心中不爱宝玉了。

第七十回，听说贾政要回家了，宝玉忙忙地补功课，每天加工楷书，"探春宝钗二人每日也临一篇楷书字与宝玉"。想想宝钗这么看重仕途的、现实的女子，怎么会喜欢上散漫到连功课都不做，还要她帮忙写作业的男人。

第四十八回，香菱苦苦学作诗，宝玉大加赞赏，宝钗又不失时机地说教："你能够像他这苦心就好了，学什么有个不成的。"这也不可非要说成是她对未来夫婿的要求，只能说明宝玉不是她的理想对象。从这一回劝说以后，一直到宝钗被迫嫁给宝玉，小说就再也没写宝钗规劝宝玉了。中间发生了很多次大观园雅集和姊妹们的聚会，宝钗也就是和宝玉他们一起玩而已。也许在宝钗心中，宝玉已然是死人了，不可教矣！

宝钗对宝玉态度的脉络是非常清晰的。从一开始对宝玉的好奇，到对他像朋友那样规劝，最后到置之不理，始终不曾有男女之爱在其中。因此，宝钗是第一个不爱宝玉的女孩儿。

所以，黛玉和宝玉的爱情与宝钗对宝玉的看法的不同我们应该这样看：前面说过，宝钗不喜欢宝玉是因为觉得他没有前途、没有事业，看不上他。但这并不说明宝玉就不好，或者分出钗黛的审美水平孰高孰低，只是钗黛的需求不同罢了。黛玉寄人篱下，除了贾母，几乎无人可以依赖。就像脂砚斋说的，宝玉一生最大的优点就是细心和体贴。黛玉生活中恰好需要这样的人，需要是人类一切本能行为的指导，加之二人价值观非常接近，又长期在一起生活，产生感情不足为奇。但宝钗的生存环境完全不同，像黛玉所说，宝钗有房有地有产业，住在贾府只不过是亲戚情分，一应大小事务都不用贾府一文钱，说走就可以走，而且宝钗本来就不像黛玉有那么多情感需求和多愁善感，在情感和经济上，她都是独立的。宝玉细心体贴的优点，在宝钗这里不仅无用武之地，反而变成阻碍和缺点，因为宝钗的首要需求是更高的对荣誉和身份地位的渴望，这个不是宝玉擅长的。

二丫头：富贵于我何加焉

第二个不爱宝玉的女孩儿就是"二丫头"。第十五回（图8-3），宝玉在村子上见了锹、锄、镢、犁等农具，他一样都不认识，又看到一架纺车：

图8-3 茅屋中王熙凤更衣

　　只见一个约有十七八岁的村庄丫头跑了来乱嚷："别动坏了！"……"你们那里会弄这个，站开了，我纺与你瞧。"……说着，只见那丫头纺起线来。宝玉正要说话时只听那边老婆子叫道："二丫头，快过来！"那丫头听见，丢下纺车，一径去了。（第十五回）（图8-3-1）

　　一个农村丫头在穿着绫罗绸缎的贵族男子面前不卑不亢，也完全不曾表现出心怀杂念的意思，一片坦荡安详。反倒是宝玉对她念念不忘：

　　宝玉却留心看时，内中并无二丫头。一时上了车，出来走不多远，只见迎头二丫头怀里抱着他小兄弟，同着几个小女孩子说笑而来。宝玉恨不得下车跟了他去，料是众人不依的，少不得以目相送，争奈车轻马快，一时展眼无踪。（第十五回）

　　宝玉能轻易一见钟情，但二丫头却始终并未把他另眼相看，甚至连

图8-3-1 二丫头

一个特殊的表情和眼神都没有留给他。可见，在二丫头这样的女孩儿心中，是有另一套审美标准的，她并不认为宝玉和别的贵族有何不同，更不认为他有什么可以令她怦然心动的地方。更或者说，二丫头是一个安分守己的女孩儿，守着多大碗就吃多少饭，不属于自己的也根本不去关注吧。她并未看上宝玉的财富和人。

智能儿：我的爱人比你俊

第三个没看上宝玉的女孩儿是智能儿。第十五回，宝玉和秦钟因给秦可卿送殡，暂住水月庵。二人见到水月庵小尼姑智能儿：

> 他如今大了，渐知风月，便看上了秦钟人物风流，那秦钟也极爱他妍媚，二人虽未上手，却已情投意合了（甲戌批语：不爱宝玉，却爱秦钟，亦是各有情孽）。今智能见了秦钟，心眼俱开，走去倒了茶来。（第十五回）

大家要注意，作者并没有说秦钟和智能儿是有什么情意或深厚的感情，而是强调了二人之间的性爱吸引。智能儿是"如今大了，渐知风月"。姑娘长大成人，渐渐懂得了男女性爱，喜欢的是秦钟的"风流"。

我们都还记得秦钟出场时，作者是这样描写他的样貌的：

> 果然出去带进一个小后生来，较宝玉略瘦些，清眉秀目，粉面朱

唇，身材俊俏，举止风流，似在宝玉之上，只是怯怯羞羞，有女儿之
态，腼腆含糊，慢向凤姐作揖问好。凤姐喜的先推宝玉，笑道："比
下去了！"（第七回）

　　秦钟不仅相貌美艳，而且举止风流，
作者借凤姐之口说出秦钟和宝玉的高下之
别。可见，智能儿之所以选中秦钟，完全是
因为外貌或秦钟的主动态度，并非其他原
因。在智能儿眼中，长得美，又主动示爱的
男人比宝玉更有魅力。而且作者从一开始
要让读者看到的就是秦钟和智能儿的性爱关
系。二人从美貌和肉欲发展出来的相互爱

图8-4-1 秦钟和智能儿

慕，必然会导致偷情故事的发生（图8-4、
图8-4-1）。而秦钟最后也是因为和智能儿的偷情约会而得病丧命的。

　　秦钟不仅是宝玉的知己，更代表了宝玉的一部分。研究者们说"秦
钟"即是"情种"之意，他是宝玉性爱生活的隐喻。他的死去代表了宝玉
性爱部分的死去，当然，这并不是说宝玉性无能了，而是说作者借用秦钟
因性而死的事，结束了对宝玉性爱生活的描写，从而开启了他真正纯洁干
净的情感生活。

　　因此，智能儿未看上的是宝玉的相貌和秉性。

袭人：做贼就离我远点儿

　　第四个没看上宝玉的是袭人。很多人会疑问袭人不是宝玉身边最亲近
的人之一吗？虽然如此，但最亲近的人就一定是爱他、喜欢他的吗？

　　袭人把宝玉看成是自己终身的倚靠，是自己的未来和美好生活的阶
梯。第十九回，面对要赎她出去的母兄，她哭着说自己不想离开贾府。回

来却骗宝玉说要回家去，实际是试探宝玉对她的需求程度，看看她在他心中到底有多少斤两，然后让宝玉就范，按照她的意愿走上"正路"，而这也是为了她将来终身有个倚靠。连她母兄也看出她将来必然是要做宝玉的小妾的，而且是"意外之想"，从此放心，再也不考虑赎袭人出去了。

袭人日常对宝玉的约束和规劝，一半是主仆本分，一半就是自己的未来打算，其中却没有多少是单纯为了宝玉的。宝玉如果可以改正，袭人就抱希望，如果不行，袭人就马上放弃他，这是她自己亲口说出的想法。第三十六回，宝玉知道王夫人内定袭人为姨娘后，十分高兴，认为袭人再也不能离开他了。可是：

> 袭人听了，便冷笑道："你倒别这么说。从此以后我是太太的人了，我要走连你也不必告诉，只回了太太就走。"宝玉笑道："就便算我不好，你回了太太竟去了，叫别人听见说我不好，你去了你也没意思。"袭人笑道："有什么没意思，难道作了强盗贼，我也跟着罢？再不然，还有一个死呢。人活百岁，横竖要死，这一口气不在，听不见看不见就罢了。"（第三十六回）

这一大段话说得没半点儿对宝玉的情爱和留恋，冷漠而凉薄。袭人真正把宝玉看成"主子"，是自己名分和地位的保障。一旦宝玉的身份和权势不在，她理所当然就可以离弃他。因此，她在宝玉心中始终比不上晴雯。晴雯才是真的处处为宝玉考虑，为宝玉的快乐而快乐的人。

在对宝玉的看法上，袭人和宝钗有同有异。宝钗看不上的是宝玉没有才华、仕途上看不到前景；袭人并不在意宝玉有没有才华，但却和宝钗一样在意他有没有未来。

第十九回"情切切良宵花解语 意绵绵静日玉生香"，是近距离特写袭人的章回。作为男主人，居然去一个丫鬟家中探望，在当时社会必定是很少见的。袭人在和母亲、兄长的交往中也要煞费心机地谋划，可见她为

134

图8-4 秦鲸卿得趣馒头庵

图8-5 宝玉寻访袭人家

图8-5-1 静日玉生香

图8-6 贤袭人娇嗔箴宝玉

人的狡猾奸诈。晚上回来，袭人又给宝玉吹枕边风，继续使用阴谋和伎俩逼宝玉明确表达对自己的态度。但孙温在画中却只用了一个远景来表现宝玉去袭人家路上的样子（图8-5），而袭人晚间的劝谏，却完全没有表现。倒是用了近景描绘了宝黛亲切玩笑的场面（图8-5-1）。在第二十一回"贤袭人娇嗔箴宝玉"中，也完全没有看到主要人物袭人的出场（图8-6），只有宝玉在黛玉房门口、宝玉在屋子里和四儿对话的场面。可见这些作者特意强调的内容均并未引起画家的注意和重视，或者说画家也不喜欢袭人，不屑于为她占用画幅。

龄官：给你一个教训

第五个没看上宝玉的女孩儿是龄官。这是《红楼梦》中比较明显的事实。第十八回，龄官一出场便给读者一个非常深刻的印象，因为她性格倔强、不畏权贵，连元妃省亲时贾蔷指明她唱《游园》《惊梦》，她也会"自为此二出原非本角之戏，执意不作，定要作《相约》《相骂》二出"。只她这一行为，便引发了脂砚斋多少"新仇旧恨"，遥想三十年前自己所见之戏班中名角的行为，而写下一大篇批语痛骂优伶：

近之俗语云："宁养千军，不养一戏。"盖甚言优伶之不可养之意也。大抵一班之中，此一人技业稍优出众，此一人则拿腔作势、辖众特能，种种可恶，使主人逐之不舍责之不可，虽欲不怜而实不能不怜，虽欲不爱而实不能不爱。余历梨园子弟广矣，个个皆然，亦曾与惯养梨园诸世家兄弟谈议及此，众皆知其事而皆不能言。今阅《石头记》，至"原非本角之戏，执意不作"二语，便见其特能压众、乔酸娇妒，淋漓满纸矣。复至"情悟梨香院"一回，更将和盘托出，与余三十年前目睹身亲之人现形于纸上。使言《石头记》之为书，情之至极、言之至恰，然非领略过乃事、迷陷过乃情，即观此，茫然嚼蜡，亦不知其神妙也。

这一番评语，让人不难想见批书者咬牙切齿的痛恨和无奈。但是时过境迁，在不再蓄养家庭戏班的现代人眼中，就会盛赞龄官追求自由、自尊的可贵之处。也正是因为她为人真实，令她敢于直接而干脆地对贾府众星捧月般的宝玉说"不"。小说第三十六回，宝玉忽然想要听《牡丹亭》，便找唱得最好的龄官，万没想到的是当场被她冷语拒绝。宝玉认出来她就是那日蔷薇花下划"蔷"之人。"从来未经过这番被人弃厌，自己便讪讪的红了脸，只得出来了。"

这一刺激对宝玉来说非同小可，大到在瞬间颠覆了他从小到大的价值观。第三十六回他曾满怀雄心地对袭人明确表示他此生的最大愿望是他身边的众多姊妹、丫鬟的心里都只有他，他死了，她们的眼泪要汇集成大河，都能把他的尸首浮起来。可是，自从见到龄官对他的态度后，他突然醒悟了，对袭人和黛玉说：

> 昨夜说你们的眼泪单葬我，这就错了。我竟不能全得了。从此后只是各人各得眼泪罢了。……自此深悟人生情缘，各有分定，只是每每暗伤"不知将来葬我洒泪者为谁？"（第三十六回）

我们上面说过，黛玉的烦心事中就包含了和宝玉的情感不能同步的苦恼。黛玉在葬花时就已经发出"他年葬侬知是谁"的感喟，黛玉葬花是在小说的第二十七回，而直到第三十六回，宝玉才因受到龄官的拒绝而领悟出"不知将来葬我洒泪者为谁"的道理。进一步证明了宝玉的认识和情感的滞后。

不仅如此，到了第六十回，我们从春燕和她母亲的对话中得知，宝玉竟然打算把他屋里的丫头们都放出去：

　　春燕笑道："我且告诉你句话：宝玉常说，将来这屋里的人，无论家里外头的，一应我们这些人，他都要回太太全放出去，与本人父母自便呢。你只说这一件可好不好？"他娘听说，喜的忙问："这话果真？"春燕道："谁可扯这谎做什么？"婆子听了，便念佛不绝。（第六十回）

　　我们还记得在第二十六回时，小红对佳蕙说："'千里搭长棚，没有个不散的筵席'，谁守谁一辈子呢？不过三年五载，各人干各人的去了。那时谁还管谁呢？"佳蕙对小红说："昨儿宝玉还说，明儿怎么样收拾房子，怎么样做衣裳，倒像有几百年的熬煎。"这时候的宝玉还是一派天真，并不考虑将来的，更盼着女孩子们都守着自己。但到了第六十回，从春燕的话中，我们听出宝玉的想法已经有了本质的变化。也许这其中的转变，与龄官这次对他的态度，和他自己最终得出的结论不无关系吧。所以我们说，一定要以发展和变化的眼光来看《红楼梦》中的人物，因为作者

从未让他们在成长的路上
停滞在哪一个阶段，而是
让他们逐渐长大的。

相比之下，龄官是
所有没有看上宝玉的女孩
儿中最为彻底的人。她对
宝玉几乎到了完全无视的
地步，好不容易和宝玉说
句话，关心他一下，还是
在第三十回"龄官划蔷"

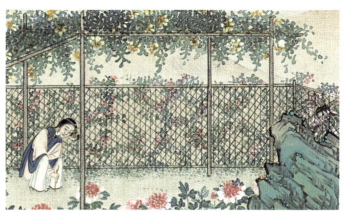

图8-7-1 龄官划蔷（局部）

中，把宝玉误认为女孩子的时候，说声："多谢姐姐提醒了我。难道姐姐
在外头有什么遮雨的？"宝玉在龄官心中已经不只是哪一个或哪几个地方
好不好的问题，而是她对他压根儿就没感觉。孙温把第三十回和第三十一
回的内容合并在一幅画中表现（图8-7），设计了三个场景，近景是宝玉
误踢袭人，中景是龄官划蔷，远景是晴雯撕扇。放大龄官划蔷部分，宝玉
是一个很难辨识的存在。小说题目中所谓"痴及局外"，正是要表现宝玉
这个局外人的态度。但画家把重点放在龄官划蔷（图8-7-1）的举动上，
在宝玉和龄官之间留出大片空地，把宝玉的脑袋画得十分不清晰。虽然小
说中也表示宝玉的脸被花丛掩映，但视觉和文字的效果是不同的，不应同
日而语。

彩云或彩霞：再坏的男孩儿我也爱

第六个没看上宝玉的女孩儿是彩云或彩霞。王夫人的丫鬟中，经常出
现的丫鬟是金钏、玉钏、彩云、彩霞。金钏、玉钏姐妹俩和宝玉的故事我
们都已经知道，这里不多说。她们都是离宝玉比较近、关系比较好的女孩
儿，而且第三十回，金钏还在宝玉要让她去怡红院时对宝玉说："你忙什

么！'金簪子掉在井里头，有你的只是有你的。'"暗示宝玉王夫人早晚是要把她给宝玉的。

彩云和彩霞又构成了另一对儿丫鬟名字的二人组合。但是由于版本间存在异文，彩云和彩霞时而合二为一，时而分作两人。作者给彩云的文字很少，也不曾提及她亲属的情况。但却提到了彩霞的母亲和妹妹。彩霞的妹妹叫小霞，所以彩云和彩霞并不像金钏、玉钏那样是亲姊妹。本书的主要研究对象不是《红楼梦》版本，所以这里不多谈有关版本的问题。有一点是可以肯定的，就是不管是彩云还是彩霞，不管是因为版本的抄写错误还是底本问题，小说中的彩云和彩霞（两人或同一人）心中始终都只有贾环，没有宝玉。

第三十回金钏对宝玉说："我倒告诉你个巧宗儿，你往东小院子里拿环哥儿同彩云去。"说明彩云和贾环的关系不能说是众所周知，也算是公开的秘密。

第二十五回贾环给王夫人抄写《金刚咒》时，贾环对彩霞说："如今你和宝玉好，把我不答理，我也看出来了。"彩霞咬着嘴唇，向贾环头上戳了一指头，说道："没良心的！狗咬吕洞宾，不识好人心。"两人这种调情，被甲戌本和庚辰本的批书者大大嘲笑了一番。甲戌本中批语道："风月之情，皆系彼此业障所牵。虽云'惺惺惜惺惺'，但亦从业障而来。蠢妇配才郎，世间固不少，然俏女慕村夫者尤多，所谓业障牵魔，不在才貌之论。"庚辰本畸笏叟批语更直接说："此等世俗之言，亦因人而用，妥极当

极！壬午孟夏，雨窗。畸笏。"贾环和彩霞的恋情就差大白于天下了。接着，王夫人让彩霞拍着宝玉睡觉，彩霞的态度是："淡淡的，不大答理，两眼睛只向贾环处看。"当宝玉拉她的手求关注时，彩霞夺手不肯，说："再闹，我就嚷了。"

被众女孩儿捧在手心的宝玉，何时要开口求人家"也理我理儿"了？但是即便如此主动、如此可怜，依然不能换得彩霞的同情和爱心，竟然夺出手，还威胁宝玉要吵嚷出来。关键是，她的眼睛只看着贾环，此时此刻，她就是不想让贾环再产生什么误会了。宝玉的要求和行为，在彩霞眼中无疑就是添乱，她只求宝玉能离她远远的才好。

第六十回，贾环看到芳官手里拿着擦春癣的蔷薇硝，就想要了给彩云。结果芳官给了他一包茉莉粉。贾环兴冲冲拿给彩云，被赵姨娘骂一顿并找芳官打了一架。这是小说唯一一次明写贾环送东西给喜欢的女孩儿。

第六十一回，王夫人处丢了玫瑰露，晴雯挑明说："太太那边的露再无别人，分明是彩云偷了给环哥儿去了。"当彩云听到冤枉了别人时，就公开承认："偷东西原是赵姨奶奶央告我再三，我拿了些与环哥是情真。"后来因为怕这件事连累出探春，就让宝玉承认是他拿了完事。结果，贾环醋性大发，把彩云平日私赠之物都照着彩云的脸摔去，骂她两面三刀。彩云急得赌身发誓也没用，只好把东西都撇到河里，自己晚上躲在被内暗哭。

第七十二回，凤姐的陪房来旺媳妇的儿子看中了彩霞，求贾琏和凤姐给做媒。林之孝说出来旺的儿子吃酒赌钱、无所不为。但凤姐出面说媒，彩霞的母亲也不敢不允。但彩霞心中盼着的依然还是贾环。

贾环虽然是个无情之人，但却并未见彩云（或彩霞）对他的情感有何转移，更未曾旁及本来离她很近的宝玉一星半点。故而，彩云（或彩霞）也是不钟情于宝玉的女孩儿之一。第二十五回"魔魇法姊弟逢五鬼"在回目中并没有体现出贾环烫宝玉的信息，但孙温也明白贾环对宝玉长期的积怨，正是因为彩霞而集中爆发的。所以，虽然画家没有在众多丫鬟里明显

图8-8 贾环蜡油烫宝玉

标示出彩霞的身份，但从周围丫鬟们服装的颜色可做推测，丫鬟的衣服基本上都是蓝色，其中一个穿绿衣服的女子比较醒目（图8-8），也许她就是彩霞。

香菱：你葬花就是"鬼鬼祟祟使人肉麻"

第七个没看上宝玉的女孩儿是香菱。香菱出身于地方望族、书香门第，自小生得"粉装玉琢"。可惜五岁被人贩子拐走，十二三岁被卖给书生冯渊，后又落入"呆霸王"手中，为婢为妾。她的容貌性情令贾琏惊艳，令凤姐怜惜，令宝玉赞叹："老天生人，再不虚负情性的！"令薛姨妈觉得"差不多的主子姑娘也跟他不上呢"，也令周瑞家的惊叹："竟有些像咱们东府里蓉大奶奶的品格。"不仅如此，香菱是太虚幻境"金陵十二钗"副册第一人，是开启和结束《红楼梦》的唯一女子，是作者谋篇布局中重中之重的一个主要人物。

作者对她的这种人见人爱的美的描述，再加上她倾心吟诗的高雅志趣，很容易遮蔽了读者的眼睛，使人觉得她可怜的身世和聪明才智相加，便如同黛玉一般的人物。如果真这么觉得，这就大错特错了！

这也是作者高明之处。他写人物，一定会注意文化的传承和陶冶。即便香菱学会了作诗，但她从小失亲、没有机会受到更多的文化熏染，给她的认识带来了不可弥补的缺漏。而这种缺漏恰恰是在和宝玉的交往中表现出来的。

按理说，香菱和薛姨妈在一起，从进了贾府、入住梨香院开始，便有机会与宝玉见面。但连凤姐都知道，像薛姨妈这样的主子加婆婆身份的女人都觉得她"模样儿好还是末则，其为人行事，却又比别的女孩子不同，温柔安静，差不多的主子姑娘也跟他不上呢，故此摆酒请客的费事，明堂正道的与他（薛蟠）作了妾"。宝钗亦是很喜欢她，后来搬入大观园时，还要香菱同住，连袭人也是"与香菱素相交好"。可见，香菱的为人和行事方式与宝钗、袭人近似。第二十五回宝玉和凤姐遭魔魇，薛蟠忙里忙外，"忽一眼瞥见了林黛玉风流婉转，已酥倒在那里"。甲戌本批语说："此似唐突颦儿，却是写情字万不能禁止者，又可知颦儿之丰神若仙子也。"这一"风流婉转"一词可不能等闲视之。这不仅仅是在告诉读者黛玉很好看，而是表示黛玉不仅好看，关键是她还有一种娇媚之态、风流之姿，不是那种只是长相周正却呆若木鸡的女孩儿。而这种风流妩媚却与礼教有内在的矛盾和冲突，而这样的女孩儿也的确正是因为不以传统女教为意，才培养出潇洒自由、浪漫不羁的气质。所以，像王夫人这样受女教熏陶日深的老女人就极为厌恶这一类型的女孩儿（包括后来说晴雯长得像黛玉，甚至包括她自己的亲侄女凤姐），她所喜欢的也只能是宝钗、袭人这样完全按照礼教行事的女孩儿，当然，也包括香菱。

小说中，读者第一次看到香菱的名字和宝玉一起出现是在第二十回。正月里，"宝钗、香菱、莺儿三个赶围棋作耍"，贾环加入以后，和莺儿发生了口角，恰好宝玉出现，斥责了贾环。整个事件中，香菱都是存在的，但作者没让她说一句话、表一次态。

第二十七回，芒种节，"宝钗、迎春、探春、惜春、李纨、凤姐等并巧姐、大姐、香菱与众丫鬟们都在园内顽耍"，后来宝玉也出现了，还和探春讲了好一会儿家常话。此时的香菱和上次一样，也是不发一言的存在。但是，宝玉此时却完全和她不同。在之后发生的黛玉葬花事件中，宝玉听了《葬花词》"不觉恸倒山坡之上"，随后马上想道：

> 试想林黛玉的花颜月貌，将来亦到无可寻觅之时，宁不心碎肠断！既黛玉终归无可寻觅之时，推之于他人，如宝钗、香菱、袭人等，亦可到无可寻觅之时矣。宝钗等终归无可寻觅之时，则自己又安在哉？且自身尚不知何在何往，则斯处、斯园、斯花、斯柳，又不知当属谁姓矣！（第二十八回）

这是宝玉第一次"由色悟空"，想到人生的生死大事，黛玉、宝钗、袭人是他身边亲近的人，自然是他心之所系，但让我们惊讶的是，这里面居然还有香菱！而且香菱还排在袭人的前面，仅次于宝钗！当时，姊妹们都在园子里，宝钗扑蝶偷听到小红和坠儿的谈话以后，"只见文官、香菱、司棋、待书等上亭子来了"，仔细读书，我们不禁惊奇地发现，香菱简直无处不在，她和一大堆主子、丫鬟、女戏们在一起，而宝玉，或者可以说是作者，丝毫没有念及那些女孩儿们。在宝玉心中，彼时彼刻，只有包括香菱在内的四个人！作者应该不是妄写，一定是有他的根据和想法的，他也许想让读者知道香菱在宝玉心中的位置。这也是小说明写宝玉对香菱牵挂的方式。

第二十九回，清虚观打醮，贾府的女眷全体出动，包括"薛姨妈的丫头同喜、同贵，外带着香菱，香菱的丫头臻儿"。第三十五回，宝玉挨打之后，贾母等到园中探望，在出园子的路上"忽见史湘云、平儿、香菱等在山石边掐凤仙花呢，见了他们走来，都迎上来了"。这时香菱虽然还没

图8-9 慕雅女雅集苦吟诗

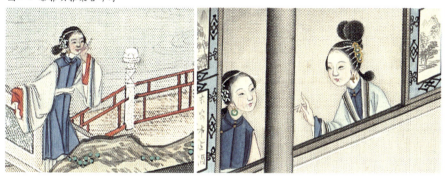

图8-9-1 香菱进园　　　　　　　　　图8-9-2 黛玉教香菱

搬进大观园住，但作者始终不想让读者把她遗忘，一有机会，就让她到我们眼前来玩。

　　第四十八回（图8-9），香菱终于搬进大观园住了，而且缠住黛玉学作诗。听完香菱讲诗，宝玉说："既是这样，也不用看诗。会心处不在多，听你说了这两句，可知'三昧'你已得了。"因被黛玉接去话头，香菱此处没有回答宝玉。接着，宝玉又评香菱讲诗："你已得了，不用再讲，越发倒学杂了。你就作起来，必是好的。"又被探春截去话头，香菱又没正面答复宝玉。后来，香菱苦苦想诗不得，宝玉又评道："这正是

'地灵人杰'，老天生人再不虚赋情性的。我们成日叹说可惜他这么个人竟俗了，谁知到底有今日。可见天地至公。"学作诗的全过程，宝玉显得热情有余，香菱却冰冷无语，完全无视宝玉的存在。而自从香菱入了大观园诗社，自然是和宝玉在一起的机会就更多了。孙温在画中也多次表现她的形象，可见画家对她的重视和喜爱。

直到第六十二回，香菱和小戏子们斗草，弄湿了石榴裙，作者才让她第一次在读者面前开口和宝玉说话。也并不是香菱主动和宝玉说话，而是"宝玉见他们斗草，也寻了些花草来凑戏，忽见众人跑了，只剩了香菱一个低头弄裙"这才有了"呆香菱情解石榴裙"一回。宝玉极尽分析人物和事件之能事，把香菱、宝钗、宝琴、薛姨妈的脾气性情和所思所想一一详加分析，说得香菱眉开眼笑。但她依然对宝玉不信任，一定要让袭人亲自送石榴裙来才行。而真正令人哭笑不得的是宝玉和香菱后面的对话。香菱换好裙子，袭人拿着脏裙子走了：

> 香菱见宝玉蹲在地下，将方才的夫妻蕙与并蒂菱用树枝儿抠了一个坑，先抓些落花来铺垫了，将这菱蕙安放好，又将些落花来掩了，方撮土掩埋平服。香菱拉他的手，笑道："这又叫做什么？怪道人人说你惯会鬼鬼祟祟使人肉麻的事。你瞧瞧，你这手弄的泥乌苔滑的，还不快洗去。"……香菱方向宝玉道："裙子的事可别向你哥哥说才好。"说毕，即转身走了。（第六十二回）

宝玉埋葬夫妻蕙和并蒂菱，完全是和黛玉在一起葬花行为的延续。葬花是二人所做过的最高雅烂漫、情致怡然的事，也是整部《红楼梦》的灵魂所在。但怎么也想不到的是，这么优美浪漫的事，到了香菱嘴里却成了"这又叫做什么？怪道人人说你惯会鬼鬼祟祟使人肉麻的事"。还像大姐姐对待小屁孩儿那样毫无顾忌地去拉宝玉的手，还数落他把手弄得脏兮兮的，敦促他快去洗手。没有一丝做作和扭捏，在所谓"情解石榴裙"的题目下，香菱大方到无情、无性的行为如兜头一盆冷水，让读者倒吸一口凉气，不由得又想起作者说不要正照风月鉴的话来。宝玉心里装着香菱，香菱拿宝玉当亲弟弟，但她不能理解他的内心，更把他看作一个不可理喻的怪物，最后还要嘱咐宝玉不要告诉薛蟠裙子的事。她对宝玉的了解是负数。这倒让我们联想到同样受了宝玉照顾的平儿（第四十四回），凤姐见到贾琏和鲍二家的偷情，拿平儿撒气，宝玉对她给予了温暖的照顾，可惜画家只给了著名的"喜出望外平儿理妆"一个非常小的远景，我们只能放大才能看得清（图8-10）。

有情义的平儿很懂得投桃报李，第五十二回，在她发现宝玉房里小丫头偷了凤姐的金镯子时，把麝月叫去商量帮忙遮掩，并说："宝玉是偏在你们身上留心用意，争胜要强的，那一年有一个良儿偷玉，刚冷了一二年间，还有人提起来趁愿，这会子又跑出一个偷金子的来了。而且更偷到街坊家去了。偏是他这样，偏是他的人打嘴。所以我倒忙叮咛宋妈，千万别告诉宝玉，只当没有这事，别和一个人提起。"所以这一回回目叫"俏平儿情掩虾须镯"（图8-11）。孙温对这样的情节也都很看重，在有限的画幅上为平儿和宝玉之间纯洁的情谊留下影像。香菱则正好相反，难怪作者叫她"呆香菱"，她是一个对男女之情几乎无感的女孩儿。即便如此，

图8-10 喜出望外平儿理妆　　　图8-11 俏平儿情掩虾须镯

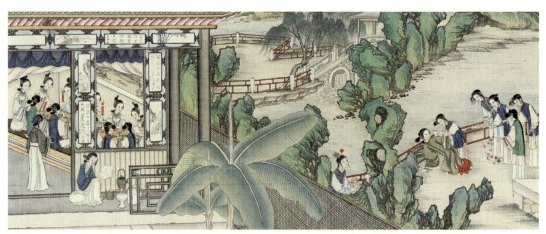

图8-12 呆香菱情解石榴裙

图8-12-1 情解石榴裙（局部）

孙温却依然对她情有独钟，不仅保留小说回目的内容，还将画幅一分为
二，让香菱染污石榴裙的场面和群芳开夜宴这样的大场面平分秋色（图
8-12）。而且我们也知道，孙温的画不以人物为主，而是多强调山石景
致，大部分人物都设置成"点景人物"的比例。但这里留给香菱的却是相
当大的人物全身像。

香菱再一次和宝玉正面对话，就到了第七十九回。这次二人谈了很久，聊的却是关于香菱的丈夫薛蟠娶妻的事。香菱对薛蟠完全没有感情，这里举一个细心的作者写下的一笔读者不容易体会到的细节：第四十八回，薛蟠遭柳湘莲暴打后，出门经商，"薛姨妈便和宝钗香菱并两个老年的嬷嬷连日打点行装"，香菱参与打点丈夫行装本是分内事，并不稀奇，但待到送行的这一天，作者写道："至十四日一早，薛姨妈宝钗等直同薛蟠出了仪门，母女两个四只泪眼看他去了，方回来。"看到这里，尤其是"母女两个四只泪眼"，真是让人忍俊不禁，难道不该是"三人六只泪眼"吗？香菱却是不哭甚至是不送的那个，或许压根儿哭不出来吧。

果然，薛蟠刚走，她便开开心心随着宝钗住进她心仪已久的大观园，学作诗、入诗社耍子了。因此，小说开始说薛蟠娶了香菱以后，"过了没半月，也看的马棚风一般了"，也不能全怪薛蟠。薛蟠好歹之前对香菱还是有兴趣的，而香菱却从头至尾都把薛蟠看成"马棚风"。夏金桂和宝蟾也未必比香菱好看，薛蟠却保持了相当长时间的兴趣，与她们本人风骚，又肯在薛蟠身上用工夫不无关系。

相比之下，香菱在薛蟠眼中就是性冷淡的女人，二人彼此都不感兴趣也是必然的。古代社会的女性，尤其是有身份、有教养的女性，一讲究上名节、名声、闺教，就没办法兼顾女性的魅力和情趣，稍一露齿都是有失检点，稍一大笑都是逾越规矩，一个个似枯木古井般沉寂，才是将来为妻为母之道。香菱虽然是小妾，但我们从薛姨妈眼中已经知道，她甚至比主子姑娘还矜持、还遵守礼教。因此，香菱虽美，却没情趣。这是她无法和宝玉沟通的关键之处。

再回来看她和宝玉议论薛蟠娶妻的事，宝玉问薛蟠为什么会相准了夏金桂，香菱是这样说的：

一则是天缘，二则是"情人眼里出西施"。当年又是通家来往，从小儿都一处厮混过。叙起亲是姑舅兄妹，又没嫌疑。……又令他兄妹相见，谁知这姑娘出落得花朵似的了，在家里也读书写字，所以你哥哥当时就一心看准了。……你哥哥一进门，就咕咕唧唧求我们奶奶去求亲。我们奶奶原也是见过这姑娘的，且又门当户对，也就依了。……我也巴不得早些过来，又添一个作诗的人了。（第七十九回）

完全像是在说别人的事，不像是自己男人要找女人。再一次证明香菱在男女情爱上没心没肺，说好听点儿叫"一派天真"，其实就是没情趣、没兴趣、没感觉。

之后，就是宝玉和香菱的经典对话：

宝玉冷笑道："虽如此说，但只我听这话不知怎么倒替你耽心虑后呢。"香菱听了，不觉红了脸，正色道："这是什么话！素日咱们都是厮抬厮敬的，今日忽然提起这些事来，是什么意思！怪不得人人都说你是个亲近不得的人。" 一面说，一面转身走了。宝玉见他这样，便怅然如有所失，呆呆的站了半天，思前想后，不觉滴下泪来，只得没精打彩，还入怡红院来。（第七十九回）

香菱说得一派正气，我们就又想起周瑞家的评价香菱有东府里小蓉大奶奶的品格。这就让我们联想到秦可卿的为人，她也必定是这样一身正气、不可侵犯的。所以才会有因受辱而自缢的行为（虽然这行为小说中不是明写的，但从批语中确实可以证明此事曾经发生）。因此，香菱说宝玉是个亲近不得的人，其实从宝玉眼中看，她才是个亲近不得的人，和平儿相比简直就是忘恩负义、无情无义。宝玉真心为她考虑，担心她的未来，她却不仅不领情，还显示出莫大的反感与鄙视。又一次显示出她和宝玉之间遥远的心灵距离。连庚辰本批语也为薛蟠娶妻事而说"余为一哭"，替她担忧。可见，并非宝玉想得多或是想了不该想的事，而是人之常情而已。只是宝玉犯了交浅言深之错，他把香菱当黛玉一流人物，认为能够相互理解。却不知香菱不仅和宝钗、袭人一样谨守礼教，还缺少起码的文化修养，如何能对他的想法产生共鸣和理解呢！

香菱不喜欢宝玉，不仅是把他看成孩子，也因她自身生理、心理多种因素，使她对宝玉的行为和性情产生误会，甚至厌恶。她是又一个完全辜负了宝玉情感的女孩儿。但宝玉却对香菱有情有义，这一点孙温不遗余力地在绘画中加以表现。他画了"美香菱屈受贪夫棒"（图8-13）和"王道士胡诌妒妇方"（图8-14）两幅图，这两个题目中已经把宝玉和香菱之间的故事和宝玉对她的关心呵护表现得淋漓尽致。可以说画家对香菱的重视显然已经到了不肯让关于她的内容有半点儿遗漏的地步。甚至在第八十四回贾母问起薛姨妈为什么香菱的名字会变成"秋菱"这样不起眼的细节，画家也要用一整幅画来表现（图8-15）。画中的宝玉站在庭院里低头叹息。他当然也画了小说第一百回"破好事香菱结深恨"（图8-16），用了一整幅画来描绘这一部分的内容。小说最后一回回目是"甄士隐详说太虚情　贾雨村归结红楼梦"（图8-17），孙温把香菱画进去，让她站在父亲身边，再次强调她的结局。小说作者用香菱这样一个有着凄苦命运的女子从出生到死亡的全部过程为代表，充分证明了"薄命司"中女子们的薄命和社会对女性的不公。但宝玉甚至是画家的态度也让我们从侧面看到了即便有个别男性对她们抱有极大同情，也无力改变男性中心制度给女性带来的压迫与苦难（包括灵魂的丢失），更不能让她们在女教的影响下对进步男性产生爱恋、敬慕和同情，男权制度的双刃剑在刺向女性的同时也戕害了男性自身。

图8-13 美香菱屈受贪夫棒

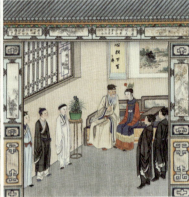

图8-14 王道士胡诌妒妇方

图8-15 薛姨妈细言改秋菱

图8-16 破好事香菱结深恨

图8-17 甄士隐详说太虚情

图8-17-1

第九章　小红：作者的一把万能钥匙

　　小红和贾芸的故事在《红楼梦》中是很著名的。著名的原因是脂批中曾提到他们二人在后四十回中对宝玉的好处，因此受到了探佚学家们的极大关注。我们如今不做探佚研究，只是要看看小红和贾芸之间到底发生了什么，围绕着他俩的故事，作者实际想让我们知道些什么。

　　小红是《红楼梦》中一个独一无二的极为关键的次要人物，她就像一把万能钥匙，作者用她来带动几位主要人物和情节，随着她的故事的发展，让读者看到更多作者想让大家看到的东西。她的故事应该从小说

图9-1 遗帕惹相思

图9-2 蜂腰桥设言

图9-3 杨妃戏彩蝶

第二十三回就开始了，直到第二十七回才结束（图9-1、图9-2、图9-3）。虽然小红和贾芸的情感发展看似是这几回的故事主线，但是就像作者在贾瑞照"风月宝鉴"时说的，不要看正面，要看反面。小红的故事只是表面现象，而作者想让我们看的却是她背后的那些事情。

小红为我们带来了多少有趣的故事呢？下面我们逐一来分析。

小红：宝黛情感发端的一个"讯息"

在小红出现之前，宝黛之间的情感都还停留在一个稍有不如意便吵架拌嘴、蒙昧任性的状态。他们不仅对彼此的情况不了解，甚至也不了解自己的心理状态，遑论用言辞主动去试探对方了。直到第二十三回，元春下令让姊妹们搬进园子住。这里是美妙的人间天堂。这个景色宜人、莺啼燕舞、优雅舒适的温馨园林就是培养浪漫、孕育爱情的温床。作者把这一群妙龄少男少女一股脑投入园中，让他们去尽情挥霍他们的青春、享受人生。宝玉是《红楼梦》第一男主角，所以，他也是第一个体会到这种

"春"的讯息的人。在他身上到底发生了什么变化呢？小说写宝玉自进园以来，心满意足，每日和姊妹丫头读书写字、弹琴下棋、作画吟诗、描鸾刺凤、斗草簪花、低吟悄唱、拆字猜枚，无所不至，十分快乐。

这种雅致悠闲的生活应该可以知足了，就像作者说的"再无别项可生贪求之心"了吧？可是，人类的欲望是永远不能满足的。作者又写道：

> 谁想静中生烦恼，忽一日不自在起来，这也不好，那也不好，出来进去只是闷闷的。园中那些人多半是女孩儿，正在混沌世界，天真烂漫之时，坐卧不避，嬉笑无心，那里知宝玉此时的心事。那宝玉心内不自在，便懒在园内，只在外头鬼混，却又痴痴的。（第二十三回）

宝玉这是怎么了？他的不自在为什么还和"女孩儿，正在混沌世界，坐卧不避"有关呢？天真烂漫、嬉笑无心的女孩子怎么就不能知道宝玉的心事，令他烦闷了呢？作者继续写了：

> （茗烟）便走去到书坊内，把那古今小说并那飞燕、合德、武则天、杨贵妃的外传与那传奇角本买了许多来，引宝玉看。宝玉何曾见过这些书，一看见了便如得了珍宝。……单把那文理细密的拣了几套进去，放在床顶上，无人时自己密看。那粗俗过露的，都藏在外面书房里。（第二十三回）

图9-4 宝黛共读《西厢记》

原来如此！作者虽不明言，但却用几部著名的艳情小说的名字告诉了读者，宝玉作为一个男生，他的性意识开始萌发，有了这方面的要求和想法，却没法和大观园里那些天真的女孩子们说，因此而闷闷不乐。这是宝玉情爱和性爱的萌发。下面我们再来看黛玉的。

正因为宝玉得到了这些艳情小说，有一天，他就拿着其中一本《会真记》（此处是作者有意用《会真记》代替《西厢记》，以暗示二人的结局），在沁芳闸桥边桃花底下坐着看，于是就发生了最著名的宝黛共读的场面（图9-4）。

宝黛同看《西厢记》，一直以来，大家虽然也都知道这是一种与当时礼教不符的行为，但就如同学习外语一样，明白了词的意思，但却没有语感的话，那种理解就是极其肤浅的了。失去了时代背景，当代人已经不能深入领会宝黛共读《西厢记》到底意味着什么，又触犯了什么。但生活在当代的人们却都深刻了解在青春期的少男和少女偷背着家长同看少儿不宜的言情片的错误有多大、问题有多严重。宝黛共读《西厢记》相当于此。

1987版电视剧把这一幕拍得很美（图9-5），我们也是以一个当代人的眼光去欣赏的。但是在孙温的画中就表现得非常含蓄了。他完全按照书中的原话描画了黛玉的样子："肩上担着花锄，锄上挂着花囊，手内拿着花帚。"无限接近读着艳情小说的宝玉。两人既不曾挨肩碰肘，也不曾同坐同看，保持着永远的授受不亲的距离。

我们要记住，这是黛玉从小到大，第一次接触到艳情小说，她的阅读感受是：

从头看去，越看越爱看，不过顿饭工夫，将十六出俱已看完，自觉词藻警人，馀香满口。虽看完了书，却只管出神，心内还默默记诵。（第二十三回）

　图9-5 1987版电视剧宝黛共读《西厢记》

不仅如此，宝玉被袭人叫走之后，只剩下黛玉一人。刚刚读过艳情小说并被其中的情节和辞藻深深打动的黛玉，又经历了一场更刺激、更激荡人心的情感洗礼：她又听到了《牡丹亭》的曲子。本回回目叫"西厢记妙词通戏语 牡丹亭艳曲警芳心"，两部中国古代最有名的男女恋爱故事，黛玉在同一时间又看又听，一场爱情视听盛宴，算是开启了黛玉的少女情窦，小说用了一大段文字来表现黛玉此时心灵所受到的巨大冲击。

黛玉刚听到十二个女戏演习时，作者说："只是林黛玉素习不大喜看戏文，便不留心，只管往前走。"这是要让读者明白，黛玉之前并不知道曲文的具体内容，强调这的确是她初闻初识。庚辰本在"原来戏上也有好文章"一句话后面有批语说："非不及钗，系不曾于杂学上用意也。"又拿早就什么都知晓的宝钗来与黛玉的简单纯洁作对比，仍然是要说明她是第一次接触这些所谓的"淫词艳曲"。而在第四十五回，宝钗亲口向黛玉承认，那些艳情书她从小就看过了。

黛玉情窦初开，作者形容她是"心动神摇""如醉如痴"，甚至"站立不住"，后又到了"心痛神痴、眼中落泪、没个开交"的地步。可见她此时此刻已经打开了情感的闸门，才有了后文中葬花词里的激情喷薄而出，也开始对宝玉有了一系列不同于别人的要求。

在小红的故事还没开始之前，作者先为宝玉和黛玉分别开智，让他们于朦胧中不知不觉步入男女之情的境界。然后才用小红和贾芸这种非常直白的情爱故事作为明线来牵动故事的发展，即小红和贾芸的情爱是明线，宝黛爱情是暗线。小红和贾芸的情爱只是作者给读者的一个"讯息"，一个宝黛爱情开启的信息。作者不想明写宝黛的情感发展，却借用了同样的情爱关系来影射，这是作者的曲笔，也是他含蓄的地方。

小红心中的两个男人

小红从一出场及其以后在大观园中的生活，很多都是由一系列的巧合组成的。首先因贾赦生病，宝玉去探望，路上与贾芸巧遇（图9-6）。

也是因这次巧遇，宝玉觉得贾芸"生得斯文清秀"，又因他很会说话，当宝玉开玩笑说"你倒比先越发出挑了，倒像我的儿子"时，贾芸马上很伶俐乖觉地回答："只从我父亲没了，这几年也无人照管教导。如若宝叔不嫌侄儿蠢笨，认作儿子，就是我的造化了。"宝玉一高兴就随口说让贾芸"明儿你到书房里来，和你说天话儿，我带你园里玩耍去"。这里作者用了北京方言"明儿"，其实并不代表让贾芸明天来书房，而是一种客气话。

但也就是因为这句不经意的客气话，贾芸真的按约定，第二天午饭后就到贾母那边仪门外绮霰斋书房来找宝玉，就在这里，偶遇了小红（图9-7）。第二十四回二人第一次见面的相互印象都很好，贾芸看到的小红是十六七岁一个细巧干净的女孩儿。小红是"下死眼把贾芸钉了两眼"。庚辰本批语说"这句是情孽上生的"，又怕贾芸挨饿，蒙本也有批语说："业已种下爱根，俟后无计可拔。"两个人都恋恋不舍。

作者把两个人写成一见钟情，完全不需要情感铺垫。这是一段爱情明线的开始。作者心中是有等级意识的，主人们的情感不能明写，尤其是少男少女主子们。而奴才们和家族旁支却可以任意描绘，因为一见钟情的眉来眼去在作者和读者心中怎么也都不能算是高雅的表现。但为什么小红和贾芸会一见倾心？是真的倾心吗？最起码从小红来看，不完全是。

宝玉引出了贾芸，贾芸见到了小红，如果这样就可以了，那么《红楼梦》也就不好看了，小

图9-6 贾芸巧遇宝玉

图9-7 贾芸巧遇小红

红也就是一个没什么意义的普通人。作者要反映人物的复杂性，就是要把她很多的内心活动剥开来给读者看。小红见到贾芸便马上爱了，那就没有复杂的人性了，是个没见识的傻丫头而已。小红的心事是很多的，心性是很高的。

作者让贾芸巧遇宝玉，再因宝玉的一句话让贾芸巧遇了小红，这只是作者的第一步。作者更想让读者看到的是小红如何第一次见到宝玉。为了再次设计一个主仆偶遇，作者又故意安排怡红院里宝玉身边的大丫鬟们恰巧全都有事出去了，此时作者设计的痕迹就非常明显。庚辰本在"不想这一刻的工夫，只剩了宝玉在房内"后批："妙！必用'一刻'二字，方是宝玉的房中，见得时时原有人的，只有今一刻无人，所谓凑巧其一也。"而又恰好这时候宝玉要吃茶，这才有了两人初次偶遇的好看场面。

宝玉眼里的小红正好和贾芸眼里的一样"俏丽""干净""细巧"，从此就开始关注了小红，想要她进屋里来伺候。而小红也正好在这时向宝玉报告了贾芸来访的事。贾芸就是小红和宝玉之间的第一个话题，很遗憾，也是唯一的话题。

两个男孩儿同时关注到了小红。但是小红钟情谁？作者说：

> 这红玉虽然是个不谙事的丫头，却因他有三分容貌，心内着实妄想痴心的向上攀高，每每的要在宝玉面前现弄现弄。只是宝玉身边一干人，都是伶牙俐爪的，那里插的下手去。不想今儿才有些消息，又遭秋纹等一场恶意，心内早灰了一半。（第二十四回）

小红之所以能一见到贾芸就"下死眼"看他，并对他念念不忘，是因为她虽早就想攀附宝玉这个高枝，却因宝玉身边大丫鬟们争风吃醋，她根本插不进手去，正在灰心之际，不想遇到了贾芸，心中又升起新的希望，她始终都是清醒的，她在有目的地寻觅。第二十四回回末她梦到贾芸拾到了她的手帕，甚至还上来拉扯她。

遗帕的故事：作者的疏忽？

第二十四回回目是"痴女儿遗帕惹相思"，但在这一回正文中却没有讲到小红是如何丢失手帕的，只是小红梦到贾芸捡到了她的手帕。"痴女儿遗帕惹相思"是作者为小红和贾芸之间关系所立的第一个正题。二人的确是因为丢失和捡到手帕而发生联系的。但是到底小红是有意还是无意遗帕，小说中没有明确交代。但是这个题目却十分具有导引性，让读者感觉是小红故意将手帕丢掉让贾芸去捡。从性别研究角度看，这个题目多少有污蔑女性之嫌。

小红遗帕的故事始于第二十四回，终于第二十七回。第二十四回里遗帕还只是在梦中，但到了第二十六回，遗帕、拾帕就发生在现实中了。第二十六回回目有版本异文，甲戌本题目是"蜂腰桥设言传蜜意"（图9-2-1），庚辰本、蒙本、戚本、甲辰本等则是"蜂腰桥设言传心事"。不管传的是心事还是蜜意，都是作者为小红和贾芸设立的第二个正题。从"遗帕"到"设言"，这是二人故事发展的过程。

作者在第二十四回让小红和贾芸见了一面，但是以他二人的身份，是不可能经常见面的。于是，作者又在中间加入了一个故事，就是"魇魔法叔嫂逢五鬼"，即贾环泼灯油烫伤宝玉之后的事。贾芸带着家下小厮昼夜看守，小红也在宝玉房里，二人便可以经常遇见。

借此机会，不仅二人混熟了，小红甚至还注意到贾芸手里拿的帕子

图9-2-1 蜂腰桥设言传蜜意

像是自己的。读者要注意了，这是作者唯一一次正面交代小红的帕子是怎么丢的：是"从前掉的"。至于何时掉的，就不得而知了。但是至少我们可以确定，小红并没有故意把帕子丢掉，然后再让贾芸去捡。1987版《红楼梦》第十一集在这一情节上，就极具误导性。剧中小红和贾芸初见，小红用手帕擦完汗后，直接把帕子丢在地上，镜头在两个演员的眼神和地上的手帕之间来回切换，暗示观众，两人都知道手帕掉了，事后贾芸便捡了起来。没有看过文本的人，看到这一剧情，马上就以为小红故意丢掉手帕让贾芸去捡，成了一个有意勾引男人的女人。而小说中，小红刚见到贾芸时的态度是"那丫头见了贾芸，便抽身躲了过去……那丫头听说，方知是本家的爷们，便不似先前那等回避"，明明看到贾芸拿的帕子像自己的，"待要问他，又不好问的"，这些都说明小红并非如多姑娘般风流狂荡之徒，也是一个很守女教的姑娘。

但是她也不是像宝钗那样完全遵从礼教的女孩儿，既然心中有了贾芸，贾芸手上又有她的手帕，她必定还是要做点儿什么的。我们来看一下在蜂腰桥小红到底做了什么：

> 这里红玉刚走至蜂腰桥门前，只见那边坠儿引着贾芸来了。那贾芸一面走，一面拿眼把红玉一溜；那红玉只装着和坠儿说话，也把眼去一溜贾芸。四目恰相对时，红玉不觉脸红了，一扭身往蘅芜苑去了。（第二十六回）

这就是蜂腰桥上发生的事。看到这里，读者肯定有点儿蒙：这有什么？小红在哪里"设言传蜜意"了？《红楼梦》有很多"不写之写"，此为最典型一例。我们再继续看就明白了。贾芸和宝玉说完话，仍然是坠儿带他出园，贾芸见周围没人，便开始向坠儿套话，和她谈手帕的事。我们要注意二人谈话的时间、地点和内容。首先，小红两次遇到坠儿，第一次是正要出发去宝钗的蘅芜苑取笔，第二次是在蜂腰桥见到坠儿和贾芸。

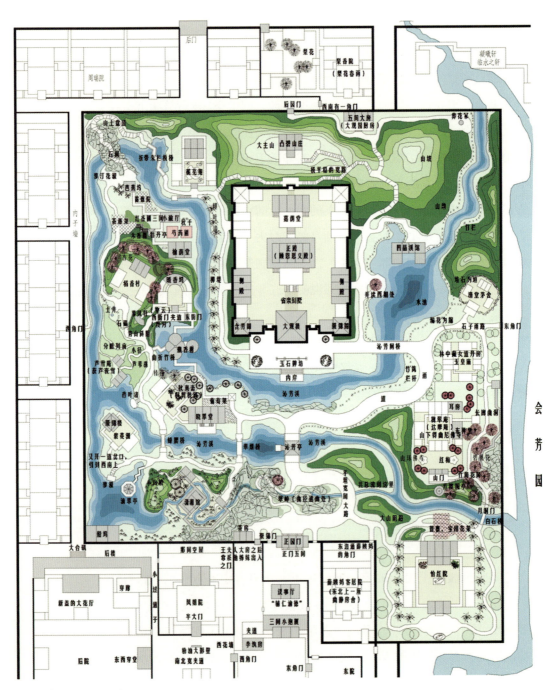

图9-8 黄云皓绘大观园平面图

从坠儿的话里我们知道，小红是在蘅芜苑门口和坠儿说的让她帮忙找手帕并要给予感谢的话，说明小红和坠儿、贾芸是一起从蜂腰桥走到了蘅芜苑的。这就出现了一个大漏洞，从大观园平面图（图9-8、图9-9）中，我们可以看到，无论哪种大观园图，蘅芜苑和蜂腰桥之间的距离几乎都是整个大观园纵深的距离，而且，贾芸当时是要去怡红院，小红要去蘅芜苑，怡红院在大观园图的右下角，蘅芜苑在左上角，正好是两个相反的位置（图9-8-1）。小红是不可能和贾芸同行，并到了蘅芜苑门口和坠儿说那番话的。我们知道，回目是"蜂腰桥设言传蜜意（心事）"，那小红暗示贾芸她手帕丢了的话就应该是在蜂腰桥说的。我们还记得在蜂腰桥上，"那红玉只装作和坠儿说

图9-8-1

话，也把眼去一溜贾芸"的情节。我认为作者的"不写之写"应该是在这里，即在蜂腰桥时，作者没有明写小红说了手帕的事，但通过后来贾芸和坠儿的对话，我们可以反观蜂腰桥，所谓"装作和坠儿说话"，说的就是手帕的事，这就是小红在蜂腰桥上故意"设言"，向贾芸传递自己的"蜜意"。至于坠儿又说是在蘅芜苑门口说的，鉴于这个地点和二人所走路径不符，有可能是经过了后人改动或者就是作者写作时的一时疏忽，我们也不得而知了。

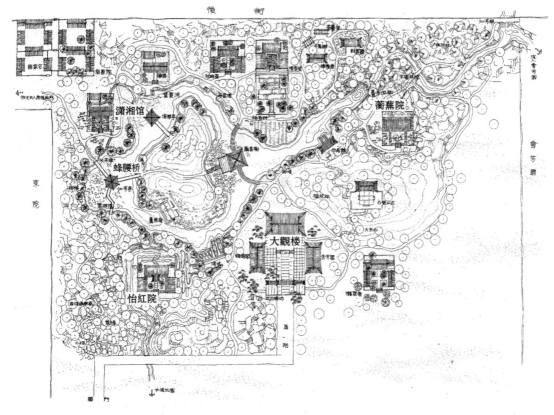

图9-9 关华山绘大观园图

贾芸的确捡到的是小红的手帕，听坠儿说起缘故，就给了她一块手帕，但并不是小红那一块，而是他自己的手帕。从贾芸拾帕的事看，更可以给小红平反了，她确非故意遗帕等贾芸去捡。而作者用"设言"二字，很明显是告诉读者，小红在蜂腰桥是故意和坠儿提起丢失手帕的事，所以，"设言"是故意的，"遗帕"却不是故意。但贾芸传错手帕，却完全是有意而为的了。

坠儿把贾芸自己的手帕交给小红的事就发生在第二十七回，回目却是"滴翠婷杨妃戏彩蝶"。这一段故事我们放在后面"宝钗的烦心事"中继续谈。

宝钗的烦心事：《红楼梦》里来"遇奸"

一个小红和贾芸的故事，就引出了贾府多少人的烦心事。我们先来看宝钗的烦心事。

有意思且又奇怪的是，在小红和贾芸的故事里，私相传递信物应该是故事中的关键事件，但作者在讲这段事时所设回目却是"滴翠亭杨妃戏彩蝶"（图9-10），主角居然不是小红和贾芸，而是宝钗。这是为什么呢？第二十七回小红和坠儿在亭中有一大段对话，二人先是讨论手帕和谢礼的事，而后又发誓不说出去，最后担心有人偷听要打开窗户。

图9-10 滴翠亭杨妃戏彩蝶　　165

从"痴女儿遗帕惹相思"到"蜂腰桥设言传蜜意"再到"滴翠亭杨妃戏彩蝶"，是小红和贾芸故事的发生、发展和败露的全过程。"相思"是指小红还处于做梦的状态。"设言"中，小红借和坠儿说话暗示贾芸自己手帕丢了，贾芸将自己的手帕交给不明就里的坠儿，算是对小红的回应。到了"滴翠亭"，小红在明知贾芸撒谎的情况下，说贾芸的手帕就是自己的，替他圆谎，并进一步把自己的手帕交给坠儿，正式私相传递给贾芸，而就是这次真正的"私相传递信物"各自明确表白心迹时，被宝钗发现了。

宝钗偷听到了小红和坠儿的对话后，她的想法和对策引发了脂砚斋的评论：

> 宝钗在外面听见这话，心中吃惊（甲戌批：四字写宝钗守身如此），想道："怪道从古至今那些奸淫狗盗的人，心机都不错……宝钗便故意放重了脚步（庚辰批：闺中弱女机变，如此之便，如此之急），……那亭内的红玉坠儿刚一推窗，只见宝钗如此说着往前赶（庚辰批：此句实借红玉反写宝钗也，勿得认错作者章法），两个人都唬怔了。宝钗反向他二人笑道："你们把林姑娘藏在那里了？"（庚辰批：像极！好煞，妙煞！焉得不拍案叫绝！）……（宝钗）一面说一面走，心中又好笑（甲戌批：真弄婴儿，轻便如此，即余至此亦要发笑）……（第二十七回）

古代受过良好女教的女孩子，遇到奸情是件非常尴尬的

图9—11 鸳鸯遇司棋潘又安

事。稍微缺乏主见的人都会吓坏，甚至觉得自己也跟着肮脏起来。这让我们马上联想起第七十一回"鸳鸯女无意遇鸳鸯"中，鸳鸯遇到司棋和其表兄潘又安的奸情时的态度，此处可以做个对比（图9-11）。

鸳鸯和宝钗一样，都是无意中撞破别人的奸情，二人态度有同有异。相同之处在于，二人都认为不是好事，但也都没有将奸情张扬出去。不同之处有两点：一是态度不同。鸳鸯表现出害怕和羞臊，宝钗表现出吃惊和厌恶。二是处理方式不同。两人都急于从事件中逃开，但鸳鸯在逃开前当即表示不会泄密，是以善良之心替司棋考虑；宝钗则担心小红"狗急跳墙"，做出事来牵累自己，为逃离而设"金蝉脱壳"之法，事后"心里又好笑：这件事算遮过去了，不知他二人是怎么样"。为自己的机变而得意，只要不牵扯到自己就行，管不了小红二人是担心还是害怕了。同样的巧遇奸情，宝钗和鸳鸯二人的心善与否可见一斑。何况第七十二回还继续写出鸳鸯的想法："脸上犹红，心内突突的，真是意外之事。因想这事非常，若说出来，奸盗相连，关系人命，还保不住带累了旁人。横竖与自己无干，且藏在心内，不说与一人知道。"不仅如此，她听说司棋病了，知道她是害怕，还亲自去探望，并赌咒发誓不将事情说出去，进一步宽慰司棋："我告诉一个人，立刻现死现报！你只管放心养病，别白糟踏了小命儿。"

鸳鸯一心想的都是别人，生怕"带累了旁人"，并未过多考虑自己。再对比宝钗，可见宝钗的自私、狡猾、奸诈！庚辰本批语说滴翠亭是"实借红玉反写宝钗也"，就是说，虽然滴翠亭写的是小红和贾芸的恋情，但却是作者以此来衬托宝钗的一种书写方式，是宝钗的正传。

但作者对宝钗的态度和我们当今的读者也许有所不同，作者可能是想以宝钗对遇奸的处理办法来表现宝钗的聪慧和高洁。像甲戌本批语说的"写宝钗守身如此"；庚辰本批语说："闺中弱女机变，如此之便，如此之急。""像极！好煞，妙煞！焉得不拍案叫绝！""真弄婴儿，轻便如此，即余至此亦要发笑。"这些批者也许都能领会作者的意图，对宝钗的做法大加赞赏，内心对小红的恋情却是持否定态度的，认为这是一桩"风流案"，小红让开窗说话是"贼起飞智"。作者和批者的态度代表了他们的道德观和价值观。像宝钗这样既能保全别人的面子，又不让自己惹祸上身的聪明女子，是他们首先要歌颂和宣扬的对象。但是，从另一个角度看，为什么撞到奸情的偏偏是宝钗？也许对于宝黛而言，宝钗也是那个"撞破"的第三者，小红和贾芸的故事既然是宝黛关系的影子，那么宝钗在这里的作用可想而知。我们在宝钗扑蝶的部分会专门谈到，这里不赘言。

贾芸和小红的烦心事

与《红楼梦》的多主题形式一样，贾芸和小红的爱情故事中，不仅仅是爱情，更是涉及诸多现实生活中的问题。

第二十四回整回都在写贾芸的烦心事。他只比宝玉大四五岁，便因家道中落，要过着向贾府摇尾乞怜的生活。被宝玉说成是儿子，也不能恼怒，还要说出一套阿谀之辞以期能与宝玉亲近；向亲舅舅借钱，却遭冷遇冷语，也不敢和母亲说；为得到工作和银子，求了贾琏求凤姐……大家族旁支的艰辛生活，从贾芸身上可知一二。

第二十四回除了写贾芸的烦心事，也没有忽略小红的烦恼。通过宝玉和小红的对话，我们才知道小红平时是很难接近宝玉的，从侧面写出了怡红院丫鬟争锋的事实。他俩的对话，很明显地表现出宝玉和小红身份的不同造成的理解差异。宝玉不知道为什么小红不做"眼见的事"，幼稚得令人忍俊不禁，而小红的话里全是不服气和愿望不能达成的郁闷，甚至也有对宝玉无知的蔑视，懒得给他多解释。果然，当其他大丫鬟知道她给宝玉倒茶了，就立刻对她恶语咒骂。

第二十七回，当小红向众丫鬟表示自己没有贪玩，是被凤姐叫去帮忙时，又受到了晴雯的挖苦讽刺，说她爬上高枝儿去了，名儿姓儿不知道了。这里要说一句题外话：晴雯和秋纹、碧痕她们的话有本质不同。秋纹碧痕是完全出于嫉妒，而晴雯所针对的却完全不是小红是否与宝玉亲近，而是单纯看不上小红巴结向上的那一股谄媚劲儿。晴雯话中的意思也全都是针对这一点而言。晴雯和秋纹碧痕的两次骂，是作者让读者看到小红性格中的一个问题，即拔高向上，而这一特点正好表现在两方面，一是秋纹碧痕说的有意接近宝玉，另一个就是晴雯说的攀高枝。

难道小红真的就只是一个希望接近宝玉而得到宠爱而已的女人吗？

我们不能只看到作者说她"心内着实妄想痴心的往上高，每每的要在宝玉面前现弄现弄。只是宝玉身边一干人，都是伶牙俐爪的，那里插的下手去"，也要看到她的另外一面。

第二十六回，她和小丫头佳蕙闲聊时表示："还不如早些儿死了倒干净！……你那里知道我心里的事！"佳蕙还以为小红是因为没有得到贾母的赏钱而生气，小红驳斥道："也不犯着气他们。俗语说的好，'千里搭长棚，没有个不散的筵席'，谁守谁一辈子呢？不过三年五载，各人干各人的去了，那时谁还管谁呢？"能看透这一层的女孩儿，尤其是丫鬟一流的女孩儿，在大观园里实不多见，这也是小红与众不同之处。佳蕙回说："你这话说的却是。昨儿宝玉还说，明儿怎么样收拾房子，怎么样做衣裳，倒像有几百年的熬煎。"这里就要注意了，佳蕙用的是"熬煎"一词！我们可以想象，在宝玉这个公子哥正考虑着自己未来的幸福生活时，这些作婢女的姑娘们心中却认为那是一种"熬煎"！对宝玉来说，如果能和这些女孩子在一起生活一辈子，就是他最大的幸福，但伺候他的丫鬟却觉得像过了几百年痛苦的日子一样。这是多么讽刺的对比！所以，甲戌本批语说："却是小女儿口中无味之谈，实是写宝玉不如一鬟婢。"二人的对话虽然简单随意，却包含了无比深刻的内涵，也揭示了多么迥异的阶级差异。

那么小红的心事到底是什么呢？甲戌本批语说："红玉一腔委屈怨愤，系身在怡红不能遂志，看官勿错认为芸儿害相思也。"批者认为她不是为情所困的人。其实她不仅不为情，就连和怡红院那些拈酸吃醋的大丫鬟争的心，她也是极少的。她的志向是一种尚处于朦胧阶段的女性对事业的追求和看重，这一点，在后文和凤姐的对话中全部体现出来了：

> 凤姐道："既这么着，明儿我和宝玉说，叫他再要人，叫这丫头跟我去。可不知本人愿意不愿意？"（甲戌批：总是追写红玉十分心事）红玉笑道："愿意不愿意，我们也不敢说（甲戌批：好答！可知两处俱是主儿）。只是跟着奶奶，我们也学些眉眼高低，（庚辰批：千愿意万愿意之言）出入上下，大小的事也得见识见识。"（甲戌批：且系本心本意，"狱神庙"回内方见）（第二十七回）

小红并非为情所困，也不是一心想着宝玉，她如果只想在宝玉的怡红院里得势或是接近宝玉，那么就不可能想要去跟着凤姐了。对她来说，跟着凤姐的好处就是能增长见识，学到在别处学不到的东西。所以她并不在意和几个怡红院的丫鬟争短长，也不介意贾母给没给她赏钱。这是一种强烈的事业心，而非看重眼前蝇头小利或儿女情长。

宝玉的烦心事：慎重的男人最可爱

由于小红的出现，也引发了宝玉的一点儿小小的烦心事。

小红喜欢宝玉吗？答案是不。小红要的是事业，怡红院对她来说就是一个职场，宝玉是上司，能靠近上司并得到宠信，她的事业才能蒸蒸日上。因此，当她发现怡红院这个职场不好待，没有她的用武之地时，虽然也曾消沉过一阵子，但当听说可以跟着凤姐的时候，她找到了更有前途的事业和更高级别的职场，便立刻恢复了活力。

她从未梦到过宝玉，因为她是一个极其现实、又非常容易接受现实的女孩。既然得不到，她就马上放弃。看到贾芸之后，她的希望重新被点燃，但贾芸对她来说和宝玉不同。贾芸不能给她带来事业，却可以给她带来婚姻。作为一个生活在清代的婢女，能嫁给一个大家族旁支的男主人也是一件幸运的事，甚至比事业对她的诱惑力更大。就像她和佳蕙所说，她明白"天下没有不散的筵席"的道理，在大观园里的事业再好，也就是几年的工夫，女人最终还是要嫁人的。所以，她梦到了贾芸，那是她终身大事的美梦。

但是宝玉和小红的想法却完全不同。宝玉是一厢情愿的。

和小红有了初次接触后，宝玉就对她念念不忘，甚至还引发了他更深层的思考：

> 谁知宝玉昨儿见了红玉，也就留了心。若要直点名唤他来使用，一则怕袭人等寒心；二则又不知红玉是何等行为，若好还罢了，若不好起来，那时倒不好退送的。（第二十五回）

小红若知道宝玉的这番心思，她那巨大的好胜心也应该得到满足了。宝玉见了她，就马上想到要让她近身伺候，和袭人等人一样整天守在他身边。宝玉这辈子除了对小红一个人有过这种念头，就再也没有对任何丫鬟有过这样的想法。柳五儿不算，她是因为长得像晴雯才受到宝玉一点儿青睐，而且宝玉也并没有急着要她进来。只有小红，宝玉如此急切地想将她要到身边。

但是宝玉天生会体贴别人的性格又造成了他的犹豫。看来他是太喜欢小红了，以至于马上想到袭人等会寒心。袭人等寒心，当然不会是小红一进门就会有的，宝玉这是把时间一下子推到不久的将来了。他认定小红只要进门，他自己必然会对她非常关注，甚至会比关注袭人等还要多得多，所以才会引起她们寒心。宝玉的思考是深远的，为了小红，他在第一时间，对自己在未来可能会发生的行为有了一个预判。我们可以仔细想一下，宝玉是一个只希望活在当下的人，不想操心未来，他对大观园中哪一个女孩有过这种严肃的考量？除了黛玉，也就是此刻的小红了。

我们从这一刻宝玉的犹豫中还看到了他的另一个很容易被忽略的侧面，即宝玉是个做事相当慎重的人。在权衡利弊问题上，他并不是任性的。

虽然喜欢小红，但他毕竟不了解她，从小到大，在家中仆从的买卖和去留中，他积累了经验，甚至是教训。他也知道喜欢不代表能相处融洽。不过，也正是因为他是谨慎的，不能头脑发热，所以他才有了更深的烦恼：

> 因此心下闷闷的，早起来也不梳洗，只坐着出神。一时下了窗子，隔着纱屉子，向外看的真切，只见好几个丫头在那里扫地，都擦胭抹粉，簪花插柳的，独不见昨儿那一个。宝玉便趿了鞋晃出了房门，只装着看花儿，这里瞧瞧，那里望望，一抬头，只见西南角上游廊底下栏杆上似有一个人倚在那里，却恨面前有一株海棠花遮着，看不真切。只得又转了一步，仔细一看，可不是昨儿的那个丫头在那里出神。待要迎上去，又不好去的。正想着，忽见碧痕来催他洗脸，只得进去了。不在话下。（第二十五回）

到此，忽然发现，作者非常喜欢用"闷闷的"这个词，宝玉、黛玉的情绪都被用这个词来多次地形容，而且每用到这个词就是在传达一种男女情爱上的反应。宝玉早上起床第一件事就是去寻小红，真是"头不梳来脸不洗"的牵肠挂肚。还怕人注意到，只能装作看花，偷偷用眼光找寻。连海棠花都成了他厌恶的对象，因为它遮挡了他看心上人的视线。要不是碧痕催他洗脸，我们也不知道他到底会不会真的走上前去和小红说话呢。《红楼梦》作者的笔墨从来都是如此恰到好处，点到为止。他不给任何机会，让宝玉的欲望战胜他的理智，因为他早就打算好不让他俩在一起了。他喜欢让他俩的情感——当然事实是宝玉的——停留在含苞待放的时刻，当发未发之际的美是无穷的。

因此，宝玉只能怀揣着他的遗憾，对他自己的决定负起责任。如果能像畸笏叟的批语和探佚派所说那样，在《红楼梦》后四十回中，小红和贾芸会是能帮到宝玉并给他带去温暖的人，读者此时纠结的心情也许就会缓解不少吧。

黛玉的烦心事：不能同步的情感最痛苦

自从上面我们讲过的，黛玉看了《西厢记》、听了《牡丹亭》之后，她的情窦便开始绽放，也就有了和以前完全不同的烦恼。

前面我们说过，小红是宝黛情感发端的一个讯息，或者说是一个先行者。小红的情感被作者设定成浮在水面的明线，而宝黛的情感发端才是潜伏于水底的暗线。似乎我们很清晰地看见的都是小红的爱梦、宝玉对小红的关注、贾芸和小红的眉目传情和私相授受，甚至还有更直接的，宝钗遇到的"奸情"。但是，如果我们稍微关注一下黛玉，就能猛然醒悟：原来她已经开始，原来她已经走得这么远了！

我们来看看宝玉和黛玉在一起看过《西厢记》之后，二人都分别做了些什么。

先看宝玉，他一共做了十二件事：

①宝玉和黛玉看《西厢记》时被袭人叫回家换衣服，去给贾赦请安。他见鸳鸯正在怡红院低着头看针线，宝玉便把脸凑在她脖项上闻香，又用手摩挲，然后猴上身去涎皮笑要吃她嘴上的胭脂，还"扭股糖似的粘在"鸳鸯身上。估计在这一刻，宝玉肯定已经把黛玉忘在了脑后头，也不记得共读《西厢记》的美妙了。②他在去看贾赦的路上遇到了贾芸，说人家像自己的儿子，开了一阵玩笑。③和邢夫人及姊妹们吃了一顿晚饭。④去北静王府。⑤见到小红，想要小红近身伺候，并为此事心生烦恼。⑥给王子腾夫人拜寿。⑦被贾环暗算，灯油烫了脸。⑧和姊妹们在一起，被凤姐提到和黛玉的婚事，并要求和黛玉单独说话。⑨遭赵姨娘和马道婆魔魇。⑩身体恢复以后，会见贾芸并聊家常。⑪到潇湘馆看黛玉，却因说错话，吵了一架。⑫被薛蟠诓去和冯紫英等吃了一顿饭。

以上就是宝玉在和黛玉共读《西厢记》之后几天内所做的事。除了写他被烫之后想和黛玉单独说话、病好之后去了潇湘馆之外，宝玉对黛玉的情感发展，作者并没有明写，甚至都没有更多地提及。

但是，黛玉就不同了。读过《西厢记》后，黛玉做了九件事：

①偶遇香菱，说了一些家常，作者言语之间也让我们意识到黛玉觉得这件事很无聊。②宝玉去给王子腾夫人拜寿，她没去，只在家中想念宝玉：

> 林黛玉见宝玉出了一天门，就觉闷闷的，没个可说话的人。至晚，正打发人来问了两三遍回来不曾，这遍方才回来，又偏生烫了。林黛玉便赶着来瞧……一面就凑上来，强搬着脖子瞧了一瞧，问疼的怎么样……黛玉坐了一回，闷闷的回房去了。（第二十五回）

③还是想念宝玉，"信步"就走到怡红院去看他：

> 却说黛玉因见宝玉近日烫了脸，总不出门，倒时常在一处说说话儿。这日饭后看了二三篇书，自觉无趣，便同紫鹃雪雁做了一回针线，更觉烦闷。便倚着房门出了一回神……林黛玉信步便往怡红院来……（第二十五回）

④和凤姐说到茶，凤姐直言让黛玉嫁给宝玉。⑤宝玉遭魔魇的前一刻主动提出要和黛玉单独说话。⑥为宝玉念佛，遭宝钗嘲笑。⑦宝玉病好后，到潇湘馆看黛玉，黛玉睡梦中念"每日家情思睡昏昏"，宝玉失言说"若共你多情小姐同鸳帐"，二人吵架。⑧黛玉担心宝玉被老爷教训，去怡红院看望被拒门外，却听到宝钗在宝玉房中。⑨黛玉葬花。

我们可以清楚地看到宝玉和黛玉二人在彼此生活中的位置。宝玉做的十二件事中，只有两件事和黛玉有关；而黛玉做的九件事中，却有八件事和宝玉有关，或者说黛玉除了和香菱说了些无聊的闲话外，几乎每时每刻都在想念和关注着宝玉（最起码在作者展示给我们看的这些文字中是如此）。但是宝玉却一边摸着鸳鸯的脖子，又要吃嘴上的胭脂，一边又对一个初次相识的丫鬟动了心，还有一大堆应酬和酒席等着他。

可以说，自从二人共读《西厢记》之后，宝玉依然过着他以往的生活，在他心中，黛玉虽然重要，但对他的正常生活节奏也没有构成多么大的影响，而黛玉的生活却发生了质的变化。

在此之前，作者基本没有这么明确写过黛玉对宝玉如此地思念，看不到宝玉的时候，作者用了好几个"闷闷的""烦闷"来表现她的失落和对宝玉的需要。宝玉不在身边，便觉得没有可以说话的人了。信步一走就还是会走到宝玉的住处。见宝玉烫了，就扳着脖子看脸上的伤。平时也都是和宝玉说话的，但现在宝玉要求单独和她说话时，她却一点儿也大方不起来，把脸涨红了，还挣着要走。

黛玉对自己的这种感情也是不自知的。她并不清楚自己这是怎么了。当她被拒之门外时，她还不知道自己是因为听到了宝钗在屋里和宝玉说话的声音而生气，居然还以为是白天二人吵架的原因。作者的笔法真是令人惊叹！既让读者看到"只听里面一阵笑语之声，细听了一听，竟是宝玉、宝钗二人。林黛玉心中亦发动了气"，又让读者看到黛玉给宝玉找的不开门的理由，让读者在为黛玉的幼稚而发笑时猛然醒悟。作者不想直白地说"黛玉不懂发生了什么"的话，他就是要让读者看到黛玉对自己情感的懵懂，和她情窦初开的美妙、矛盾、挣扎的全过程。

我们一定要注意，正是在小红这条明线的掩盖下，黛玉的情感发生了天翻地覆的变化，她对宝玉的依恋开始变得非常明确，受到一点儿冷落就要在葬花时念出一篇哀婉凄楚、缠绵悱恻的千古绝唱来。爱情的力量是惊人的！

而且，也恰恰是在这一段故事中，作者正式提到宝黛的婚姻问题，在读者面前，由宝玉的亲属明确揭示出二人的情感状态和婚姻前景。所以说小红是宝黛情感发端的"讯息"和"先行者"，跟着小红的故事，我们看到的却是隐藏在冰川下面的宝黛故事。

我们也看到了，宝黛爱情从一开始就是不平衡、不同步的。黛玉对宝玉的关注远远超过了宝玉对她的关注，加之性别的不同而导致的社会地位和社会关系复杂程度的不同，整日不能离开家的黛玉，注定了要等待，注定了全心全意之后的失落和痛苦。

我们可以看到这一连串的人物和故事，全都围绕着小红和贾芸的关系而展开。宝黛爱情的发端，大家族旁支的落拓生活，凤姐和贾琏的关系，嫡庶斗争，宝玉房里丫鬟们的关系和主子对奴才的态度，宝钗的智慧、性格和道德观，情窦初开的黛玉和她悲剧命运的开始，等等，都随着小红的出场而得以呈现。

很多研究者都写过关于小红的重要性的文章，但大多是因为前八十回中脂砚斋和畸笏叟的批语。比如，第二十六回庚辰本批语说："'狱神庙'回有茜雪、红玉一大回文字，惜迷失无稿。叹叹！丁亥夏。畸笏叟。"第二十七回庚辰本脂砚斋批语说："奸邪婢岂是怡红应答者，故即逐之。前良儿，后篆儿，便是确证。作者又不得可也。己卯冬夜。"而此处还有庚辰本畸笏叟批语说："此系未见'抄没''狱神庙'诸事，故有是批。丁亥夏。畸笏。"畸笏叟声称他见到过后文有写小红在狱神庙的文字，因此，他认为脂砚斋对小红的看法有失公允。

因此，探佚派认为小红和贾芸在小说八十回后将是作者要派上大用场的人物，而且他们也将表现出良心的一面，对宝玉的生活有所助益。但是很长时间大家也没有理清，到底是什么原因使在前八十回只是和贾芸有"奸情"并被宝钗发现的小红能肩负后文中如此重大的使命。其实小红在前八十回已经和宝玉、宝钗、黛玉三个核心人物发生了直接关联。除了上面我们谈过的联系外，我们还发现，小红更是唯一公开评价宝钗和黛玉这两位《红楼梦》核心女性的仆人：

> 红玉道："若是宝姑娘听见，还倒罢了。林姑娘嘴里又爱刻薄人，心里又细，他一听见了，倘或走露了风声，怎么样呢？"（第二十七回）

小红对宝钗和黛玉的看法在情急之下暴露殆尽。之前，读者只看到过作者在第五回开头讲到宝钗进府的情形时说："宝钗行为豁达，随分从时，不比黛玉孤高自许，目无下尘。故比黛玉大得下人之心。便是那些小丫头子们，亦多喜与宝钗去顽。"

　　这是作者第一次向读者直接评价宝钗和黛玉的为人。甲戌本批语说："此一句是今古才人同病，如人人皆如我黛玉之为人，方许他妒。此是黛玉缺处。"明确指出，妒忌的确是黛玉性格中的缺陷，但批者称黛玉为"我黛玉"，类似于《聊斋志异·婴宁》中说"我婴宁"，都是爱极了这位女主人的意思。批者认为如果人人都能像黛玉那样真诚、坦率、多情的话，哪能允许他有"嫉妒"这一性格缺陷。即黛玉虽然嫉妒，却瑕不掩瑜，依然是"我黛玉"，依然可爱无比。

　　作者在这一处指出宝钗和黛玉为人中的区别后，就再也没有如此直白地给过评价。等到小红和坠儿在滴翠亭谈话时，小红情急之下突然说："若是宝姑娘听见，还倒罢了。林姑娘嘴里又爱刻薄人，心里又细，他一听见了，倘或走露了风声，怎么样呢？"让读者读到这里有当头一棒的感觉，更让喜爱黛玉的人情何以堪！作者借小红之口再一次评价钗黛，他让小红这个人物离宝黛钗如此之近，的确是对这个人物寄寓了厚望的。

　　通过以上对小说故事情节的分析和梳理，我们可以初步看清作者深层的创作意图，也明白了小红正是作者设定的一把万能钥匙，作者要用她的存在来联结诸多人物和情节，所以，她的重要性不可等闲视之，她的价值也不像探佚派所认为的只有在后四十回中才会体现出来。

第十章　不同性别"遇奸"的差异

　　《红楼梦》尽可能多地表现了大家族日常生活中的各种现象，其中也包括暴露家族内部不正常情爱关系的部分。比如诸多"遇奸"的故事，但有趣的是，《红楼梦》作者不以单纯地描写奸情为目的，而是还要借奸情表现偶遇奸情之人的态度和心理。因为奸情是违背礼教和道德的行为，又因本身的隐秘性和尚未被揭发的特点，对于窥破或偶然撞见奸情的人来说，也构成了一种道德与礼法上的抉择问题。在他们需要在短时间内处理所面临的棘手事件时，他们每个人不同的文化背景、性格特征、价值观念等就会以非常显著的方式瞬间呈现在读者面前，让读者看到这些已经有所熟悉的人物形象变得更加清晰和生动。而应该让谁来窥破奸情，也是作者专门设计的，这个人物就是作者要着意让读者看到的，是被作者亲手送到前台来的人。前面谈到了宝钗撞破小红和贾芸"奸情"的事，不仅表现了小红和贾芸的关系，更从侧面揭露了宝钗这个人物的性格和价值观。作者这种创作方式除了让我们想起鸳鸯遇司棋和潘又安，还让我们想起了宝玉撞破秦钟和智能儿（图10-1）、宝玉巧遇茗烟和卍儿（图10-2）、凤姐捉奸贾琏和鲍二家的（图10-4）、贾琏巧遇贾珍和尤三姐（图10-8）。我们来分别对比一下这些"遇奸"人的态度。

宝玉喜窥奸

　　第十五回秦可卿死，宁府送殡，凤姐和宝玉、秦钟等在水月庵暂住，

秦钟和智能儿的私情拉开
帷幕。

宝玉笑道："能儿
来了。"秦钟道："理
那东西作什么？"宝玉
笑道："你别弄鬼，那
一日在老太太屋里，一
个人没有，你搂着他
作什么？这会子还哄
我。"（第十五回）

图10—1 宝玉遇秦钟和智能儿

可见在到水月庵之前，宝玉已经偶遇过一次秦钟和智能儿。接着，
宝玉夜晚捉奸："二人不知是谁，唬的不敢动一动。只听那人'嗤'的一
声，掌不住笑了（庚辰批：请掩卷细思此刻形景，真可喷饭。历来风月文
字可有如此趣味者？），二人听声，方知是宝玉。秦钟连忙起身，抱怨
道：'这算什么？'宝玉笑道：'你倒不依，咱们就叫喊起来。'羞的
智能趁黑地跑了（庚辰批：若历写完，则不是《石头记》文字了。壬午季
春。）。"

宝玉不止一次见到秦钟和智能儿偷情，他的态度都比较随和，并不
在意。水月庵这一次甚至还表现出乐在其中之感。我们从脂砚斋的几次批
语就能看出来。比如上面红色批语说，宝玉把二人吓到以后，自己反而憋
不住笑出来，是可以喷饭的情景。因为绝大多数读者读到此处，应该都不
会意料到作者会这么写，都会认为下面的文字顺理成章就应该是风月笔墨
了。但作者突然插入这么一段诙谐风趣的玩笑，实在让人想不到。所以，
庚辰本批语还说，若是都写出来，就不是《石头记》了。甲戌本批者对于
这一段结尾的方式也说："若不如此隐去，则又有何妙文可写哉？这方是

世人意料不到之大奇笔。若通部中万万件细微之事俱备，《石头记》真亦太觉死板矣。故特用此二三件隐事，借石之未见真切，淡淡隐去，越觉得云烟渺茫之中，无限丘壑在焉。"他们都认为作者这种写法是有创意的，给读者预留了充足的想象空间。因此，宝玉遇秦钟和智能儿偷情的事件，作者并非用一种很严肃的态度来写，而是小说中的"佐料""噱头"，是无伤大雅的，更不涉及伦理道德。也正是因为这样，作者没有让凤姐去窥破秦钟和智能儿之事。可以想象，如果是被凤姐这样身份和地位的人看到，这二人的下场会是什么样的，最关键的，就不会达到作者要当笑料和趣闻来写的目的了。而从另一方面来看，这也是古代男性之间的潜规则，更显示了男性的性别特权。福柯曾提出维多利亚时代对性的压抑是较为严重的，人们不得不结婚，一旦结婚就要有孩子，因为性的主要功能是生育。如果一个人未结婚，或婚后无子，说明他的性活动没有被限制在恰当的场所中。而他就会被人认为他展现出了某种可疑的异常性。[1] 这里所说的"恰当的场所"是指被法律允许的夫妻的床笫。除此之外的任何地方的性行为都是违法和应该被禁止的。虽然福柯后来又提出另外两个地方的性也是被容忍的性爱活动空间，即"封闭的房间"，也就是妓院和"健康的房间"即精神病院。但一旦有人在这些地方之外发生性行为，则要接受很严重的惩罚。但是反观中国古代男性的性生活，从场域的广度和理由的丰富来看，相比欧洲男性来说都是非常舒适和幸福的。中国男性也享受"封闭的房间"，但"封闭的房间"并不仅仅指妓院，他们可以在任何地方偷情，像秦钟，他可以在给姐姐出殡的路上，在尼姑庵偷情。无论贵族抑或百姓，只要合乎"民不举官不究"这种要求，就不用背负任何责任和罪名。而且"三妻四妾"的婚姻制度更是一个掩护，只要条件允许，男性可以随时随地娶妻纳妾。而且古代的中国，也没有关押所谓违反了性禁令的、被看作没有正常行为的精神病人的精神病院，男性的性爱无论在什么地方发生，也都不会被说成精神有问题。男性享受至高无上的性爱自由。因此，中国古代男性并无太大的性压抑问题。一个男性，可以在

[1] [英]马克·G. E. 凯利：《导读福柯〈性史（第一卷）：认知意志〉》，王佳鹏译，重庆大学出版社2016年版，第19—20页。

嫡妻的床上、妾的床上、通房的床上甚至仆人的床上、妓院、朋友的床上、同事的床上、邻居的床上等等地方享受他的性爱；但一个女性，只能在自己的床上，和丈夫或者嫖客发生性关系，否则将会被安上比男性更大更不可救赎的罪名。[1]

[1]夏薇：《明清小说中的性别问题初论》，中国社会科学出版社2022年版。

宝玉再遇奸

第十九回，宝玉到宁国府看正月戏，嫌戏过于热闹，忽想起宁府有个小书房，挂着一幅美人图，画得极好。又想到那图中美人一个人很是寂寞，就要去陪伴一下。结果又遇到茗烟和卍儿的"奸情"，这次却是"纯属偶然"了。茗烟的身份和秦钟不同，他是宝玉的奴才，和宝玉不是平等的，宝玉完全没有在这次的偶遇中得到快感和偕趣，反而有更多的生气和担心。他生气的是茗烟违礼，担心的是，他们此时毕竟是在宁府，在别人家，倘若被主人发现，势必连累宝玉自己的名声。相比之下，后者的影响更大一些。因此，他并不深究茗烟的违礼行为或给予处分，却马上想办法让二人脱责。只要能掩盖这件事，茗烟的罪可免，宝玉也可以当做没事，事实证明，后来宝玉也的确没有继续追究。此次"遇奸"，作者的目的也很明确，主要是为凸显宝玉的性格，尤其是体贴女孩子的特点。另外也照顾到了宝玉和这个贴身小

图10-2 宝玉遇茗烟和卍儿

181

图10-3 宝玉瞒赃 平儿行权

厮之间的亲近关系。因此，己卯本批语盛赞这一段描写精彩："此书中写一宝玉，其宝玉之为人，是我辈于书中见而知有此人，实未目曾亲睹者。又写宝玉之发言，每每令人不解；宝玉之生性，件件令人可笑；不独于世上亲见这样的人不曾，即阅今古所有之小说传奇中，亦未见这样的文字。于颦儿处更为甚。其囫囵不解之中实可解，可解之中又说不出理路。合目思之，却如真见一宝玉，真闻此言者，移至第二人万不可，亦不成文字矣。"在整部小说中，很多人对偶遇奸情都表现出了宽大的态度，正像第六十一回宝玉帮彩霞瞒赃后（图10-3），袭人说的："也倒是件阴骘事，保全人的贼名儿。"

凤姐遇奸捉奸

遇奸的人不一定捉奸，绝大部分人事不关己即绕道而行，但凤姐不同。第四十四回，凤姐在自己的生日宴上喝多了酒，回家换衣服休息，不想正巧撞到贾琏和鲍二家的偷情（图10-4）。我们都知道之后发生了什么，作者用整整一回的文字来描写凤姐捉奸始末，她撕打完鲍二家的，又打了平儿一嘴巴，然后跑到贾母身边大哭大闹。最后由贾母出面，让贾琏给她道了歉，这件事最终以鲍二家的吊死了结束。这是作者在小说中写的唯一一次已婚妇女"遇奸"。因发生在凤姐身上，于是，作者就借助她的性格推动了整个事件的发展。所以，凤姐也是小说中唯一一个"遇奸"之后，没有藏着掖着的人。

图10-4 凤姐捉奸贾琏和鲍二家的

　　但凤姐也是曾经被安上有奸情罪名的人。我们把黛玉叫林怼怼，黛玉的怼也只不过就是揶揄讽刺而已，无伤大雅，有时候还挺可爱。凤姐的怼可是利刃尖刀，不小心是要出人命的。"怼怼"这个称呼还是喜爱多过于谴责和惧怕，所以我们不会叫王熙凤是王怼怼。作者借冷子兴之口给凤姐的评价：模样极标志，言谈又爽利，心机又极深细，竟是个男人万不及一的。又借周瑞家的之口说：少说有一万个心眼子，再要赌口齿，十个会说话的男人也说他不过。古人重男轻女，说一个女人比男人还强，那就是最高的评价了。凤姐不仅有才，也有颜色，美丽的女人总是有甩不掉的流言蜚语。以往的研究，在凤姐和贾蓉之间是否有奸情的问题上有争议，原因还是要追溯到版本的不同上。在研究程甲本和程乙本，就是两个乾隆年间最早的《红楼梦》刻本的时候，人们发现这两个本子和八十回抄本之间有很多不同，其中涉及凤姐和贾蓉关系的文字就比较典型。第六十八回，酸凤姐大闹宁国府（图10-5），脂本中并没有任何凤姐和贾蓉关系暧昧的描写，但到了程甲本中，增加了一些文字，比如说"凤姐见贾蓉这般，心里早软了""又指着贾蓉道：'今日我才知道你了！'说着把脸一红，眼圈儿也红了，似有多少委屈的光景。贾蓉忙赔笑道：'罢了，婶娘少不得饶恕我这一次。'说着忙又跪下。凤姐扭过脸去不理他，贾蓉才笑着起来了"。到了程乙本，改动就更大，比如第六回，贾蓉向凤姐借玻璃炕屏，要离开时，凤姐把他叫回来。本来贾蓉回来以后的动作在抄本中有"垂手侍立"四个字，我们还记得第二十四回，贾芸求凤姐办事给凤姐送礼，小说写"贾芸深知凤姐是喜奉承、爱排场的，忙把手逼着，恭恭敬敬抢上来请安"。把手逼着，和垂手侍立的道理差不多，但手指合拢，伸得更直，比垂手侍立还显得更加恭敬。程乙本把这四个字删掉了，增加了二人的一些动作和表情描写，贾蓉回来，不是垂手侍立了，是"满脸笑容的瞅着凤姐"，凤姐呢，就"忽然

把脸一红"，贾蓉又答应个是，抿着嘴儿一笑。孙温画中虽然贾蓉是笔直站立（图10-6），但并未体现出手指的状态，反而有一种傲慢的态度，说明他没有关注到贾蓉此时对凤姐的敬畏。在酸凤姐大闹宁国府图中（图10-5-1），倒是展现了贾蓉对凤姐臣服的时刻。而且我们也不得不佩服画家，他居然没有忘记此时是宁国府居丧期间，小说作者在第六十三回讲到贾敬宾天时说："尤氏一闻此言，又见贾珍父子并贾琏等皆不在家，一时竟没个着己的男子来，未免忙了。只得忙卸了妆饰，命人先到玄真观将所有的道士都锁了起来，等大爷来家审问。"孙温没有辜负了小说作者的细心，他在画中没有过多展现尤氏的首饰，而是让她穿得异常朴素，服装的主色调还用了画中几乎是专供婆子、嬷嬷们用的蓝色，帽子也没有了太太们平日里那种镶金嵌宝的辉煌。

图10-6 贾蓉借玻璃炕屏

图10-5-1 酸凤姐大闹宁国府（局部）

到了第六十八回，凤姐闹完宁国府，程甲本已经稍微表现出二人的暧昧关系，到了程乙本，更是把程甲本中的"贾蓉亲身送过来，方回去了"几个字给增改成"贾蓉亲身送过来，进门时又悄悄的央告了几句私心话，凤姐也不理他，只得快快地回去了"。好像他们之间真的有私情一样。这些版本上的不同就造成了很多人对凤姐的误解。而刻本比抄本流传广、影响大，所以凤姐和贾蓉的关系就堂而皇之地成了问题。其实凤姐是很烈性的女子。这里要说的烈和古代儒家提倡的女子三贞九烈的烈还是有区别的。凤姐的烈不是因为觉得被侵犯就触犯了男女授受不亲的规矩而气愤，而是单纯因为个人的尊严和身体不能被很好地尊重而气愤。《红楼梦》之所以是经典，其中原因之一就是研究视角的多样性，也就是说一个文学作品，可研究的角度越多就越能说明作品在思想和艺术方面的价值高。比如有一些学者从阴阳五行来考察小说人物，说宝钗属金，金在西方，主秋杀；黛玉属木，木在东方，主春生。宝钗是雪，是秋季。南方五行属火，就是凤姐，火代表热辣的脾气，所以人们叫她凤辣子，她得的病也是血崩。她所代表的就是怒火，我们在小说中看到最多的就是她大发雷霆。一个如此要强要脸的人，又怎么会随随便便和家族中的男人们乱来？贾琏曾经当着平儿的面指责凤姐："只许他和男人说话，不许我和女人说话。我和女人说话，略近些，他就疑惑，他不论小叔子、侄儿、大的、小的，说说笑笑，就都使得了。"平儿反唇相讥说："他防你使得，你醋他使不得。他不笼络着人，怎么使唤呢？你行动就是坏心，连我也不放心，别说他呀。"平儿是凤姐最贴身的丫鬟，太了解凤姐的想法了，她很明白地解释了凤姐之所以和小叔子、侄儿说笑的原因，就是她管着偌大的家族事务，为了使唤人，笼络人也要多亲近一些，谁见到一个主管在工作上还要分个男人女人，处处避嫌还怎么工作呢？这和当今社会中女性在职场上的情况就非常接近，女性想做出点儿成绩，就容易有流言蜚语，或者恶意中伤，和凤姐一样，其实贾琏又有多少是真心怀疑她呢？只不过想往凤姐身上泼脏水罢了。不论男女，历代对凤姐，有几个人敢像贾瑞那样不知死活地怀揣着亵渎的念头去招惹和评判？贾瑞不是被凤姐怼死整死的，而是被他自己蠢死的，所以那么慈善的平儿也会说：起这个念头，叫他不得好死。第六十三回，贾蓉和尤二姐、尤三姐大肆评价家族丑闻时说："凤姑娘那样刚强，瑞叔还想他的账。"连贾蓉这样满嘴里什么脏唐臭汉、没底线的男人谈起凤姐时都是佩服的口吻，凤姐这位职场女性为自己争取到了尊严，但女人一旦有尊严，有能力，也就很容易又被说成是脸酸心硬、明里一盆火暗里一把刀的恶女人了。以前我们一直都用协理宁国府来举例说明她的办事能力，但她的能力何止这些。

第六十八回，凤姐知道贾琏娶尤二姐之后马上给他定出了四个罪名：国孝一层罪，家孝一层罪，背着父母私娶一层罪，停妻再娶一层罪。我们还记得第五十八回说宫里一位老太妃薨了，小说中明确告知，凡有诰命的都要入朝按照爵位随班守制，有爵位的家族，一年内不能筵宴音乐，男人不能戴冠，女人不能戴首饰，庶民则是三月不能婚嫁。虽然第二回冷子兴说贾琏身上现捐的是个同知，就是买了一个知府或知州的副职，这种官没有定员，可以根据事务的需要临时设置，负责掌管地方盐粮、河工水利、抓捕犯人等琐碎的事务。看似贾琏不是庶民，并不涉及三月不能婚嫁的事，但毕竟是后妃去世的大事，丧内娶亲也不是能宣扬出去的。所以凤姐说他有国孝一层罪。清代法律有规定，在祖父母或父母之丧时娶亲的，要杖八十。第六十三回，大家正在怡红院给宝玉等庆生，忽然说贾敬死了，这里我们能看到作者是很细的，这么忙的时候，都没有忘记补上一句尤氏的一个小细节，就是尤氏刚一听说，马上卸了妆容和首饰，才去料理后事。规矩和礼俗的细腻体现就是《红楼梦》最好看的地方。贾敬虽然不是贾琏嫡亲的父亲，但也算是从堂叔父，所以凤姐说他家孝一层罪。清朝还有规定，婚姻嫁娶必须由祖父母、父母主婚，如果祖父母、父母去世了，也要找别的亲人主婚，否则不算结婚，所以凤姐说贾琏还有背着父母私娶一层罪。法律还规定，有妻子没有离异或休掉，又娶一任妻子的，要杖九十，后娶的妻子要判离异。虽然贾琏并没有把尤二姐按照正妻之礼娶回来，但凤姐借着这条律法给他定罪也能说得出口。我们这么一看就发现凤姐给贾琏安的这些罪名都很接近，但经不起仔细推敲。不过，她能在短时间内一个一个如数家珍般拿出法律的依据，对一个生活在闺闱的女子来说已经是很不容易的了。凤姐也是公平的，她总是能公平公正地评价别人，不管这个人是不是和自己有利益瓜葛。第五十五回，她小产以后和平儿讨论家中的几位小叔子和小姑子时说：宝玉没有管家的才能，李纨是个佛爷，不中用。迎春更不中用，还不是荣国府的人。惜春还小。贾兰和贾环更是个燎毛的小冻猫子，只得有热灶火炕让他钻去吧。并不袒护贾兰，认为他和贾环一样只能靠别人养着照顾着。说黛玉是美人灯儿，风吹吹就坏了；宝钗是拿定了主意，不干己事不张口，一问摇头三不知。只有探春最是理家的帮手。她这些分析并无偏袒，很符合这些人的实际情况。

更有一处，第十六回，贾琏从南边回来，突然见到刚给薛蟠做妾的香菱，惊艳不已。说："方才我见姨妈去，不防和一个年轻的小媳妇子撞了个对面，生的好齐整模样。我疑惑咱家并无此人，说话时因问姨妈，谁知就是上京来买的那小丫头，名唤香菱的，竟与薛大傻子作了房里人，开了脸，越发出挑的标致了。那薛大傻子真玷辱了他。"脂砚斋这里有批语说："垂涎如见。"贾琏拈花惹草在书中常见，即便是知道贾珍和尤氏姐妹可能有问题，也都毫不介意。但为一个女孩儿而对别的男人心生妒意，还是第一次，他还真心为香菱遇人不淑而愤愤不平，更令人意想不到。但不这么写，也不能窥见他与凤姐二人世界的隐秘之处。他敢于在凤姐面前表露惊艳之情，口无遮拦，自有他的道理，看凤姐的反应就知道了。接下来，凤姐的一篇"香菱论"，对香菱的评价更出贾琏之上。凤姐说："你要爱他，不值什么，我拿平儿换了他来好不好？那薛老大也是'吃着碗里看着锅里'的，这一年来的光景，他为要香菱不能到手，和姨妈打了多少饥荒。也因姨妈看着香菱模样儿好还是末则，其为人行事，却又比别的女孩子不同，温柔安静，差不多的主子姑娘也跟他不上呢，故此摆酒请客的费事，明堂正道的与他作了妾。过了没半月，也看的马棚风一般了，我倒心里可惜了的。"脂砚斋这里有双行夹批说："一段纳宠之文，偏于阿凤口中补出，亦奸猾幻妙之至。"这段话看脂本是最好的，若是程乙本，则当不起这条脂批了，尤其不能称为"幻妙"。程乙本这里竟删去了"我倒心里可惜了的"一句。《红楼梦》中，邢岫烟老实厚道，穷得可怜而所托非人，引发了凤姐的怜悯之心，多次给予照顾。但却都没有像对香菱这样，从模样到为人行事，都给出了高度的评价。而且，一向严防丈夫和其他女人有染的凤姐，对这个潜在的情敌，竟然说出"我倒心里可惜了的"

这样我见犹怜、温厚的话。她是以嫡妻的身份，公正地点评丈夫的"花心"，同时表示自己的宽宏大量，可以接纳丈夫"眼馋"的美女入门，但条件却是用平儿交换。让贾琏清醒，兼收并蓄只是他一厢情愿的梦想。顾此失彼才是需要担忧的现实了，搞不好还可能落个鸡飞蛋打两头空的下场。三言两语，五味杂陈。其中，有对丈夫的防闲、回击乃至警告，这属于夫妻兵法。也有夫妻间的调笑、谐语和煽情。这属于琴瑟合鸣，而其中含蕴她欣赏、同情弱女的"香菱论"，就是最高音的部分。她敞开心扉，给了香菱一个公允的、高调的月旦评。所以我们说，凤姐就是凤姐，敢出恶语，不怕伤人；也敢发善言，不惧誉人。决不会骨鲠在喉，而不痛快一吐，这才是凤姐的性格。

我们最后要谈的就是凤姐的知礼仪。第十六回，凤姐给贾琏接风，小说写："夫妻对坐。凤姐虽善饮，却不敢任兴。"作者就是这么厉害，写一个人平时张扬高调自由，但一瞬间又让人感到她的收敛和敬畏，读者的阅读感受有如过山车一样，上下翻腾。也忽然懂得为什么贾母这么喜欢她，第三十八回大观园螃蟹宴之前，贾母说自己年轻时家里有个枕霞阁，不小心掉下水去把头碰破了，凤姐就开玩笑把贾母比作寿星老，王夫人说贾母太惯着凤姐，贾母就说："我倒喜欢他这么着，况且他又不是那真不知高低的孩子。家常没人，原该说说笑笑，横竖大礼不错就罢了。"贾母喜欢宝玉，也是同样的道理，都是说他们懂得礼数，懂得适可而止的道理。不论古今，历代读者对凤姐的热情从未改变，这可不是简单地只具备泼辣厉害的性格特点所能做到的。作者让女人发现丈夫的奸情并闹得人仰马翻，在《红楼梦》中，凤姐是唯一。《红楼梦》是集中体现家庭和家族矛盾的小说，其中夫妻矛盾发生最为集中的就是凤姐和贾琏这对夫妇。而夫妻日常生活中所有矛盾中最大的矛盾就是男性外遇问题，凤姐又是古代女性中的佼佼者，她几乎是把古代社会中女性所能享有的各方面的自主权都淋漓尽致地表现了出来。而正是因为她是如此一个较之其他女性更自由的人，在她的婚姻中所体现出来的矛盾也就更显得尖锐和显著。面对封建婚姻和旧时代风习，即便是凤姐也是无能为力的，只能以不情愿的妥协告终，在贾母一番毫无原则的偏向于贾琏的斡旋之后，还想争辩的凤姐在众人眼中就变成了不可理喻者，贾母说："凤丫头，不许恼了，再恼我就恼了。"连作者加给这一回的题目也是"凤姐泼醋"，足以说明凤姐遇奸和捉奸的行为在这些人眼中都是没必要的，不应该的，不识时务的。从这一点看，这一回所凸显的并不只是作者想让读者看的内容，反而是让读者更清楚地看到了作者的性别观念。

贾琏是否"遇奸"与二尤故事的版本问题

第六十五回，贾琏娶了尤二姐，贾珍趁贾琏不在家，到尤老娘、二姐和三姐的住处（图10-7）：

图10-7 贾琏巧遇贾珍和尤三姐

这日贾珍在铁槛寺作完佛事，晚间回家时，因与他姨妹久别，竟要去探望探望。先命小厮去打听贾琏在与不在，小厮回来说不在。贾珍欢喜，将左右一概先遣回去，只留两个心腹小童牵马。（第六十五回）

既然是故意要在贾琏不在家的时候去，就必然有不可告人或不想明言的打算。果然，贾珍和尤老娘、尤二姐、尤三姐寒暄之后，四人一起吃酒。庚辰本和绝大部分古抄本都说尤二姐"知局"，就叫上尤老娘先走了，只留尤三姐和贾珍在屋内。杨本作"懂局"。至于什么"局"，只有程甲本说得最明白。古抄本皆作：

尤二姐知局（懂局），便邀他母亲说："我怪怕的，妈同我到那边走走来。"尤老（娘）也会意，便真个同他出来。只剩了小丫头们。贾珍便和三姐挨肩擦脸，百般轻薄起来。小丫头子们看不过，也都躲了出去，凭他两个自在取乐，不知作些什么勾当。（第六十五回）

到了程甲本，也许整理者觉得这里尤二姐"知局"说得还不够明白，也许是程甲本所参照的底本即如此，总之，尤二姐的行为有了变化：

二姐儿此时恐怕贾琏一时走来，彼此不雅。吃了两盅酒，便推故往那边去了。贾珍此时也无可奈何，只得看着二姐儿自去。剩下尤老娘同三姐儿相陪。那三姐儿虽向来也和贾珍偶有戏言，但不似他姐姐那样随和儿，所以贾珍虽也有垂涎之意，却也不肯造次了，致讨没趣。况且尤老娘在傍边陪着，贾珍也不好意思太露轻薄。（第六十五回）

这就是学术界讨论比较多的尤二姐和尤三姐前后行为变化及其贞洁问题的原因。而我们现在要谈的是贾琏"遇奸"的事。遇到谁和谁的奸情？我们也看到，版本的差异，不仅造成了二姐和三姐在守贞问题上的前后差异，也同时造成了贾琏是否"遇奸"的差异。

如果按绝大部分的古抄本所写，贾琏后面要遇到的就是贾珍和尤三姐的奸情，这个小说文字已经说得很清楚，是贾珍和尤三姐有旧情，尤二姐知趣走开，给二人独处空间，而尤二姐和贾珍则毫无关系。但按程甲本的说法，贾琏就是没遇到奸情。因为，程甲本的意思是贾珍原本想要趁贾琏不在家，来调戏尤二姐的。没想到尤二姐自己借故躲了，贾珍原来就比较怵尤三姐的性格，所以和尤三姐并无瓜葛。

但是我们继续看下文，贾琏回家以后发生了什么，就能分辨出哪一种版本更合理：

> 忽听扣门之声，鲍二家的忙出来开门，看见是贾琏下马，问有事无事。鲍二女人便悄悄告他说："大爷在这里西院里呢。"贾琏听了，便回至卧房。只见尤二姐和他母亲都在房中，见他来了，二人面上便有些讪讪的。贾琏反推不知，只命："快拿酒来，咱们吃两杯好睡觉。我今日很乏了。"尤二姐忙上来陪笑接衣奉茶，问长问短。贾琏喜的心痒难受。（第六十五回）

程甲本这段文字把尤二姐和他母亲在房中换作"尤二姐和两个小丫头在房中"，这是接了上面尤二姐把她母亲留在房里陪贾珍，自己回到房间的情节。

接着，尤二姐和贾琏有一段对话，尤二姐说自己的终身有了依靠，担心她妹妹的前程。贾琏说：

> "你且放心，我不是拈酸吃醋之辈。前事我已尽知，你也不必惊

慌。你因妹夫倒是作兄的，自然不好意思，不如我去破了这例。"说着走了，便至西院中来，只见窗内灯烛辉煌，二人正吃酒取乐。贾琏便推门进去，笑说："大爷在这里，兄弟来请安。"贾珍羞的无话，只得起身让坐。贾琏忙笑道："何必又作如此景象，咱们弟兄从前是如何样来！大哥为我操心，我今日粉碎骨，感激不尽。大哥若多心，我意何安。从此以后，还求大哥如昔方好；不然，兄弟能可绝后，再不敢到此处来了。"说着，便要跪下。慌的贾珍连忙搀起，只说："兄弟怎么说，我无不领命。"……贾琏忙命人："看酒来，我和大哥吃两杯。"又拉尤三姐说："你过来，陪小叔子一杯。"贾珍笑着说："老二，到底是你，哥哥必要吃干这钟。"（第六十五回）

各版本，并无太大文字出入。程甲本没有贾珍和尤三姐"二人正吃酒取乐"一句（当然，因为程甲本中尤二姐走后，还有尤老娘在旁边陪着贾珍，而且按照程甲本的意思，贾珍和尤三姐的关系也没有到"吃酒取乐"的地步）。在贾琏推门进去的文字后，程甲本作"贾珍听是贾琏的声音，倒唬了一跳。见贾琏进来，不觉羞惭满面。尤老娘也觉不好意思"。在贾琏拉尤三姐吃酒时加入一句话："因又笑嘻嘻向三姐儿道：'三妹妹为什么不合大哥吃个双盅儿？我也敬一盅给大哥合三妹道喜。'"这样说，既接上文尤三姐确实没有和贾珍喝酒，又与下文意思接榫，表示贾琏将贾珍和尤三姐的事挑明，承认他们是夫妻，也与他上文中和尤二姐所说自己不是拈酸吃醋之辈的意思吻合。

到这里就很清楚了，相比其他抄本，程甲本的文字更合理，逻辑性更强。如果贾珍最初的目的只是尤三姐，贾珍也从来都没有和尤二姐有过关系，那么这一段贾琏"遇奸"的情节也就没有必要写了。

我们能够看出，作者的文字中处处表现出"遇奸"的尴尬，从仆人到主人，每个人都在用言行提醒读者"贾琏来的不是时候"。先是鲍二家的提醒贾琏，之后是尤二姐看到贾琏的尴尬，接着作者又借两匹马隐喻了

图10-8 二马同槽

他兄弟二人的关系："贾琏的心腹小童隆儿拴马去，见已有了一匹马，细瞧一瞧，知是贾珍的，心下会意……隆儿才坐下，端起杯来，忽听马棚内闹将起来。原来二马同槽，不能相容，互相蹶踢起来。……尤二姐听见马闹，心下便不自安，只管用言语混乱贾琏。"（图10-8）尤二姐的慌乱更说明这件事和她有关。再后来，就是贾珍见到贾琏的羞惭和尤老娘的不好意思。孙温在画中也专门僻一角落，很清晰地表现了二马同槽和仆人们吃酒谈论的场景。

从贾琏的话中我们得知，尤二姐之前曾经有失节行为，贾琏还说自己不是拈酸吃醋之人。如果贾珍和尤二姐完全没关系，只是和尤三姐有染，那么贾琏吃什么醋？（关于尤二姐和贾珍的关系，下文还有详谈）如果不是贾珍和尤二姐从前有奸情，此次事件中的各种人物怎么又会有担心贾琏知道的尴尬表现？程甲本点明贾珍在尤二姐离开时的失落和不快，表明该版本的修改者没有忽略二人曾经有染的事。贾珍这次虽然是奔着尤三姐来的，但因为他之前和二姐有染，心中有愧，在此时被贾琏撞到，才会有遇奸的好戏。因此，程甲本在此处的文字比其他版本更为合情合理。

同时，我们也看到了遇到奸情的贾琏的态度。他听到鲍二家的说贾珍在时就并不在意，直到尤二姐说出"我虽标致，却无品行"的话时，他马上又明说自己已经知道她的过去，却并不介意。还向贾珍明言："咱们弟兄从前是如何样来！大哥为我操心，我今日粉身碎骨，感激不尽。大哥若多心，我意何安。从此以后，还求大哥如昔方好；不然，兄弟能可绝后，再不敢到此处来了。"话说到这个分儿上，已经非常明确了。他希望和贾珍还和从前一样。至于从前二人之间的私密事、坏事可以做到什么地步，我们也只能从"咱们弟兄从前是何等样来"这种意味深长的话中猜测其程度了。

"贞女"还是"淫奔女"：尤三姐

尤三姐的形象在抄本和刻本之间是有变化的。脂本中的尤三姐的确曾经和贾珍贾蓉父子有过亲密关系，但在程本中她却变成了一个从始至终都忠贞不贰的严肃形象。为什么整理者要这样修改呢？要谈尤三姐，就不能不先说尤二姐，她俩是不可分的。先说贾珍和尤二姐的关系，在第六十五回，贾琏和尤二姐婚后，有一次贾珍趁贾琏不在家，偷偷过去会尤三姐，被尤三姐痛骂一顿之后，也不敢轻易去招惹她了。脂本大都是说："有时尤三姐自己高了兴，悄命小厮来请贾珍，才敢去。一会儿到了这里，也只好随她的便，谁知这尤三姐天生脾气不堪，仗着自己风流标志，偏要打扮的出色，作出许多万人不及的淫情浪态来，哄得男子们垂涎落魄，欲近不能，欲远不舍，迷离颠倒，他以为乐。"这里是说尤三姐长得漂亮，她自己也利用长相漂亮而喜欢和男人游戏周旋，并且把将男人们耍得团团转当做一件乐事。这是各种脂本中表现出来的尤三姐的性格。但是到了程本就不同了，程本在这个地方有一段很长的话，是别的本子都没有的。程本把"哄得男子们垂涎落魄，欲近不能，欲远不舍，迷离颠倒，他以为乐"这样有损尤三姐形象的话给删掉了，用了一大段话来给她洗白说："那些男子们，别说贾珍贾琏这样风流公子，便是一班老到人，铁石心肠看见了这般光景也要动心的，及至到他跟前，他那一种轻狂豪爽、目中无人的光景，早又把人的一团高兴逼住，不敢动手动脚，所以，贾珍向来和二姐儿无所不至，渐渐的俗了，却一心注定在三姐儿身上，便把二姐儿乐得让给贾琏，自己却和三姐儿捏合。偏那三姐一般合他顽笑别有一种令人不敢招惹的光景。"我们不能说程本和脂本的所有不同之处都是程伟元和高鹗自己写的，他们也是有底本参照着修改的，所以这里也不能排除有我们没看到过的抄本中就是这么写的。这段话中主要让我们知道了两个问题，第一是贾珍曾经和尤二姐无所不至，就是什么事都做。尤二姐是贾珍玩腻了让给贾琏的。第二是程本中的这段文字中所表现出的尤三姐的形象和脂本中的完全不同，她是玩归玩，但有底线，贾珍贾琏对她是不敢动手动脚的。基本可以明确她和贾珍没有亲密关系。程本像这样给尤三姐洗白的地方很多，再比如，第六十三回，贾敬死了，贾珍和贾蓉回来奔丧，怕尤氏一个人在家中忙不过来，就把尤老娘和尤二姐尤三姐接来宁国府帮忙，贾珍派贾蓉回家安排停灵之事。贾蓉一见到尤二姐就说："二姨娘，你又来了，我们父亲正想你呢。"贾蓉敢当着尤二姐的面就这么揭露，而尤二姐只是脸红骂他几句不疼不痒的话，就直接暴露了贾珍和尤二姐的关系。当尤二姐拿着熨斗去打贾蓉时，脂本中大都是说："吓的贾蓉抱着头滚到怀里告饶。"就是贾蓉滚到尤二姐怀里，接着，庚辰本、蒙本、甲辰本都说是："尤二姐便上来撕贾蓉的嘴。"己卯本是尤三姐撕贾蓉的嘴。但是程本就做了很不同的修改，变成："尤三姐便转过脸去说道：等姐姐来家再告诉他。"这里的姐姐，指的是尤二姐和尤三姐的姐姐，尤氏。这么一改，就感觉尤三姐是个很正经的人，不愿意看贾蓉的丑陋嘴脸，还要向尤氏告状。接着，贾蓉"笑着跪在炕上求饶"时，尤二姐和尤三姐都笑了。然后，"贾蓉又和二姨抢砂仁吃，尤二姐嚼了一嘴渣子，吐了他一脸。贾蓉用舌头都舔着吃了"。各版本这里基本都是尤二姐和贾蓉，只有庚辰本是尤三姐和贾蓉。但是从庚辰本的书写上看，"三"字上面的一横应该是后加上去的，庚辰本有很多这样的旁改，就是用别的本子的文字做参照，在庚辰本文字旁边修改，这个三字比较明显就是后来修改的，原来是尤二姐。但其实这里是尤三姐却显得更好更自然，所以我认为在这个情节上，庚辰本此处旁改的文字是比较早的本子中的。作者原本可能是打算写尤二姐、尤三姐和贾珍父子都有不正常关系。所以这一段的不堪场面中，尤二姐、尤三姐都参与了。丫头们都看不过，提醒贾蓉说：热孝在身上呢。还说出了他们的丑事曾经被人议论的事实："谁不背地里嚼舌说咱们这边乱账。"然后脂本基本都是贾蓉正在口无遮拦地八卦贾府的风流韵事，尤老娘正好睡醒了，贾蓉给她请安。但是到了程本，尤三姐又被修改了，她见贾蓉信口胡说，程本这样写："三姐儿沉了脸，早下炕，进里间屋里，叫醒尤老娘。"变成了是尤三姐看不惯贾蓉的行为，才去叫醒母亲出来制止。显得尤三姐是和贾蓉尤二姐不同的人。贾蓉临走之前，脂本写他又开玩笑说："我父亲每日为两位姨娘操心，要寻两个又有根基又富贵又年青又俏皮的两位姨爹，好聘嫁这二位姨娘的……尤老娘只当真话，忙问是谁家的，二姊妹丢了活计，一头笑，一头赶着打。说：'妈别信这雷打的。'"尤二姐尤三姐一路和贾蓉调笑，都不曾生气，也都是很愉悦的。但是程甲本中，尤三姐继续被修改，变成："三姐儿又训斥贾蓉：'别只管嘴里这么不清不浑的说着。'"她不仅主动叫醒了尤老娘，还不断严肃地教训着贾蓉。第六十五回，脂本写，尤三姐说："姐姐糊涂。咱们金玉一般的人，白叫这两个现世宝沾污了去，也算无能。而且他家有一个极利害的女人，如今瞒着他不知，咱们方安。倘或一日他知道了，岂有干休之理，趁如今我不拿他们取乐作践准折，到那时白落个臭名，后悔不及。"这是明白承认自己和贾珍有染，但也不能便宜了贾珍，所以之后，她才会："天天挑拣穿吃，打了银的，又要金的，有了珠子，又要宝石，吃的肥鹅，又宰肥鸭。或不趁心，连桌一推，衣裳不如意，不论绫缎新整，便用剪刀剪碎，撕一条，骂一句，究竟贾珍等何曾随意了一日，反花了许多昧心钱。"程甲本把尤三姐最后一句话："势必有一场大闹，不知谁生谁死。趁如今我不拿他们取乐作践准折，到那时白落个臭名，后悔不及。"给改了，变成："势必有一场大闹，你二人不知谁生谁死。这如何变当安生乐业的去处？"这么一改，意思完全不一样了，从原来破罐子破摔，变成了寻求正当出路的坚贞女子，希望有一个安生乐业之地。第六十六回，柳湘莲来退婚，脂本基本都是：尤三姐："今忽见（柳湘莲）反悔，便知他在贾府中得了消息，自然是嫌自己淫奔无耻之流，不屑为妻。"程甲本把"今忽见反悔，便知他在贾府中得了消息"改成"便知他在贾府中听了什么话来"，把"自然是嫌自己淫奔无耻之流，不屑为妻"改成"把自己也当作淫奔无耻之流，不屑为妻"。脂本中，她是承认自己是淫奔女子的，她也知道柳湘莲也知道真相了。程甲本改过之后就变成，尤三姐本来不是淫奔女子，而是柳湘莲听信谣言，误认为她是淫奔女了。明显就是要给尤三姐洗白，说她和贾珍贾蓉毫无不正当关系，是被诬陷的，被冤枉的。还有，脂本在写尤二姐嫁给贾琏之后，一再有"如今改过"的话，写尤三姐决心嫁给柳湘莲时也是多次表示她在"改过"。程本把尤三姐改过的话都删掉了。而且，尤三姐自刎后，脂本中柳湘莲精神迷乱恍惚中看见尤三姐来跟他说了一大堆话，其中有一句是："来自情天，去由情地。前生误被情惑，今既耻情而觉，与君两无干涉。"这里的"耻情"就更明确地告诉我们，她是以自己往昔的行为为耻的，她表示自己是因为耻情而觉醒，和柳湘莲无关。但是程甲本把这句话都删了，变成了柳湘莲迷乱中想要去拉住尤三姐问，尤三姐"一摔手，便自去了"。

总的来说，在脂本中，尤三姐并非一个洁身自爱的女子，她也很喜欢和男人们周旋取乐，虽然也想找一个好男人嫁了，但在礼教社会，她的行为在世人眼中就是淫荡不羁的，不是好女孩儿。可是在程本中，她就是一个出淤泥而不染、不可侵犯的女子，是被谣言中伤和冤枉的人。版本的不同，出现了两个完全不一样的尤三姐形象。那么为什么要修改呢？有人认为是程高觉得一个淫荡的女子怎么可能去殉情呢？这样的人物性格是有矛盾的，所以就把尤三姐之前的所有看着过分的举动都删掉了，给她改头换面，成为从始至终都对自己严格要求、有节操的女子。曾经有一位很有影响的研究者非常喜欢尤三姐，理由是她有忠贞不贰的品行，出淤泥而不染，在她等待柳湘莲的时间中，吃斋念佛"真个竟非礼不动，非礼不言起来"。后来又能耻情自刎，认为这种行为是令人敬佩的。徐凤仪在《红楼梦偶得》中评价说："尤三姐性情激烈，女中丈夫也。"认为都是因为她的生存环境不好，才令她不得不"佯狂作态，旋玩纨绔儿"，是迫不得已才会假装张狂，周旋于纨绔子弟中间的。洪秋蕃《红楼梦抉隐》评价说："妇人从一不二，之死靡他，不为义，则为情。尤三姐欲嫁柳湘莲，一年不来等一年，十年不来等十年，死了不来，当姑子吃长斋，又当着贾琏折簪为誓。如此死心踏地，决志委身，为义乎，为情乎？"大家喜欢尤三姐，似乎都是冲着她是一个正派女子，或者是积极修正成为正派女子，都是从道德出发来评价的。文学批评虽然不能排除道德评价的介入，但道德却不应该成为唯一审美标准。即便尤三姐就是脂本中的尤三姐，美丽开朗、自由自在地活着，在想要玩笑的时候玩笑，在想要追求所爱的时候大胆追求，对待那些想要侮辱自己的人时请君入瓮，想玩想疯也要尊严不行吗？谁说这样的女子就不能殉情？而能殉情的女子就一定是始终洁白无瑕的？再说，所谓的洁白无瑕的标准又是什么呢？作者所说的"耻情"，其实仔细推敲，就是存在一些批评她的成分在内，还是认为她不干净了，

以自己为耻，才去死的。说白了，就是羞愧死的。其实从现实生活来看，给她的选择并不多，在礼教社会中，一步行错的女人要么活着受辱，要么死了干净。她能选择死去，本身就是要免除活着受辱。我觉得尤三姐之死最有力量的内涵应该是她不甘受辱、以生命祭奠理想才对，而不是什么耻情、窝囊地羞愧而死。所以，尤三姐这个人物是有争议的，从文

图10-9 思嫁柳二郎

图10-10 尤三姐耻情归地府

学上看，充满着矛盾、充满着多种情绪的女子，难道不是一个更值得探讨的鲜明生动的人物形象吗？在孙温的画中，没有表现尤三姐所谓"思"的场面（图10-9）。但尤三姐耻情归地府的场面却画得比较完整（图10-10），充分表现了小说中尤三姐和柳湘莲最后的三个阶段，即尤三姐自杀、托梦柳湘莲、柳湘莲入道，不过除了把场面描绘了出来，没能看出画家独特的见解。

女性与男性"遇奸"的分别

比较了贾府中各种人"遇奸"的情节后，我们发现，贾府"遇奸"的人分三类：已婚女子、未婚女子和男子。已婚女子的代表是王熙凤，她可以大肆张扬，因为她已婚，又是捉自己男人的奸，所以可以理直气壮，前面已经说过，不赘言。唯有男人们的"遇奸"和未婚女子"遇奸"比较不同。宝玉和贾琏都是抱着宽容和理解的态度，也许他们因接触外面的世界比较多，早已见怪不怪。奸情对他们来说，只要不伤及颜面，都是可以一笑而过的。社会对男性的要求本身就不如对女性严苛，女孩子们遇到奸情，就涉及道德、人性、性格等多方面的问题，甚至弄不好，还会累及自身，因而比男性复杂得多。如此看来，《红楼梦》作者以严肃的态度写"遇奸"的只有两个人，宝钗和鸳鸯。"遇奸"对她们来说，要考虑的内容很多，包括保密问题、是否被怀疑到自己的行为不检点、对方的名声、自己和对方今后的关系等。对于深受女教影响的未婚女性，单是遇到奸情这件事，对她们的贞洁甚至都是一种损害，都觉得被玷辱了一般。比如，袭人平时生病，宝玉为她找医生问药，她还要担心被别人知道，会觉得她轻狂；宝钗让黛玉熬燕窝粥，黛玉也会担心遭人厌烦，更别说出门遇到奸情，一个姑娘家，和奸情联系在一起，更要担心被人笑话，是一件说不出口的窝囊事。

图10-11 平儿软语救贾琏

明白了这些，我们才能明白作者写宝钗和鸳鸯遇奸的苦心。

另外，在贾府，"遇到奸情"的事件中也有并非偶遇的：贾蔷、贾蓉捉贾瑞，平儿发现贾琏留着的多姑娘的头发（图10-11），袭人遇到宝玉对黛玉"诉肺腑"（图10-12），也都是一种"遇奸"，只是时间和性质有所不同而已。孙温对平儿救贾琏的表现还是不错的，中规中矩。但宝玉向黛玉诉肺腑的情景没有表现出来，他截取的是黛玉已走，袭人来给宝玉送扇子的场面。而让人很

图10-12 宝玉诉肺腑

201

不解的是在画面的左上角有一个拿扇子偷窥的女子，不知为谁。

其实在小红的故事中，还有一条草蛇灰线，很容易被读者忽略。那就是小红的"遇奸"。小红本人也没有当回事，也许正是由于作者让她没有在意，而读者也因小说人物的忽略而忽略了这一情节。小红遇见的也是司棋，小说中这样写：

> 红玉听说撤身去了。回来只见凤姐不在这山坡子上了。因见司棋从山洞里出来，站着系裙子，便赶上来问道："姐姐，不知道二奶奶往那去了？"司棋道："没理论。"（第二十七回）

司棋从山洞出来，而且还是在系裙子，回想鸳鸯遇到司棋和潘又安偷情的场景：

> （鸳鸯）刚转过石后，只听一阵衣衫响，吓了一惊不小。定睛一看，只见是两个人在那里，见他来了，便想往石后树丛藏躲……（第七十一回）

"鸳鸯只当他和别的女孩子也在此方便，见自己来了，故意藏躲恐吓着耍"，这句话后面有庚辰本批语是"此见是女儿们常事，观书者自亦为如此"，说明大观园的女孩子们经常躲到没人处方便，那么，小红遇到司棋边系裙子边从山洞出来，也并非怪事，所以小红也没在意。但是，我们要问：为什么偏偏是司棋？这难道不是作者为后面第七十二回司棋奸情败露留下的一条草蛇灰线吗？读过后面，再回头看看前文，我们能说它们一点儿关联也没有吗？但在孙温的画中我们没看到小红遇到司棋从山洞出来系裙子的样子，只看到小红到了李纨房中（图10-13），遇到凤姐的样子，没有看到别的信息，也就是说他并没有看到作者在这里留下的这一条有趣的线索。

图10-13 凤姐与小红

第十一章　黛玉和宝玉的成长、成熟与不可言说的爱情

　　宝黛之情在整个中国古代文学中是与众不同的。这里所说的"与众不同"，主要是指一般古代写男欢女爱的小说的创作模式是有套路的，即一见钟情，诗词为媒，小人拨乱或经历离散，终成眷属。即便其中有个别小差异，也都基本离不开这种发展顺序。但《红楼梦》作者第一回便批评历来野史和才子佳人故事，说它们"讪谤君相""贬人妻女""坏人子弟"。并宣称他自己要写出一部完全不同的新书："令世人换新眼目，不比那些胡牵乱扯忽离忽遇，满纸才人淑女、子建文君红娘小玉等通共熟套之旧稿……"

　　作者没有食言。宝黛之间处理情感的方式的确是与众不同的。

　　事先就听说《红楼梦》是"爱情小说"的当代读者，如果带着这个印象来阅读的话，会很失望的。因为读者不仅会不断地在小说中看到宝黛二人各种各样的吵架拌嘴，还会看到他们对情感的有意规避和躲闪。完全不会感受到在其他古代言情小说中的那种顺畅的、除了个别外力障碍、并无内因阻碍的热烈爱情。但是，也正是这样的描写，才让他们的情感显得更加真实，更符合那个时代的道德审美。作者认为一般才子佳人小说中男女主人公的情感之所以显得虚假不实，正是因为他们太过露骨的表达方式、缺乏过程的交往模式和毫无掩饰的求偶态度。因此，他就要在这几点上反其道而行之。让我们从以下几点来感受一下作者的创作苦心。

第一种方式：神话的使用弱化了"一见钟情"

黛玉刚进贾府，面对王夫人给宝玉的评价，她内心想的和嘴里说的就是大不相同的话。她心里想的是：

> 常听得母亲说过，二舅母生的有个表兄，乃衔玉而诞，顽劣异常，极恶读书，喜在内帏厮混，外祖母又极溺爱，无人敢管。（第三回）

从这个评价来看，黛玉对宝玉的印象很不妙。但黛玉是何等聪明的女子，当着舅母的面，又怎能批评她的儿子？于是她嘴里说的是：

> 舅母说的，可是衔玉所生的这位哥哥？在家时亦曾听见母亲常说，这位哥哥比我大一岁，小名就唤宝玉，虽极憨顽，说在姊妹情中极好的。（第三回）

这不是黛玉的评价，而是她母亲贾敏的评价。贾敏是贾母最疼爱的女儿，为什么最疼爱她？因为她最像贾母，和贾母有心灵的沟通和理解。贾母最喜欢的丫鬟是晴雯。她认为这么些丫头里面，只有晴雯配给宝玉使唤。如果没有贾母的认可和欣赏，晴雯这样性格的人在贾府根本待不下去。后来的事实也证明了，王夫人果然看不上她，把她撵了出去。所以，贾敏正是贾母、晴雯一流的人物，开明、爽直、热情、真诚，是与宝钗、袭人相反的人。贾敏认为宝玉的优点是"姊妹情"极好。说明她看人是从"情"字出发的，而不是从"理"字出发。这一看法给了黛玉深刻的影响，黛玉之后的多情、重情、不受常理拘束的性格也是这一类情感的体现。因此，黛玉首先在心中认为宝玉不是坏人，不是王夫人说的"祸根孽胎""混世魔王"。这个认识在日后她与宝玉的接触中逐渐得到印证，并被无限放大，是她全部的情感基础。

但是，评价归评价，毕竟没见过本人。评价再好，也不可能激起内心的涟漪。黛玉还不至于像《牡丹亭》中杜丽娘那样，疯狂到爱上了梦中的男子，毫无理由和情感积淀地去喜欢，甚至为他去死。黛玉的情感发展是有层次的。因此，正式和宝玉见面前，她还在想："这个宝玉，不知是怎生个惫懒人物、懵懂顽童？倒不见那蠢物也罢了。"但是，当神采超群的宝玉站在黛玉面前时，这个"面若中秋之月，色如春晓之花"的年轻公子，用流行语就是如此高颜值的男子，令她一见钟情。但小说中可没这么说，作者要避免的正是"一见钟情"、被他批判的才子佳人的爱情模式。他在开篇就说，还不厌其烦地让贾母参与批判的那种爱情是"是父母也忘了，是书礼也忘了，鬼不像鬼，人不像人"。因此，作者当然不会明说黛玉喜欢宝玉的颜值。我们可以反过来想一下：如果宝玉真的是一个长相和贾环一样、行为如薛蟠一般的男孩儿，黛玉会怎样呢？所以，在历史上把两个都是长相丑陋或平庸的男女拉到一起谈恋爱给读者看的文学作品，要想获得读者的热烈欢迎实在是难上加难的事。《红楼梦》作者批评才子佳人小说，他自己依然不可避免地要强调小说人物的外貌，用足以赏心悦目的男女主人公来吸引读者的眼光，用相貌的美丑来区别小说人物的忠奸，这是宣称一定要"换新眼目"的作者也无可奈何之事，在这一点上，作者没有突破更多。

不过，他既然已经意识到才子佳人小说的肤浅，当然要尽量避免。所以作者就把矛头指向了他在前文中早已为二人设定好的"前世姻缘"，即绛珠仙草和神瑛侍者的故事。让黛玉见到宝玉的第一行为是先大吃一惊，不去想宝玉的美貌，却想起在哪里见过他的事去了。这种写法的好处正如作者自己所说"换新眼目"，从不同的视角来看待宝黛的关系，避免让读者开始便一头栽进一个庸常恋爱的模式中不能自拔。也就是说，神话是作者用来与才子佳人小说的一见钟情模式相区别的第一种办法。

宝玉见黛玉之前并没有听到什么关于黛玉的有价值的信息。当他看到美丽而柔弱的女孩时，作者依然践行着他之前的创作原则，没有让宝玉马上对她的容貌有所表示，而是硬生生地再次把他的注意力转到二人的前世缘分上，因此他很平静地说："这个妹妹我曾见过的。"读者似乎永远不能揣测出作者下一句要讲什么。对黛玉关注的重点也完全不在相貌上："虽然未曾见过他，然我看着面善，心里就算是旧相识，今日只作远别重逢，未为不可。"作者对相貌点到为止，故意让小说人物视而不见，不加评点，而把镜头聚焦到他所事先设定的神话关系上，这又是另一种极端，由写实走向虚幻，即用离奇的神话代替现实，从而避免犯以往小说创作的通病。读者的注意力此时全都被他俩不同流俗的相遇和言谈吸引了，对他们彼此间对待各自面貌的态度反而不再留意，感到他们确是旧相识。就像当代网络小说中大量的重生故事一样，男女主在两世，甚至是十世中轮回，每一次轮回重生都会爱上彼此。而只要是重生的人物之间的情感，读者都会有成倍增长的体验，前一世的亲密关系早已形成了厚重的积淀，让之后几世的关系都显得那么理所当然。所以，上一世的关系让宝黛初见就有了深厚的情感基础，《红楼梦》没有给读者造成男女主人公是因为颜值高才一见钟情的浅薄恋爱模式的阅读感受。作者声东击西，避开颜值的影响，极力实现自己的创作主张的精神是值得赞扬的。只可惜孙温的画中完全没有画宝黛前世绛珠仙草和神瑛侍者的故事，缺少这一笔实在是莫大的遗憾。

第二种方式：时空的缜密设计

那么黛玉是从什么时候开始对宝玉产生了不一样的感情呢？其实作者并未像其他情爱小说那样明白写出，但说来奇怪，每一个读到小说的人都对宝黛之情心照不宣。用专业术语说，作者能在不明说的情况下，令他所设定的隐含读者与真实读者合而为一，心甘情愿地被他引领，这难道不是作者极为高明之处吗？

二人初见之后，直到第五回之前，作者都没有再让宝黛二人获得在读者面前独处的机会，当然读者也就没办法了解他们情感的每一寸进展的经过。第五回一开篇，作者用一句话总结了这一段对读者来说是盲点的时间内发生的事：

> 如今且说林黛玉自在荣府以来……便是宝玉和黛玉二人之亲密友爱处，亦自较别个不同（甲戌本批：此句妙，细思有多少文章），日则同行同坐，夜则同息同止，真是言和意顺，略无参商。（第五回）

作者说二人"亲密友爱""较别个不同"。甲戌本批者如果是作者的亲友，那么批语中当然会因对作者创作意图及宝黛故事的了解而给出超越文本的理解。我们可以试着抛开这条脂批，并且忘掉我们阅读《红楼梦》之前就已经听说的宝黛情感故事，单从这段文字来看宝黛的关系。试问，我们会觉得这两个十岁左右的孩子之间已经发展出男女之情了吗？他们不就是因为长期在一起生活，同吃同住，而产生了比别人亲密一些的友谊吗？这是作者第二个与众不同之处，即他把男女主人公的年龄缩小，给他们足够的时间和空间来酝酿情感，也给读者一个认知的适应期，要让宝黛在时间和事件的积累中逐渐说服读者，相信他们有着不同于普通才子佳人的深厚的情感基础。不仅如此，作者还要通过对宝玉的描写，让读者更加清醒地认识到这一点："宝玉亦在孩提之间……视姊妹弟兄皆出一意，并无亲疏远近之别。其中因与黛玉同随贾母一处坐卧，故略比别个姊妹熟惯些。"宝玉对黛玉就更是毫无心思，只是略微比别人"熟惯些"而已。

所以，我们在看《红楼梦》时，尽可以放松心情，不必一开始便要严肃地试图早早抓住所谓"宝黛爱情"的线索不放。先尽情享受一下二人小儿女的呆萌之态，享受什么叫两小无猜的两性关系。即便是黛玉对初来乍到的宝钗的一些忌讳和妒忌，也不能说是成熟的爱情造成的，充其量是一种友情范围内的吃醋和娇憨而已。

第九回，宝玉要上学，来辞黛玉，黛玉说："你怎么不去辞辞你宝姐姐来？……宝玉笑而不答。"第十三回，又换黛玉离开，去扬州奔父之丧，作者说："却说宝玉因近日林黛玉回去，剩得自己孤恓，也不和人顽耍。每到晚间便索然睡了。"宝玉晚间睡觉时的情形正好和凤姐在贾琏走了以后的情况相对照，凤姐是"话说凤姐儿自贾琏送黛玉往扬州去后，心中实在无趣，每到晚间，不过和平儿说笑一回，就胡乱睡了"。甲戌本对作者这一写作方式有批语云："淡淡写来，方是二人自幼气味相投，可知后文皆非突然文字。"这就又一次提醒读者，宝黛二人情感是在时间的累积中逐渐形成的，而不是一蹴而就的，与才子佳人小说的一见钟情有本质不同。因此，抛开批语不考虑，从作者的文字里，我们到此时依然没有得到二人开始相恋的明确信息。

第三种方式：相互重新审视的机会和长大的标志

第十六回，黛玉奔父丧从扬州返回贾府，"宝玉只问得黛玉'平安'二字，馀者也就不在意了"。所谓的"馀者"，是元妃省亲、贾雨村后补京缺、林如海安葬祖坟等。从这一回宝玉关注黛玉的"平安"开始，往后我们会看到越来越多、各种各样类似的宝玉对黛玉爱的表达方式。可以说，用脂砚斋的说法，宝玉表达情感的方式全在"体贴"二字上，没有让人肉麻的语言，更多的却是像寻常小户人家的百姓一样在吃穿住行等"俗务"和生活琐事上的留意和关怀。

可以说，从黛玉离开贾府回扬州，再重回贾府，就是宝黛情感的第一个分水岭，也是他们长大的标志。

之前小儿女之态逐渐消失，取而代之的是日渐成熟的少男少女了。这次作者又安排了二人的第二次见面，在他们彼此的重新审视中，读者也获得了他们成长的讯息。

如果每日守在一起，难免看不出彼此成长的痕迹和差异，读者当然也就跟着没机会看出来。但离开和再次返回，又给了他们彼此重新审视对方的机会。于是，"宝玉心中品度黛玉，越发出落的超逸了"。这是一种悄悄在少年心中生发的、不同于对其他人的格外的关注，这种关注的意义就和从前的"熟惯些"有了区别。"出落"二字是人们谈话中经常使用到的词，一般用在少女身上，如"某女出落得越发标致了"。这个词表现了一种动态的进程，时间感很强，体现了逐渐成熟的状态。也就是说，宝玉此时此刻忽然发现，黛玉长成大姑娘了，而且更加有魅力。初见黛玉，她还是个小女孩儿，再见黛玉，她已经俨然美少女了。

图11-1 黛玉的成长：弃香串

而黛玉呢？她的反应就更加有趣。在宝玉兴冲冲拿出北静王赠送的鹡鸰香串要转送黛玉时，黛玉就说出了那句几乎是家喻户晓的名言："什么臭男人拿过的！我不要他。"（图11-1）此时此刻，黛玉再也不是玩九连环的小女孩儿，她已然是风韵初绽的少女，实际上，她也已经把自己当作一个女人了。异性拿过的东西，以她初成少女时所产生的严重的自我珍重之心来看，自然是畏若毒蛇、避之唯恐不及的。就如同圣经中吃了禁果之后的人类忽然对自己的赤裸有了羞愧感一样，她开始意识到了"男女之别"。

因此，黛玉重返贾府是宝黛长大的标志，也是二人恋情萌芽的时间。之前，作者对二人的日常相处的描写仅一语带过，如："既熟惯，则更觉亲密；既亲密，则不免一时有求全之毁，不虞之隙。这日不知为何，他二人言语有些不合起来，黛玉又气的独在房中垂泪，宝玉又自悔言语冒撞，前去俯就，那黛玉方渐渐的回转来。"（第五回）把宝黛长时间相处的常态言简意赅地总结出来，省去了很多笔墨。因为那时宝黛尚处童年，作者只想让读者知道他们是青梅竹马，让读者记住他俩惯常的相处方式是"发生口角"，并给他俩的感情设定一个相对厚实的时间基础就可以了。小孩子之间的吵架斗嘴就没必要一一书写。但自黛玉重返之后，作者就要开始在二人的日常口角上下足功夫，再也不肯省略了。因为"口角"正是宝黛最为重要和与众不同的恋爱方式。

第四种方式：不涉淫的"言行不一"与"体贴备至"

第十九回，宝玉讲"耗子精"的故事。作者第一次让读者看到宝黛不同的情感表达方式。黛玉比较直接，也相对明显，醋味十足的嘲讽言辞和关怀心备至的举动，即"言行不一"是她的爱情表达程式，读者一眼就能看懂，宝玉更懂。宝玉的方式就完全不同，但也不是没规律可循。"体贴"，或者说不带一丝淫邪之念的体贴，是宝玉的爱情语言。比如这次，他见黛玉要睡午觉，"忙走上来推他道：'好妹妹，才吃了饭，又睡觉。'将黛玉唤醒"。后面还是怕她睡觉，就给她讲故事。己卯本批语说："若是别部书中写此时之宝玉，

图11-2 闻袖中幽香

一进来便生不轨之心，突萌苟且之念，更有许多贼形鬼状等丑邪言矣。此却反推唤醒他，毫不在意，所谓'说不得淫荡'是也。"包括宝玉缠着黛玉要在一张床上躺着、要枕黛玉的枕头、拉着黛玉的袖子闻香，黛玉抚宝

玉腮、给他擦腮上的胭脂等，全都不涉恶趣邪念，一片阳光灿烂的纯真。宝玉关心的是黛玉的身体，黛玉关心的是宝玉心里还有没有别人、会不会在贾政处吃亏。很明显，黛玉操心的事比较多。孙温对这一回"意绵绵情日玉生香"（图11-2）的描绘集中在宝玉闻黛玉袖中幽香的情节，因为这一情节中黛玉提到宝钗的冷香丸，是小说作者又一次由黛玉之口强调金玉姻缘，不可轻易略过。

关于宝玉"不淫"的恋爱方式，是作者最专注书写的。因为这是区别于其他才子佳人或狭邪小说最关键之处。第二十一回，宝玉看到睡着的黛玉、裸露着酥胸和胳膊睡觉的湘云，作者给了宝玉一个见到这幅场景以后的大特写：

> 宝玉见了，叹道（庚辰本批："叹"字奇！除玉卿外，世人见之自曰喜也）："睡觉还是不老实！回来风吹了，又嚷肩窝疼了。"（第二十一回）

紧接着，宝玉又捡着二位姑娘洗脸的剩水、借着水里的剩香皂洗脸，蒙本批曰："此等用心淫极，请看却自不淫，非世之凡夫俗子得梦见者，真雅极趣极。"蒙本的批语显示了读者的真实感受，也是作者宣称让读者换新眼目做得成功的地方。所谓"淫极"就是指雅趣，是一种风雅而多情的样子，就如同含苞待放的花朵，给人以无穷的想象空间。

小说这一回的回目是"贤袭人娇嗔箴宝玉"（图11-3），因为袭人看到宝玉居然去姊妹们屋里梳洗，就认为是非常逾距越礼的行为，所以会生气地和来看望宝玉的宝钗说那些挖苦讽刺的话。这和之后她对王夫人报告的主要精神也是一致的。对古代两性交往中的基本礼仪已经几乎完全不熟悉的当代读者，通过基本不会发脾气的袭人所表现出来的愠怒，才幡然醒悟，原来宝玉的行为已经相当过分了。虽然他"不淫"，却依然不为礼法所容。孙温的画中完全没有表现出宝玉和湘黛二人梳洗时的情形和袭人的

图11-3 袭人娇嗔藏宝玉

愠怒，我们通过门前的翠竹能够判断这是黛玉的房门口，也就是宝玉已经在黛玉房中梳洗过要出门的瞬间，因为宝玉此时已经戴好冠。但是从画中无法看到这一幕被认为是"雅极趣极"的宝湘黛一同梳洗却惹恼了袭人的精彩场面，而用绘画的方式来表现人物内心活动的实践再一次宣告失败。

第五种方式："还泪"的叙事模式和虐恋关系的第一步

宝黛爱情的与众不同还表现在他俩奇特的恋爱方式上。可以说，二人的恋情几乎全是在争吵、怄气中得以表达，这当然与作者事先设定的"还泪"模式分不开：只有在生气和伤心难过时，黛玉才有可能有泪，才能完成"还泪"的"任务"。也就是说，小说开篇的神话并不是孤立的，而是和后文有内在的联系，用当代网络语言说就是宝黛爱情注定是全程虐恋模式。

"还泪"的叙事模式限定了宝黛二人的交往形态和情感发展，使二人在大多数情况下只能以负面情绪来完成整个相恋过程，这也是《红楼梦》区别于才子佳人小说甜蜜和谐、几乎全程撒糖的情感关系的创作方式之一。二人在读者非常不易察觉的情况下悄然长大，如果我们忘记了用发展的眼光，或者成长的眼光去看小说人物，那么就会丢失很多作者暗示给我们的信息，从而对人物和事件产生许多误判和不理解。

第十八回，也就是黛玉重返贾府后，宝黛马上上演了一出"剪香囊"的大戏。这是作者第一次细腻描写二人怄气的原因和拌嘴经过。这次事件，作者的目的是要让读者明确宝黛二人在彼此心中的地位。此时的宝玉已经不只是和黛玉比其他姊妹"熟惯些"而已，黛玉更是不把自己当外人。表面上看，二人是吵架生气，实际上却是各自的第一次"表白"。宝玉借自己存放香囊的位置告诉黛玉"我最珍重的人是你"。黛玉借误剪香囊也让宝玉知道"我必须是你的唯一"。结果当然是令人满意的，黛玉知道了宝玉的心。

图11-4 剪香囊

我们不要忘记一件事：宝黛二人的情感不是同步的，黛玉要先行于宝玉。读者此前就从她的诸多醋意中有所察觉。但读者对博爱的宝玉的态度还是不甚了了。因此，让黛玉知道宝玉的心才是最重要的，也就是让读者明确地知道宝玉的态度，才能把这二人的情感放在平等的地位去看待。因此，读者从这一刻起才知道，这是他

图11-5 抢荷包

们相爱的第一步：明确关系。孙温分别在两幅图中体现出这一重要情节。两幅图的视角都是从窗外向里看，第一幅图中，宝玉拿着荷包，黛玉持剪正在剪刚做了一半的香囊（图11-4）；第二幅图中，宝玉要奉还荷包，看黛玉哭泣又要剪，就上来抢夺赔礼（图11-5）。画家看到了这一情节的重要性，画作正好也表现了宝黛二人常态化的表情达意的方式，即不断的争吵与和好。

第六种方式：情感人性与礼教风俗冲突的开始

第二十回，宝黛第二次怄气，因为宝玉去了宝钗家。这一次，二人，或者更确切地说是宝玉，终于将宝钗的事拿到桌面上来讨论了。宝玉再也不像从前那样，每当黛玉因为宝钗讽刺挖苦他时，轻轻付之一笑，而是发现了宝钗这个问题的严重性，觉得是该给黛玉一个明确的态度的时候了。于是他说：

> 你这么个明白人，难道连"亲不间疏，先不僭后"（庚辰本批：八字足可消气）也不知道？我虽糊涂，却明白这两句话。头一件，咱们是姑舅姊妹，宝姐姐是两姨姊妹，论亲戚，他比你疏。第二件，你先来，咱们两个一桌吃，一床睡，长的这么大了，他是才来的，岂有个为他疏你的？（第二十回）

要知道，黛玉的话是隐晦的，没有点名，她说的是："你又来作什么？横竖如今有人和你顽，比我又念，又会作，又会写，又会说笑，又怕你生气拉了你去，你又作什么来？死活凭我去罢了！"拉宝玉去的正是宝钗。但我们看到黛玉并没被嫉妒冲昏头脑，她依然是隐晦地用"有人"来代表自己心中那根刺。可见，宝玉是清楚黛玉的意思的，所以才主动提出"宝姐姐"，并第一时间明确说出自己对宝钗的看法。

但是，这些话如果换作是当代读者来听，恐怕依然不能满意。难道完全是因为来得早与迟、亲戚的远近，黛玉才在宝玉心中重过宝钗吗？这也是作者一再强调的他的创作与别的小说的不同处之一。他始终很小心地绕开正题，避免正面揭示宝黛之间内心的真实想法。这一点确实有别于一般的才子佳人小说男女主人公直白的示爱方式。正是这样的写法，使得宝黛之间的感情更符合当时的时代背景和礼教环境，也就显得更真实，不像其他小说那样夸张得连我们当代人看了都觉得虚假空幻、胆大妄为。

然后，二人的对话就到了关键环节：

> 林黛玉啐道："我难道为叫你疏他？我成了个什么人了呢！我为的是我的心。"宝玉道："我也为的是我的心。难道你就知你的心，不知我的心不成？"（第二十回）

宝黛交心，就在此时。

依此一闹，作者又把二人的心迹多向读者袒露了一些。而此时，作者又不忘添上一笔说："湘云仍往黛玉房中安歇。宝玉送他二人到房，那天已二更多时，袭人来催了几次，方回自己房中来睡。"庚辰本批语说："前文黛玉未来时，湘云、宝玉则随贾母。今湘云已去，黛玉既来，年岁渐成，宝玉各自有房，黛玉亦各有房，故湘云自应同黛玉一处也。"二人住处的变化也是作者希望读者醒悟的他们长大成人的标志，已经是少男少女了，要注意男女大防，再也不是"碧纱橱"中住在一起的年龄了。

这时候，我们要密切关注袭人的态度。通过袭人的态度，作者又让读者意识到宝黛以这样日趋成熟的年纪还黏腻在一起，是一件开始令人感到危险和担忧的事了。宝玉第二天一大早就又来到黛玉房里，还看到黛玉和湘云睡觉的样子，还有"一把青丝拖于枕畔，被只齐胸，一弯雪白的膀子搭于被外，又带着两个金镯子"的湘云。不仅如此，还用黛玉和湘云的剩洗脸水洗脸、让湘云给梳头。因此招来袭人前所未有的担忧和埋怨："姊

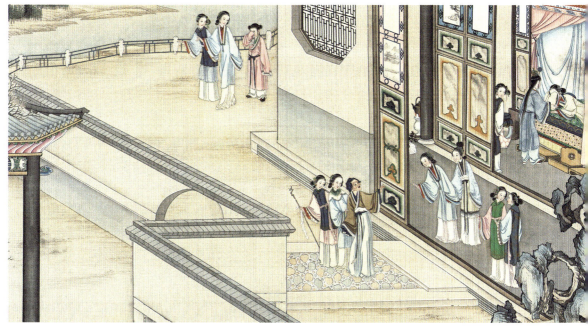

图11-6 王熙凤正言弹妒意

妹们和气，也有个分寸礼节，也没个黑家白日闹的！凭人怎么劝，都是耳旁风。"说明在袭人这种处处遵守礼教的人眼中，宝黛二人的行为已经在一段时间内引起了她的注意和反感。这也从另一个侧面告诉我们，他俩的确是慢慢长大了，大到应该注意男女之间的礼节了，那么当然，这时候二人的交心，也不会是小孩子的玩耍，而是异性之间的感情了。当作者开始把道德礼教的环境铺设在宝黛二人周围时，情感和理智、人性和律法风俗之间的冲突便开始了。宝黛之间的情感之所以说是悲剧性的，正是在这时开始的。在绝大部分人的眼中，他们一开始就是不被接受的。他们的情感开始受到了威胁。只可惜从孙温的画中我们只看到了第二十回中王熙凤正言弹妒意和莺儿与贾环的矛盾（莺环冲突的地点画错了）（图11-6），没看到宝黛这次意义非凡的冲突和交流，当然更无法从绘画中见证他们的成长。孙温在两百多幅画中对宝黛情感的处理方式是淡化和忽略不计，并没有用浓墨重彩去渲染他们的关系。

第七种方式：打破宝玉的处事惯性

第二十二回，宝黛第三次吵架，因为湘云说出戏子长得像黛玉。作者说宝玉从中调和是"原为他二人，怕生隙恼，方在中调和，不想并未调和成功，反已落了两处的贬谤"。其实作者并没有事先说黛玉生湘云的气了，似乎全是宝玉一个人在瞎忙活。因此，庚辰本批语说："黛玉一生是聪明所误，宝玉是多事所误。多事者，情之事也，非世事也。多情曰多事。"宝玉因多情，即为他人考虑得多，而引发原本可能不会发生的问题。他把自己阻止湘云说话的原因说成是"林妹妹是个多心的人。别人分明知道，不肯说出来，也皆因怕他恼。谁知你不防头就说了出来，他岂不恼你。我是怕你得罪了他，所以才使眼色"。这话里有多少真多少假？为了湘云的多，还是为了黛玉的多？相信读者能够明白。

其实这也更是宝玉给自己习惯性处理与女性们的关系的和稀泥方式的托词。因为，在和黛玉的感情定型之前，宝玉习惯于对任何姊妹都好，尤其是对从小和自己一起长大的湘云。他还没适应只对一个人好，不及其余的状态。而黛玉却恰恰相反。但是，让宝玉没想到的是，他"两面三刀"的做法，让黛玉听到了，把他原先认为理所当然的行为之缘由揭露得体无完肤：

> 这却也是你的好心，只是那一个偏又不领你这好情，一般也恼了（庚辰本批：颦儿自知云儿恼，用心甚矣！）。你又拿我作情，倒说我小性儿（庚辰本批：颦儿却又听见，用心甚矣！），行动肯恼。你又怕他得罪了我，我恼他。我恼他，与你何干？ 他得罪了我，又与你何干？（第二十二回）

庚辰本脂批对黛玉连续两次发出感慨"用心甚矣！"明显看出，和别人拿她与戏子相比，她更留心和在意的是宝玉的做法和想法。作者再一次让我们明白，在黛玉心中，一切都比不过宝玉在她心中的重要性，包括她自己的尊严。很快，这一想法得到了印证。宝玉无言以对，赌气离开时，黛玉发狠说："这一去，一辈子也别来，也别说话。"我们认为，黛玉这么要强、倔强的人，应该是说到做到的。实则不然："谁想黛玉见宝玉此番果断而去，故以寻袭人为由，来视动静。"

庚辰本批语说："这又何必？总因慧不利，未斩毒龙之故也。大都如此，叹叹！"从而，读者此时又加深了一层印象，即黛玉是不会和宝玉真正分离的，黛玉对宝玉的情感自此又重一笔。她的一切都是气话，一切都是试探。

再看宝玉，他在姊妹间纵横驰骋、无往不利的习惯性做法突然不管用了，还惹了一身官司，这是他一下子接受不了的。于是，当他听到袭人提及宝钗，更是气不打一处来：

> （袭人）因说道："今儿看了戏，又勾出几天戏来。宝姑娘一定要还席的。"宝玉冷笑道："他还不还，管谁什么相干。"（第二十二回）

庚辰本批语说："大奇大神之文。此'相干'之语仍是近文与颦儿之语之'相干'也。上文来说，终存于心，却于宝钗身上发泄。素厚者唯颦、云，今为彼等尚存此心，况于素不契者有不直言者乎？情理笔墨，无不尽矣。"明言宝钗是与他素日合不来的人，是他不喜欢的，所以此时心情不好，正好发泄在她身上。批语没说出来的还有：宝钗之所以和宝玉素来不能契合，原因仍然不止一个，也不乏黛玉之存在及黛玉之不满造成的。因此，宝玉此时新仇旧恨涌上心来，不能怪黛玉，也不忍怪湘云，当然只能对宝钗大加不敬。

图11-7 听曲文宝玉悟禅机

　　一番扎心之后，作者用宝钗、湘云加入的四人参禅，轻轻将嫌隙抹去，宝黛恢复如常。这次的折腾达到的效果是，宝玉朦胧意识到过去的做法不能再在黛玉身上用了，黛玉必须是"唯一"。黛玉的行为也让读者认识到，无论二人怎么闹别扭，黛玉也不会真离开宝玉。因此读者对他俩的情感更有了信心。孙温用了一幅画表现宝黛由怄气到和好的场面（图11-7），其中包括三个场景，画的右上应该是宝玉被黛玉拒之门外的时候；右下则是黛玉见宝玉愤然离去忍不住跟去看个究竟，发现了宝玉参悟禅机后写下的偈子；左边众人围着宝玉的则是钗黛湘云共同戏谑宝玉的情景。这幅图的叙事性就相对强了许多，画家在画重要回目时，往往喜欢用三个场景来组合画面、建立叙事结构，而这一幅是其中不多的连贯性表现一个情节发展的画面。

第八种方式：宝黛与"张崔"的同与异

宝黛第四次口角是在第二十三回，是《西厢记》中的话引起的。本书第九章"小红：宝黛情感发端的一个'讯息'"中已经详细分析过宝黛"共读西厢"和黛玉听曲的意义在二人恋爱过程中的作用，这里不赘言。此时作者借《西厢记》和《牡丹亭》的爱情激发宝黛潜伏的情感，让宝玉借机表白："我就是个'多愁多病身'，你就是那'倾国倾城貌'。"言外之意，你就是崔莺莺，我就是张生。庚辰批语评价为"宝玉忘情"。这是宝玉的直白，这里似乎和以往的才子佳人小说里的轻浮男子没什么两样。但是，黛玉的态度却大不相同："登时直竖起两道似蹙非蹙的眉，瞪了两只似睁非睁的眼，微腮带怒，薄面含嗔。"

有人可能会说，崔莺莺不也有怒斥张生轻薄的时候吗？生气并不代表心中不欢喜。可是我们别忘了，崔莺莺原本就是心有所想，研究者也早认为莺莺之怒并非真怒，不过是一种矛盾心理在作祟而已，因此怒斥之后依然还是与张生私会了。黛玉心中并无想要和宝玉如何的具体打算，生气也完全是出于少女的羞愧之心。更有趣的是，她也知道她看的是礼教不允许的"淫词艳曲"，但在无人揭发的情况下，她也就受用了。听到宝玉用书中话开玩笑，她受礼教影响的那一部分自尊和女德又"苏醒"了，于是开始把责任推到宝玉身上，反而觉得自己受了委屈。这是黛玉和莺莺相似的地方，是同样的矛盾心理造成的。

但作者当然不允许宝黛重蹈张崔二人的覆辙，借此就让情感泛滥成枕上衾里、生米成熟饭的滔滔洪水。黛玉见宝玉赌咒发誓的样子好笑，便依然用《西厢记》中的话也打趣他，笑话他是银样镴枪头，又说自己可以一目十行。这就是作者最厉害、最独到的地方。他并不是板起脸来写作。黛玉这一打趣，让读者恍如隔世，瞬间忘记了刚才极为严肃的话题和凝结的空气。

蒙本此处批语说："儿女情，毫无淫念，韵雅之至！"这是读者的感

图11-8 宝黛共读《西厢记》

受，也是作者想要的效果，一通调笑，二人的情感拉近了，却又悄然保持了适当距离。虽借"淫词艳曲"以明志，却也只是就事论事，并没有以此为契机，急速发展为以身相许。灵与肉一时间分割清楚。孙温的画中并没有体现宝黛共读《西厢记》的场景（图11-8），而是让时间停滞在宝玉读《西厢记》，黛玉扫花而来的时刻。两人没有交集和接触，小说中如此重要的宝黛情感交流的时机也就无从谈起了。

第九种方式：知己之爱的初步确立

第二十五回，宝玉烫伤后黛玉来探望时的情形，前文已经详细分析过，这里不赘言。这时候的黛玉已经对宝玉有些痴迷了。作者用了一连串的"闷"字来描述黛玉此时的心态。但也仅限于此，二人的感情尚无明确进展。黛玉对宝玉的感情还很模糊，她自己也弄不太清，只是觉得"闷闷的"，看不到宝玉就不能高兴。宝玉的表现依然和从前一样，对黛玉充满体贴，我们仍然不要忘记这是作者赋予宝玉的专用恋爱方式。作者不想像以往的才子佳人小说中那样直白地描写男女相恋，就只能让二人用另一种方式来表现。比如，黛玉要看烫伤这么一件小事，作者就充分地表现了两个人对彼此的了解和认识之深，知己之感第一次在小说中完全离开情爱而独立存在：

宝玉见他来了，忙把脸遮着，摇手叫他出去，不肯叫他看。——

知道他的癖性喜洁，见不得这些东西（甲戌本批语：写宝玉文字，此等方是正紧笔墨）。林黛玉自己也知道有这件癖性，知道宝玉的心内怕他嫌脏（甲戌本批语：二人纯用体贴功夫），因笑道……（第二十五回）

这是小说第一次正面写宝黛二人对彼此的了解，批语在这些地方就起到了不可替代的作用，指点着读者哪些地方要特别关注，不能错过。历代小说的确不曾有这种写法。而这种写法将在后面的文字中不断出现。但孙温却完全没有理睬黛玉和宝玉的这一段交流，甚至黛玉始终都没有出现在宝玉面前（图11-9）。也没有表现下文提到的宝玉烫伤之后众人来探望和凤姐开宝黛婚姻玩笑的情形，不能不说，孙温在表现宝黛爱情这个主题上，几乎没有付出多少热情，或许他并不认为这部小说中包含了很先进很值得称赞的情感故事。

图11-9 宝玉烫伤　　223

第十种方式：突然"被明朗化"的关系：虎头蛇尾的爱情

让读者觉得有点儿突兀，然而又似乎合情合理的是凤姐打趣黛玉应该嫁给宝玉。甲戌本批语说："二玉事，在贾府上下诸人，即看书人、批书人皆信定一双好夫妻，书中常常每每道及。岂其不然，叹叹！"庚辰本批语说："二玉之配偶，在贾府上下诸人，即观者、批者、作者皆为无疑，故常常有此等点题语。"虽如此说，我们认真思想，仅凭作者前文所写的二人日常相处的状态，居然能让这么多人在同一时间对他们的关系心照不宣，甚至可以如凤姐般广而告之，也实在令人心惊了！后文还会具体分析。在黛玉和宝玉小心翼翼、极力规避着内心情感的时候，大家却早已知晓他们的心思，就难怪黛玉越来越注意疏远宝玉，甚至连丫鬟都被多次嘱咐不要与他走近了。

而同时，这也是作者希望与众不同的地方：才子佳人小说基本都是一开始就因家长不同意而受到阻挠，经过抗争，最后以大团圆结局。《红楼梦》作者要反其道而行之，他要让宝黛一开始就被大家认定是一对夫妻，但却没有大团圆结局。这种处理方式就注定了《红楼梦》作者必定站在一个比历代小说家更高的起点。悲剧就是打破人们心中所希望的平衡，一切看似早已是定局的东西都要被破坏掉，让读者事先建立起来的阅读观逐渐崩颓。

我们看到这里，凤姐和姊妹们都对宝黛的关系津津乐道，认为是必然的同时，也应该觉得心惊肉跳，因为在小说刚开始的五分之一处，作者已经以公开他们关系的方式宣判了他们夫妻缘分的死亡。文艺作品创作的基本规律之一是，要写一件事好，就要先写它坏，然后经过一个过程，转变为好事。要写一件事不好，就要先写它好，经过一个过程，最后变成坏事。这才会令事情得以发展，有起伏。如果一开始就好，最后也好，还有什么意思呢？作者在处理宝黛关系时，就是本着这个原则的。我们可以继续看下去，看看宝黛是怎么从在整个贾府人心中的一对好夫妻形象而转变成不被看好的一对"怨偶"的。

他们总是吵架，越吵越凶，他们自己看到的和别人看到的完全不同。他们的吵架是彼此了解和传达信息的方式，他们因此而关系更好更亲密；但外人看着却只觉得他们在一起不会有好日子过，就像贾母说的是两个冤家。所以在他们的感情发展到最高峰时，却正是别人眼中关系最坏的时候。有谁还会像凤姐开玩笑时这样认为他俩在一起能幸福呢？

第十一种方式：黛玉的矫情和作者的暧昧

宝黛二人必将成为合法夫妻的事被凤姐一语道破以后，读者一颗悬着的心似乎该放下了？作者如果能如此顺遂人意地写出让读者满意的文字，也就不是《红楼梦》的作者了。令人不知所措的是，二人在被当众揭穿关系后依然可以当什么都没发生过一样，尤其是黛玉，继续着她对宝玉的"疏远"。而在这种背景下的刻意拉开距离，就越发显得不自然和矫情。

第二十六回，宝玉听到黛玉午睡时说出"每日家情思睡昏昏"句时，情难自禁，就指着紫鹃说出"若共你多情小姐同鸳帐，怎舍得叠被铺床？"结果黛玉顿时翻脸。这次宝玉借《西厢记》中的句子打趣黛玉，比起之前共读《西厢记》时所说的意思又进了一步。上次只是说"我是张生，你是莺莺"，一种试探。这次却是公然表示自己将来会和黛玉同床共枕。上一次黛玉就马上表示不满，但在宝玉的赌咒发誓下很快就和好了。这次面对宝玉又进了一步的说法，黛玉除了生气发脾气，也只能无可奈何，因为成为夫妻也是黛玉的愿望。不过，礼教不允许她表示同意，更不允许她此时不生气。聪明的作者在这时让袭人来叫宝玉，说贾政找他，慷慨地送给宝黛二人一个梯子，解除了他们的尴尬，使他们既可以不像其他才子佳人小说中的男女那样走向被逼无奈而"反礼教"之路，保持住纯洁的形象，又可以吊足读者的胃口。因此，庚辰本畸笏叟批语说："若无如此文字收拾二玉，写鬟无非至再哭恸哭，玉只以赔尽小心软求慢恳，二人

图11-10 潇湘馆春困发幽情

一笑而止。且书内若此亦多多矣，未免有犯雷同之病。故用险句结住，使二玉心中不得不将现事抛却，各怀一惊心意，再作下文。"

如此一来，对宝玉更加"过分"的玩笑，黛玉连吵架和宝玉的赌咒发誓也不需要了，将生气直接换作对宝玉安全的忧虑，多次打探宝玉回来的消息。黛玉不会真的离开宝玉的说法又一次得到证实，她也不会真心和宝玉生气。他们的感情在读者心中又一次增加了厚度。孙温在此依然坚持着在表现宝黛情感冲突上的原则，即决不浓墨重彩凸显二人的争吵和矛盾。这次他把时间点放在宝玉未进门之前，在黛玉窗外伫立听诗句的瞬间，为了写实，也为了让宝玉的"听"不会显得流于猥琐，孙温也没有忘记在宝贵的画面画上跟着宝玉的婆子丫头们（图11-10）。

作者正是这样通过一次又一次的争吵和怄气，哭泣与和解，于不知不觉中深化了宝黛二人的情感。正是黛玉这次去关心宝玉，才引发了后文黛玉葬花的重头戏。

黛玉去找宝玉，却发现宝钗在宝玉房中说笑，自己还不能进去，这回生气非同一般，因为这已经不是他们两个人之间的事，而是又加入了第三者。此时的黛玉，还以为自己是因为宝玉故意不开门而动气。作者让我们看到黛玉单纯地认为宝玉相信黛玉会去告发他，这似乎与黛玉一贯的思维方式和头脑聪明度不相符。别说黛玉，我们作为读者也根本不相信宝玉能因为误会黛玉告发他而不让黛玉进门。黛玉不该这么想，读者也不信。那么这里就是作者的问题了。作者在整部小说中，每写到黛玉对宝钗的态度时，都显示出一种难以捉摸的暧昧，所以才会有后来关于钗黛到底是朋友还是敌人的争论。这里，黛玉明明是因为听见宝钗在宝玉房里说笑才如此动气，作者却偏要把读者的注意力引向黛玉对宝玉无端、低智商的误解上。就像前一次，黛玉听见宝玉是从宝钗房中来，就马上生气的情况一样，作者那一次也用了一大堆理由来表示黛玉并非因为宝钗而生气。她已经逼得宝玉不得不把宝钗的问题拿到桌面上来说了，她却还要强调不是要让宝玉疏远她，而是为了"我的心"。读者们可能不能理解的是，黛玉的心到底和宝玉去宝钗家有什么关系？假如宝玉去了别人家，是不是就不会强调她的心了呢？因此，作者绕来绕去，目的只有一个，就是不想让黛玉对宝钗的真实态度直白地呈现在读者面前。为什么？依然是回避。作者既不想让黛玉在感情上显示出无别于他人的庸俗的嫉妒，又要顾及宝黛二人在礼教和道德限制下的合理表现。创作这种情感，在作者看来无异于玩火，稍一不慎，便有堕入才子佳人小说模式的危险。

孙温把黛玉被拒事件和第二天宝钗扑蝶收入同一幅画中（图11-11），

图11-11 黛玉被拒门外　　227

图11-11-1 黛玉被拒门外局部

宝钗扑蝶和黛玉被拒本来都是极为重要的情节，但孙温却把它们都处理成远景，让她俩变成极小的人像远远出现，而把其他姊妹闲谈的场面放在近景，着实不是对小说内容的很好阐释。其实他完全可以画出宝玉和宝钗在屋子里谈话和黛玉在屋外萧瑟的样子，两处正好可以形成鲜明对比，会产生令人非常震撼的效果。

第十二种方式：宝玉热恋的开始和二人对危险的共识

前面说过，宝黛的情感并不是同步的。黛玉被关在门外，又亲眼看见宝玉送宝钗出来。她的情感受到了强烈的刺激，此时她对宝玉的感情已经达到一个更深的境界："那林黛玉倚着床栏杆，两手抱着膝，眼睛含着泪，好似木雕泥塑的一般，直坐到二更多天方才睡了。"

可以想象一下，一个人坐着几个小时都不动地方，也不换姿势，大脑必定是特别集中在思考某一件事上，才能对周围的环境和身体的感知丧失了注意力。这里作者的留白很大，读者可以随意想象黛玉是如何全神贯注在自己和宝玉的关系问题上的。第二天便是芒种节。黛玉上演了一出绝美的"葬花"悲剧。宝玉是唯一听到和看到这一场景的人。二人在"葬花"这件事上一直都是心有灵犀的。我们还记得他们第一次葬花是二人一起读《西厢记》的时候，宝玉主张给花朵"水葬"，黛玉主张"土葬"，结果是听黛玉的了。如果按有些学者的五行研究方法来看，《红楼梦》中，女孩子们都是"水"，宝玉是五行表中间的"土"，宝黛二人葬花的主张倒也符合阴阳五行的说法。这一次葬花，再次显示出宝黛之间深厚的知己情感。黛玉去葬花，宝玉也去了，听到黛玉的吟诵，宝玉由花想到人、又想到家园、再想到生命的短暂多变，忍不住大放悲声。黛玉的《葬花吟》留给他极为深刻的印象，让他从此具备了能够从众身边姊妹的作品中瞬间辨认出黛玉之作的能力，就像后文中宝琴谎称《桃花行》是她写的时，宝玉马上指出：这是潇湘妃子的稿子。他已经完全能读懂黛玉的心声，辨别出黛玉的悲剧声调。他们二人相互之间的欣赏和认同至此已经是任何人也无法理解的了。比如他们的葬花行为，在香菱眼中就是"鬼鬼祟祟肉麻"的事情。估计她的这一评价可以代表一大批人的看法。但宝黛二人却心心相印、惺惺相惜。

这次葬花之后，二人又有一次非常彻底的争吵和交流（我们依然别忘记，作者给他们的交流和恋爱方式就是争吵）。黛玉对宝玉不理不睬之后，引发了宝玉极大的不满和难过，再一次逼得他向黛玉倾诉衷肠：

> 宝玉叹道："当初姑娘来了，那不是我陪着顽笑？（甲戌本批语：我阿颦之恼，玉兄实摸头不着，不得不将自幼之苦心实事一诉，方可明心，以白今日之故，勿作闲文看。）凭我心爱的，姑娘要，就拿去；我爱吃的，听见姑娘也爱吃，连忙干干净净收着等姑娘吃。一桌子吃饭，一床上睡觉……谁知我是白操了这个心，弄的有冤无处诉！"（庚辰本批语：一节颇似说辞，在玉兄口中却是衷肠之语。己卯冬夜。）说着不觉滴下眼泪来（甲戌本批语：玉兄泪非容易有的。）。……黛玉听了这个话，不觉将昨晚的事都忘在九霄云外了……（第二十八回）

宝玉的话总结一下也不复杂，就是想让黛玉知道：我对你和对别人完全不一样，你想怎样都行，就是不能不理我。这些话都是被黛玉的"气"给逼出来的，如果没有二人的怄气，宝玉不会说这些，读者也看不到这些，他俩的关系也就不能有更进一步的发展。所以说，宝黛的恋爱方式和增进感情的方式就是争吵和怄气，就是"互虐"。在别人眼中，这两人总是吵架，相处得不顺利，即便将来结婚也是恶姻缘。但在他们心中，每一次争吵都是情感的加深。这也是宝黛爱情的悲剧所在：他们的情感从形式到内容都得不到别人的理解和同情。

孙温把如此重要的黛玉葬花画成了远景（图11-12），设计的场面依然是让宝黛毫无交流，黛玉哭花冢，宝玉隔山掩面而泣，两人之间在画卷上没有留下任何互动的痕迹。但是孙温在接下来的一幅画"宝玉说奇方"（图11-13）中画了黛玉葬花后，宝玉追上黛玉，诉说衷肠的场面（图11-13-1）。虽然人物照样是远景形式呈现，但也让我们知道画家把这里作为了阅读重点。不仅如此，他甚至还专门用中景，画出了黛玉裁剪衣服时和宝玉对话的样子（图11-13-2）。这是一个不容易被注意到的细节，而孙温却用了比宝钗扑蝶、宝黛读《西厢记》、黛玉葬花更多的笔墨和心思，

图11-13 宝玉说奇方

图11-13-1 宝玉诉衷肠

图11-13-2 黛玉裁剪

就让我们对他的关注点有了更多的了解。因为黛玉裁剪时宝黛之间的关系的确十分微妙，不留意就很难在短时间内弄明白。

葬花事发后，二人这一番推心置腹的了解，果然在后文中看到了影响。

第二十八回，快到吃饭时，贾母的丫头来找宝黛去吃饭，黛玉也不叫宝玉，拉了丫头就走。宝玉则直接提出要和王夫人一起吃斋。这一段文字其实有点儿让读者摸不着头脑。前文也没有交代，不知道黛玉如何知道宝玉不去贾母那边吃饭的。宝钗不明就里，还劝宝玉去找黛玉。宝玉更是冷淡不理。似乎宝玉对黛玉的态度一下子变了一个人，和刚刚一番流着泪说话时简直判若两人。而黛玉的态度居然也是非常冰冷：

> 黛玉弯着腰，拿着剪子裁什么呢。宝玉走进来笑道……黛玉把剪子一撂，说道："理他呢，过一会子就好了。"（甲戌批语：有意无意，暗合针对，无怪玉兄纳闷。）宝玉听了，只是纳闷。……宝钗笑道："我告诉你个笑话儿，才刚为那个药，我说了个不知道，宝玉心里不受用了。"林黛玉道："理他呢，过会子就好了。"（甲戌批语：连重二次前言，是颦、宝气味暗合，勿认作有小人过言也。）（庚辰批语：连重两遍前言，是颦、玉气味相仿，无非偶然暗相符，勿认作有过言小人也。）（第二十八回）

大家都很容易认为黛玉那句"理他呢，过一会子就好了"是讽刺宝玉之前和宝钗所说的同样的话。但我们看过批语也知道，连续三条批语都强调的是宝黛二人因为脾气相投，想法一致，才会有同样的话，只是凑巧而已，并非黛玉故意。

二人在人前的冷淡，正好和之前他们私下里的热情相对比，我们才明白，他们的情感已经到了一个他们自己都认为很危险的地步，危险到不得不让他们开始注意自己在别人面前的举止是否合适了。宝玉对宝钗的回答很冷漠，但作者却这样写他的内心：

> 一时吃过饭，宝玉一则怕贾母记挂，二则也记挂着林黛玉，忙忙的要茶漱口。探春惜春都笑道："二哥哥，你成日家忙些什么？吃饭吃茶也是这么忙碌碌的。"宝钗笑道："你叫他快吃了瞧林妹妹去罢，叫他在这里胡羼些什么。"（第二十八回）

半路遇到凤姐让他帮忙写一个清单，写完又和他讲要带走小红的事，宝玉急得火上房一般，哪里有闲心等着她说：

> 宝玉道："只管带去。" 说着便要走。（甲戌批语：忙极）凤姐道："你回来，我还有一句话呢。" 宝玉道："老太太叫我呢"（甲戌批语：非也，林妹妹叫我呢。一笑。）说着便来至贾母这边……因问："林妹妹在那里？"（第二十八回）

宝玉嘴上冷淡，心上时时挂念着黛玉，就连一顿饭不在一起吃，也要急忙地找了去，对任何人、任何事都没兴趣。这是宝玉对黛玉热恋的开始。这是一首《葬花吟》的功劳，纯净坦诚又才情并茂的黛玉，令宝玉痴心不已，情感升华到一个极高的境界。别人都没看出来，只有宝钗明白了。这一段不仅表现了宝黛情感的亲密，也同时表现了宝钗对他们二人的了解。宝钗后来能被黛玉引为契友，也正是因为她的敏锐和思想认识深度。

更让我们会心不已的是，紧接着，宝玉参加冯紫英等人的宴会，其间宝玉所作曲子，完全是他此时此刻对黛玉情感的喷薄，在黛玉不顾一切的情感的影响下，他已经脱胎换骨了，他的情感也变得深沉凝重：

> 滴不尽相思血泪抛红豆，开不完春柳春花满画楼。睡不稳纱窗风

雨黄昏后，忘不了新愁与旧愁，咽不下玉粒金莼噎满喉，照不见菱花镜里形容瘦。展不开的眉头，捱不明的更漏。呀！恰便似遮不住的青山隐隐，流不断的绿水悠悠。（第二十八回）

宝玉的这首曲子，正好和黛玉的《葬花吟》两相呼应。二人此时是情感滔滔，不能遏止了。曲词中明显流露出悲伤哀婉的情绪，而这种情绪却是住在"画楼"、吃着"玉粒金莼"的人所表现出来的。精准地阐释了什么叫"少年不识愁滋味，为赋新词强说愁"的人生阶段。但也不能说这种愁就是子虚乌有，它的确让当事人感受到了疼痛和难过。作者在对细微琐事的看似不经意的叙述中，已然非常自然地将宝黛二人由一对青梅竹马玩耍着的小儿女变成了相互欣赏、理解，相互惦念、思恋的知己。他们的情感发展过程是之前的任何小说中所没有的，是作者的独创。

第十三种方式：第一个巨大阻力和三足鼎立的形成

第二十八回，正当宝黛的恋情刚迎来一个高峰，并似乎是得到了大观园众人的认定，读者正要感到高兴时，第一个外来的巨大阻力出现了。元妃赏赐的端午节礼中，宝玉和宝钗的一样，却和黛玉的不一样。此时，甲戌本侧批曰："金娃玉郎是这样写法。"点明"金玉良缘"。历来的才子佳人小说中必定"有小人拨乱其中"。但宝钗可不是"小人"，前文曾详论过，她并不爱宝玉，也不像其他小说中的反面人物那样，对男女主角施以恶行。她只是一个旁观者，而旁观者是如何被硬推进故事的，就是从此次的元妃赐礼物开始。如果说之前的宝钗之于宝黛二人，仅是一个被黛玉时不时拿来怄气的影子的话，那么从这次开始，她便作为一个实体，走入了宝黛二人的情感生活。也是宝黛二人的情感，从光明逐渐走向阴暗的开始。

这时，读者的疑惑，被宝玉一语道破："这是怎么个原故，怎么林姑娘的倒不同我的一样，倒是宝姐姐的同我一样？"之前还和宝玉之间有一点点嫌隙便吵闹不已的黛玉，在这件事上，突然显得非常无力："我没这么大福气禁受，比不得宝姑娘，什么金什么玉的，我们不过是个草木之人！"

这是黛玉第一次在宝玉面前正式提出对"金玉之论"的担忧。当代的读者也许看惯了更激烈的爱情表白，不太能理解黛玉的这一说法到底有什么重大意义了。其实所谓"金玉"就是指宝钗和宝玉的婚姻，黛玉等于明确了她内心最担心的事。所以，作者马上接着写宝玉的反应："宝玉听他提出'玉'二字来，不觉心动疑猜，便说道：'除了别人说什么金什么玉，我心里要有这个想头，天诛地灭，万世不得人身！'"

为什么提出"金玉"二字，便要"心动疑猜"？疑猜什么？就是疑猜黛玉指的就是婚姻问题。想想在那个"男女授受不亲"的时代，一个女孩儿当着一个男孩儿的面，直接提婚姻大事，有多么地和礼教风俗相悖，就能明白此时此刻宝黛内心的波涛汹涌了。果然，宝玉这么一赌咒发誓，黛玉立刻警觉："黛玉听他这话，便知他心里动了疑，忙又笑道：'好没意思，白白的说什么誓？谁管你什么金什么玉的呢！'"

黛玉的"金玉之论"的确是被元春的节礼逼出来的。她也感受到了这件事和以往的事在本质上的不同和严峻程度，所以在发泄完对"金玉"的不满后，又突然意识到这种直白露骨的对婚姻的向往，不应该这么随便地说出来，有失体统，于是就又企图轻描淡写地设法挽回。但宝玉多聪明，已经听明白了，继续表白自己："我心里的事也难对你说，日后自然明白。除了老太太、老爷、太太这三个人，第四个就是妹妹了。"而黛玉却道出了问题的关键："你也不用说誓，我很知道你心里有'妹妹'。但只是见了'姐姐'，就把'妹妹'忘了。"

虽然这不是宝玉的真实情况，但黛玉的这句话就像谶语，引起了后面的文章。说到黛玉的谶语，作者已经不是第一次了。第九回宝玉去上学，来辞黛玉，黛玉说："你这可要蟾宫折桂去了，我不能送你了。"果然，后四十回中，宝玉去科举考试时，黛玉已死，未能送他。第二十八回，黛玉说："阿弥陀佛！赶你回来，我死了也罢了。"后四十回中，也应了这句话。黛玉死时，宝玉的确疯疯傻傻，病得不谙人事。等宝玉身体好一点儿，去潇湘馆看黛玉，黛玉已死。这次也是一样，黛玉说宝玉见了姐姐就把妹妹忘了，果然，下文几乎是立刻闪电般应验了：宝玉看到宝钗雪白一段酥臂，就有了想摸一摸的念头，然后忽然想起"金玉"一事来，再看看宝钗的美貌，不觉看呆了，连黛玉来了也没意识到。

这一段之前的文字说宝钗因有金玉之说，总远着宝玉。甲戌本有侧批曰："此处表明，以后二宝文章，宜换眼看。"就是说，从这次开始，宝钗这张牌被作者正式打出来，不管她自己愿不愿意，和宝黛二人形成三足鼎立之势，局面的形成皆仰仗元妃之功。和才子佳人小说不同的是，这种"拨乱的小人"并非有意拨乱，而是社会制度和习俗下的必然产物。宝黛钗关系的发展贵在一切都很自然，毫无勉强。对宝黛情感形成阻碍的并非哪一个人，而是家庭、门第、亲缘关系等一系列现实问题，是不可抗力。所以，黛玉在这么一股强大的力量面前，也没心思施展从前的小儿女之态，因为这不是闹闹小别扭就能改变的，她也选择沉默

图11-14 蒋玉菡赠茜香罗

图11-15 清虚观打醮

了。第二十八回的重要情节包括宝玉诉衷肠、宝玉开药方、蒋玉菡赠茜香罗、元妃赏节礼、宝玉痴看宝钗手臂。孙温画了前三个情节，对后两个情节完全没有表现。孙温在画完蒋玉菡赠茜香罗之后就直接步入第二十九回清虚观打醮的情节（图11-14、图11-15）。而这两个情节一个是宝黛关系，一个是玉钗关系，更也是三者之间共同的关系，是小说的重中之重，又被孙温忽略不计了，实在可惜。

第十四种方式："由近至远"和"由远至近"的对比

三足鼎立局面甫一形成，宝玉和黛玉之间的争吵就再也不是二人增加感情的方式，恰好相反，他们刚刚形成的亲密关系逐渐拉开了距离。而宝玉和宝钗之间的关系却逐渐拉近。

第二十九回，清虚观打醮，张道士给宝玉提亲，使宝黛二人发生了一场惊天动地的大闹。要提醒大家的是，这一回是宝黛二人情感的巨大转变，所以这一回是字字珠玑，不可遗漏。到此时，宝黛二人对内心的表达始终还是隐晦的，不敢像才子佳人小说和戏曲中那样大胆言明。两人清虚观打醮后的这场大闹正是因为话不能说透彻，引起了误会造成的。本来二人都习惯性地替对方着想：

> 且说宝玉因见林黛玉又病了，心里放不下，饭也懒去吃，不时来问。林黛玉又怕他有个好歹，因说道："你只管看你的戏去，在家里做什么？"（第二十九回）

但因为作者的用意就是要让二人的交往方式不那么通透，不能直抒胸臆，又是要靠吵架来传达意思，所以误会层层叠叠地产生，全是心理描写，文章也就更加好看了：

　　宝玉因昨日张道士提亲，心中大不受用，今听见林黛玉如此说，心里因想着："别人不知道我的心还可恕，连他也奚落起我来。"因此心中更比往日的烦恼加了百倍。若是别人跟前，断不能动这肝火，只是林黛玉说了这话，倒比往日别人说这话不同，由不得立刻沉下脸来，说道："我白认得了你。罢了，罢了！"林黛玉听说，便冷笑了两声，"我也知道白认得了我，那里像人家有什么配的上呢。"宝玉听了，便向前来直问到脸上："你这么说，是安心咒我天诛地灭？"林黛玉一时解不过这个话来。宝玉又道："昨儿还为这个赌了几回咒，今儿你到底又准我一句。我便天诛地灭，你又有什么益处？"林黛玉一闻此言，方想起上日的话来。今日原是自己说错了，又是着急，又是羞愧，便颤颤兢兢的说道："我要安心咒你，我也天诛地灭。何苦来！我知道，昨日张道士说亲，你怕阻了你的好姻缘，来拿我煞性子！"（第二十九回）

　　黛玉的性格确实是她命运的推手，她始终不愿顺着宝玉说话，正话反说和挖苦讽刺的习惯把她从宝玉身边推开，越走越远。这个时候，作者终于忍不住了，用了全知视角站出来替二人的行为解释（这段文字很长，只节选关键几句）：

　　原来那宝玉自幼生成有一种下流痴病……凡远亲近友之家所见的那些闺英闱秀，皆未有稍及林黛玉者，所以早存了一段心事，只不好说出来，故每每或喜或怒，变尽法子暗中试探。那林黛玉偏生也是个有些痴病的，也每用假情试探……其间琐琐碎碎，难保不有口角之争……如此看来，却都是求近之心，反弄成疏远之意。（第二十九回）

　　作者公开说明宝黛二人的真实心意。到这时，读者才真正确认了二人的内心都是以婚姻为目的的，所以才一直纠结"金玉"问题。作者也提示读者，二人之所以不能迅速达成一致，正是因为交往方式的阻碍，归根到底还是受礼教和习俗的制约。作者钻进宝玉内心，替他说出心里眼里只有黛玉的话，但也表示宝玉自己说不出来。连宝玉都说不出来，何况黛玉一个女子？读者看到这里会觉得憋闷异常，但却正符合了作者的创作意图。

《红楼梦》作者要改造历来的才子佳人小说，并非要否定其中的情感部分，因为人类的情感是相通的，也是真实的。他要改造的是小说写作和反映现实之间的虚实关系的处理问题。他要让读者看到有真实情感的男女在现实社会中、在有道德约束的情况下的一种真实状态。

这里说到"求近"和"疏远"。

第二十一回，宝玉到黛玉房中，同湘云等一起梳洗。正值宝钗来看宝玉，他不在，宝钗就和袭人说话，恰此时，宝玉回来。正文道："一时宝玉来了，宝钗方出去。"这一处文字，乃至脂批，其实却是宝黛钗三人关系的重大关节点。

对"宝玉一来，宝钗就走"这一细节，庚辰本有双行夹批道：

> 奇文！写得钗、玉二人形景较诸人皆近，何也？宝玉之心，凡女子前不论贵贱，皆亲密之至，岂于宝钗前反生远心哉？盖宝钗之行止端肃恭严，不可轻犯，宝玉欲近之，而恐一时有渎，故不敢狎犯也。宝钗待下愚尚且和平亲密，何反于兄弟前有远心哉？盖宝玉之形景已泥于闺阁，近之则恐不逊，反成远离之端也。故二人之远，实相近之至也。至颦儿于宝玉实近之至矣，却远之至也。不然，后文如何反较胜角口诸事皆出于颦哉？以及宝玉砸玉，颦儿之泪枯，种种孽障，种种忧忿，皆情之所陷，更何辩哉？此一回将宝玉、袭人、钗、颦、云等行止大概一描，已启后大观园中文字也。今详批于此，后久不忽矣。钗与玉远中近，颦与玉近中远，是要紧两大股，不可粗心看过。

　　宝黛钗的大观园生活尚未开始之际，脂批就有如此和我们几代人的一般理解天差地远的警人批语，难道不值得批评家深思吗？这条批评显示，批者不拘泥于表面的远近，而是辩证地思考问题。他并没有否定宝黛的亲近，却冷静地指出，这种虐恋的亲近方式最终导致的却是疏远，真如当头棒喝，使读者猛醒。这才找到作者在前八十回正文、批者在批语中时常提示，又在后四十回正文中设计的宝玉最终能和宝钗走到一起的根本原因。

　　也就是说，宝黛后来的渐次疏远，皆由二人性格所致，性格制约了交往方式，交往方式又影响了爱情命运的发展。使得二人"求近之心，反而求远"。其实不用从八十回向后看，我们且从宝玉挨打往后看，越来越少有类似儿时的爱恋缠绵、低语温柔的段落了，二人来往虽密，却恭敬有加，甚至连大的争吵都日渐稀少。

　　作者暗示宝黛二人渐次疏远的例证很多，比如，黛玉刚铰了她自己亲手为宝玉的玉做的穗子，宝钗立刻就借莺儿之手替宝玉的玉套上了一个络子，再往后，那块玉的装饰物就再没提起。到了第七十一回往后，连黛玉的事也很少提起，宝黛的日常交往也都很少辟单章专写。凡写到二人相遇，必是言辞小心谨慎，只说些问候关切之语，却没有了显得比别人亲切厚密的小儿女争执口角之态。张爱玲说后四十回中的内容不好看了，实际上是她没有看懂而已，以为只要是写了情感的小说就一定要热热闹闹地发展下去才是常理。

　　脂砚斋在某种程度上揭示了生活的辩证法，看到所谓的"近中远"和"远中近"。这就是《红楼梦》悲剧的基本结构。真正理想志趣投合、心有灵犀的人却必定远离，不能走到一起；相反，心有隔膜的人，反而可能愈走愈近。这是小说主人公和作者都无力改变的生活现实。学界一般认为，最早以悲剧角度看《红楼梦》的是王国维，现在，我们从脂砚斋的这条用心良苦的批语中可以隐隐窥见，脂砚斋的悲剧意识，才是此中之滥觞。我们甚至可以说，曹雪芹的悲剧意识也是与之一脉相通的。

第十五种方式：表白的艰难

和以往才子佳人小说中男女主人公张嘴就谈情说爱的爽利相比，宝黛一生都被困在不能表白中。最明显的一件事就是宝玉要做和尚的表白。第三十回，清虚观打醮之后的一场大闹后，宝玉去哄黛玉，当代的读者看到这里，往往会非常不解。为什么宝玉说："你死了，我做和尚！"林黛玉一听这话立刻翻脸责问，宝玉自知说话造次，后悔不来，登时涨红脸，低着头不敢出一声。

我们都知道宝玉说要做和尚，就是表明非你不娶。但在男女不能自媒的时代，表白是不可以的，随意改变关系也是不行的。在大众眼中，黛玉和宝玉的关系就应该只是兄妹。而宝玉有好多个亲姐姐亲妹妹，如果姐妹死了，宝玉难道都要去当和尚？这就说明，宝玉视黛玉已非姊妹，而是可以婚配的女性。所以后文说"宝玉自知说的造次了，后悔不来，登时脸上红涨"，而且还"幸而屋里没人"。这一个弯转的，不在当时那种礼教背景下生活的人，确实很难明白。在只有两人的情况下，黛玉依然能做到"慎独"，会用礼教观念去约束自己和宝玉，而宝玉也同样能够认识到自己言语不当，可以想见，礼教观念对他们这样的人来说，有着多么大的阻碍和威力。作者处处表现二人情感受制的状态，也是区别于其他小说的关键之处。

宝玉第一次向黛玉明确自己对她的感情多于宝钗的原因，却是"论亲戚，他比你疏""他是才来的，岂有个为他疏你的"（第二十回），也是拉着亲戚关系当盾牌的。

黛玉对自己和宝玉的情感始终是很避讳的，甚至是在逃避。以前总有人说她是封建思想的叛逆者，这种说法就把黛玉的思想形容得过于清晰和明确了。她的需求和对需求的执着态度的确使她的一些行为和想法显得很前卫，但其实她在情感方面并没有所谓先进的理论支持和明确的信念支撑的，是一种萌芽状态的、以需求为主导和动力的行为。她喜欢宝玉，喜欢和他在一起，这就是最朴素的原因。但要说她为了达到和宝玉在一起的目的而主动做了什么，却是很牵强的。

从她听了宝钗对她的那些训导的话所表现出来的真心的感激中，我们就能知道，她并不是真心排斥女教，而是把自己和别人的某些不同，或者说是一些不太符合女教的地方归咎于从小没有母亲教导造成的。因此，第四十五回，她万分感激宝钗告诉她女孩子该做什么、不该做什么，似乎使她瞬间明白了在社会大众眼中所谓的"好女孩儿"应该是什么样的。她也因此不仅感激宝钗，还将自己往日对她的评价也完全推翻了。她甚至还觉得自己对宝钗曾经的厌烦也是因为自己的错误认识造成的。可见，黛玉也是很向往做一个行为"正确的"、礼教承认的女孩儿，并不是对礼教的弊端有清醒的认识而真正发自内心排斥它。因此，我们在小说中也就看到了一个处处谨小慎微地处理着和宝玉关系的黛玉。

她完全不像《西厢记》中的崔莺莺那样主动而明白地要求自己的所爱，更不像《牡丹亭》中杜丽娘那样死了也要公开和爱人见面，活着更要和爱人一起出现在皇帝的金銮殿与父亲当堂对质。黛玉唯一做的就是没有阻止男女之爱在自己心中萌芽，而这一举动，在古代社会中，已经算是一种很前卫的状态了。

甚至于我们还可以从另外一个角度来考虑：黛玉这个看似追求爱情的女子形象之所以在甫一出现之时，就不仅没有受到那些封建卫道士的读者们的严肃批评，还赢得了众多人的同情和几近膜拜的向往和追捧，也许正是因为她追求爱情的方式不仅没有超越礼教、悖逆伦常，反而是因为符合了儒家所谓"发乎情，止乎礼"的思想才能得到诸多名流士子的普遍认同。也就是说，黛玉的爱情遵守了儒家的道德准则，从这一点来看，她的行为实质上并不是叛逆的。

她被认为是反封建的，还有一个原因，就是作者造成的。作者在小说中强调的就是黛玉和宝玉的感情，浓墨重彩描写他俩在一起的样子。读者当然认为他俩就是在恋爱，而这种恋爱，在封建社会当然是不被允许的。

因此，黛玉也就是叛逆的了。但是，作者真的强调了他俩是怎样恋爱的吗？不是的，相反，作者却一直在让他们的感情处于自我压抑的状态。

第六十二回，黛玉和宝玉谈论贾府的入不敷出，宝玉暗示二人婚姻的花销，黛玉赶忙转身和宝钗说笑避开。随着年龄的增加，黛玉越来越主动远离宝玉，主动躲避他关于婚姻的话题。

第十六种方式：美与丑的强烈对比

很让人遗憾的是，宝玉越试图向黛玉表白，黛玉对宝玉的误会就越大。从清虚观打醮开始，二人的误会就越来越深，关系渐行渐远。第三十一回端阳节，虽然作者说宝玉见宝钗淡淡的，自觉无趣，黛玉也这么认为。看似宝玉真是因为宝钗才没心思过节，其实宝玉在姊妹之间就是这种求全责备的性格，前面也说过，他希望每个人都对他满意，每个人都高兴。因此，此次并非针对宝钗。黛玉这么聪明的人，如果愿意客观看问题，也不是难题。但她已经完全被受尽束缚的情感压抑得失去了起码的判断力和分析能力，疑邻偷斧之心日盛。第三十一回，黛玉已经对有象征性的物件产生了全面的抵触情绪，听到宝玉赞湘云会说话，黛玉冷嘲热讽说："他不会说话，他的金麒麟会说话！"

黛玉难道不知道宝玉和湘云没什么关系？她知道。但她就是要纠结那个物件。脂砚斋说湘云和她的金麒麟在《红楼梦》中是"间色法"，意思就是，湘云是代替宝钗受箭的盾牌，像黛玉这次对金麒麟的讽刺，其实并非反感湘云和她的金麒麟，而是针对宝玉对待这种佩戴物件的看重和态度的不满，影射的却是宝玉对宝钗的金锁的态度。而这时的宝玉和宝钗倒开始心照不宣起来。

黛玉的这种误会，终于引发了宝玉又一次更彻底的表白。第三十二回，湘云到宝玉房中说话，黛玉居然不放心，怕宝玉野史外传看多了，见才子佳人皆是由小玩物而牵扯到终身大事，就想到湘云也有麒麟可堪婚配。读者应该感受到，这时候的宝黛二人早已不再是年幼时朦胧的做法和想法，作者在披露二人内心活动时也变得毫不隐晦。黛玉在偷听到宝玉对自己私下赞扬后是"又喜又惊，又悲又叹"。不仅认宝玉是知己，还生出"既生瑜何生亮"的念头，进而联想到金玉姻缘和自己不健康的身体，慨叹"奈我薄命何"。

黛玉此时心中念念皆是与宝玉的婚姻大事。而宝玉的步伐也能跟得上，他终于忍不住大胆表白了，说出"你放心"三个字，并透彻分析了黛玉心病之根源。林黛玉听了如"轰雷掣电"，觉得比自己肺腑中掏出来的还觉恳切。

但是这些话依然非常隐晦，而真正算是表白的话，作者却让黛玉走了以后，宝玉才说出口："我为你也弄了一身的病在这里，又不敢告诉人，只好掩着。只等你的病好了，只怕我的病才得好呢。睡里梦里也忘不了你！"

好容易说了这么一段在当代看起来也不算什么表白的话，而听到的人却是袭人。作者坚决不让才子和佳人同频。更不同的是，才子佳人小说中，丫鬟往往扮演媒人的角色，都是帮助才子佳人约会的。可是《红楼梦》中却能翻新，听到宝玉表白的丫鬟是大观园中最尊礼守法的袭人，她不仅不帮忙，之后还到王夫人处说了好多拆开二人的话。她听后的反应是：

> 袭人听了这话，吓得魄消魂散，只叫"神天菩萨，坑死我了！"……这里袭人见他去了，自思方才之言，一定是因黛玉而起，如此看来，将来难免不才之事，令人可惊可畏。想到此间，也不觉怔怔的滴下泪来，心下暗度如何处治方免此丑祸。（第三十二回）

作者在写完宝黛二人的私情后，又立刻把他们的私情放到别人的眼中，尤其是放到一个以贤德闻名的人眼中，就形成一种非常强烈的审美反差。相信很多人都会觉得宝黛互诉衷肠是美的，但作者马上要让我们知道，在袭人眼中是丑的，是"丑祸"。这就和才子佳人小说形成了最关键的反差。才子佳人小说引导读者产生恋爱是美好的，是神圣的观念，但《红楼梦》作者却不是。他不仅让读者看到美好的情感，也要让读者看到现实中的大众是如何看待这种情感的。所以说，《红楼梦》是现实主义作品。作者让宝黛二人此时的知己之感发展到一个巅峰时期，但却让这种情感毫无着落，正是这种情感和现实的落差形成了读者前所未有的甚至是痛苦的审美体验。

第十七种方式：威胁和阻碍的因素

《红楼梦》之所以比一般才子佳人小说更显现实，还因为阻碍男女主角在一起的不是哪一个"小人"，而是诸多因素。前面说过二人受到很深的礼教的束缚，不敢越雷池半步。另外，小说中其他人的评价和态度、黛玉的健康问题和宝钗的出现等，都是使二人裹足不前的原因。第三十五回，作者开始加入家族最重要人物贾母的评价："提起姊妹，不是我当着姨太太的面奉承，千真万真，从我们家里四个女孩儿算起，全不如宝丫头。"

这个评价看似轻轻说出，但因是贾母说的，又是经过了这么长时间的观察才说出的，不免会给读者心中带来一抹阴云。而且，就在这情感和礼法形成强烈冲突的当口，作者又添加了一件事，就是黛玉病情的加重："那黛玉还要往下写时，觉得浑身火热，面上作烧，走至镜台揭起锦袱一照，只见腮上通红，自羡压倒桃花，却不知病由此萌。"（第三十四回）

接着就是在宝玉要吃小莲蓬小荷叶的汤时，作者提到王夫人叫去请姑娘们吃饭，顺便不经意地说到了黛玉平日里的饮食情况："那黛玉是不消说，十顿饭只好吃五顿，众人也不着意了。"（第三十五回）

黛玉死亡的命运一定是在作者创作之初便已经确定了，因此黛玉从一出场，作者就一再强调药在她的饮食中所占的比例："我自来是如此，从会吃饮食时便吃药"，而后在小说总共提到的十五次黛玉吃进的东西中，就有七次只有药（分别是第二十六回、第二十八回、第三十五回、第五十二回、第五十七回、第五十八回、第六十三回），别的一概不提。剩下的饮食便是"平素十顿饭只好吃五顿"，不仅不能保证一日三餐的正常进餐频率，每餐的分量也非常少，动辄便是"喝了两口稀粥"就算是一餐饭了。到了第六十二回，索性连茶也不能多吃了。吃得越来越少，是作者对黛玉之死的伏笔之一，当然也是她和宝玉不能成就姻缘的原因之一。

紧接着，就是莺儿给宝玉的玉打络子。黛玉剪了亲手做的玉上的穗子，这时宝钗的丫鬟做了络子。作者把宝钗逐渐推入镜头，推进宝玉的生活日常。

而后就是第三十六回，宝钗的戏正式上场，依然是那句话，不管宝钗愿不愿意，作者都把她推了上去，让她在宝玉睡觉的时候，守在身边绣鸳鸯。

和宝钗的上场几乎同时，作者加紧了写黛玉病体的步伐。第四十五回，特意点出：黛玉每岁至春分秋分之后，必犯嗽疾；今秋又因游玩多而更严重了，她自己也知道："我这样的病是不能好的了。且别说病，只论好的日子我是怎么形景，就可知了。"

第四十九回，宝黛对话间又补出黛玉的健康情况：宝玉说黛玉今年比旧年越发瘦了，黛玉拭泪说："近来我只觉心酸，眼泪却像比旧年少了些的。心里只管酸痛，眼泪却不多。"

按照作者开篇的神话故事和为宝黛预设的前生关系，黛玉是下凡还泪的，眼泪逐渐减少，也说明这泪债快偿还完了。第五十二回，因说到宝琴送黛玉的水仙花，又补出黛玉的身体虚弱，说自己每天药吊子不离火，竟是靠药培养着的人，连一点儿气味都受不了。这是咳嗽病症最显著的表现，不管是香气还是臭气，只要不是正常的空气，就会引发剧烈咳嗽。

第五十五回，又写："时届孟春，黛玉又犯了嗽疾；湘云亦因时气所感，也病卧于蘅芜院，一天医药不断。"第五十八回说："（宝玉）瞧黛玉越发瘦的可怜，问起来，比往日已算大愈了。"黛玉见到宝玉也不像以前那样有显著的情绪波动："些微谈了谈，便催宝玉去歇息调养。宝玉只得回来。"

黛玉身体的日渐衰弱和她与宝钗关系的调和接踵而至，预示着黛玉心理的又一个成长的里程碑。身体衰落和心理谅解的达成让黛玉的性格有了明显的转变，之后她的行为中越来越少有少年时代的锋芒，我们更加不能否认疾病给黛玉带来的对人情世事的认识的不断深化，比起对宝玉的感情，她开始关注周遭人的态度，更加有意识拉远和宝玉的距离。

第十八种方式：化敌为友

《红楼梦》有别于其他小说的地方还在于它描写了女性之间化敌为友的关系。第四十五回，著名的"金兰契互剖金兰语"，黛玉对宝钗尽释前嫌，从情感上接受了宝钗，而且非常真诚地在宝玉面前做自我批评。

西方女性主义文学理论特别关注了女性之间的良好关系，认为女性文学就是应该表达积极的女性关系。伍尔夫在《一间自己的屋子》中描述了女作家之间存在的精神联系，她们对彼此的作品充满兴趣，被对方的创作方法所启迪。但是，伊莱恩·肖瓦尔特进一步阐释："这是一些文化上的彼此默契，而不是意识上的积极统一。"[1] 也就是说女性之间很难有真正意识上的统一，用伍尔夫的说法就是，在现实中，女人对女人是不客气的，女人不喜欢女人。因此，伍尔夫呼唤理想的女性关系，即女性应相互喜欢，女性主义书写不仅要写出女性的真实，还要写出女性应有但还没有的状态。《红楼梦》作者对这一问题的解决虽然并不是自发地出于女性主义立场考虑的，但却在客观上产生了令人非常满意的效果，即他使用了一个男性来联系所有的女性，而现实生活和人性的需要，最终使这些女性彼此间自动地发生了必然的联系，一种向着女性主义理想状态转变的关系。

[1] [美]伊莱恩·肖瓦尔特：《她们自己的文学》，[英]玛丽·伊格尔顿编：《女权主义文学理论》，胡敏等译，湖南文艺出版社1989年版，第22页。

《红楼梦》描写了女性群像，她们之间的关系多样而复杂。但《红楼梦》的读者都很清楚，她们的关系并非水火不容、羡慕嫉妒恨或是不能达成共识的。恰恰相反，《红楼梦》中展现了一种令人欣喜的女性关系。这里有两个最为明显的例子可以证明。其一是凤姐与几位女性的关系。她欣赏聪明、有能力的女性，对她们充满了喜爱和激赏。她和秦可卿关系密切，相互喜欢，无话不谈。听到秦可卿梦中的话，凤姐亦觉"心胸大快，十分敬畏"，二人到此彰显出高度的心灵契合与意识统一。这种境界正是西方18世纪乃至19世纪的女性主义者所追求却经常处于不得状态的理想女性关系。凤姐对小红的喜爱也是发自肺腑，对其口齿才干不仅评价极高，还立刻希望她到自己身边工作，充分表现出惜才的情感。对香菱的评价更是客观，客观得要令人对她的人品和修养刮目相看。在贾琏表示出对香菱色相的贪婪时，凤姐心中怀酸，但仍对香菱给出了冷静、客观、公正的评价："也因姨妈看着香菱模样儿好还是末则，其为人行事，却又比别的女孩子不同，温柔安静，差不多的主子姑娘也跟他不上呢，故此摆酒请客的费事，明堂正道的与他作了妾。过了没半月，也看的马棚风一般了，我倒心里可惜了的。"（第十六回）甲戌本此处有双行夹批："何曾不是主子姑娘？盖卿不知来历也，作者必用阿凤一赞，方知莲卿尊重不虚。"凤姐这一赞岂止是普通的喜爱，其中不乏尊重和无限同情，是一种非常高级的女性与女性之间的情感体现，更何况这种公正的评价还是在她醋意大发的时候给出的，就更显得难能可贵。第二个例子就是大家熟稔的《红楼梦》第四十五回"金兰契互剖金兰语"中钗黛二人的知己关系的形成。由于钗黛关系一直是红学研究的一大争论焦点，而我们这里所关注的并非这一问题，所以我们并不打算讨论二人性格的不同能否使得她们的真挚友谊成为可能。我们只从小说文本出发，单看黛玉对宝钗真诚的感谢和由感谢引发的向其倾诉肺腑的行为。以黛玉之骄傲，这几句话要不是在万分服膺的情况下，岂是能轻易说出口的？不仅如此，她还要在宝玉面前真诚而毫无掩藏地将自己往日对宝钗误判的错误表达出来，做最深刻的自我批评："谁知他竟真是个好人，我素日只当他藏奸。"要在自己喜欢的异性面前给情敌正名，又要有怎样深刻的道德修养、自我控制力，以及宽广的襟怀才能做得出来呢？此段文字处有庚辰双行夹批："宝钗此一戏直抵通部黛玉之戏宝钗矣，又恳切、又真情、又平和、又雅致、又不穿凿、又不牵强，黛玉因识得宝钗后方吐真情，宝钗亦识得黛玉后方肯戏也，此是大关节大章法，非细心看不出。二人此时好看之极，真是儿女小窗中喁喁也。"这种在女性主义的先驱们心目中异常珍贵而求之不得的女性与女性之间的良好关系，在《红楼梦》中不能说随手拈来，也可以说是并非罕见的。孙温也注意和欣赏这一情节，专门绘了宝钗探望黛玉的场景，虽然黛玉只有一个背影（图11-16）。而且孙温也注意到了宝钗给黛玉抿发的这一被宝玉极为看重的细节（图11-17），这次换宝钗背对读者了。在宝钗给黛玉抿发之前，宝玉曾给黛玉使眼色，提醒她头发散落了，"黛玉会意，便走至里间将镜袱揭起，照了一照，只见两鬓略松了些，忙开了李纨的妆奁，拿出抿子来，对镜抿了两抿……"（第四十二回），画家没有选择宝黛二人的这个细节，却突出了宝钗和黛玉的动作，可见他对钗黛之间关系的改善是十分赞成和欣赏的。

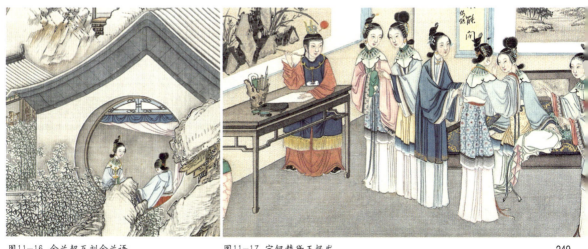

图11-16 金兰契互剖金兰语　　　　　图11-17 宝钗替黛玉抿发　　　　　　　　　249

自从黛玉对宝钗卸下武装后，她在宝钗面前的活泼和快乐简直比和宝玉在一起时还明显。和以前的疏远不同，黛玉开始一团火一样地待宝钗。第四十二回，李纨与黛玉玩笑，窘迫之时："黛玉早红了脸，拉着宝钗说：'咱们放他一年的假罢。'"宝钗给惜春开列绘画器材和颜料清单时，黛玉也赶快和宝钗开善意的玩笑，显得亲热活泼又可爱，她的这份可爱是在任何时候任何人面前都不曾有过的，甚至是带着很浓的撒娇的意味。她调皮地把宝钗开列的画具说成是宝钗的嫁妆单子，又打趣宝钗教训她看杂书的事，宝钗又说她招人疼爱，要帮她抿头发，旁观的宝玉都觉得甚是好看，甚至后悔刚才不该提醒黛玉抿头发，也应该等着让宝钗给她抿才对。

黛玉此时对宝钗是完全信任和依赖的，人只有在面对自己深信不疑的人面前才会有如此放松自如的表现。此时的宝钗在黛玉心中是无害的，没有威胁。黛玉对宝钗还产生了爱屋及乌的情感。第四十九回，薛宝琴刚进大观园，贾母命人传话，不要过于管束她。宝钗开玩笑对宝琴说："你也不知是那里来的福气！你倒去罢，仔细我们委曲着你。我就不信我那些儿不如你。"湘云听了宝钗的话就向大家暗示黛玉会真的这么想，嫉妒宝琴。连宝玉都开始担忧："宝玉素习深知黛玉有些小性儿，且尚不知近日黛玉和宝钗之事，正恐贾母疼宝琴他心中不自在。"脂砚斋在此处有批语说："是不知道黛玉病中相谈赠燕窝之事也。"就是说这些人都不知道黛玉和宝钗之间已经有了朋友之间的亲密关系才会有此猜疑。而宝钗此时的话更是显得她比宝玉还要了解黛玉了："宝钗忙笑道：'我的妹妹和他的妹妹一样。他喜欢的比我还疼呢'"，宝钗的成熟决定了她看人的准确，自从黛玉和她交心，她便已经将黛玉这一湾清水看得无比透彻，知道黛玉是一个真性情的人，当然不会怀疑黛玉。这回居然轮到宝玉嫉妒钗黛的关系了，宝玉听完宝钗的话居然觉得："再审度黛玉声色亦不似往时，果然与宝钗之说相符，心中闷闷不乐。因想：'他两个素日不是这样的好，今看来竟更比他人好十倍。'"一时林黛玉又赶着宝琴叫妹妹，并不提名道姓，直是亲姊妹一般。"看着宝钗和黛玉关系亲密，宝玉感到不解，且闷闷不乐，之后又看到宝琴和黛玉的亲热，他又"暗暗的纳罕"。不仅如此，第六十二回，宝玉生日，众人行令划拳，湘云说："这鸭头不是那丫头，头上那讨桂花油。"被几个丫头围攻，黛玉就借用玫瑰露盗窃官司开玩笑，本想嘲笑宝玉，却刺痛了彩云，宝钗忙给她使眼色。宝钗生日听戏时，湘云说龄官长得像黛玉，宝玉给湘云使眼色，惹恼了黛玉。可是这次宝钗给黛玉使眼色，黛玉不仅一点儿不悦和抱怨没有，反而马上检点自己的行为并改正，她对宝钗的信任大到何种地步可以一目了然。

第十九种方式：成熟之后无可奈何的疏离

随着宝黛逐渐从儿童变成少年再成长为青年，他们之间能说出口的话就越来越少了，情感也就越来越难以表达。第五十二回，众姊妹在黛玉房里看宝琴作诗，散去的时候，宝玉故意落在后面，和黛玉说话。二人此时的情形真是令人无奈又揪心：

> 宝玉因让诸姊妹先行，自己落后。黛玉便又叫住他问道："袭人到底多早晚回来。"宝玉道："自然等送了殡才来呢。"黛玉还有话说，又不曾出口，出了一回神，便说道："你去罢。"宝玉也觉心里有许多话，只是口里不知要说什么，想了一想，也笑道："明儿再说罢。"
>
> （第五十二回）

张子梁在《评订红楼梦》中评价这段话说："妙在万语千言，只以'你去罢'三字卸却，遂与宝玉万语千言打成一片，无从说得，亦只变做'明儿再说吧'五字，究竟是一字无有，然而两人之万语千言，已经隐隐纸上，令阅者合书细想，拟又拟不真，述又述不了，遂至忘餐废寝，呓语喃喃，是宝黛二人之万语千言，只炼成八字，而二人之八字，又散而为普天下读红楼梦之万语千言也。化工之笔。真令人不能赞矣。"姚燮也有批语说："见面便有许多神情及鬼鬼祟祟的做作。"可见，宝黛二人此时的行为在外人眼中已经不再是单纯的小儿女情状，说难听些已经是"偷情"了。而两人对自己行为的不合规矩也是心知肚明，所以才会有各种掩饰：

（宝玉）一面下了阶矶，低头正欲迈步，复又忙回身问道："如今的夜越发长了，你一夜咳嗽几遍？醒几次？"黛玉道："昨儿夜里好了，只嗽了两遍，却只睡了四更一个更次，就再不能睡了。"宝玉又笑道："正是有句要紧的话，这会子才想起来。"一面说，一面便挨过身来，悄悄道："我想宝姐姐送你的燕窝——"一语未了，只见赵姨娘走了进来瞧黛玉……（第五十二回）

在宝玉询问黛玉一夜咳嗽几遍，醒几次后面有脂砚斋批语说："此皆好笑之极，无味扯淡之极，回思则沥血滴髓之至情至神也。岂别部偷寒送暖私奔暗约一味淫情浪态之小说可比哉？"这就把宝黛之间处理情感的行为和那些才子佳人小说中私奔暗约的行为明确加以区别。并且进一步证实了宝黛之间此时已经是"不合礼教"的男女之情了。王希廉在《红楼梦回评》中评价说："宝、黛二人各有说不出的话，含蓄有味。"戚本此回回末总评中说："写黛玉与宝玉满怀愁绪，有口难言，说不出一种凄凉，真是吴道子画顶上圆光。"评论家们都看出了宝黛此时相同的两个问题，第一，宝黛行为属于恋爱；第二，他们在礼教的限制下，无法流畅表达感情。连独处时能说的话也开始有限，明明一肚子话要说，却无从开口。成熟带给宝黛的不是更亲密的关系，而是更无法靠近的距离。

此后，作者一再强调二人的这种状态，加重暗示他们的欲言又止。第六十四回，黛玉祭奠古史中有才色的女子之后，被宝玉看到：

宝玉笑道："妹妹脸上现有泪痕，如何还哄我呢。只是我想妹妹素日本来多病，凡事当各自宽解，不可过作无益之悲。若作践坏了身子，使我……"说到这里，觉得以下的话有些难说，连忙咽住。只因他虽说和黛玉一处长大，情投意合，又愿同生死，却只是心中领会，从来未曾当面说出。况兼黛玉心多，每每说话造次，得罪了他。今日原为的是来劝解，不想把话又说造次了，接不下去，心中一急，又怕黛玉恼他。又想一想自己的心实在的是为好，因而转急为悲，早已滚下泪来。黛玉起先原恼宝玉说话不论轻重，如今见此光景，心有所感，本来素昔爱哭，此时亦不免无言对泣。（第六十四回）

此时如果没有全知全能的作者从中解释，我们所看到的宝黛的行为举止估计只会让我们产生二人已没有什么感情的误解。戚本在第五十七回回末有批语说："写宝玉黛玉呼吸相关，不在字里行间，全从无字句处，运鬼斧神工之笔，摄魄追魂，令我哭一回，叹一回，浑身都是呆气。"也就是说，评论者们都承认宝黛之间越是开始无语，文章就越好看，就越是此时无声胜有声。第六十四回黄小田批本中批语说："说话亦与小时不同。"张新之说："明用提笔说无主张，徒为楚囚相对而已……谈情至此，叹观止矣，而却是'情感'，以后另开生面。"这些批者也都不约而同地看出了黛玉和宝玉之间关系的微妙变化。他们长大了，当然要和小时候的相处方式和情形有很大区别。读者如果认为这就"不好看了"，那真是辜负了作者，也并非作者知音了。而且清代著名评点大家张新之也明确指出宝黛之后的情感要"另开生面"了。这也是作者所谓宝黛是"求近之心，反而求远"，脂批所谓"近中远"的重要例证。皆因二人不敢表达真实情感，反而让人有疏远之感。之后二人感情发展，也不是作者写得不好了，而正是因为作者难以无视现实，所以没有建立像才子佳人小说中的虚构的二人世界，才让我们真实地看到了礼教和习俗下男女私自恋爱要面对怎样的环境和艰难的抉择。

第二十种方式：长大以后要考虑的内容

作者一面尽情展现宝黛之间的情感发展，一面也让读者看到旁观者的态度，不时敲响警钟。第三十四回，宝玉挨打之后，袭人忍不住向王夫人进言，要求让宝玉搬出大观园，远离这些女孩们。宝黛情感在我们当代人眼中是美好的，但当看到袭人这一番话，又让人感到有如当头棒喝。原来这种美好在袭人和王夫人眼中是极其危险和可怕的。袭人的话也提醒我们：宝黛已然长大。而且袭人也确实发现了他们有违礼法的苗头。

贾府之人无有不知宝黛姻缘的传闻。第五十七回，作者又让薛姨妈和宝钗表示出她们也知道了宝黛的暧昧。先是宝钗说薛蟠还没定亲，不让黛玉认薛姨妈作娘，还和薛姨妈说："真个的，妈明儿和老太太求了他作媳妇，岂不比外头寻的好？"薛姨妈也非常清楚地说出了那段著名的话："我想着，你宝兄弟老太太那样疼他，他又生的那样，若要外头说去，老太太断不中意。不如竟把你林妹妹定与他，岂不四角俱全？"紫鹃又出来说："姨太太既有这主意，为什么不和太太说去？"加上之前凤姐在众姊妹跟前的玩笑，甚至到了小说第八十二回，袭人依然认为宝黛二人会有婚姻："素来看着贾母王夫人光景及凤姐儿往往露出话来，自然是黛玉无疑了。"而且，到第八十二回，宝钗又打发人给黛玉送蜜饯荔枝，那个婆子：

> 又回头看看黛玉，因笑着向袭人道："怨不得我们太太说这林姑娘和你们宝二爷是一对儿，原来真是天仙似的。"（第八十二回）

这说明，不仅大观园里的人都认为宝黛是一对，连薛府的人也是这么看。而且还很完美地证实了薛姨妈并没有像很多研究者所认为的那样，是处心积虑希望宝钗和宝玉结婚，她甚至还在自己家中公开表示宝玉和黛玉才应该是婚姻对象。

可以说大观园里无人不知宝黛之间的关系，只是不太了解他俩在情感上到底发展到什么地步而已。如果读者一味沉浸在宝黛情感的美妙中，那么看了这一段描写，应该会清醒和理智不少。有意思的是，作者当然不会停留在袭人的视角，宝黛的情感还要继续发展，所以在袭人和王夫人如此直白的建议之后，第三十四回宝玉让晴雯给黛玉送了一块旧帕子，黛玉明白了其中深意，神魂驰荡，生出可喜可叹可惧可愧的感慨。

黛玉对宝玉的不断表白终于有了信任，她的情感逐渐走向成熟，成熟到开始设想未来的种种可能与不可能，也成熟到认识了自己和宝玉行为的违礼，因此而心生恐惧。在落实了对方也和自己一样时，黛玉几乎立刻就开始顾虑这个婚姻放在现实中能否实现的问题。这时，她的情感不再只是情感，而要面对家长和家族了，她考虑到经济和家庭的因素。

图11-18 金兰契互剖金兰语

第四十五回，她笑说宝玉穿着蓑衣和斗笠像渔翁，然后说到自己如果也穿就像渔婆，宝玉并未留意，黛玉却马上又想到婚姻，飞红脸咳嗽不住。此时的黛玉，心心念念都是夫妻，都是婚姻。但庚辰本此处的批语是："使黛玉自己直说出夫妻来，却又云'画的''扮的'，本是闲谈，却是暗隐不吉之兆，所谓'画儿中爱宠'是也，谁曰不然。"

二人不再像以前那样激烈地争吵，动辄怄气，宝玉情感的成熟表现在更细心地体贴和

图11-18-1 宝玉扶了蓑肩

255

关心上，黛玉情感的成熟表现在她所想的不仅是婚姻，对礼教的在意也更加明显。她开始对他非常客气，会很直接地催促宝玉远离自己，第四十五回，宝玉晚间探病，黛玉连连催着他回去，但对他的关心却一分也不曾减少，嫌他剖腹藏珠，给他玻璃绣球灯照亮。

但是成长带来的疏离日渐显著。二人独处时，再也没有之前的稚气和各种闹别扭，只剩下无言的凝重。孙温对这一重要情节也没有表现（图11–18），他只是让宝玉穿着蓑衣在路上枯行，我们也只能从丫鬟手中提的玻璃绣球灯判断，这是宝玉已经从黛玉家走出来的时候，而黛玉和宝玉在房中的一番对话当然也就变成子虚乌有。画家对宝黛情感的理解实在有限。

黛玉的有意疏远太过明显，以至于引发了宝玉又一次"壮举"。第五十七回"慧紫鹃情辞试忙玉"（图11–19）中由于宝玉误会黛玉要离开贾府，情急之下，总算有了较为明确的情感表达。通过黛玉经常告诫紫鹃

图11–19 慧紫鹃情辞试忙玉

等的话，作者也让我们明确了黛玉的态度："从此咱们只可说话，别动手动脚的。一年大二年小的，叫人看着不尊重。打紧的那起混账行子们背地里说你，你总不留心，还只管和小时一般行为，如何使得。姑娘常常吩咐我们，不叫和你说笑。你近来瞧他远着你还恐远不及呢。"作者侧面交代了宝玉的行为已经引起别人的非议。

好容易宝黛二人有了信任，相互的情感得到印证以后，本以为会进入一个更亲密的阶段。没想到，黛玉的礼教心和警觉心开始作怪，为了避嫌，不仅自己躲着宝玉，连丫鬟们也不准靠近他。这当然又是和其他写情小说的不同。和黛玉不同的是，宝玉却始终如一。当紫鹃骗他黛玉要回苏州时，他就要死要活起来，并且直接向紫鹃表明心迹。

紫鹃更是聪明人，她并不像以往小说中那些毫无顾忌的丫鬟那样，向迷恋小姐的男人言明真相，而是很巧妙地借用她自己是贾府的人，但和黛玉关系极好，正在纠结要不要跟着黛玉回家这件事来试探宝玉的心思。果然勾出宝玉一腔真诚："活着，咱们一处活着；不活着，咱们一处化灰化烟。"

其实紫鹃"筹划"的正是黛玉心里也非常在意的。夜晚，作者借用紫鹃之口说出了趁贾母在要作定黛玉的婚姻大事的话，也是不想让黛玉失了大家小姐风范的意思。这是黛玉成熟后最忧心顾虑的事，紫鹃是她的丫鬟，自然最了解她。一开始，黛玉关注的只是和宝玉的情感、宝玉是否喜欢别人。但这时的她，已经对此没有疑虑，反而是这些现实问题摆在面前了。第五十八回：

> （宝玉）瞧黛玉越发瘦的可怜，问起来，比往日已算大愈了。黛玉见他也比先大瘦了，想起往日之事，不免流下泪来。些微谈了一谈，便催宝玉去歇息调养。宝玉只得回来。（第五十八回）

二人在一起的时光几乎没有太多话可说，竟然有恍如隔世之感。虽然都是为伊消得人憔悴，但相顾无言，无限沧桑。

第二十一种方式："不好看"的结局?

从第六十四回往后，宝黛的关系的确像张新之所说"另开生面"了。二人再也没有激烈的争吵和怄气，甚至连试探的兴趣也没有了。也可以说，两人对彼此的态度已经了然于心，不用再去了解和试探了。

但确定了两情相悦之后，并不是愉快生活的开始，而是马上要面临一大堆问题，要为这份情感的何去何从而担忧。当他们正视现实，却只剩下一种逐渐认命的悲戚。同时，作者也逐渐减少了描写二人在一起的文字。加之宝玉开始上学，二人相处的机会也自然大幅减少。

第七十九回，宝玉写《芙蓉女儿诔》，黛玉从花影中走出，二人商讨修改诔文文字，总是围绕"茜纱窗下""黄土垄中"二句争论（图11-20）。庚辰本批语一再指出诔晴雯实是诔黛玉："明是为与阿颦作谶""当知虽诔晴雯而又实诔黛玉也"。宝玉嘲笑黛玉咒紫鹃，庚辰本批语说："又画出宝玉来，究竟不知是咒谁，使人一笑一叹。"当宝玉最终修改成"茜纱窗下，我本无缘；黄土垄中，卿何薄命"时，"黛玉听了，怵然变色，心中虽有无限的狐疑乱拟，外面却不肯露出，反连忙含笑点头称妙"。黛玉此时有多少话，也决不再能和宝玉说，她不再像以前小时候那样，喜怒哀乐都形于色，如今的黛玉已经能够做到让感情在胸中暗流涌动，面上却不改颜色了。一段女儿诔，令黛玉心生疑惑，却学会了用话岔开，不让宝玉知道内心的想法，于是就和宝玉谈起迎春的出嫁，宝玉当然不喜欢，黛玉反而正色相劝："又来了，我劝你把脾气改改罢。一年大二年小……"二人接下来的对话和行为显得更加平淡无味：

宝玉忙道："这里风冷，咱们只顾呆站在这里，快回去罢。"黛玉道："我也家去歇息了，明儿再见罢。"说着，便自取路去了。宝玉只得闷闷的转步，又忽想起来黛玉无人随伴，忙命小丫头子跟了送回去。
（第七十九回）

这就是长大带来的必然变化，在不知不觉中，宝黛之间拉开了距离。这种结局是作者早已预设好的，所以在具体描写中也是逐渐改变着宝黛之间的关系，描写之细腻，思虑之深远，令人叹为观止。很多人说宝黛爱情到后来不好看了，其实正好相反，这种结局更能考验作者的能力，正是写实主义小说应该具备的。孙温没有画宝黛对话的部分，画的是宝玉念诔文，黛玉偶然听到的一幕。画家极少表现二人面对面的情景，也许是一种含蓄的绘画习惯使然。

第八十一回，宝玉见迎春出嫁后受苦，一见到黛玉就放声大哭地倾诉，而黛玉只是："把头渐渐的低了下去，身子渐渐的退至炕上，一言不发，叹了口气，便向里躺下去了……黛玉的两个眼圈儿已经哭的通红了。"面对这些残酷的现实，宝黛二人的表现开始有了差别。宝玉依然可以肆意表达情感，而黛玉则显得更加无语，她这种性格的养成也是她死因的一部分，不喜表达、任情感郁结于心的习惯让她无法自我解脱。

第八十二回（图11-21），宝玉上学回来，"拍着手笑道：'我依旧回来了！'"黛玉的说法却马上又让读者意识到他们二人之间已经形成的、不可逆转的距离："我恍惚听见你念书去了。这么早就回来了？"是恍惚听见宝玉去念书了，说明二人已经很久没有见面或者联系了。宝玉说只想和黛玉坐着说会儿话，黛玉却道："你坐坐儿，可是正该歇歇儿去了。"

第八十二回，黛玉做噩梦，宝玉在梦中要剜出心给黛玉（图11-22）。孙温在画中以他特有的含蓄委婉画出了宝玉剜心的场面，而且他画出了在黛玉梦中，贾母呆着脸笑的样子，因为从画中看去，似乎是贾母正在笑着看宝玉剜心，所以倍感阴森恐怖、不寒而栗。而第八十三回，袭人说宝玉也有同样的梦："昨日晚上睡觉还是好好儿的，谁知半夜里一叠连声的嚷起心疼来，嘴里胡说白道，只说好像刀子割了去的似的。直闹到打亮梆子以后才

图11-20　痴公子杜撰芙蓉诔

图11-22　黛玉梦宝玉剖心

图11-22-1　宝玉剖心

图11-21　宝黛谈科举

图11-22-2　贾母采脸笑

好些了。你说唬人不唬人。今日不能上学，还要请大夫来吃药呢。"陈其泰《桐花凤阁评〈红楼梦〉》说："宝玉剖心，不自梦而黛玉梦之。对面下笔，斯已妙矣。岂知黛玉梦中之事，即宝玉梦中之事。且梦中之事，几乎为实有之事，醒来心痛如割，岂妙言哉。曾母啮指而曾子心痛。古来忠臣孝子，无不如此。铜山西崩，洛钟东应，理固然耳。不如此写，不足见其情之至。"这一段描写，作者以同一梦境再次向读者表明宝黛二人的感情都没有任何改变，虽然表面上的联系不多，却一如既往，心有灵犀。

第九十七回，黛玉将死，宝玉疯癫，宝黛二人更没有机会相见，宝玉以为给他娶的是黛玉，还叮嘱众人说："我有一个心，前儿已交给林妹妹了。他要过来，横竖给我带来，还放在我肚子里头。"姚燮批语："真天日共鉴之语，又谁谓其傻耶？"陈其泰《桐花凤阁评〈红楼梦〉》说："神化之笔。听者以为疯傻。深于情者，正为之心摧骨折也。"孙温这位读者在画第九十七回时，着力表现的只有钗玉大婚的场面，没有给宝黛这最后一次见面的机会（图11-23）。

图11-23 钗玉大婚

第八十五回，贾母开始计划给宝玉提亲，贾政升迁，宝黛二人才在许久不见之后终于有了一面之缘。在贾府内宅欢聚中，二人的对话如下：

> 便向黛玉笑道："妹妹身体可大好了？"黛玉也微笑道："大好了。听见说二哥哥身上也欠安，好了么？"宝玉道："可不是，我那日夜里忽然心里疼起来，这几天刚好些就上学去了，也没能过去看妹妹。"黛玉不等他说完，早扭过头和探春说话去了（姚燮：微妙到不可形容）。凤姐在地下站着笑道："你两个那里像天天在一处的，倒像是客一般，有这些套话，可是人说的'相敬如宾'了。"说的大家一笑。林黛玉满脸飞红，又不好说，又不好不说，迟了一回儿，才说道："你懂得什么？"（姚燮：真微妙到不可形容）众人越发笑了。凤姐一时回过味来，才知道自己出言冒失，正要拿话岔时，只见宝玉忽然向黛玉道："林妹妹，你瞧芸儿这种冒失鬼。"（姚燮：劈空一句，没头没脑得妙）说了一句，方想起来，便不言语了（姚燮：更微妙到不可形容）。招的大家又都笑起来，说："这从那里说起。"黛玉也摸不着头脑，也跟着讪讪的笑（姚燮：无一笔不大妙）。宝玉无可搭讪，因又说道："可是刚才我听见有人要送戏，说是几儿？"大家都瞅着他笑。（第八十五回）

我们能够看到姚燮的批语中多次说这种描写"微妙到不可形容""无一笔不大妙"，用了一连串的"妙"来评价这一段宝黛见面时的行为和态度。明明各自内心中的感情已经到了极度膨胀的地步，同梦而行，色授魂与，却必须要在外面装作无事一般，文字背后的惊涛骇浪值得读者去细细品味。

第八十五回中也写了黛玉的生日，但作者却完全不写宝玉。给黛玉庆生的一班小戏是王子腾为庆贺贾政升迁送给贾府的，和前八十回中宝钗过生日时一样，黛玉对宝玉表示，嫌自己是蹭着宝钗的光看戏了，宝玉还说

图11-24 黛玉生日戏

要单叫一班戏给黛玉唱，也让他们蹭着黛玉的光。这次黛玉自己的生日，依然要蹭着薛宝钗舅舅家的戏，这真是极讽刺极悲哀的事。

所唱头两出戏作者说是吉庆戏文，"乃至第三出，只见金童玉女，旗幡宝幢，引着一个霓裳羽衣的小旦，头上披着一条黑帕，唱了一回儿进去了。众皆不识。听见外面人说：'这是新打的《蕊珠记》里的《冥升》。小旦扮的是嫦娥，前因堕落人寰，几乎给人为配，幸亏观音点化，他就未嫁而逝……'"。张新之评语说："此演黛玉'归离恨'，以结全书，人人得而知之，众人不识，叹知此理者寡耳。"戏文又成黛玉之死的谶语。接着马上就是薛蟠打死人的消息。黛玉的死，被作者一谶再谶，简直呼之欲出了。而宝黛之间渐行渐远，虽有心而无力。此后，宝黛在一起时，也都无时不透露着黛玉之死的讯息。孙温似乎也看到了这一点，画中把戏台和演员作为近景，看装扮应该是在演《蕊珠记》（图11-24）。但因为贾府听戏之人皆在远景人群中，无法辨认哪个是黛玉，宝玉却像是完全不在画面上。所以两人这次宝贵的见面也没有在我们的视觉中出现。

第八十六回中写了一段著名的宝玉听琴情节。宝玉来到潇湘馆，见黛玉靠在桌上看书，就说："妹妹早回来了。"黛玉的回答是："你不理我，我还在那里做什么！"此处有张新之的批语说："一语腻极，见你之外更无人也。"小丫头送来兰花，说是太太给的：

> 黛玉看时，却有几枝双朵儿的，心中忽然一动，也不知是喜是悲，便呆呆的呆看。那宝玉此时却一心只在琴上，便说："妹妹有了兰花，就可以做《猗兰操》了。"黛玉听了，心里反不舒服。回到房中，看着花，想到"草木当春，花鲜叶茂，想我年纪尚小，便像三秋蒲柳。若是果能随愿，或者渐渐的好来，不然，只恐似那花柳残春，怎禁得风催雨送"。想到那里，不禁又滴下泪来。（第八十六回）

图11-25 黛玉看题帕诗

这之后第八十七回，她马上就接到了宝钗的那封充满悲愤哀怨的书信，然后在收拾东西时又看到了："宝玉病时送来的旧手帕，自己题的诗，上面泪痕犹在，里头却包着那剪破了的香囊扇袋并宝玉通灵玉上的穗子。"作者说黛玉："手里只拿着那两方手帕，呆呆的看那旧诗。看了一回，不觉的簌簌泪下。"此处张新之有批语说："此段直注'断痴情'，总预演黛玉一死而已。"（图11-25）

好容易等有了机会，宝玉："三口两口忙忙的吃完，漱了口，一溜烟往黛玉房中去了。"结果正赶上黛玉睡觉，两人又没见成。最后，宝玉

图11-26 宝玉妙玉听琴

和妙玉一起在远处听黛玉弹琴："妙玉听了，呀然失色道：'如何忽作变徵之声？音韵可裂金石矣。只是太过。'宝玉道：'太过便怎么？'妙玉道：'恐不能持久。'（姚燮：已明明指出矣）正议论时，听得君弦蹦的一声断了。妙玉站起来连忙就走。宝玉道：'怎么样？'妙玉道：'日后自知，你也不必多说。'竟自走了。"更是等于明写黛玉死期将至。（图11-26）

第八十九回说："贾政天天有事，常在衙门里。宝玉的工课也渐渐松了，只是怕贾政觉察出来，不敢不常在学房里去念书，连黛玉处也不敢常去。"在少而又少的见面中，我们发现他俩能说的话太少了，即便是好容易见一次面讨论一下诗歌琴曲，也是客气非常：

> 宝玉道："原来如此。可惜我不知音，枉听了一会子。"黛玉道："古来知音人能有几个？"宝玉听了。又觉得出言冒失了，又怕寒了黛玉的心，坐了一坐，心里像有许多话，却再无可讲的。黛玉因方才的话也是冲口而出，此时回想，觉得太冷淡些，也就无话。宝玉一发打量黛玉设疑，遂讪讪的站起来说道："妹妹坐着罢。我还要到

三妹妹那里瞧瞧去呢。"黛玉道："你若是见了三妹妹，替我问候一声罢。"宝玉答应着便出来了。（第八十九回）

陈其泰《桐花凤阁评〈红楼梦〉》说："情之至者，每不能言。足见二人如水如玉，谨守礼防。非良缘成就，总不能一证其心中所吐之言也。黛玉见宝玉神情，已不能无疑。闻雪雁之言，遂着实相信矣。小时之疑，疑宝玉之心。现在之疑，疑宝玉之事。盖黛玉明知宝玉有心而不能邀父母之体察。倘有定亲之举，宝玉自难挽回。虽钟情于我，亦无法也。故愈疑宝玉之事，愈信宝玉之心。遂决计一死报之也。"评论者大赞二人如水如玉、冰清玉洁的相处方式。作者也又一次重申："宝玉下学时，也常抽空问候，只是黛玉虽有万千言语，自知年纪已大，又不便似小时可以柔情挑逗，所以满腔心事，只是说不出来。宝玉欲将实言安慰，又恐黛玉生嗔，反添病症。两个人见了面，只得用浮言劝慰，真真是亲极反疏了。"可以说对宝黛二人情感发展的书写和作者思想意识的嵌入，前八十回和后四十回从内容到形式都非常契合，毫无二致。

第九十一回，宝黛二人参禅：

黛玉道："宝姐姐和你好你怎么样？宝姐姐不和你好你怎么样？宝姐姐前儿和你好，如今不和你好你怎么样？今儿和你好，后来不和你好你怎么样？你和他好他偏不和你好你怎么样？你不和他好他偏要和你好你怎么样？"（张新之："好"字如珠落盘，其实只供过去、未来、现在之说以探其心之所定耳，与问"尔有何贵，尔有何坚"之旨理）宝玉呆了半晌，忽然大笑道："任凭弱水三千，我只取一瓢饮。"黛玉道："瓢之漂水奈何？"（姚燮：已揭出真根谛）宝玉道："非瓢漂水，水自流，瓢自漂耳！"（姚燮：妙谛大见解，已登彼岸矣）黛玉道："水止珠沉，奈何？"宝玉道："禅心已作沾泥絮，莫向春风舞鹧鸪。"黛玉道："禅门第一戒是不打诳语的。"宝玉道："有如三宝。"黛玉低头不语。只听见檐外老鸹呱呱的叫了几声，便飞向东南上去（姚燮：此笔接得妙在不可思议），宝玉道："不知主何吉凶。"黛玉道："人有吉凶事，不在鸟音中。"（张新之：特引此语，以见黛玉心事，千妥万妥）

图11-27 宝黛参禅

　　王希廉《红楼梦回评》说："黛玉问话层层剥茧，宝玉答语颇有悟机。而黛玉则说道'水止珠沉'，宝玉则说到'有如三宝'，两人结局于斯可见。此老鸹之所以一连几声飞向东南去也。"

　　第九十二回，薛姨妈来贾府，宝玉不用上学，众姊妹也承欢左右，这么热闹的场面上，宝黛之间居然没有对话。第九十四回怡红院海棠开花，也是众人齐聚，宝黛也没有任何言谈的机会。（图11-28）

　　第九十五回，宝玉失玉，魂无归属，袭人让黛玉帮忙开解时："只因黛玉想着亲事上头一定是自己了，如今见了他，反觉不好意思：'若是他来呢，原是小时在一处的，也难不理他；若说我去找他，断断使不得。'（姚燮：苦心孤诣，一至于此）所以黛玉不肯过来。"二人不是因为忌惮世俗礼教，便是因为各种误会，总是渐行渐远。

　　第九十六回，宝黛最后一次见面，是因为黛玉听到了傻大姐的话（图11-29）。知道钗玉要结婚的消息后更有一系列神思恍惚下的行为，她去找宝玉，傻笑地看着他，问他为什么病了，宝玉此时也已经失玉疯傻，回答得更干脆："我为林姑娘病了。"把袭人紫鹃两个吓得面目改色。两人

267

图11-28 贾母设宴赏花妖

图11-29 黛玉和傻大姐　　图11-30 黛玉焚稿

仍旧傻笑："那黛玉也就起来，瞅着宝玉只管笑，只管点头儿。"（张新之：一笑、一点头再明书旨，而绘心绘神绘情一齐涌现矣）紫鹃催黛玉回家，黛玉说："可不是，我这就是回去的时候儿了。"（姚燮：去了，去了！）

　　王希廉《红楼梦回评》说："写黛玉、宝玉两人相见时只是傻笑，一个迷失本性，一个疯颠有病，描画入神。"这之后，宝黛就再也没有见面了，而后就是宝玉继续疯癫，宝钗过门，黛玉焚稿断痴情，死去。宝黛弱水悠然、绵延不绝地情感自此告一段落。所以，如果还有人坚持认为后四十回不好看，我们只能说很遗憾，这样的读者不具备阅读的基本能力。但孙温一直没有让宝黛见面，当然也包括这最后一次。在他的画中只有黛玉孤独焚稿的场景（图11-30）。

宝玉是怎样爱黛玉的？

　　宝玉最主要的性格特征是什么？甲戌本中脂砚斋批语说得很明白：宝玉一生心性，只不过是"体贴"二字。警幻仙子直接说他是"意淫"，意思就是他对女孩子并非性欲，有时候甚至都不是情欲，而是体贴关心和过分的在意。孔子说要"乐而不淫"，就是做什么事都不要过度沉浸，要有节制。宝玉的"意淫"就是指一种过度的沉浸，没有节制的关注。宝玉爱黛玉，这是不争的事实。但是他的爱到底能达到什么程度，我们来举一个很典型的例子。第六十四回，贾敬去世，宁国府贾珍贾蓉父子忙着办丧事，宝玉也每日跟着在宁国府穿孝守灵，早去晚归。有一天，宝玉想回园子探望黛玉，过了沁芳桥，只见黛玉的丫鬟雪雁领了两个老婆子，手中都拿着菱角、藕和瓜果之类的东西。宝玉知道黛玉平时是不吃这些寒凉的东西的，就问雪雁这些瓜果是做什么用的。雪雁还小，很多事她都不懂，所以告诉宝玉，黛玉不知道想起什么来，哭了一会儿，又写了一些东西，然后就要这些瓜果，又要挪桌子，摆上龙纹鼎，反正雪雁是猜不到黛玉要干什么。这时候，宝玉就开始在心里分析了：如果黛玉是要和姊妹们闲坐，也不用先把吃的摆上；也许是她父母的忌辰？但宝玉记得每年到黛玉父母忌日，贾母都吩咐另外整理饮食送给黛玉，让她私下祭奠的，再说现在已经过了她父母的忌日了。最后宝玉认为大约现在正好是七月，因为是瓜果成熟的季节，家家都在秋季祭祀祖先，黛玉有感于心，所以在私室自己祭奠，取的是《礼记》中所谓"春秋荐其时食"的意思，就是用四季应时的食品来供奉死去的人。

我们能够想象，如果是我们自己，遇到这种情况，知道对方正在难过，肯定第一个想法就是赶快进去劝慰。但我们看宝玉怎么想的：他想如果我此刻走进去，看到林妹妹正在伤感，必然会极力劝解，这样的话，就怕她反而把烦恼郁结于心。但是如果不进去，又担心她过于伤感，没有人能及时劝止，这两种做法都对健康不利。还不如先到凤姐那里看一看，稍坐片刻再回来。那时候如果看到林妹妹还在伤感，再设法开解。这样既不至于让她过于悲痛，能让她稍微发泄一下悲伤的情感，也不至于被劝慰得发泄不出来而抑郁得病。我们都知道，黛玉也是时常为宝玉着想的，如果宝玉来劝，黛玉的确会为了怕他担心自己而刻意压抑感情，所以宝玉才会有不敢马上去劝慰的想法。

想到这里，宝玉就转身去了凤姐的院子。有人可能会说了，难道没有宝玉，就没人去劝慰黛玉了吗？如果我们仔细看《红楼梦》就会发现，第二十七回有这样一段话："紫鹃雪雁素日知道黛玉的情性：无事闷坐，不是愁眉，便是长叹，且好端端的不知为着什么，常常的便自泪道不干。先时还有人解劝，或怕他想父母，想家乡，受委屈，用话来宽慰。谁知后来一年一月的，竟是常常如此，把这个样儿看惯了，也都不理论了。"久病床前无孝子，黛玉平时总是哭，总是难过，身边的人都不当回事了，我们从这段话中也能看出黛玉的可怜和她的生存环境。她为什么那么在意宝玉，也是因为宝玉和别人都不同，他的体贴可以经得起时间的考验。别人都烦了，他却可以一如既往。我们回想一下自己，也许很多人都会在这种情况下，对很亲近的人表现出烦躁和不耐烦，或者抱怨"哭什么哭"，即便真心相爱的人，有多少人能像宝玉这样，长期不知疲倦地关爱一个人呢？

　　很有趣的是，宝玉来到凤姐身边，凤姐是这样和他说的："我才吩咐了林之孝家的叫他使人告诉跟你的小厮，若没什么事，趁便请你回来歇息歇息。再者那里人多，你哪里禁的住那些气味？不想恰好你倒来了。"凤姐这是真心想着宝玉的，我们看宝玉怎么说："多谢姐姐惦记。我也因今日没事，又见姐姐这两日没往那府里去，不知身上可大愈了，所以回来看看。"你看他多会送人情？其实他对凤姐的关心甚至都没有凤姐对他的关心多而恳切，把他对黛玉的态度和对凤姐的态度一对比，就知道他对谁真情假意了。很多人不喜欢宝玉，像鲁迅说的宝玉是爱博而心劳。认为他四处散布关爱，但虽然如此，他的关爱还是很有差别的。在这一点上，嘉庆十七年（1812）出版的二知道人写的一本评论叫《红楼梦说梦》中的观点就有不同了，二知道人说："宝玉，人皆笑其痴，吾独爱其专一。宝玉之钟情黛玉，相依十载，其心不渝，假使黛玉永年，宝玉必白头相守，吾深信之。今之士女，特患其不痴耳。"什么意思呢？就是他认为宝玉对情感是专一的。宝玉对黛玉的钟情十载不变，假如黛玉能活着，他相信宝玉必定会和黛玉白头相守。他还感慨当时的男人和女人们最大的问题就是不够痴情。

宝玉和黛玉对待彼此的方式是比较前卫的。20世纪著名思想家、政治理论家汉娜阿伦特在大学期间和已有家室的导师海德格尔相爱，虽然政论不同，情感也多次受创，阿伦特依然在文章中说："爱，就是让对方如其所是的存在。"爱他，就让他是他自己。这也同样是宝黛之间对待彼此的态度，就是爱对方的全部，不需要人为修改和刻意改变。宝玉说黛玉从未劝他去争取仕途，这是他深敬黛玉的地方。而宝玉也并不因黛玉性格中的缺点而大加指责，只是默默关心和爱护她。

养鸟的黛玉和扑蝶的宝钗

谈到宝黛钗之间的情感和关系，就不得不顺便提一下钗黛之间的差异。对于生命，黛玉和宝钗各自是什么态度？不具体举例说明，读者也不容易有一个感性认识。也许我们可以从她们是如何对待动物、植物、人这三者的态度和方式，得到一点儿启示。

黛玉养着一只鹦鹉，她平素闲来无事就逗弄鹦鹉，别看有人说她"刻薄"又"小性儿"，对小动物，她可是满心都是爱，很有耐心。在被鹦鹉的叫声吓了一跳时，黛玉在想什么心事呢？原来她是看贾府中很多人都去看望挨打以后的宝玉，想到有家有父母的幸福来。看到自家院子里斑驳的竹影，又想起《西厢记》中"幽僻处可有人行，点苍苔白露泠泠"的话来，又由崔莺莺联想到自己，悲叹自己连媚母弱弟俱无的孤独。

她幼年丧母，又寄人篱下，经常由人及己、由己及人地换位思考，对生命充满了同情和悲悯。我们都知道《红楼梦》中有两个女孩儿是黛玉的影子，作者用她们的命运影射黛玉，一个是晴雯，一个是龄官。第三十六回，喜欢龄官的贾蔷花了一两八钱银子给龄官买了一只玉顶金豆，却没想到得到的却是龄官更激烈的抗拒和回击。龄官的自尊和对待动物的平等心与黛玉何其相似！她们都如同被豢养的小鸟，失去亲人又没有自由，她们都能由自己的悲惨身世想到比她们更没有生存能力的生灵，并给予它们深刻的同情和真心的爱护。

黛玉不仅对动物有耐心和爱心，连不会说话的植物，她也是极力呵护，对它们的逝去，流露出无限惋惜和哀悼。"葬花"是黛玉灵魂的呐喊和表白。宝玉已经是惜花之人了，怕花瓣受践踏，用衣服兜着花瓣洒入水中，而黛玉则更甚，她认为应该建花冢埋葬，让它们日久随土而化，方得干净。（第二十三回）庚辰本此处有批语说："写黛玉又胜宝玉十倍痴情。"

宝钗却完全不同。如果说黛玉在《红楼梦》中最著名的行为是"葬花"，那么，宝钗在《红楼梦》中最著名的行为就是"扑蝶"（第二十七回）。

历来的评论都会认为这是写宝钗的美好。如同甲戌本批语所说："可是一味知书识礼女夫子行止？写宝钗无不相宜。"认为宝钗也是很有情趣的，并非一味讲究女教的木讷之辈。如果单从审美角度看，当然不能说这种评价有误。但是，宝钗扑蝶这件事，我们可以分作两个方面来看：

第一，《红楼梦》作者特意把宝钗扑蝶安排在"花朝节"这一天，还是另有意蕴的。

古代民俗中花朝节的日期各地不同，大约都是在农历的二月中。宋杨万里《诚斋诗话》中说："东京（今河南开封）二月十二日曰花朝，为扑蝶会。"南朝梁宗懔《荆楚岁时记》中说得更清楚："长安二月间，士女相聚，扑蝶为戏，名曰'扑蝶会'。"也就是说，"扑蝶会"的实质是让男人和女人们走到户外，一起玩捉蝴蝶的游戏，也是给异性们的交往创造的一次好机会。古代民俗中这样的男女群聚玩耍择偶的形式很多。作者把扑蝶事件正好放在花朝节，似乎是要告诉大家，宝钗这是在遵从花朝日"扑蝶会"风俗，而恰恰就在这时，作者又安排了让她偷听到小红和贾芸的"奸情"。

另外，古代孟姜女扑蝶的故事可以说是家喻户晓。秦始皇修长城抓壮丁，姑苏读书人万喜良（也叫范喜良）就逃到到另一个县，在一个花园中看到园主的女儿孟姜女在园中扑蝶嬉戏。正看得高兴，突然发生意外，孟姜女扇子调到池塘里，她卷起袖子要去捞，在一旁偷窥的万喜良一着急就现身要去救姑娘，被人当作私闯民宅的人抓起来。当孟员外原谅了他并要送他走的时候，孟姜女跑来跪求父亲说，这个男人看到我胳膊了，我就要嫁给他。这就是孟姜女初次遇到丈夫万喜良的传说。宝钗的胳膊也被宝玉看到了，而且还是作者刻意认真描写的情节。明义当年见到一个旧本，对宝钗扑蝶是这样写的：宝钗追扑蝴蝶过了院墙，蝴蝶在花丛里飞来飞去，引得宝钗赶东赶西，因用力太猛，头上发髻散开了，把扇子遗失在了苍苔上。朱淡文认为，宝钗因头发散了，只得放下扇子重新挽头发，正在此时听见了小红和坠儿的私密话，使个金蝉脱壳之计，骗了她们之后匆忙离开，慌乱中把扇子遗失在苍苔上。宝钗不仅胳膊也被看到了，也和孟姜女一样，扑蝶时也带扇子，也把扇子失落了。这是很有意思的情节雷同。女子扑蝶无论在古代社会的习俗中，还是在文学作品中，都暗含着男女欢会的意思。

这就和本书中提到的作者把《红楼梦》中的唯一一双"红睡鞋"让晴雯穿出来给读者看有异曲同工之妙。作者把隐喻着男女欢会的唯一一次"扑蝶"行为让宝钗来体现，究竟要告诉读者什么？不能不说这又让我们开始对作者将宝钗设定为正面褒扬的乖乖女形象有所质疑，而同时再一次想起作者在开篇对我们的严肃提醒"不要看正面，要看反面"。

第二，如果换用当代网络词语，宝钗这一行为就是"细思极恐"。我们不妨想一下，宝钗既然能看到蝴蝶就要扑，就说明她从小就已经习惯了这一游戏，起码说明她曾经扑过很多次蝴蝶。庚辰本在"也无心扑了"句后有批语说："原是无可无不可。"就是说，宝钗扑不扑这只蝴蝶，其实无所谓，就是看到了，觉得好看，就扑一下玩而已。当然这也是绝大多数扑蝶者的普遍心理。但也正是这种对别的生命无所谓的心理就更加值得思索，就因为大家都这样，就是正确的吗？如果继续往下想，她若是扑到了那只蝴蝶会怎样？难道会像黛玉养鹦鹉一样把它养起来吗？当然不会，蝴蝶就是扑着玩的昆虫嘛！也许很多人都会这么说。被扑到的蝴蝶的命运一般就是在人手里挣扎一阵子，然后死亡。

宝钗在给黛玉讲女教时回忆自己的童年是和兄弟姊妹在一起读《西厢记》《琵琶记》以及"元人百种"，无所不有。后来大人知道了，打骂烧之后才丢开了。（第四十二回）蒙本在宝钗说的那几种书名后有批语："藏书家当留意。"意思是说这些书都是禁书，不合礼法的，年轻人不允许看到，家中藏书的人要注意。宝钗正是很早就看过这些禁书的女孩子。或许宝钗还会像和兄弟姊妹们一起读书一样地一起玩蝴蝶，比如用针把它们固定在哪里，或把它们的翅膀扯掉，等。扑蝶的游戏在她的童年生活中一定曾经带给她无尽乐趣，她才能在将及笄之年，在大观园中去找黛玉的路上看到蝴蝶就想扑。这是一种非常简单的条件反射，却反映了一种她和生物相处的状态和经历：即游戏与杀害。总之，作者让读者感到宝钗对于小生灵并没有太多同情，它们只是供人玩乐的游戏对象而已。而且，我们也还记得薛姨妈说的宝钗"不爱这些花儿粉儿的"，她不仅对动物和植物没兴趣，对活生生的人，她也是非常冷漠的。想想她对金钏的死表现出了多么大的漠视和凉薄，在王夫人都谴责自己、哀叹金钏之死时，她说金钏是贪玩失脚滑下井的，即便是生气跳下去也是糊涂人，不值得怜悯，多赏几两银子发送就行了。

看到这样的说辞，有人认为这表现了宝钗的一种处理问题的理智态度，应该是优点。我们姑且不去评价是优点还是缺点，文学的第一任务就是感人、引起读者的共鸣，宝钗的行为方式并不是特殊存在，她的形象也是一种典型，我们可以从任何时代中找到这类人。那么这类有着和宝钗同样想法的人读到这个人物时，必然会在心中升起共鸣和同情。但另外一些和她不同的人，就会将拿着自己缝的绢袋给落花掘土建塚、葬花并吟诗追记的黛玉与之相比，而从中品味出钗黛二人对生命的不同态度。

为什么黛玉可以喝，宝钗却不能喝？

历来对黛玉的性格就有"尖酸""刻薄""洁癖""不能容人"等说法。只是小说中有两处小情节，颇为有趣，兴许对理解黛玉、宝钗之为人与性情有所帮助。

我们都知道钗黛友情发生于第四十五回"金兰契互剖金兰语"，而我们要讲的这两个细节分别发生在这一回之一前一后。其中，黛玉饮宝钗剩茶发生在第四十五回之后。

第六十二回（图11–31），宝黛二人站在花下闲谈，黛玉听出宝玉话中有话，不肯继续，转身找宝钗说笑去了。之后，袭人送茶过来，宝玉拿了一钟茶，袭人就去找黛玉送另一钟茶。小说写道："袭人便送了那钟去，偏和宝钗在一处，只得一钟茶，便说：'那位渴了那位先接了，我再倒去。'宝钗笑道：'我却不渴，只要一口漱一漱就够了。'说着先拿起来喝了一口，剩下半杯递在黛玉手内。袭人笑说：'我再倒去。'黛玉笑道：'你知道我这病，大夫不许我多吃茶，这半钟尽够了，难为你想的到。'说毕，饮干，将杯放下。"此一小细节中所写宝钗倒是爽

利得很，不推不让，先饮一口，却非为解渴，只是漱口而已。观黛玉举止，并无半点扭捏虚伪之态，自然大方，对宝钗所剩之水毫无嫌弃之意，反而将其"饮干"。每每读至此处，便要回思前文，"金兰契"对黛玉来说实非虚写，确有其情、其事，而后黛玉与宝钗的友谊与真情则随处可见。

图11-32 宝钗饮酒

我们再来看另一个类似的细节。宝钗不饮黛玉剩酒，发生在第四十五回之前。第三十八回（图11-32），"林潇湘魁夺菊花诗，薛蘅芜讽和螃蟹咏"中写道："黛玉也只吃了一口便放下了。宝钗也走过来，另拿了一只杯来，也饮了一口……"同样是前者饮了一口，而后者的做法却截然不同。相信曹雪芹惜墨如金，这两段对钗黛饮茶饮酒的描写也绝非平常笔力，随意为之。依文本所记，钗黛二人的友情并

图11-32-1 宝钗饮酒（局部）

非同时迸发于"金兰契互剖金兰语"时，应是宝钗发于主动，黛玉感动后方吐肺腑，那么宝钗此前对黛玉应是早已心存善意，并不嫌弃，但此处却并不见和黛玉对待宝钗一样那种不避嫌疑的亲昵态度。什么样的感情可以让所谓"尖酸刻薄洁癖"之人与人共饮一杯？又是什么样的感情能够让

"大方随时守拙"之人不与人共饮一杯？这是否暗示着作者对二人情感差异的展现，或者说是作者有意留给读者的思考呢？无论是黛玉喝茶还是宝钗饮酒，孙温对两个情节的描述都没有留意到其间的关联性，所以画面上没有这方面信息的透露。

晴雯和袭人的"争"与"不争"

比较了黛玉和宝钗，就也不能不提到她们的"影子"晴雯和袭人。在她们的性格中，我们可以联想到钗黛的特征。说到怡红院首席大丫鬟，估计很多人会认为是袭人。怡红院众丫头公认："袭人那怕他得十分儿，也不恼他，原该的。说良心话，谁还敢比他呢？"（第二十六回）但是为什么晴雯死后，作者说宝玉"且去了第一等的人"，又说"袭人知他心内别的还犹可，独有晴雯是第一件大事"？（第七十七回）这就是作者的写作秘籍：明写袭人，暗写晴雯；明写女德，暗写真性情，袭晴之间是一场女教与人性的较量。"风月宝鉴"要照反面，小说也要读反面。作者永远秉持的是"正言若反"的创作手法，能看得懂的，方是"巨眼"。因此，怡红院表面上的首席丫鬟是袭人，那是生活层面的，但精神层面的首席丫鬟却当然是晴雯。

一百多年前的一个评论家哈斯宝在评价宝钗时说，作者能把一个最坏的人写成让别人都觉得是最好的，也不是件容易的事。虽然他对宝钗的考语有偏颇，但对作者写作手法的感受却是对的。表面上看，读者可能都觉得晴雯是掐尖要强、争强好胜的人，但这恰恰是作者给我们的错觉，在怡红院里拔高向上、一直都在争权夺势的人是袭人，晴雯却几乎完全不争。先举一个针线活儿的例子来说明我的观点。

大家都会记得袭人在给宝玉做的针线活儿上下的功夫，但是她做这些有多少是出于对宝玉的真情？有多少是因为要买好卖乖？只要和晴雯一比就知道了。

古代女性的本职工作就是针黹纺织，不论丫头小姐，都是要做的。因此，针线活儿也是女人们用来彰显能力、结交朋友、送礼讨好等的重要方式之一。贾敬去世，宝玉每日在宁国府穿孝，回到家中，见晴雯、方官等丫头们都在抓子儿赢瓜子玩，只有袭人独自在房间里打一个绦子。宝玉问她为何，她的理由是："你虽然不讲究这个，若叫老太太回来看见，又该说我们躲懒，连你穿带之物都不经心了。"（第六十四回）

原来最在意的还是贾母给的印象分。被宝钗赞"好鲜亮活计"的兜肚则是要讨宝玉喜欢的。宝玉的针线活儿袭人有时也一个人做不过来，就要央求别人。湘云忙不过来，做得活粗糙，她嫌不好；黛玉身体不好，贾母不让多劳动她，袭人嘴上多讥讽抱怨，却也不敢相求；最后是宝钗主动请缨，要求帮袭人做宝玉的针线活儿，袭、钗二人因此更显亲近。但有一个细节，我们都忽略了，袭人也求过晴雯的，却被晴雯一直拒绝。宝玉庆生时，晴、袭为此有一番小对话：

> 晴雯道："惟有我是第一个要去的，又懒又笨，性子又不好，又没用。"袭人笑道："倘或那孔雀褂子再烧个窟窿，你去了谁可会补呢？你倒别和我拿三撇四的，我烦你做个什么，把你懒的横针不拈，竖线不动。一般也不是我的私活烦你，横竖都是他的，你就都不肯做。怎么我去了几天，你病的七死八活，一夜连命也不顾给他做了出来，这又是什么原故？"（第六十二回）

古代小说网中曾刊登一篇刘上生的文章，题目叫《王夫人为何不认识晴雯？》，这个问题问得好。的确，就像宝玉问小红："既是这屋里的，我怎么不认得？"小红回答："眼见的事一点儿不作，那里认得呢。"（第二十四回）这句话也该晴雯说。王夫人见晴雯时，晴雯说："至于宝玉饮食起坐，上一层有老奶奶老妈妈们，下一层又有袭人麝月秋纹几个人。我闲着还要做老太太屋里的针线，所以宝玉的事竟不曾留心。"（第七十四回）主子们看得见的活儿一点不做，连袭人帮忙做宝玉针线活儿的请求也从来都不答应，晴雯压根就没有争名夺利的念头，并不想在人前显摆夸耀。相反，袭人被宝玉踢吐血后的心理活动是：

> 想着往日常听人说："少年吐血，年月不保，纵然命长，终是废人了。"想起此言，不觉将素日想着后来争荣夸耀之心尽皆灰了，眼中不觉滴下泪来。（第三十一回）

她满心都是"争荣夸耀"的念头，巴结身边一切有权得势者，躺在床上装睡引宝玉来逗她，被宝玉奶妈一语道破"装狐媚子哄宝玉"。她也不像鸳鸯那样强烈排斥姨娘这个身份。不仅如此，连黛玉也时不时和她开玩笑都是以"嫂"呼之。可见，小说中的明眼人都知道她想当姨奶奶的强烈愿望。晴雯却正相反，连宝玉都在她把扇子跌坏时说："明日你自己当家立事，难道也是这么顾前不顾后的？"（第三十一回）宝玉没具体考虑晴雯成为他什么人，晴雯自己也没有想过。所以她垂死时对宝玉说："今日既已担了虚名，而且临死，不是我说一句后悔的话，早知如此，我当日也另有个道理。"（第七十七回）她从没想过争，到死才明白过来，不争的结果只有一死。她拒绝做宝玉的针线活儿，只不过就是没有想利用做针线来讨好谁，她也不是懒，因为她还要做贾母的针线活儿。但万没想到，正好和袭人对她的评价"懒"一样，这个也成了王夫人撵晴雯的理由之一："宝玉屋里有个晴雯，那个丫头也大了……也懒……所以我就赶着叫他下去了。"（第七十八回）但是，我们都知道她却能在宝玉最着急、最需要的时候，在自己病势最重的时候，一片真情为宝玉，连夜补裘，作者直赞她为"勇晴雯"（图11-33）。她给宝玉做针线，完全是一种真实情感的流露，不仅不为了讨好卖乖，居然还像平时一样直言不讳："拿来我瞧瞧吧。没个福气穿就罢了。这会子又着急。"（第五十二回）要是换个主子，早恼了，宝玉却马上笑着说："这话倒说得是。"他二人都是被孔子

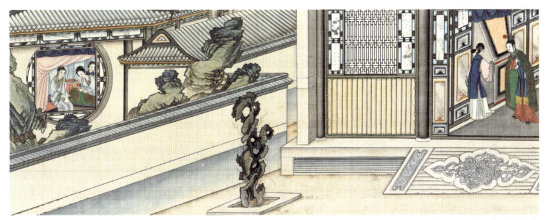

图11-33 晴雯病补雀金裘

骂为"德之贼"的乡愿小人们眼中的"异端"，都是有真性情、高尚情操的人。不用争，晴雯的高洁和真实，自然是宝玉心中的首席丫鬟。下面我们再从袭、晴二人对宝玉的劝谏上，分析她们的思想。

晴雯和袭人的"宝玉读书观"

袭人是《红楼梦》中对宝玉规劝最多的人了。她白天劝，晚上劝，可以说是想尽了一切办法劝，包括李嬷嬷说的用"狐媚子哄宝玉"的方式吹枕边风。很奇怪的是，为什么湘云、宝钗劝他一次，他立刻就生气，"拿起脚就走了"，但对袭人如此百般劝谏，却依然能够忍耐呢？是不是因为他太看重袭人呢？这可以用王夫人的话来解释就很清楚了，当她要按姨娘的份例给袭人月钱时，王熙凤道："既这么样，就开了脸，明放他在屋里岂不好？"王夫人道："那就不好了……那宝玉见袭人是个丫头，纵有放纵的事，倒能听他的劝，如今作了跟前人，那袭人该劝他的也不敢十分劝了。"（第三十六回）贾府的规矩，主子不好了，做奴才的，尤其是身边跟随的奴才，都有劝谏的责任。林之孝家的排场教导宝玉，宝玉只能诺诺听着；邢夫人也对迎春说："你不好了他（乳母）原该说……"（第七十三回）所以宝玉可以容忍袭人不断地婉言劝谏。但这不代表袭人真心为宝玉，真心爱宝玉。她是希望宝玉以后能升官发财，给她带来足以夸耀的幸福生活，所以当宝玉说："就算我不好，你回了太太竟去了，叫别人听见说我不好，你去了你也没意思？"袭人笑道："有什么没意思，难道做了强盗贼，我也跟着罢？"（第三十六回）后四十回中宝玉曾说她们这些人是"重玉不重人"，袭人和宝钗之流为何与被宝玉称作"国贼禄鬼"的人一样？就因为她们心心念念都是拔高向上，争强夸耀。又因古代女性只能夫贵妻荣，丈夫有了地位，她方才能享受荣禄。一旦宝玉"不好了"，像袭人这样的人就当然不会愿意再跟着他，因为她并非喜欢宝玉这个人，而是要他可能为她带来的荣华富贵。但晴雯却与之有鲜明对照。第七十三回，赵姨娘屋里的丫头小鹊偷告宝玉说赵姨娘和老爷说宝玉来着，让宝玉当心第二天老爷问话。于是宝玉连夜理书，焦躁万分。这时候有人嚷说有人从墙上跳下来了，晴雯的做法是马上想出一个宝玉被吓到的借口让他第二天免受父亲的责难。

先不管宝玉会不会因为晴雯这么不规劝反而纵容的行为而丧失前途——据作者所写，即便在那么多人的规劝下，宝玉最终依然不以仕途为念——我们且看晴雯待宝玉这一片赤诚和真情。她才不在乎宝玉将来能不能为官作宰，能不能为自己争来荣耀富贵，她就是很单纯地觉得宝玉受了折磨，她不想看着他受罪难过。作者说宝玉最讨厌女孩子沽名钓誉，入国贼禄鬼之流。"独有黛玉自幼儿不曾劝他去立身扬名，所以深敬黛玉。"（第三十六回）

说晴雯是黛玉的影子，这一点也是题中应有之意。宝玉、黛玉、晴雯都是贾雨村所说正邪两路之外的第三类怪诞之人，其实并非他们荒诞，而是反儒家正统思想的乡愿之人比比皆是，又有话语权，结果反倒是将他们这些原本保持了赤子之心的人看作"行为偏僻性乖张"的异端了。这些人在大观园中，只能抱团取暖，彼此以彼此的存在为安慰。所以，晴雯一旦死去，宝玉悲痛不已，三悼三叹，在他心中，怡红院第一等的人去了。

一篇《芙蓉女儿诔》明诔晴雯，暗合黛玉，后文黛玉再一去，宝玉生无可恋，无可再与言者矣！丫鬟贵于小姐，大于小姐，所以说晴雯是大观园的"首席丫鬟"。所谓"首席"，最根本的标准，不是地位，是从审美、人性、人格、理想化的角度给人物的评价。这更说明《红楼梦》的民主性和反封建意义，这是骨子里的反封建，以前我们常说的反科举等只是形式上的。让宝玉蔑视晴雯，是他做不到的，但不让他科举，倒是可能的。宝玉愿意服侍她，因为她是高贵的，是理想的，她和宝玉亲密无间。这种理解深化了《红楼梦》的女性主题。

第十二章　宝玉、黛玉和曹寅、曹雪芹

要谈《红楼梦》中的人物就不能不关注一下作者和他的家世。曹雪芹的祖父曹寅所处时代是入清之后的曹氏家族在政治经济文化等诸多方面的鼎盛阶段。在这一家族最辉煌时期，囊括了曹寅的诗、词、文的《楝亭集》出现了。按历史年代看，《楝亭集》早于《红楼梦》，但如果按阅读顺序看，在现当代读者的阅读体验中，《红楼梦》早于《楝亭集》。所以，《楝亭集》的思想内容，或者说其中的很多意象，如果不读《红楼梦》，估计很可能就会飘然而过了。因为那不过是一个普通诗人对个人身世和情感的表达，而且从文学水平上看，还不算是一流的。

但是当祖孙的作品放在一起时，它们就成为彼此的钥匙：曹寅的诗词让我们觉得似曾相识，让我们想到宝玉的思想和黛玉的特点，同时又通过宝玉和黛玉增加了对曹寅的理解。曹雪芹将曹寅的诸多特质分摊在宝黛二人身上，如果说袭人是宝钗的影子，晴雯是黛玉的影子，那么曹寅的影子就是宝玉和黛玉。有学者说："无论从血统继承还是从文化因缘上看，都可以讲，没有曹荔轩便没有曹雪芹，没有《楝亭集》便没有《红楼梦》。"[1]那么还可以说，从阅读和接受的角度看，没有《红楼梦》也就不能更好地理解《楝亭集》，二者的互文关系非常明显，《红楼梦》对《楝亭集》产生的阅读影响也是不容忽视的。本章试通过小说人物——主要是贾宝玉和林黛玉，为有着极为可怕的相似经历的曹寅和曹雪芹，即同样在去世前一年经历过丧子之痛的祖孙俩的创作思想做一个粗略的"画影图形"。

[1]沈治钧：《曹寅〈楝亭集〉读札》，《红楼梦学刊》2009年第3期。

林黛玉：“愁病瘦”的曹寅

曹寅是“多愁多病的身”。他的诗常有“愁、病、瘦”三种意象，尤其是在其早年或是在写唱和之外的诗时，这些情感会夹杂在任意一首写景或抒情的作品中跃动而出。他短短55年的生命基本都是在生病中度过，和黛玉一样，主要是肺病。“病”贯穿了整部《楝亭集》。他在明亡的第二个甲申年发出“百年孤冢葬桃花”的慨叹，不能完全排除他的吊明思想，很巧的是，黛玉不仅写了《桃花行》，也真的去葬桃花了。他和黛玉一样喜爱竹子，和黛玉一样窗前种竹。他也和黛玉一样对家乡之物有着“物离乡贵”的同感，更和黛玉一样喜欢读书和弹琴，就连吟诵“东风”时的情怀也都是相似的。可以说，小说中的黛玉是曹寅的影子，与曹寅具有十分相似的特质，在曹寅的诗中，我们看到的是一个隐含着的黛玉。

1.“愁”的意象

曹寅的诗最大特点就是对愁字毫不隐晦，往往直截了当地告诉读者他快要愁死了，似乎生活中的一切都能瞬间引发他的愁思，比如，“滚滚散清愁”（《北行杂诗》）“清宵愁伏枕”（《四月望夜得迟字》）“愁絮拨难开”（《闻芷园种柳》）“愁对隔江峰”“愁牵百丈长”（《赴淮舟行杂诗十二首》）“终古朝花愁暮落”（《集余园看梅，同人限字赋诗，追忆昔游有感而作》）“日暮更深悲”（《题王南村副使风木图》）“愁坐怀亲串”（《西轩赋送南村还京，兼怀安侯姊丈冲谷四兄，时安侯同选》）“黯澹都成搦管愁”（《戏题王安节画》）“愁坐雨泷泷”（《雨夕送令彰还广陵》）“老眼愁看富贵花”（《竹村大理筵上食石首鱼作》）“愁对西风护碧纱”（《避热》）“僝僽余寒怕办诗”（《城西看牡丹四捷句》）“乳花红酽愁相浇”（《月凉茗饮歌》）“愁里闻歌是别离”（《元宵醉后作》）“晚风愁杀渡河人”（《渡潞河题壁》）“日暮寻愁坐屡移”（《旅壁书感》）“西院梧桐入暮愁”（《宿西内寄怀范次丞》）“伫立每从愁处久”（《春日感怀二首》）“浣纱何处更愁人”

285

（《苔》）"愁积何时已"（《和桐初谷山署中寄怀原韵》）"只到春来多少愁"（《踏青词二首》）"聊复慰愁吟"（《雨夜有感兼寄江南诸子二首》）。更专门写《放愁诗》遣愁，"拭我细斑湘女竹"（《病中冲谷四兄寄诗相慰》），文人盛会中也要写"柳丝剩系古今愁"（《红桥看荷花热甚》）"中年怀抱难平。侍得炷香残了，依旧愁生"（《月当厅·闻钟》）"买断春愁十里"（《满庭芳·秋屏》）。无论吟风对月、白昼夜晚、临花看雨还是少壮年老，愁绪总是挥之不去地缠绕着他。《红楼梦》第六十三回夜宴中，黛玉抽得题着"风露清愁"四字的花名签。"愁"是黛玉的标签之一，小说中的例子不胜枚举，这里不赘言。现在有了曹寅的诗，我们知道，不光是黛玉一个人在发愁了。

2. "病"的意象

曹寅的诗，有时候愁情似海"茫茫鸿蒙开，排荡万古愁"（《江行》），有时候向隅独泣"涕泪几人多"（《读施愚山侍读稿》）"难将一掬泪，洒作万年青"（《栋亭留别》）。但相比之下，"病"的意象在曹寅的诗中更为明显和引人注目。短短55年的生命中，曹寅似乎大部分的时间都是在生病中度过，而且主要是肺病。曹雪芹一定熟读祖父的诗作，必定也对他的病情印象深刻。一个多愁多病、怀才忧郁的形象在他心中应该是孕育已久的。

"仍是耽吟善病身"（《再游功德寺》）"行吟此病身"（《忆芥公上人二首》）。喜欢吟诗，容易生病，这是曹寅对自己的写照。曹寅平素身体虚弱，从在康熙身边当侍卫的诗作中就能看出他经常生病，而且他也尽量要在文字中表达出病痛所带来的苦闷："风梳病发才盈握"（《病中吟》约20岁）"樱笋怜微病"（《雨夜有感兼寄江南诸子二首》约22岁后）经常一病就可能几个月不能出门，"漫兴诗篇余竟病，伤心粉澡杂俳优……卧病经旬初出户，战余寒热体差强"（《病中冲谷四兄寄诗相慰》）。

他的肺不太好，经常咳嗽，肺病似乎在他一生中的大段时间内存在。有时候想要大声吟诗，却又被咳嗽和气喘困扰，"正欲狂吟愁病肺"（《九月送荆闻公，桐初、调玉同赋》22岁左右）。《红楼梦》第四十五回："黛玉每岁至春分秋分之后，必犯嗽疾；今秋又遇贾母高兴，多游玩了两次，未免过劳了神，近日又复嗽起来，觉得比往常又重，所以总不出门，只在自己房中将养。"秋燥肺热，更是肺病多发季节。曹寅亦不能免"一秋肺热苦耽茶"（《送杨公汉归浮槎》45岁）。在写给一个医生朋友的诗中他说："疗我热中患……我病病不相。"（《赠陈开益》）"不相"是中医辨证的术语。除心火外，其他都称相火。"不相"就是说相火不能归位，君臣各不安其位，火自下而上，火克金，此时肺金不足者，则使肺病加重。这首诗说明他的病症是下焦火上延，导致肺病加重。"瞑眩冀有瘳，声伎安能娱"（《松茨四兄远过西池，用少陵"可惜欢娱地，都非少壮时"十字为韵，感今悲昔成诗十首》37岁），病到连他平素最喜爱的声弦伎乐也不能让他感到愉快和安慰了。《西村师教予导引却病戏成二诗，时师将归清凉》，从诗题也可知曹寅经常生病，与清凉寺僧交谈时也会将体弱的苦恼向对方倾诉，僧人教他导引之术以保养身体。即便在填词时，曹寅也依然不改"愁病"之风："此日多愁兼善病。"（《贺新郎·与桐初夜话分韵》）

曹寅这个"多愁多病的身"，也必然如黛玉一般有一副瘦弱的身形，于是他说"怡然把瘦骨"（《黄河看月示子猷》）"故人怜我瘦"（《和桐初谷山署中寄怀原韵》），"年来更觉休文瘦，检点窗前有药苗"（《春日感怀二首》），他把自己比作著名的病弱腰瘦的沈休文。"腰瘦莫嫌带金重"（《月当厅·闻钟》），这是曹寅任内务府郎官时的词作，年纪轻轻的他就羸瘦到腰带上那一点儿金属的重量也承受不起了。

曹寅除了嗜酒，还好茶。他在《月凉茗饮歌》（31岁）中说："为怜好友馈唐贡，一升满瀹怜中宵。又闻养疴忌内汗，瘦腋宁让卢仝骄。"虽然养病期间，但朋友所赠之茶不可不饮，怎奈在病中，亦不能像卢仝那样痛快吃七碗茶而觉腋下生风，如此喝不利于养病。曹寅连喝口茶都要考虑一下身体状况，与黛玉何其相似。第六十二回袭人要给黛玉另倒一杯茶时，黛玉说："你知道我这病，大夫不许我多吃茶，这半钟尽够了。"黛玉也是喜欢喝茶的，凤姐送大家的茶，她喝了觉得好，还主动向凤姐索要。曹寅也坦言自己有"茶癖"，但身体不好时，还是以吃药为主，茶也就只能少喝，聊慰胸中郁滞："卯君茶癖与吾同，对客长愁放碗空。近日衙斋须药裹，一杯清淡只宽中。"（《和芷园消夏十首·茗碗》35岁）喜欢又不能多喝茶的无奈，曹寅和黛玉十分相像。

青少年时期，在皇帝身边的侍卫生活令曹寅疲惫不堪，总是生病的身体也让他感到压抑愁苦，那个时期的诗歌充满了"愁、病、瘦"的内容。步入中年，随着生活环境的稳定和社会地位的提升，他虽然有时也会生病，但心理和生理的健康状况明显和以前不同。他看山是山、看水是水，山水不再是承载他苦痛和颓丧情绪的吟咏对象。他开始享受饮食和交友的乐趣，还有游山玩水的情趣。面对朋友、景色和物事，他的心情相对平静祥和。甚至对生病这件事的态度也大有不同："卧病经旬万虑疏，鹊炉麈尾悉蠲除。苦难一事贻儿笑，上口清晨诵药书。""何难尽遣筝琶手，净眼看花破死生。"（《西轩》42岁）

但是，疾病却始终缠绕着他。40岁以后，他的健康日渐损毁，"痎疾可同湔"（《九月七日蒙阴晓发》41岁），"斯人病且癯，渐白数茎须。形体看衰始，风花觉致殊。烟波情亦淡，尘海路常纡。孰耐支吾老，燕南宅一区"（《引镜谢客》42岁）。"药饵经冬厌笋蔬"（《药后除食忌谢方南董馈鲊鸡二品，时将有京江之行》），才四十出头的男人，几个月的长期服药，弄得他对吃饭都没了胃口。我们当然记得黛玉从会吃饭开始就吃药了，到了贾府以后也是随着疾病的加重，逐渐饮食欠佳、食量日减的。[1]曹寅在45岁上又得了眼疾，"半春眼苦黄连暗"（《病目初愈，思与书宣小饮，时轩前玉兰将开》）"残年眵泪如撒沙，漫空赤晕生狂花"（《夜饮和培山眼镜歌》47岁）。

"病"的状态终于引发了他的厌世之感："偪仄人世间，逍遥未有期。"（《闻静夫伤臂占二诗慰之》42岁）也令他更加看破人生，"十年方一瞬，饭后且吟诗"（《宿龙潭定水庵，阅案上华严有感题壁》42岁）。不论有多少想法与抱负，无奈他总是在生病，无法与身体抗衡，"最是衰脾慵早起，不堪蓐食遍津梁"（《宿华阳》43岁）。真正的病人心里想的全都是养病，是侈谈养生的。同样的，宝钗劝黛玉养生，黛玉道："不中用。我知道我这样病是不能好的了。且别说病，只论好的日子我是怎么形景，就可知了。……'死生有命，富贵在天'，也不是人力可强的……"（第四十五回）这话和曹寅诗中所说有着如此惊人的相似。他在记与老友相见的诗中也不忘告知对方自己是在病中"衰病叨陪侍从臣"（《读葛庄诗有感，即韵赠送刘玉衡观察归涿鹿，兼怀朗崖李公》47岁）。

康熙四十四年南巡至上元、江宁、扬州一带时，曹寅48岁，身兼数职，于几地往来奔波，"往还形乃劳"（《晚晴将之真州和查查浦编修来韵》48岁）。体弱再次染病时作诗序曰："五月从驾返署，卧疴移日。"（《桃花泉》48岁）这场病似乎拖的时间有些长，他继续在诗中言及他的病是"雨淫惰弗戒，药饵惭深居。兹晨理荒绪"。曹寅本不信经忏佛事，也许是生病日久、身体虚弱，或者是家人敦促，平素也会有一些祈福的修持了。长时间的卧床吃药，令他精神疲倦、事务荒疏。"诵之辄已病，欲往仍次且"。读友人们的诗作也是在病中，想要走动也是不能的，满心的惆怅无奈。"凡民困时疠，展转无籧篨"（《雨中病起读诗馆诸公见寄篇什有作》48岁），日用饮食中也总能看到他病患的状态"病躯思唉呵黎勒"（《竹村大理筵上食石首鱼作》53岁）。

53岁这年秋天闷热尤甚，曹寅索性"嘱阍者以病辞"，以病由却客，减少交游。他此时是"白汗翻浆午不收"，因病弱虚汗不止，哪有精力体力会客，所以"绝口不谈门外事，举杯唯爱柳边风"（《避热》）。辞世前一年，即54岁，曹寅丧幼子珍儿，他在诗中说"老不禁愁病""聋耸双荷异""偷生药裹亲"（《辛卯三月二十六日闻珍儿殇》）。此时他接连填《贺新郎》四阙，以言其耳闭、耳鸣之疾。友人送来木枕"重闻装枕治奇聋"（《于宫赠柽屑枕志谢二首》），他在诗题后写"时病耳闭"，在诗末句后写"近复苦目暗"，整个一副老病孱弱、耳聋眼花，靠药维持生命的"下世"之态。这时他已是长期生病服药了，还于吃药之后写下关心友人的诗《真州西轩行药念俊三病，书此代问，时将归金陵》。更有友人送药酒，令他略解病苦，饮完酒可以"午天甘作黑甜人"（《质公饷药酿甚佳》）。然而，他依然要因公往返于京城和江南两地间。他在这一年十一月参加宫宴的诗中写"久惭衰病承貂珥"（《畅春苑张灯赐宴，归舍恭纪四首》），说明他身体衰微、疾病缠身久矣，对公务时常感到心有余而力不足："拖玉廿年空皓首，衰残何以报吾君。"（《正月二十九日随驾入侍鹿苑，二月初十日陛辞南归，恭纪四首》55岁）疾病令他睡眠不稳，心情烦闷，"纸阁寥萧自耐眠，恼人常误子规天"（《白杜鹃雌雄一双》）。从李煦的奏折上看，曹寅55岁"自江宁来至扬州书局料理刻工，于七月初一日感受风寒"。从此时到命终之日，他一共有三首诗，每首都在写病："晚餐宜病体，午盹到衰翁"（《西轩》）、《疾小已偶成》和生前绝笔"秋风病滋味"（《病疟诸子日夕抚视志感，少愈当逐头细书以伸此意》）。

曹寅的病弱之态贯穿于整部《楝亭集》，就像黛玉的病弱绵延于整部《红楼梦》一样。

3. "爱竹"与"物离乡贵"

曹寅爱竹，经常在诗中一再提及"君家一丛竹，……绿意和酣梦"（《方屋前竹》）"眼见去年笋，耳添清夜音"（《和安节咏轩前竹》）"蕉竹映参差"（《题丁云鹏玉川煎茶图》）"小窗苔竹絮诗媒"（《诗局竹下小酌》）。扬州盐院署有竹，曹寅作诗说："官寮寒上日，野竹最禁秋。地瘠难抽笋，窗高乱点头。粉香群雀诧，院静午蜂游。自是西轩主，幽人岂厌幽。"（《题西轩竹》）"秋竹碧参差，行根得雨迟。……只缘药栏处，曾见土萌时。"（《咏轩前秋竹》）"一晌竹风吹盹醒。"

（《纳凉过杏园食笋》）曹寅寓所处处有竹，以至于到了"官舍笋成林"（《喜雨与幕友分韵》）的地步。曹寅的窗前就是竹子，如黛玉的潇湘馆一般"凤尾森森"。他甚至还在任巡盐御史时于扬州盐院衙门种竹窗前，并写下《使院种竹》以记之。辞世前不久，他还去扬州使院并作诗说"新竹有凉色"（《西轩》）。

他还在《和芷园消夏十首·竹簟》中形容用到家乡特有的竹簟时说："七尺桃笙贴腹便，消除一日夜凉前。故乡此物非殊贵，不设纱幮恣意眠。"体现出作者对故乡之物的极度喜爱之情。《红楼梦》中宝钗送黛玉家乡之物时有一番对话，便是对这首诗的最好展开："黛玉道：'这些东西我们小时候倒不理会，如今看见，真是新鲜物儿了。'宝钗因笑道：'妹妹知道，这就是俗语说的'物离乡贵'，其实可算什么呢。'"此时的曹寅已经三十多岁，对故乡的思念会令他在诗中透露出他夏日是使用"纱幮"的。宝玉和黛玉儿时所睡"碧纱橱"，在此处亦可见一斑。

4. "甲申之变"葬桃花和黛玉葬花

"省识女郎全匹袖，百年孤冢葬桃花。"（《题柳村墨杏花》）这是曹寅赏柳村画师的墨杏花之后所作。宋荦在《题唐解元墨杏花二首》中说："唐题句云：'穀雨长洲苑，旗亭卖酒家。女郎全匹袖，杏子一林花。'"[1] 因为同是写墨杏花，曹寅就用了此典。所不同的是，曹寅看到杏花以后，马上想到的是先于杏花（花期每年4月间）开放并衰败的桃花（花期每年3月间）。杏花盛开时节，桃花已谢，已经该是"葬桃花"的时候了。花期的更替就像人生的轮转和朝代的更迭一样。这首诗大约作于康熙四十三年（1704年甲申年），距画杏花的唐寅逝世的1523年有181年，距崇祯十七年（1644年甲申年）那个令明人蒙受耻辱的"甲申之变"正好60年。一提到"百年"，就有了历史感。曹寅在甲申年发出"百年孤冢葬桃花"的慨叹，不知是不是对上一个甲申年的纪念。如果说这是过度解读，那么我还想说，在杏花盛开时不写杏花，而去纪念之前的桃花，这很难不让人联想到朝代更替之后，处于后一朝代的人对前朝的怀念和追忆。

[1]〔清〕宋荦：《西陂类稿》卷十，《景印文渊阁四库全书》，台湾商务印书馆1983年版，第1323册，第108页。

在此之后，他的孙子曹雪芹又在书中写林黛玉葬桃花。但是他的孙子又比他的视野更为广阔了，关注和关怀的内容更多一些。《红楼梦》里先写了黛玉葬桃花，而后吟诵《葬花吟》时所葬之花便不仅是桃花，还有石榴、凤仙等。曹雪芹关注的是众多女性，或者说是人类共同的命运。同样的意象，祖孙用来则各有寄托。

5.弹琴、读书

曹寅是喜欢并擅长弹琴的。"日长无事罢弹琴""鹤亦识琴心"（《题画四首》）体现了他日常生活的一个侧面，闲来无事弄管弦。郭汝霖与曹家是世交，长于寅。曹玺任江宁织造时，为其幕僚。曹寅在《祭郭汝霖先生文》中描述自己是："嗟我弱子，沉溺简编，鸣弦弄墨，余无能焉。"他重申自己体弱多病，沉溺于古籍书海，喜欢弹琴写字，别无所长。看到这里，怎能忍得住与作者相视莞尔！这些话不是在说黛玉又是在说谁？看来曹寅的这些特点都深刻地铭记在曹雪芹的脑海中，是他喜爱和赞赏的品格，于是就将这些爱好和才能在《红楼梦》中赋予了女主角林黛玉。不论男女，这些品格所凸显的都是一个人的优秀和出类拔萃。我们如果细品，就会发现，虽然大观园中诸多小姐都能识文断字，还有像宝钗、湘云这样的知识女性，但经常读书的也只有林黛玉。我们几乎看不到宝钗在读书，尤其在她说出"咱们女孩儿家不认得字的倒好……你我只该做些针黹纺织的事才是"（第四十二回）的一番大道理之后；湘云似乎应该喜欢读书，但小说中说她有做不完的针线活儿，要做到下半夜，也没看见她读书；迎春在读者面前曾以读书的姿态出现，但读的却往往是《太上感应篇》，这也是作者为了表现她的性格、为情节专门设定的。只有林黛玉的读书在作者笔下是一种文人的生活习惯，我们知道她经常抱着一本书在读，她的潇湘馆也被刘姥姥认作富家公子的上等书房。

6."东风"

曹寅在《竹村大理寄洋茶滇茶二本，置西轩中，花开索诗，漫题二首》中说："漫山百卉无边幅，裁剪东风恐未匀。"满山遍野的百花散漫自由地怒放着，恐怕是东风这一催生万物的主人雨露不均、吹涤偏颇造成的。大观园姊妹们在填《柳絮词》时，有两个人提到了"东风"，即林黛玉和薛宝钗。林黛玉在《唐多令》中说："嫁与东风春不管：凭尔去，忍淹留。"东风是强大的主宰者，虽然春天孕育和诞生了柳絮，但在强势的东风面前，春天也留不住柳絮，只能任凭他们被东风带走。薛宝钗在《临江仙》中说："白玉堂前春解舞，东风卷得均匀。……好风频借力，送我上青云。"在这里，春天、柳絮和东风三者的关系融洽，春天温顺解意，东风也风力恒定、不偏不倚。柳絮在大好机遇和助力下平步青云。相比之下，曹寅诗的思想感情与黛玉词更为接近。

"祖孙相似"模式与重文轻武的"一代不如一代"

《红楼梦》第二十九回，张道士和贾母的一段对话，从侧面暗示了贾宝玉和荣国公的承继关系："张道士道：'……我看见哥儿的这个形容身段，言谈举动，怎么就同当日国公爷一个稿子！'……贾母……说道：'正是呢，我养了这些儿子孙子，也没一个像他爷爷的，就只这玉儿还像他爷爷。'"张道士和贾母都是当年与荣国公亲密接触的人，二人虽未用惊人的形容词来描述其外貌、言谈举止，但从语气中能真切体会到当年的荣国公在他们心中是英俊超群和气质非凡的。既然说宝玉像爷爷，那么我们且来看看对宝玉的描写。《红楼梦》第三回林黛玉眼中的宝玉："面若中秋之月，色如春晓之花，鬓若刀裁，眉如墨画，面如桃瓣，目若秋波。虽怒时而若笑，即嗔视而有情。……越显得面如敷粉，唇若施脂；转盼多情，语言常笑。天然一段风骚，全在眉梢；平生万种情思，悉堆眼角。"第十五回，北静王看宝玉："见宝玉戴着束发银冠，勒着双龙出海抹额，穿着白蟒箭袖，围着攒珠银带，面若春花，目如点漆。水溶笑道：'名不虚传，果然如宝似玉。'"第二十三回，贾政眼中的宝玉："神彩飘逸，秀色夺人。"可以说这些都是对人物外貌美以及人物周身散发的魅力和风韵等不可言传之感的极致描写。我们很容易想到，作者在描写宝玉的时候，心中也会联想和顾及宝玉的爷爷，因为他给人物设定的模式便是"祖孙相似"。小说作者知道，读者在看到张道士和贾母的对话后，一定会把宝玉的外貌和荣国公的联系起来，那么这便是对荣国公的"不写之写"。

即便说曹雪芹不是贾宝玉，曹寅不是贾宝玉的爷爷，但这种祖孙相似的理念和愿望，的确是曹雪芹赋予小说人物的。在虚构故事中，孙子像爷爷的事实，无可辩驳。这起码说明，曹雪芹希望在他的小说中，孙子能够对爷爷有所继承，尤其是优点和长处。为什么作者在小说中会愿意一个孩子像他爷爷？他怎么不写这个孩子像他父亲？

我们再来看在现实中，曹雪芹的爷爷曹寅给人的印象是怎样的。曹寅的舅舅顾景星在为曹寅早年自编诗集《荔轩草》所作序中说："……晤子清，如临风玉树，谈若粲花。……与之交，温润伉爽，道气迎人，予益叹其才之绝出也！……昔子建与淳于生，分坐纵谭，蔗杖起舞，淳于目之以天人。今子清何多逊也！李白赠高五诗，谓其价重明月，声动天门，即以赠吾子清，海内月旦，必以予言为然。"曹寅"才气尤横肆不羁"的舅舅将自己的外甥与曹子建相比，又引李白赠外甥高五诗作典，喻其"贤甥即明月，声价动天门"，可见曹寅勇武才华皆不输古之大贤者。

从现有文献上，我们知道曹寅逝于1712年，曹雪芹大约生于1715年，祖孙之间素未谋面。但当时诸多名流士子对曹寅的高度评价，活在今天的我们尚且略知一二，何况当年的曹雪芹。而关于曹寅的更为详尽的信息他还可以从身边亲朋好友口中得知，那会比我们现在的认识直观和感性得多。那么，他对曹寅必然是有一定的崇拜和向往的，也因此使得他对"一代不如一代"的事实有了清醒的认识。小说中的祖辈功勋卓著，父辈才华平庸（贾政亲口说："我自幼于花鸟山水题咏上就平平的，如今上了年纪，且案牍劳烦，于这怡情悦性的文章上更生疏了。纵拟了出来，不免迂腐古板……"），儿孙辈金玉其外。"宁荣两府五世传代脉络，从家族兴盛之'源'，'演'（水长流；传，延）而为'代'君王'善'世'化'

民，再到以'文'守业、以'玉'成人，都体现了兴家望族的良好愿望，然而第五代以'草'字命名，却昭示了贾府这个贵族之家由兴而衰的必然趋势。"[1]这种安排，不能不说是作者的一种人生体验与慨叹。"陆机之辞赋先陈世德"，就是要"咏世德之骏烈，诵先人之清芬"，小说中的祖孙相似，也寄托了作者对祖辈的一种缅怀，对平辈人的一种批判与鞭策。

曹雪芹的"一代不如一代"之叹，还表现在对祖辈武功遗忘的书写上。曹氏以军功起家。天聪八年，曹振彦已经被封"牛录章京"即佐领，带领三百人的队伍立过军功；曹玺曾参加平息姜瓖叛乱并立军功，被提拔为内廷二等侍卫，管銮仪事；曹尔正、曹寅也都曾任"旗鼓佐领"，皆为统兵之人。曹寅的诗中多处都表现出对跃马弯弓的喜爱和迷恋，他经常在诗中说"安能满挽水犀弩，直射山阴白马回"（《宿来青阁》），康熙十一至十二年间，曹寅在京任御前侍卫所作的《射雉词》更是对弓马狩猎表现出极大兴趣："少年十五十六时，关弓盘马百事隳。不解将身事明主，惟爱射雉南山陲……陇头峨峨行且舞，陇下绛冠力如虎。不惜二雄为雌死，但言新试铜牙弩。"康熙三十六年曹寅40岁时，尚带领儿辈演练骑射"又携儿辈踏晴秋"，并且表达了"世代暗伤弓力弱，交床侧坐捻翎花"的遗憾（《射堂柳已成行，命儿辈习射，作三捷句寄子猷》）。康熙四十五年曹寅49岁，述职南归途中为侄子曹頫讲解骑射时说"执射吾家事"，可见其对曹氏武功起家的历史及家族习武传统颇为自豪。然后他热情洋溢地向侄子传授拈弓搭箭和狩猎的技法："熟娴身手妙，调服角筋良。猛类必先殪，奇材多用张。风尘求志士，抽矢正盈房。见猎心犹喜，忘筌理或然。生驹盘宿莽，伏兔起寒田。极势骋群快，当机决一先。悬知得意处，濡血锦鞍鞴。"最后又忍不住表达了自己虽年过半百、体力衰微，却斗志不减的豪情："吾年方半百，两臂已枯株。驾驭气每厉，驰驱乐久无。可堪挥白羽，安事践青蒲。卧获江湖晚，余生任举罛。"（《途次示侄骥》）不仅曹寅给侄儿讲射法，他和二弟从小也是一起听父辈讲究射法的"回忆趋庭传射法"（《闻二弟从军却寄》）。不仅如此，曹寅《楝亭

[1]俞晓红：《〈红楼梦〉前五回之于全书的整体建构意义》，《学语文》2020年第2期。

295

图12-1 贾兰演习骑射

词钞》序中描绘其勇武形象，更是威猛："为天子侍卫之臣。入则执戟螭
头，出则髟缨豹尾，方且短衣缚裤，射虎饮麈，极手柔弓燥之乐。"

《红楼梦》中的贾家和曹家一样，也是武功起家。但有一个情节我们
都很熟悉："只见那边山坡上两只小鹿箭也似的跑来，宝玉不解其意，正
自纳闷，只见贾兰在后面拿着一张小弓追了下来。一见宝玉在前面，便站
住了，笑道：'二叔叔在家里呢，我只当出门去了。'宝玉道：'你又淘
气了。好好的射他作什么？'贾兰笑道：'这会子不念书，闲着作什么？
所以演习演习骑射。'宝玉道：'把牙栽了，那时才不演呢。'"（第
二十六回）此处有甲戌本侧批说："奇文奇语，默思之方意会。为玉兄之
毫无一正事，只知安富尊荣而写。"（图12-1）

祖上建功沙场，以武功得名，到了后代人身上这种能力不仅荡然
无存，即便偶尔在自家中后花园里演习一下骑射，都要担心可能"栽了
牙"。宝玉和众姊妹要在芦雪庵烤鹿肉，"只见老婆子们拿了铁炉、铁
叉、铁丝（缲）来，李纨道：'仔细割了手，不许哭！'"（第四十九
回）别说兵器了，就是普通的刀叉也怕割手。整部《红楼梦》除有一处写
到贾珍率众习射外，对贾府男性在武功上的锻炼和培养就再无描写，他们
早已丧失了这一部分的能力和兴趣。而即便是贾珍这一场习射也只是这样
一番景象：

原来贾珍近因居丧，每不得游顽旷荡，又不得观优闻乐作遣。无聊之极，便生了个破闷之法。日间以习射为由，请了各世家弟兄及诸富贵亲友来较射。……这些来的皆系世袭公子，人人家道丰富，且都在少年，正是斗鸡走狗，问柳评花的一干游荡纨袴。……于是天天宰猪割羊，屠鹅戮鸭，好似临潼斗宝一般，都要卖弄自己家的好厨役好烹炮。不到半月工夫，贾赦贾政听见这般，不知就里，反说这才是正理，文既误矣，武事当亦该习，况在武荫之属。……贾珍志不在此，再过一二日便渐次以歇臂养力为由，晚间或抹抹骨牌，赌个酒东而已，至后渐次至钱。如今三四月的光景，竟一日一日赌胜于射了，公然斗叶掷骰，放头开局，夜赌起来。（第七十五回）

　　所谓的习射只不过是世袭公子和富贵亲友们无聊之余和"斗鸡走狗、问柳评花"一样用作消遣的借口，最后又演变成较量厨艺和斗酒赌博的下三烂活动了。虽"武荫之属"，却全无武功骑射之能，相比曹寅诗中所写对骑猎与驰骋疆场的雄心和热情，则不啻天壤。这也是作者于"实愧则有馀、悔又无益之大无可如何之日"，写下因"已往所赖天恩祖德，锦衣纨袴之时，饫甘餍肥之日，背父兄教育之恩，负师友规谈之德，以至今日一技无成、半生潦倒之罪"，以示对祖宗家族的惭愧之情。

曹寅"群臭"和宝玉"浊臭"以及被删掉的"别集"

　　虽然曹寅一生投身仕途，但内心深处的某个地方，还是有着对自由生活的深切向往、对周围燕雀鸦属的厌恶和不得不应酬周旋的无奈，因为他并非连同精神都卖给了官家的庸俗之辈。我们来看一个问题，郭振基在曹寅《楝亭诗钞别集》的序中评价曹寅与江南士大夫交往的行止时说："既官于南，江左贤士大夫及缝掖之士，凡通声韵者，咸以公为宗工喆匠，趋风恐后。而公倾心晋接，文酒宴酬，殆无虚日。片词之善，必为弘奖。"有研究者认为曹寅结交江南士人是有政治目的的。看郭振基这一段言辞恳切、冠冕堂皇地褒语也可知曹寅日常对待各种有名无名、慕名而来之人的谦恭态度。可是这都是些什么人？难道都是有能力编修大型书籍的知识分子吗？除"贤士大夫"外，当然还有"缝掖之士"。而"凡通声韵者"则说明甚至还可能有一些在诗词赋对上不仅没有造诣，还相当于初学的人，或因慕其文名，或因慕其官名，其中自然少不了滥竽充数、趋炎附势之流，皆以"趋风恐后"之势围绕追逐着曹寅。我们也可以从曹寅晚年的一些诗序中看到他表示自己在家中经常收到很多人的诗，都需要他一一回应和对，但是他只能以称病不能出门或不能及时回复的理由来婉拒，其中之烦闷甚为清晰。有趣的是，我们来看曹寅晚年在提及平素结交的人时，他竟忍不住直言不讳地说：

平居厌群臭，一官寄余腐。
幸脱酒肉场，阑入典籍罟。

（《书院述事三十韵答同人见投之作》）

这话是对和他一起参与《全唐诗》《佩文韵府》的刊刻编辑工作的知识分子们说的。可见在他心中，平时接触的都是些"群臭"，而且"酒肉场"也是令他厌恶不已的。郭振基说他对那些来找他谈诗论词的人都是"文酒宴酬，殆无虚日"，结合他自己的说法，我们就明白那些所谓"殆无虚日"的"宴酬"对曹寅来说，很可能大多数都是让他压抑着内心的强烈反感、不得不做的事而已。《红楼梦》中宝玉所谓男人都是"浊臭逼人"的话确是有本而来。

《楝亭诗钞别集》是曹寅门人弟子于康熙五十二年，即曹寅去世第二年，搜集其生前未刊之文稿汇辑而成。曹寅生前曾多番编订自己的诗文集并加以刊刻。孙殿起《贩书偶记》中说："《楝亭诗钞》……康熙己丑精刊，有王朝瓒序。据序称：楝亭诗集千首，自删存什之六……既而楝亭重加精采，又去三分之一……"就是说曹寅多次编订诗文集，删诗甚多，收录在《楝亭诗钞别集》中的这些诗都是被他自己删掉或根本不想刊刻出来示人的。对比曹寅自选的《楝亭诗钞》和后人辑录《别集》中的诗就会明白，《别集》中的多是怡情冶性、感怀伤逝、家世沧桑怨怼、私情秘事之作，如有人送了春宫图给他，他高兴之余作《题秘戏图三首》说"送与盹翁开道眼"。还有各种对日常生活和亲情的感怀："细雨闲窗怜旧句，谁知草木替人愁。"（《撼事为诗复戏成二断句》）"山妻椎髻笑整容，……鼓粥饭气加姜葱，先生拥鼻呼阿侬。奴子奏伎非凡庸，我歌汝和相始终。"（《凉语》）"鬼神偏亦解相思，贝阙春愁十二时。不信柳郎成底事，虎头端的为情痴。"（《读顾文饶洞庭龙女诗戏题其后》）"我亦何心说漂泊，苦吟须让不凡虫。"（《闻蛩感题二首》）"错将薏苡谤明珠……长安近日多蒴草，处处真花似假花。"（《子猷摘诸葛菜感题二捷句》）他自己选出来刊刻的皆是带有政治色彩的部分，包括交游和日常生活。不管郭振基等人出于何种目的出版被曹寅删去的诗，那都是曹寅的"另一面"，也是他认为"不登大雅之堂"的作品。就像郭振基对他的评价一样，不是他心中所想。他不想把真实的业余生活和情感示人，就像他不喜欢那些"群臭"却不得不去应酬一样。在他内心中，柔软的真情与他的仕途是矛盾的，他选择了后者。但是，历史留下的却是两个相似的话题：曹寅所谓的"群臭"和贾宝玉所谓的"浊臭"。而宝玉在《红楼梦》中时时抱怨和畏惧的仕途生涯，也正是曹寅内心真实情感的写照。

"不涉户外一事"的曹寅对徐元文《感蝗赋》的态度

曹寅一生所作之诗，绝大部分是应酬唱和或相见送别友人之作，少有独处兴发的怡情之写，也许忙于各种公务，也许他也把作诗看成工作的一部分，因而读其诗集感觉能撼人心魄或极具感染力的作品不多。曹寅的诗比较拘谨，缺乏纵横捭阖之感，亦少情感跌宕之语。好不容易有"两日画帘闲不卷，老夫可是护花忙"（《元威、綑庵送牡丹口占代柬》）"日斜莺倦出门去，收拾残香好再来"（《城西看牡丹四捷句》）的句子，还是辞世当年所作。曹寅因其少年入宫，很少接触下层百姓生活，或是受身份和朝局所缚，以致其诗如毛际可所云"不涉户外一事"者。

其实，如果他具备很强的忧国忧民意识，对黎民百姓有更多的关注与情怀，有爱民和为民的理想，如同他的父亲曹玺在织造任期间对百姓所做之事，加上他一生受到康熙的庇护和所获得的荣誉、财富，他不应表现得如此颓废。在与宋荦的唱和中他说："幸不求吾是，栖栖元道州。"觉得幸亏自己不是那为人民疾苦忙碌奔波的唐代天宝道州刺史元结。也许可以将这句诗理解为他的自谦，或者认为他为当朝讳，不敢表现民生疾苦。但从他诗中的语气和用词来看，似乎并非如此。从曹寅的诗中，我们没有看到"先天下之忧而忧，后天下之乐而乐"的深沉情怀，也没有感到他多么远大的政治理想、雄心抱负和政治襟怀，反倒是表现闲散无聊情绪、为赋新词强说愁的作品比较多"空山蹬蹬花寂寞""阳和尔我同闲适，春色人情破懊恼"（《二十八日偕朴仙看梅清凉山，同赋长句》）。

在《赴淮舟行杂诗十二首》中，他写了一路上所见所遇之自然和人文景观，偶尔也会在享受着华服美食的时候，忽然想到百姓的艰难生活，但也只是感叹一下而已，"炬火明津泽，貂襜满座床。黔黎正艰食，举酌莫相忘"。因为缺少了解，所以不能产生真诚的同情怜悯，于是，紧接着马上又写道"云帆除破浪，画楫更传餐。凫鷖来方物，车螯上食单"，立刻开始品尝鸟肉羹和蛤类的美味了。此时此刻，他所追求的就是"簿书惭素饱，风水幸平安"的偷安，还有"迟赏射堂梅"的雅致生活。至于对百姓疾苦的担忧，也只是昙花一现罢了。

康熙十五年，山东至江苏一带发生蝗灾，徐元文在丁母忧归里途中，将所见撰成《感蝗赋》，赋中详细描述灾情，并抱怨蝗灾是因官员"贪苛所致"，天怒降灾祸于民。徐文元系顾炎武之外甥，徐乾学之弟，顺治十六年状元郎。为官刚直不阿，对整肃清初吏治颇多主张和贡献，为康熙所倚重。我们从他对蝗灾的态度中能看出其为吏治之腐败愤恨不已。虽如此，他的愤恨亦不曾影响其仕途，在他写完那篇带有讽刺时弊的《感蝗赋》之后，即康熙十八年特召其监修《明史》，康熙二十六年又迁刑部尚书，又拜文华殿大学士。后因陷入党争，致仕后亡故。康熙四十六年，江浙地区又遭蝗灾，曹寅针对徐元文赋，作《题玉峰相国感蝗赋后》曰："蝗之生也，天亦无如之何。阴阳消长，随时变迁，有识者能无慨乎！今岁江浙间多蝗，不食稼，而小民惊吪日甚。使公在，不知更当何如。丁亥九月十五仪真县西轩敬读拜手题。"徐元文卒于康熙三十年，曹寅作该题记时，徐已去世。曹寅题记显然很不赞成徐元文所说，且称百姓为"小民"，认为虽然蝗虫很多，也没有吃庄稼，那些小老百姓还是一惊一乍，语气中颇有不屑。蝗虫吃不吃庄稼我们不敢妄言，但曹寅此语将其内心对朝廷、对吏治和百姓疾苦的态度与倾向性暴露无遗。他对徐元文的不尊更是跃然纸上，这也是很奇怪的事。曹寅在《纸簏说》一文中说"厚于德者缄其口"，这也是他一向为文的作风。他的诗文集中虽然不像有些仁人志士那样表达对芸芸众生艰难生活的同情，却也轻易不用刻薄之语表意。不知对徐元文的态度是党争之故，还是因徐元文是获罪致仕，为朝廷所不喜，才会令一贯作文有忠厚之风的曹寅表现得如此轻薄，甚至略带愤恨。

曹寅应该并非因养尊处优之故而不知民艰的，因为就连生长在深宫的乾隆都在诗中一再表达对百姓艰苦生活的同情："学生时代，他写过许多首以'爱民'为主题的诗歌。严冬之夜，他倚坐在紫禁城暖阁的炉火边，听着窗外北风呼啸，蓦然想起城外茅屋里的穷人会怎么熬过这个寒夜：'地炉燃碳暖气徐，俯仰丈室惭温饱。此时缅想饥寒人，茅屋唏嘘愁未了。'随父亲外出谒陵打猎时，他看到农民正在地里秋收，挥汗如雨，遂写下了这样的诗句：'吾闻四民中，惟农苦莫若。'……勿忘小民嗷嗷待哺之情。"[1] 乾隆对于灾情更是不断为百姓一洒同情之泪："史料表明乾隆一生多次因为灾情而流泪。有一年，安徽太湖县受灾，灾民在野外

[1]张宏杰：《饥饿的盛世：乾隆时代的得与失》，重庆出版社2016年版，第92页。

[1]张宏杰：《饥饿的盛世：乾隆时代的得与失》，重庆出版社2016年版，第92—93页。

掘得一种'黑米'，数量甚大，掺在其他粮食中，可以用来充饥。乾隆得知后，命地方官把这种'黑米'呈上一些，自己亲口尝试之后，不禁潸然泪下：'……煮食亲尝试。嗟我民食兹，我食先坠泪。……'"[1]处于水深火热中的"小民"的生存状态是很多诗人着意描写的对象，但在曹寅看来，有点儿蝗虫不算什么，蝗灾又如何？小民便要因此生出许多骚乱才更显可恶。"小民"一词，本无褒贬，但联系上下文，便可暗含褒贬。《书·君牙》："夏暑雨，小民惟曰怨咨；冬祁寒，小民亦惟曰怨咨。"《三国志》卷六《魏书》："卓作色曰：'杨公欲沮国家计邪？……百姓小民，何足与议。'"《汉书·食货志》："邑有人君之尊，里有公侯之富，小民安得不困？"《后汉书》卷四十九："正士怀怨结而不见信，猾吏崇奸轨而不被坐，此小民所以易侵苦，而天下所以多困穷也。"《宋书》卷四十二："时晋纲宽弛，威禁不行，盛族豪右，负势陵纵，小民穷蹙，自立无所。"苏轼《奏浙西灾伤第一状》："富民皆争藏穀，小民无所得食。"《明史》卷一百八十八："陛下广殿细旃，岂知小民穷檐蔀屋风雨之不庇；锦衣玉食，岂知小民祁寒暑雨冻馁之弗堪；驰骋宴乐，岂知小民疾首蹙頞赴诉之无路。"曾国藩最信任和仰重的幕僚之一赵烈文在同治六年五月初七日的日记中记载了曾国藩对禁止海上百姓贩卖豆饼事的态度："中国小民太苦，轮船入内河，则中国船无复人坐，中国小民便皆饿死，此事万万不行。"[2]比较之下，曹寅所谓"小民惊吒日甚"就很明显有贬义倾向了。照此看来，毛际可评论其诗"不涉户外一事"，则不见得是一件好事了。

[2]赵烈文：《赵烈文日记》第三册，樊昕整理，中华书局2020年版，第1457页。

凤姐点戏与"代君受过"的主题

不仅小说作者的思想会受到家族先辈的影响，小说的主题也不乏家族政治的影子。从脂批开始，历来研究《红楼梦》者皆认同小说中若干情节及人名、诗词、谜语、戏曲等，如《好了歌解》《红楼梦曲》，对小说人物或家族命运有预示作用的说法。其中有一个细节，虽然是旧事重提，却也别有新意。

《红楼梦》第十一回"庆寿辰宁府排家宴，见熙凤贾瑞起淫心"中写到凤姐点了两出戏，其中之一是《弹词》。《弹词》出自清代洪昇《长生殿》传奇的第三十八出，以咏唱杨玉环为主。历史上对杨贵妃的评论主要有两种倾向：

第一种，与《长生殿》作者洪昇相同，即公开批评李隆基是"弛了朝纲，占了情场"，对杨玉环之死的性质明察秋毫，"剧终凭吊杨玉环的唱段写得十分凄婉……剧作者的同情明确在杨玉环一边，'一代红颜为君绝，千秋遗恨滴罗巾血'这是弹词中的名句，表明剧作者认为杨玉环是代君受过，遗恨千秋"[1]。自杜甫以降，写马嵬诗者众多，如韦庄"今日不关妃妾事，始知辜负马嵬人"（《立春日作》），李商隐"冀马燕犀动地来，自埋红粉自成灰"（《马嵬二首·其一》）。皆认为"杨国忠诸人是罪有应得。杨妃既是受诸杨牵连，又是代玄宗受过"[2]，真正的罪魁是唐明皇李隆基。

第二种，如刘禹锡"军家诛戚族，天子舍妖姬"（《马嵬行》），杜牧"霓裳一曲千峰上，舞破中原始下来"（《过华清宫》），罗隐"从来绝色知难得，不破中原未是人"（《马嵬坡》），更有洪秋蕃曰"《弹词》是杨玉环因淫而死"。此说明显维护君王，将责任全部推到杨玉环身上。

我们都知道，《红楼梦》凡例中明确道出其写作目的就是要为"闺阁昭传"。曹雪芹既对女子寄予如此深刻的同情和尊重，则《红楼梦》中让凤姐点《弹词》的目的不太可能是站在上述所说第二种立场之上，强调某女子是"因淫而死"的。因此，我们现在可以暂定，《红楼梦》中作者提到《弹词》，其态度应该是与洪昇相同，认为杨玉环是代君受过。

李玫在《〈红楼梦〉中王熙凤、贾元春点〈长生殿〉折子戏意义探究》一文中很详细地分析了《弹词》一出戏在曹雪芹时代的风行情况及其"曲高和寡"的特点。论证了凤姐点《弹词》一段对人物描写的作用是"点

[1]李玫：《〈红楼梦〉中王熙凤、贾元春点〈长生殿〉折子戏意义探究》，《红楼梦学刊》2016年第4辑。

[2]王炎平：《评历代咏马嵬诗——兼议杨贵妃文化现象》，《北京大学学报》2012年第6期。

《弹词》表现了王熙凤行事应对灵活，点戏因观者而异"。并且李玫认为点《弹词》除烘托人物特征之外，还预示了元妃早死、贾家衰落的结局。

《红楼梦》第十七回至十八回"大观园试才题对额，荣国府归省庆元宵"中，贾元妃点了四出戏，正文后均有脂批：第一出《豪宴》（脂批：《一捧雪》中伏贾家之败）；第二出《乞巧》（脂批：《长生殿》中伏元妃之死）；第三出《仙缘》（脂批：《邯郸梦》中伏甄宝玉送玉）；第四出《离魂》（脂批：《牡丹亭》中伏黛玉死）。所点之戏剧伏四事，乃通部书之大过节、大关键。李玫在此处道出了问题关键："四出戏的剧情及意义分别预示了贾家的运势以及元春、宝玉、黛玉等人物的命运和结局。实际上如果逐一探求这四出戏的内容与《红楼梦》中人物情节的关联，会发现并不是都能直接对应，脂评是联系这些折子戏所出自的传奇概而言之。"因此，王熙凤所点《弹词》其实除了上面所说预示了元妃早死、贾家败落之外，还表达了作者如同洪昇一样的对杨贵妃的同情。

但笔者认为，除此之外，此处更深一层还隐含着"代君受过"的主题。这得从曹家被抄的原因谈起。

康熙在位期间六次南巡，四次以曹寅的江宁织造府为行宫。曹寅年俸一百五十两，可是修建行宫一次出资就两万两。南巡的巨额花费让曹家陷入财政危机。如《红楼梦》中所说："别讲银子成了土泥，凭是世上所有的，没有不是堆山塞海的。'罪过可惜'四个字竟顾不得了……也不过是拿着皇帝家的银子往皇帝身上使罢了！谁家有那些钱买这个虚热闹去？"此话说得轻巧，"皇帝家的银子"难道可以用了不还的吗？即便是像康熙和曹寅之间那样亲密如家人般的君臣关系，提到曹寅盐课亏空问题，康熙还是深为忧虑，一再朱批示意："风闻库帑亏空者甚多，却不知尔作何法补完？留心，留心，留心，留心，留心！……亏空太多，甚有关系，十分留心，还未知后来如何，不要看轻了。"[1] 在康熙的帮助下，曹寅、曹颙、曹頫，两代三任织造，在任期间都一直在为朝廷补亏空而疲于奔命。不仅如此，曹寅在江宁织造任上还要笼络当地名士，此一笔花费亦不在小

[1]故宫博物院明清档案部编：《关于江宁织造曹家档案史料》，中华书局1975年版，第77、79页。

数，详细论证可参考胡晴《繁华落尽见真淳——试论曹家被抄的原因及其对曹雪芹创作思想的影响》[1]一文。可见，曹家盐课亏空绝大部分是因公之需，以康熙的精明和睿智，对这一点是心知肚明的："曹寅、李煦用银之处甚多，朕知其中情由。"[2]

所以说，雍正五年十二月二十四日上谕中"江宁织造曹頫，行为不端，织造款项亏空甚多"的罪名坐实，曹家难免罹抄家之难，此皆非康熙这位"老主子"泉下之力所再能保全者。

《红楼梦》中凤姐点《长生殿·弹词》一出，除可以彰显凤姐的个人修养和暗示元妃之死等内容外，笔者认为，作者更深用意在于两点：

一是借杨贵妃"代君受过"隐喻曹家代君家受过，以致遭遇籍没家产的厄运。

二是让王熙凤点这出戏也大有意趣。对于君王来说，曹家的下场，原因之一是"代君受过"，对于贾家来说，王熙凤的下场又怎能说不是这样的原因呢？

[1]胡晴：《繁华落尽见真淳——试论曹家被抄的原因及其对曹雪芹创作思想的影响》，《红楼梦学刊》2003年第1辑。

[2]故宫博物院明清档案部编：《关于江宁织造曹家档案史料》，中华书局1975年版，第176页。

第十三章　从《风月宝鉴》到《红楼梦》：成书与创作思想的嬗变

缘起

　　学界普遍承认《红楼梦》的成书过程中曾有过五个题名：《石头记》《情僧录》《红楼梦》《风月宝鉴》《金陵十二钗》。"作者每增删一次，就增加一个题名，它们所题的是同一部小说在不同创作阶段的稿本……却不等于说，作者在甲戌年之前有过五个稿本，实际上，前两次增删即在初稿之上进行，因为目前我们能够肯定确实存在过的稿本只有两本：曹棠村作序之《风月宝鉴》，二是明义、墨香、永忠等所见之《红楼梦》。"[1]而《风月宝鉴》一稿因有甲戌本眉批："雪芹旧有《风月宝鉴》之书，乃其弟棠村序也。今棠村已逝，余睹新怀旧，故仍因之。"被学界认为早于《红楼梦》，在乾隆甲戌年（1754）已不存在。

　　《红楼梦》甲戌本"凡例"开篇说："一曰《风月宝鉴》，是戒妄动风月之情……又如贾瑞病，跛足道人持一镜来，上面即錾'风月宝鉴'四字，此则《风月宝鉴》之点睛。"说明《风月宝鉴》的主旨是要"劝诫"。今本已删"秦可卿淫丧天香楼"故事，庚辰本第十一回有批语："古今风月鉴，多少泣黄泉。"基本说明秦可卿故事亦在此稿中。能大致确定属于此稿"妄动风月之情"的故事还有薛蟠故事、二尤故事、秦钟和智能故事、多姑娘故事等，也就是说今本《红楼梦》中的一些故事是从《风月宝鉴》中发展而来的。《红楼梦》成书研究中著名的"一稿多改"

[1]朱淡文：《红楼梦论源》，江苏古籍出版社1992年版，第197页。

和"二稿合成"的说法就是围绕这两部书稿的关系而产生的。

目前这方面研究的关注点基本集中在《风月宝鉴》中的哪些具体情节、是如何被增删成今本《红楼梦》的问题上，但对二者创作思想的继承和发展却研究不足。也正是因为对二稿创作思想缺乏了解和深入认知，导致很多人谈"风月宝鉴"而色变。因为研究表明，《红楼梦》的"前身"《风月宝鉴》似乎是专事"淫邪"之书，迫使一些热爱《红楼梦》的学者每提及此就要特意宣布："《风月宝鉴》绝非一部黄色小说。因为其中石头与绛珠仙草的爱情悲剧乃系写'儿女真情'之文字，未可与传统的风月故事等同。且雪芹对'风月'的理解与流俗不同……"[1] "必须首先说明的是，辨识分析《红楼梦》中由《风月宝鉴》迁入部分的不足之处，或者说异质性，从根本上无损于《红楼梦》的伟大……"[2] 之所以存在这类缺乏自信的宣告，还是因为对二稿创作思想及其关联缺乏了解。不理解《红楼梦》思想的进步到底在哪里，学术自信也就无从谈起。因此，对《风月宝鉴》和《红楼梦》中创作思想嬗变的问题的研究亟待展开。

本文尝试提出《风月宝鉴》是传统"女祸"思想的延续，并探讨《红楼梦》作者如何借用了《风月宝鉴》"镜子正反面"分别代表"美女和死亡"的"女祸"思想，巧妙设计了贾宝玉和甄宝玉的两个完全相反、相当于照"风月鉴"正反面的游历，来宣扬他的政治观。而作者的政治观恰好是借助了其"女性主义萌芽思想"得以与传统决裂，这也是小说被清廷查禁的原因之一。作者用镜子的"正即反，反即正"（假作真时真亦假）的二元对立，和贾瑞、贾宝玉、甄宝玉、黛玉和秦钟几种人物的命运以及他们各自对仕途的态度来衬托作者自己思想中的两个正反面（悔和不悔）。文章结合曹寅《楝亭集》中所体现出来的对出仕和归隐思想的强烈比照，反观《红楼梦》作者对此问题的看法，可以发现他们之间明显的相似性。而《红楼梦》作者在对小说"劝诫"方法的运用时，摆脱了中国古代小说传统"劝诫功能"的套路的束缚（中国古代凡"劝诫"小说，绝大部分都是用规劝的过程和结果来表现规劝的好处，比如被劝者诚心改过，之后便

[1]朱淡文：《红楼梦论源》，江苏古籍出版社1992年版，第200页。

[2]谭德晶：《论自〈风月宝鉴〉迁入部分的异质性》，（古代小说网首发），https://baijiahao.baidu.com/s?id=1700411448469702493&wfr=spider&for=pc，2021年5月22日。

家道兴盛、子孙功成名就、封妻荫子等，但从未有一部小说像《红楼梦》这样，"劝诫"的结果是无效的）。从《风月宝鉴》到《红楼梦》，作者的思想有质的飞跃，而用来表现这一思想的正是新颖而与众不同的创作方法，从而使《红楼梦》"反封建反传统"的思想清晰地展现在读者面前。

作者受"风月宝鉴"启发而创造的甄贾宝玉的相反游历

从《风月宝鉴》一稿中，《红楼梦》作者借鉴的是形式，改善和提升的是思想。《红楼梦》第十二回，贾瑞病，有道士给他一面镜子"风月宝鉴"（也叫"风月鉴"），并叮嘱他只能照反面，不能照正面。贾瑞在镜子的正面看到的是凤姐的召唤和性爱，在镜子的反面看到的却是"一个骷髅立在那里"。于是，贾瑞不顾道人告诫，只看正面，不看反面，最后精尽而亡。这是典型的传统"女祸"思想的表现，即"美女=死亡"，我们后文详论。

在《红楼梦》中，作者没有抛弃《风月宝鉴》中贾瑞的故事，并不代表他赞成其中的"女祸"思想。恰恰相反，《红楼梦》被官府查禁和所谓的"反封建"意识正是"出淤泥而不染"，从这一窠臼中脱颖而出的结果。作者借用了"女祸"思想所附着的贾瑞正照"风月鉴"的情节，设计了贾宝玉和甄宝玉的两个完全不同的游历，来告诉读者他内心的"真"和"假"的定义到底是什么，他的政治观是什么。第十二回，贾代儒夫妇要烧"风月鉴"：

> 只听镜内哭道："谁叫你们瞧正面了！你们自己以假为真，何苦来烧我？"……只见那跛足道人从外面跑来，喊道："谁毁'风月鉴'，吾来救也！"（第十二回）

这里，作者明确提出了"以假为真"的命题。在两百多年的《红楼梦》研究中，一直存在着对小说思想中"真假"的论争。太虚幻境对联"假作真时真亦假，无为有处有还无"，和小说中江南甄家的存在更为这一主题铺设了巨大的谜团。但如果从贾瑞照"风月鉴"故事的角度来看，似乎又有另一番解释。如果"风月鉴"正面即指恶的、坏的、错误的；反面即指善的、好的、正确的。那么，这就是"正即反，反即正"，如果用真假来替换就是"真即假""假即真"（第一百零三回甄士隐说："什么真，什么假！要知道真即是假，假即是真。"），也就是所谓的"假作真时真亦假"。但是，舒元炜序本中的太虚幻境对联却不是"假作真时真亦假，无为有处有还无"，而是"色色空空地，真真假假天"。一般认为没有修改完好的句子，应该是早期的文字。那么，作者可能最开始就打算用"真假"来表现其色空观，而他的色空观最终的落脚点是对政治前途的态度，即对出仕和归隐的思考，这个思考是通过甄贾宝玉来体现的。

关于《红楼梦》中甄贾宝玉的关系及其寓意的说法从清代就开始出现，这个问题始终是红学中的热门话题，但答案却莫衷一是。二知道人在《红楼梦说梦》中认为作者之所以要创造出一个和贾宝玉外貌相同的甄宝玉就是为了"恐阅者误以贾宝玉为绝特也"[1]，要让人们知道世上的宝玉还有很多；裕瑞在《枣窗闲笔》中认为作者写出的两个宝玉真假难辨，便是妙文，后四十回续作者"不解其旨，呆呆造出甄贾两玉，相貌相同，情性各异"，让二宝玉梦见，是荼毒了作品，而作者的本意应该是写甄宝玉"受责呼姐妹止痛，及惟怜爱女儿情性"的，目的是"先为贾宝玉写照"[2]，即甄宝玉只是为突出贾宝玉而存在；侠人《小说丛话》认为以往的说法都太复杂了，甄宝玉就是指真玉，贾宝玉就是指石头而已[3]；芙萍在《曹雪芹的生活观——小说研究之一》中说："贾（假）宝玉是甄（真）宝玉的影子"，贾宝玉是"梦中人"，甄宝玉才是作者要表达的对生活的真态度；[4]茅糜在《红楼新话》中认为，甄宝玉和贾宝玉其实就是一个宝玉，即"甄应嘉"者，"真应假"也，[5]诸如此类的说法不一而足。虽然都指出二人之间存在某种辩证的关系，但也都没说清楚到底是一

[1] 一粟编：《古典文学研究资料汇编·红楼梦卷》，中华书局1963年版，第99页。

[2] 爱新觉罗·裕瑞：《枣窗闲笔》，上海古籍出版社1984年版，第167–168页。

[3] 一粟编：《古典文学研究资料汇编·红楼梦卷》，中华书局1963年版，第573–574页。

[4] 吕启祥 林东海主编：《红楼梦研究稀见资料汇编》，人民文学出版社2001年版，第281页。

[5] 吕启祥 林东海主编：《红楼梦研究稀见资料汇编》，人民文学出版社2001年版，第1088页。

种怎样的关系。

笔者发现，《红楼梦》作者为了表达自己的政治观点，专门设计了两个重要游历，分解了贾瑞照"风月鉴"的故事，即让两个宝玉分别经历"风月鉴"的正反面。这两个梦中游历和贾瑞照"风月鉴"的关联，始终没有被学术界所注意到，其实这是反映《红楼梦》思想主脉的典型例证。

1. "风月宝鉴"正面：宁荣二公对贾宝玉"以毒攻毒"的性教育

第五回贾宝玉梦游太虚幻境，警幻仙姑说自己"司人间之风情月债，掌尘世之女怨男痴"，"因近来风流冤孽，缠绵于此处"，她的任务就是来"访察机会，布散相思"的，即负责教人经历男欢女爱。正因为她的这个"职业"，宁荣二公的魂才会来请求警幻仙姑以女色引诱贾宝玉（即所谓"先以情欲声色等事警其痴顽"）：

> （警幻仙姑）偶遇宁荣二公之灵，嘱吾云："吾家自国朝定鼎以来，功名奕世，富贵流传，虽历百代，奈运终数尽，不可挽回者……惟嫡孙宝玉一人，……幸仙姑偶来，万望先以情欲声色等事警其痴顽，或能使彼跳出迷人圈子，然后入于正路，亦吾兄弟之幸矣。"……故引彼再至此处，令其再历饮馔声色之幻，或冀将来一悟，未可知也。
>
> "……今既遇令祖宁荣二公剖腹深嘱……再将吾妹一人，乳名兼美表字可卿者，许配于汝，今夕良时，即可成姻。不过令汝领略此仙闺幻境之风光尚如此，何况尘世之情景哉？从今后万万解释，改悟前情，留意于孔孟之间，委身于经济之道。"说毕便秘授以云雨之事，推宝玉入房中，将门掩上自去。（第五回）

在贾府先祖眼中，声色是破坏子孙投身仕途经济学问的毒药。但是他们也知道，再严格的外力限制也不可能使子孙超越人性。于是他们选择了一种截然相反的劝诫方式——给他以极致的声色满足：仙女不过如此，何况凡间女子。希冀宝玉能从情欲之念中超拔出来，不要因沉迷女色而自毁前程。但是，《红楼梦》作者却与古代小说"劝诫"传统决裂，故意让"劝诫"失效，偏让贾宝玉体会过仙界男女欢爱之后，依然逃不过跌入"迷津"的劫数。虽然警幻仙姑让宝玉"快休前进，作速回头要紧！"并告诉他："此即迷津也……设如堕落其中，则深负我从前谆谆警戒之语矣……"但很遗憾，"只听迷津内水响如雷，竟有许多夜叉海鬼将宝玉拖将下去"。宝玉被拖到哪里去了？人间。因为，紧接着作者写道："吓得宝玉汗下如雨……吓得袭人辈众丫鬟忙上来搂住……"作者要告诉我们的是，人间即是迷津。并且暗示：即便有宁荣二公和警幻仙姑对贾宝玉"入于正路"的声色引导，贾宝玉最终还是没能走上仕途经济的道路（劝诫失灵）。所以，在后文中，我们看到贾府祖先们这种"置之死地而后生"的性教育方式，只是教会了宝玉如何"云雨"。因此，贾宝玉在太虚幻境中看到的全是貌美如花的女人，经历了和仙境中最美女子的性爱：我们要注意，其实贾宝玉这次的经历和贾瑞照风月鉴的"正面"同理，即美人和性爱。作者说贾宝玉所到之处的匾额叫"孽海情天"："'从今倒要领略领略。'宝玉只顾如此一想，不料早把些邪魔招入膏肓了。"

我们要留意：这里作者明确指出宝玉在太虚幻境的所见是"邪魔"之事，即和贾瑞的"邪思妄动之症"是异曲同工的。正因为二人照的都是警幻仙姑所制的"风月宝鉴"的"正面"，所以，他们经历的就是"邪"的一面（正=反）。作者也再次暗示，贾府祖先借性劝诫的计划终将失败，劝诫是无用的。

2. "风月宝鉴"反面：甄宝玉"见鬼"以后的"改邪归正"

第九十三回，关于甄宝玉，甄家奴包勇这样描述：

> 从小儿只管和那些姐妹们在一处顽，老爷太太也狠打过几次，他只是不改。那一年太太进京的时候儿，哥儿大病了一场……幸喜后来好了，嘴里说道：走到一座牌楼那里，见了一个姑娘领着他到了一

座庙里，见了好些柜子，里头见了好些册子。又到屋里，见了无数女子，说是都变了鬼怪似的，也有变做骷髅儿的。他吓急了，便哭喊起来。老爷知他醒过来了，连忙调治，渐渐的好了。老爷仍叫他在姐妹们一处顽去，他竟改了脾气了，好着时候的顽意儿一概都不要了，惟有念书为事。就有什么人来引诱他，他也全不动心。如今渐渐的能够帮着老爷料理些家务了。（第七十三回）

这一段描写很明显是借甄府家奴之口补叙了甄宝玉小时候的游历。这种补叙直接和前八十回内容相呼应，也是后四十回不容易被续写的内容之一。正是因为以往一些学者想当然地认为后四十回没有价值，说所谓的续作是在模仿贾宝玉游太虚幻境的故事，目的是要强调甄贾宝玉的相似性，才使得甄宝玉的这一游历一直没能被和贾宝玉的游历联系起来看，受到应有的重视，所以关于贾宝玉到底应不应该科举之类的争辩才得以无休止地进行下去。如果仔细分析，其实甄宝玉所到之处与贾宝玉游历的太虚幻境简直是截然相反的两个地方，根本不能说成模仿。

包勇所说甄宝玉梦中去的地方虽然也有牌楼，也看到好多柜子和册子，但他所到之处却是"一座庙里"，而贾宝玉梦中却是"转过牌坊，便是一座宫门……进入二层门内，至两边配殿"。贾宝玉游历的环境中充斥的是为性爱营造的美好氛围，而甄宝玉游历的环境中却是让人有"灭欲"之感的"庙"。而且甄宝玉虽然看到的也是无数女子，但她们却都变成了鬼怪和骷髅。我们要注意，甄宝玉这次经历的是和贾瑞所照"风月鉴的反面"同理：美人即是鬼怪骷髅，即是死亡。道人让贾瑞照反面，看美人变骷髅，是要救他性命，治疗他的"邪思妄动之症"，结果贾瑞没听，照了正面就死了。甄宝玉看到了"反面"，见了美女变鬼怪骷髅之后，就一改往日和贾宝玉一样的脾气，开始远离女孩子们，"惟以念书为事"。似乎甄宝玉是"得救"了。甄宝玉虽然没有像宁荣二公那样用美人计教育孙子的祖先，但最终却成为宁荣二公理想中的样子——专心仕途。他所经历的是"正"的一面，即"色空"，也就是"反=正"。

至此，也许有人会问：作者这是在赞同甄宝玉的选择吗？不是。虽然作者文字中写的是贾宝玉代表"邪"，甄宝玉代表"正"，但我们永远不要忘记作者在小说中提醒我们的话：不要看正面，要看反面。所以，作者的真实思想是：贾宝玉代表的蔑视仕途是"正"，甄宝玉代表的臣服仕途是"邪"，因为我们马上就可以在小说的后四十回中看到贾宝玉对甄宝玉"禄蠹"行为的批判。

作者模仿《风月宝鉴》中镜子的"正反"原理设计的两个游历的目的有两点：一是把一个二元对立的政治观摆在读者面前，即要么出仕，要么归隐；二是告诉读者"劝诫"对小说主人公贾宝玉来说是无效的。这两点就是我们下面要论证的《红楼梦》作者的创作思想，即二元对立的政治观的基础。

以"风月宝鉴"为喻体的《红楼梦》作者"二元对立"的政治观

为什么"劝诫"对贾宝玉来说是无效的？这就引出了我们要谈的主要问题：《红楼梦》作者的政治观。《红楼梦》作者是曹雪芹，要谈曹雪芹的政治观，首先要来看一下他的祖父曹寅的政治观。鉴于学界在曹寅对曹雪芹思想产生的重要影响以及《楝亭集》和《红楼梦》之间的继承关系的研究方面已经基本可以达成共识，这里就不多赘言。[1] 我们只探讨曹寅的政治态度对曹雪芹创作思想可能产生的影响，或者说是祖孙之间的相似之处。

1. 曹寅"出仕和归隐"矛盾思想的影响："呜呼！仕宦，古今之畏途也"

曹寅生前便出版了《楝亭诗钞》（康熙己丑精刊），他的这种思想连今天的我们都能看得一清二楚，何况其孙曹雪芹。如果说"无论从血统继承还是从文化因缘上看，都可以讲，没有曹荔轩便没有曹雪芹，没有《楝

[1]关于《楝亭集》与《红楼梦》的继承关系可参考刘上生《曹寅与曹雪芹》，海南出版社2001年版；沈治钧《曹寅〈楝亭集〉读札》，《红楼梦学刊》2009年第3期；吴新雷 黄进德《曹雪芹江南家世考》，福建人民出版社1983年版；夏薇：《曹寅的两个影子：宝玉和黛玉——〈楝亭集〉与〈红楼梦〉》，《红楼梦学刊》2021年第2期。曹寅和曹雪芹是祖孙关系，这是不争的事实，承认这个事实，也就应该同时承认，在家族血脉和文学、文化的承继上看，两部作品之间是不可能毫无联系可言的。退一步说，即便有人认为毫无联系可言，那么把同一家族内的两个文人的作品放在一起比较一下，发现他们各自思想的相同和不同，对于文学作品的研读亦应为不无裨益之事。

[1]沈治钧：《曹寅〈楝亭集〉读札》，《红楼梦学刊》2009年第3期。

[2]本文所涉《楝亭集》中文字皆源自曹寅《楝亭集》，上海古籍出版社1978年版。并参考（清）曹寅著，胡绍棠笺注《楝亭集笺注》，北京图书馆出版社2007年版。

[3]康熙五十年《奏设法补完盐课亏空折》，故宫博物院明清档案部编：《关于江宁织造曹家档案史料》，中华书局1975年版，第82页。

[4]刘上生在《曹寅的入侍年岁和童奴生涯》一文中说："清代织造署属内务府派出机构，织造官员由包衣奴才充当，不能与缙绅官僚同列。所以曹寅在这里自称'半服官'其实是很辛酸的。"《红楼梦研究》2017年第1期。

亭集》便没有《红楼梦》"[1]。那么还可以说，从阅读和接受的角度看，没有《红楼梦》也就无法完全彻底地理解《楝亭集》。

从曹寅的《楝亭集》[2]可以看出他对仕途生活的不满和失落，归隐还是出仕始终是他一生都无法解决的课题。他的这种感受又源于他对事业和功名的向往和执着。曹寅是积极入世的，"莫叹无荣名，要当出篱樊"（《黄河看月示子猷》），他经常感到自己像孤鸟绕树三匝何枝可依"亦有投林鹊，素色含孤骞"（《黄河看月示子猷》）。《楝亭词钞别集》第一阙《洞仙歌·三屯道上题龙女庙》说："都莫管兴亡事如何，但助我乘风，一鞭东去。"此时正值他二十六岁，作为康熙侍卫随扈东巡。这让我们想到宝钗的"好风频借力，送我上青云"的志向。

但是另一面，不管他是因为自己是包衣下贱"充任犬马"[3]，还是因为"旧日侲童半服官"（《楝亭诗钞》卷五的《南辕杂诗》组诗二十首中的第二首）[4]，他又都时时在作品中流露出对奔波服役、劳累无趣的为官生涯的厌恶和无奈。《恒河》诗序中说："因悲世路之险，嗟行役之苦，遂赋此篇。""慨然叹行役"（《读梅耦长西山诗》），"尘役苦无厌，俯躬自彷徨"（《不寐》），"何时来往一身轻"（《人日和子猷二弟仲夏喜雨原韵》），他还在写给表兄甘国基的《东皋草堂记》中直白地说："呜呼！仕宦，古今之畏途也，驰千里而不一踬者，命也。一职之系，兢兢惟恐或坠，进不得前，退不得后，孰若偃仰箕踞于簠蔌裯襗之上之为安逸也？纡青拖紫，新人满眼，遥念亲故，动隔千里，孰若墦间之祭，挟鸡渍酒，倾倒于荒烟丛筱之中，谑浪笑傲，言无忌讳之为放适也？"这段话道出了他对仕途生活的深层惶恐与忧虑，他实在是不想继续战战兢兢、如履薄冰的生涯，于是就和表兄设想弃官归隐的美好生活："予异日倘得投绂以归，徜徉步屦于东皋之上，述今日之言，仰天而笑，斯乃为吾二人之厚幸矣。予家受田亦在宝坻之西，与东皋鸡犬之声相闻……"

中年以后，事业虽然又有所发展，但曹寅的归隐之念逐渐加深。感叹"宦游常苦累"（《西轩赋送南村还京，兼怀安侯姊丈冲谷四兄，时安侯同选》），"人生富贵聊复耳，怀抱于今何有焉"（《三月六日登鼓楼看花》），经常想到退隐。看到弟弟，会说"掩泪看孤弟，西山思郁陶"（《北行杂诗》），想效仿伯夷和叔齐隐居首阳山的行为。与朋友们诗酒唱和，也会羡慕他们可以有隐居避世、参悟禅理之愉"清时低赁伯通庑，残年高枕瞿昙书"（《一日休沐歌》）。直到他辞世的前一年，他还在诗中说"每于欹枕际，时起入山心"（《睡适》）。明明一生都在官场谨慎经营，却要时常对归隐神思遐往。只要看到友人可以离世蛰居，便生出羡慕之意"执戟起家同避世，荷锄归隐即真儒"（《郑谷口将归索赠》），些微事物也能引发他退隐的念头"三十六陂身已到，不胜清冷欲归难"（《和芷园消夏十首·盆荷》），只要有机会给族人写诗，便要说"交游山水间……烟霞相与期"（《松茨四兄远过西池，用少陵"可惜欢娱地，都非少壮时"十字为韵，感今悲昔成诗十首》）。独自观景时亦会想到"欲寻幽境挂瓢笠"（《虎丘僧轩坐雨，迟培山未至漫成》）。奉差偶寓乡村，更是满腹离世之感"散发坐疏林，遥山入空绿""俗客不入山……经营无我心，茗香睡方熟"（《村居二首》），令他心生退隐之念的不仅是仕途的艰辛和壮志不得酬，还有对朝堂政局风云变幻之迅速的担忧与无奈"诸君诸君慎相见，长安容易改头面。隐囊纱帽吾何恋，不惜频来布亲串"（《一日休沐歌》）以及对家世凋零的慨叹"奕世身名悲泪没"（《呼卢歌》），甚至还有对身处宦海、时政动荡的隐隐恐惧"忽忆寒蝉号，西风发深警"（《闻蛙》）、"荣名罚恒忧"（《松茨四兄远过西池，用少陵"可惜欢娱地，都非少壮时"十字为韵，感今悲昔成诗十首》）。

　　曹寅的诗始终在出仕和归隐的思想间徘徊。他的这种矛盾心态，被曹雪芹在《红楼梦》中一语道破。贾政不是曹寅，但在对待归隐的问题上，他们不无相似之处。我们还记得第十七回贾政见到稻香村时说："倒是此处有些道理。固然系人力穿凿，此时一见，未免勾引起我归农之意。"他不是不知道这是虚假风景，但依然愿意在假景色所提示的情感里去寻找真的归隐之感。这种缘木求鱼、自欺欺人的态度立刻被宝玉嘲笑了一番。宝玉所嘲笑的不仅是稻香村"人力穿凿"之假，更是贾政对做官本来很执着，且殷切盼望子辈、孙辈也统统都做官，自己却时时把归隐挂在嘴边的假情假意。莫说是贾政或曹寅，绝大部分的士大夫皆如此。其实我们也都知道历史上大多数文人归隐的意图本来也是为了更好地谋求名声与官位。因此，在《红楼梦》中，曹雪芹让宝玉为了家族的荣誉和报答亲恩而参加科举，然后毅然决然弃世而去，这里面没有矛盾，没有犹豫，在曹雪芹眼中，这才是真正的归隐，真正的两全其美。

曹雪芹在《红楼梦》中对出仕和归隐的态度比起曹寅在《楝亭集》中混沌的表现而言，就显得有自知之明和明朗清晰很多。贾宝玉骂官员是禄蠹，他真心不喜仕途。但又清醒地认识到自己必然要去经营他不喜欢的"仕途经济"。因此他才对女孩儿们说："事事我常劝你，总别听那些俗语，想那俗事，只管安富尊荣才是。比不得我们没这清福，该应浊闹的。"他不喜女孩儿谈仕途经济，是在替她们不值和遗憾。因为女性原本可以远离，不像男人们摆脱不了为家族、为生活不得不走进俗世，混迹于江湖的厄运。作者说后悔自己荒废一生，不听父兄之教，这是真情的流露。他对自己的行为不符合礼法和世情、没有为家族增光抱有某种遗憾和无奈。如同曹寅在康熙四十二年的诗作《读洪昉思〈稗畦行卷〉感赠一首兼寄赵秋谷赞善》中说："称心岁月荒唐过，垂老文章恐惧成。礼法谁尝轻阮籍，穷愁天亦厚虞卿。纵横捭阖人间世，只此能消万古情。"宝玉对仕途的独到看法和决绝的做法，恐怕与曹雪芹对祖父内心在出仕和归隐上的挣扎和矛盾的体悟不无联系。他深刻理解了曹寅所描述的"呜呼！仕宦，古今之畏途也"的可怕事实。

作者在表现政治思想时也使用了一面"风月宝鉴"，也有正反两面。正面是"悔"，即他自己说的"实愧则有余，悔则无益"，而反面则是"不悔"，即他借贾宝玉所表现出来的喜欢女性、选择归隐。他用辩证的方法将两种性格的两种命运分别展现在读者面前，这是一种二元对立的辩证思想。而且古代读书人都明白："学成文武艺，货与帝王家。"《红楼梦》作者却恰恰相反，他让贾宝玉为完成孝道去应科举考试，而后决然离去，不为朝廷效力，这与很多归隐、拒绝出仕的明遗民有什么区别？曹寅一生多有明遗民朋友，经常诗文唱和，不能说完全不受其影响。一部《红楼梦》就是一篇拒绝出仕、拒绝为清廷服务的宣言，又怎么能让朝廷不列入禁书严查呢。

2.《红楼梦》和中国古代小说中"劝诫"功能的区别：作者对"劝"的反抗

《红楼梦》中的"劝诫"一点儿也不比别的古代小说少，但它之所以能给人非劝诫小说之感，是因为作者在被劝者的态度和结局的处理上的差异。中国古代不同文体和题材的各类小说，绝大多数作者都秉持同一个初衷，即"警世""劝世"。他们讲一些充满危险、狡诈、欺骗、性犯罪、不道德的故事，希望这些故事的结局——善恶有报，能令世人产生畏惧和退缩的情绪。比如《肉蒲团》是古代狭邪小说的典型，但作者在言及为什么要写这样一部肆意描写淫欲的小说时表现得振振有词，说出了一番惊世骇俗的大道理，为证明自己"以毒攻毒"的警世、劝世的创作的价值，作者居然建议读者把色情故事当作经史来读。小说结尾处，作者宣称："如此淫书不可不多读也！"东吴弄珠客在《金瓶梅》序中说："《金瓶梅》，秽书也。……然作者亦自有意，盖为世诫，非为世劝也。"以淫劝淫，与《红楼梦》中贾宝玉祖先之所为毫无二致。对这种无趣的套路，《红楼梦》作者有清醒的认识："莫如我这石头所记，不借此套……况且那野史中，或讪谤君相，或贬人妻女，奸淫凶恶，不可胜数；更有一种风月笔墨，其淫秽污臭，最易坏人子弟。"

但是更加不同的是，中国古代凡"劝诫"小说，绝大部分都是用规劝的过程和结果来表现规劝的好处，比如被劝者诚心改过之后就能遇难成祥、家道兴盛、子孙功成名就、封妻荫子等，基本上没有哪个作者苦口婆心规劝一番，最后却毫无结果，或者是作品中人物依然表现出无奈和反抗的。《红楼梦》正是这里面的"异类"。《红楼梦》中最著名的"劝"就是宝玉最知己的两个朋友：黛玉和秦钟的"劝"。这种"劝"所反映的恰恰是"不劝"，是个人理想和现实发生冲突时采取的绥靖政策，也更加深刻体现了封建制度的巨大的不可抗拒力。作者为了表现宝黛之间"求全之毁，不虞之隙""求近之心，反而求远""看来两个人原本是一个心，但都多生了枝叶，反弄成两个心了。……如此看来，却都是求近之心，反弄成疏远之意。如此之话，皆他二人素习所存私心，也难备述"（第二十九回）的奇特情感而刻意安排了黛玉的几次"劝"，其矛头绝非指向劝诫本身。因为三次宝黛关于"仕途经济学问"的冲突都以不了了之而告终。黛玉所谓的"劝"并非真劝，更准确地说是一种无奈或者试探，和以往古代"劝诫"小说迥然有别。

秦钟在宝玉心中的身份地位堪比黛玉。他在人生的最后时刻留下了和自己过去相反的言论："并无别话。以前你我见识自为高过世人，我今日才知自误了。以后还该立志功名，以荣耀显达为是。"（第十六回）庚辰本此处又两条重要批语："此刻无此二语，亦非玉兄之知己。"（侧批）"观者至此，必料秦钟另有异样奇语，然却只以此二语为嘱。试思若不如此为嘱，不但不近人情，亦且太露穿凿。读此则知全是悔迟之恨。"（眉批）秦钟临终的劝，脂砚的批，已经早在第十六回就和作者开篇的"悔"遥相呼应，给了读者暗示。虽然当时没有写明宝玉的态度，但《红楼梦》惯于伏线千里，宝玉后四十回所以能参加科举的根由，可追溯至此。

黛玉一介弱女子，看到宝玉被逼读书，痛苦不堪，当然要"劝"；秦钟面对死亡，有顿悔之心时，当然要"劝"。但他们对宝玉的规劝都是在极度无奈和被动的状态下说出的，他们的"劝"就是一种自我理想崩塌时的不得已而为之，是作者用来表现社会制度之影响力的方式，和其他古代小说作者说教之后想要达到的目的有本质不同。这是作者更为突出地表现其反封建思想的地方：他用来表现封建制度巨大吞噬力的方式是浓墨重彩地描写新生力量的死亡和无奈地妥协，而不是封妻荫子、世代为官的满足感的建构。《红楼梦》作者在一开篇便明确说出写这部书的目的就是要讲明自己"实愧则有余，悔则无益……背父兄教育之恩，负师友规谈之德，以至今日一技无成、半生潦倒之罪"。并且在作品中不断设置各种人物对男主角贾宝玉进行各种"规劝"。比如袭人、宝钗、湘云劝他读书上进，贾母、王夫人、贾政劝他为家族争荣，甚至连死去的祖先也要托梦劝他莫要迷恋女色，这些人皆是软硬兼施。作者让贾宝玉整日生活在"劝诫"中，但却完全不给他听进去的机会。宝玉依然口口声声坚持"比如我此时若果有造化……趁你们在，我就死了，再能够你们哭我的眼泪，流成大河，把我的尸首漂起来，送到那鸦雀不到的幽僻之处，随风化了，自此再不要托生为人，就是我死的得时了"。（第三十六回）"我能够和姊妹们过一日是一日，死了就完了。什么后事不后事……人事莫定，知道谁死谁活？倘或我在今日明日、今年明年死了，也算是遂心一辈子了。"（第七十一回）更不管什么祖先之"色劝"，梦醒后立刻和袭人实践刚刚学到的云雨之事。甚至在面对两个最重要的知己的"劝"时，依然故我，在黛玉劝他"改了罢"时，还说："你放心，别说这样话。我便为这些人死了，也是情愿的！"（第三十四回）

可见，《风月宝鉴》的"女祸"思想并未影响到《红楼梦》作者，也就是说，古代小说的"劝诫功能"到了《红楼梦》就失效了，各种人的规劝之后，小说主人公依然坚持以批判社会现实的态度写作。所以鲁迅说：自有《红楼梦》出来以后，传统的思想和写法都打破了。同时也证明了《红楼梦》作者坚定的"反传统反假道学"意识，而这种意识在小说中的具体表现是通过反《风月宝鉴》"女祸"思想实现的。传统"女祸"思想认为"女人是祸水"，而《红楼梦》作者偏要为女性树碑立传，宣扬女性的美。一生站在公平公正的一边，提倡至情至性，倡导真情实感。

"二元对立"政治观的文学表现形式

传统"女祸"思想包括很多内容，美貌、妇言等都是亡国灭族的根源。"红颜祸水"的说法，古已有之。《史记·外戚世家》《列女传补注》《春秋左传诂卷十八》《韩非子·十过》等诸多史书、子书都有著述，古代小说中亦是如此。可以毫不夸张地说，绝大部分古代小说中都免不了"女祸"描写，女性的"破坏力"在小说的政治经济生活中无处不在。在诸多女性带给男性的"祸事"中，美貌惹的"祸"最可畏惧。[1]

1."风月鉴"的功用与疗效：《风月宝鉴》故事中的"女祸"思想

传统"女祸"思想在《红楼梦》初稿之一的《风月宝鉴》中依然发挥着强大的威力。前文说过，今本《红楼梦》第十二回"贾天祥正照风月鉴"应该是《风月宝鉴》原有的故事。这个回目在已知的脂本中基本没有异文。中国古代小说从宋元话本起就有"头回"，它"在情节上和正话没有必然的逻辑联系，但它对正话却有启发和映带作用"[2]。贾瑞照"风月鉴"故事在《红楼梦》中的叙事作用与话本"头回"的功能相似，但却又有不同。不同之处在于，贾瑞的故事并不是开篇便出现的，另外，"头回"是为了突出正话的主题思想，但"风月鉴"故事应该是《风月宝鉴》一稿中的，也就是说，曹雪芹在对整部小说的创作中只是把《风月宝鉴》中贾瑞的故事当作了一个基础模板，其主题思想内涵却与之无关，甚至与之相反。

我们先来看贾瑞故事的内涵，也就是《风月宝鉴》一稿创作思想的主旨："女祸"，美人即是死亡。

《红楼梦》第十二回，作者说"（道士）从褡裢中取出一面镜子来"，己卯本此处夹批说："凡看书者从此细心体贴，方许你看，否则此书哭矣。"可见，这面镜子在小说中的重要性，作者在这面镜子后面解释了一句："两面皆可照人"，己卯本此处又有夹批，说得更明白："此书表里皆有喻也。"也就是说，镜子是小说的喻体，镜子的正反面，就代表

[1]夏薇：《明清小说中的性别问题初论》，中国社会科学出版社2022年版。

[2]胡士莹：《话本小说概论》，商务印书馆2011年版，第182页。

了小说的"表里"，这部小说是有寓意的。我们再来看这面镜子的基本信息：

①制造者："出自太虚幻境空灵殿上，警幻仙子所制。"②功能："专治邪思妄动之症。"③疗效："有济世保生之功。"④治疗对象："聪明杰俊，风雅王孙"，己卯本夹批又解释作："所谓无能纨绔是也。"即镜子专门治疗无能的纨绔子弟的邪思妄动之症的，把他们从对女性的迷恋中拯救出来，让他们走上济世保生、争取仕途的正确道路，即改邪归正。⑤使用方法："千万不可照正面，只照他的背面，要紧，要紧！"己卯本夹批又进一步解释："观者记之，不要看这书正面，方是会看。"庚辰本侧批："谁人识得此句！"两个本子的批语都指向这句话，可见其重要性。《风月宝鉴》作者要警醒男性读者：沉湎女色的最终结局就是死亡。把女性看作红粉骷髅，放弃迷恋方能走上正途。从这一点上看，《风月宝鉴》和以往的小说在"劝惩"的创作目的上几乎没有不同。这就是一些研究者会担心对《风月宝鉴》的更深一步分析会"影响"《红楼梦》经典魅力的部分原因所在。

2.《红楼梦》作者以"为闺阁昭传"的写作目的宣布与传统思想的决裂

（1）面对社会现实时：贾宝玉的"后悔"

《红楼梦》第十二回，在贾瑞看到"风月鉴"反面是一个骷髅之后，己卯本有批语道："所谓'好知青冢骷髅骨，就是红楼掩面人'是也。作者好苦心思。"作者什么苦心？应该是前面所说，希望能够"治邪思妄动之症，济世保生"，即作者的劝诫，也是"自悔"。作者在开卷第一回中说："实愧则有余，悔又无益……背父兄教育之恩，负师友规训之德，以至今日一技无成、半生潦倒之罪，编述一集，以告天下人。"此一段悔恨之意并非作者矫揉造作，虚情假意，联系《风月宝鉴》情节看，这恰恰是作者在小说中要展示给读者的思想的"正面"，即面对现实时，作者是后悔的，唯其后悔，所以才要在小说中以一面能治疗他往日纨绔子弟身上所

321

有的毛病、能把他引导到正路的镜子为隐喻，在镜子的两面分别给出了两种人生选择。而甄宝玉和贾宝玉正是这两种人生选择的描写的展开。

（2）面对内心的理想时：贾宝玉的"不悔"

《红楼梦》第一百一十五回题目中有"证同类宝玉失相知"，虽然没有明言"失相知"者到底是贾宝玉还是甄宝玉，但从文字意思上看，失相知者是贾宝玉，同时也反映了作者的思想认识。作者让甄贾宝玉相见，互相试探彼此对仕途的看法。贾兰因赞同甄宝玉，而被贾宝玉认为："这孩子从几时也学了这一派酸论！"直至甄宝玉说出真心话"……显亲扬名……著书立说……言忠言孝……立德立言……不枉生在圣明之时，也不致负了父亲师长养育教诲之恩"时，贾宝玉的感受是：

今儿见面原想得一知己，岂知谈了半天，竟有些冰炭不投。闷闷的回到自己房中，也不言，也不笑，只管发怔。宝钗便问："那甄宝玉果然像你么？"宝玉道："相貌倒还是一样的，只是言谈间看起来并不知道什么，不过也是个禄蠹。"……宝玉道："他说了半天，并没个明心见性之谈，不过说些什么文章经济，又说什么为忠为孝，这样人可不是个禄蠹么？只可惜他也生了这样一个相貌。我想来，有了他，我竟要连我这个相貌都不要了。"（第一百一十五回）

且不论后四十回这段文字的作者为谁，他描写的贾宝玉对仕途的看法和前八十回中基本是一致的。可见，作者让贾宝玉表现出对甄宝玉仕途观的厌恶，是为了告诉读者：面对内心的理想时，和初稿之一的《风月宝鉴》不同，《红楼梦》里的贾宝玉是"不悔"的，作者自己也是不悔的。而他表现自己"不悔"的最好证据就是他在小说中对女性的无尽赞美。

（3）表现"不悔"的方式：为闺阁昭传

我们研究《红楼梦》在清朝为什么被禁时一般都强调它可能有僭越或违禁内容，其实也不防从性别制度建构的角度来考虑。姑且不论《红楼梦》甲戌本凡例的作者是曹雪芹还是脂砚斋，抑或书贾、无名氏，它都直截了当地向读者宣布了这部小说的内容主旨和创作目的："今风尘碌碌，一事无成，忽念及当日所有之女子，一一细推了去，觉其行止见识，皆出于我之上。何堂堂之须眉，诚不若彼一干裙钗？……虽我之罪固不能免，然闺阁中本自历历有人，万不可因我不肖，则一并使其泯灭也。"作者因为看到了一些性别的不平等现象，企图为女性树碑立传，希冀唤醒更多人的同情，公然与主流意识对抗，这种想法和做法对性别制度来说有相当大的解构作用，不利于女教的传播，当然会引起朝廷的反感和提防。更主要的是，这种文字的确引发了很大的社会反响。只看1791年和1792年程甲本和程乙本的序言就可知道这部书的接受情况，"好事者每传抄一部，置庙市中，昂其值得数十金，可谓不胫而走者矣"。另外，《红楼梦》的出现除了在闺阁中引发了强烈震撼之外，它甚至也是推动女性参与小说创作的因素之一。魏爱莲在2006年出版的《美人与书：19世纪中国的女性与小说》中认为中国19世纪的闺阁女性开始大量阅读小说并进行小说创作，其影响多来源于《红楼梦》。[1]女性参与写作就是有了话语权，可以书写自己的历史，有了历史就有了性别认同及很多男权中心社会所不提倡的内容。

　　1791年，法国贵族女性奥林波·古杰发表《女权宣言》，1792年，玛丽·沃斯通克拉夫特发表《女权辩护》，她们的言论是19世纪声势浩大的妇女解放运动的先声。1791和1792这两个数字对于关注《红楼梦》传播史的人来说并不陌生，最早的《红楼梦》活字本：程甲本和程乙本，分别在这两年中刊刻而成，而曹雪芹开始创作小说的时间大约在乾隆九年（1744）左右，如果说《红楼梦》具有女性主义萌芽思想的话，那么这种女性主义萌芽思想的发生或者说实践比欧洲早了近半个世纪。作者明确提出物质基础对女性自由的重要性，比欧洲最早提出这一看法的女性文学作品《一间自己的屋子》（伍尔夫1929）还要早上一百八十五年。他创造了中国古代作品里几乎找不到的"生齿日繁，事务日盛"的大家族，描写了

[1]魏爱莲：《美人与书：19世纪中国的女性与小说》，马勤勤译，北京大学出版社2016年版，第33-62页、第161-231页。

如此众多的女性在五代同堂的大家族中如何行使着男人的职责，描写了女性在智力上的自由、男性从群体女性的智慧中获得的利益和理想的女性之间的关系等，而这些都是现代女性主义理论中的重要话题。

《红楼梦》的作者借用了传统的"女祸"思想，却没有固守它，而是把它作为一种隐含的批判对象用"真假""正反"等二元因素来衬托和证明自己的信仰。将这种思想运用到男性仕途的实践中，这种讽喻是通过小说中几种人的故事表现出来的：

贾瑞正照"风月鉴"，等于是选择了女色，结果是死亡。贾宝玉和贾瑞的经历相仿。按作者的说法，他一生下来抓周时抓的就是脂粉钗环，贾政因此认定他是酒色之徒。虽经宁荣二公梦中托付警幻仙姑以"色"警示，贾宝玉依然秉性不改，他在后四十回中疯癫和出家（在某种角度看，也是无路可走）的命运也正好符合正照"风月鉴"的不良后果。甄宝玉照了"风月鉴"的反面，等于是践行了"色空"观，结果他"成功"喜欢上仕途，体现了前面列举的"风月鉴"的疗效——济世保生，走上"正路"，但却遭到贾宝玉的唾弃。秦钟和黛玉两个贾宝玉的重要知己，都在人生最失意的时候为了让朋友生存得更好而发出无奈的提醒。作者把这几种"风流情种"型人物对"仕途"的选择和对贾宝玉是否出仕的态度逐一讲出，目的就是让读者看到他自己内心关于"悔与不悔""出仕还是归隐"的矛盾和挣扎。但挣扎和矛盾只是现实和情感的冲突，并没有消解他要表达不为朝廷服务的决心。他依然要让贾宝玉对甄宝玉的"禄蠹"气表现出极度的厌烦，让贾宝玉科举之后拂袖而去，依然不遗余力为女性树碑立传。宣扬"红颜"的美好，就是与传统"女祸"观决裂，与男性中心主义制度决裂，就是坚持"反封建""反传统""反假道学"，坚持真情实感的现实主义表达的思想依托。

《红楼梦》之所以能够成为历代知识分子的精神家园，就是因为作者对人生、社会有诸多疑问和思考，但很多问题他自己也没有答案，小说所贡献的是他的整个思考过程，主要是许多的矛盾和挣扎。他的思想在现实和理想中徘徊，出仕和归隐的问题始终贯穿于整部小说，但我们并未感觉到他的犹豫和迟疑，可以说，一部《红楼梦》就是作者不为清廷效力的宣言。他借用旧稿《风月宝鉴》中"女祸"的情节，创造出两个宝玉类似于分别游历"风月鉴"正反面的故事，用"正即反，反即正""假作真时真亦假"的隐喻手法批判传统错误观念，借此建构自己独特的政治观和性别观。作者借用《风月宝鉴》的劝诫功能，却完全摆脱了古代劝世小说中被劝者诚心改过，家道兴盛、子孙功成名就、封妻荫子等故事套路的限制，证实了劝诫的无用。《风月宝鉴》只是《红楼梦》成书中的一个初稿，《红楼梦》的创作思想正是在其基础之上的升华与鼎新。

　　《红楼梦》虽然是曹雪芹的作品，但任何作品都不可能离开作家的生存环境和家庭文化背景而独立存在。从越来越详尽的文本解读，尤其是小说人物的解读中，我们逐渐看到更多作者的创作理念、文学主张、道德修养，和对自身与族人在人际交往和价值观念建构等方面的剖析与反思。我们面对的不仅是一部小说，而是整个的中国文化。小说涉及的内容太多，好像一只手，伸进了社会生活的方方面面，每一个方面在不同时代都早已有人研究，但有的又研究得不够透彻，千头万绪被牵拉出来，加之还有两百多年的学术史。小说本来是讲故事的，但如果仔细考虑，其实《红楼梦》的故事是讲不出来的。比如，如果说《红楼梦》是讲爱情故事的，那和才子佳人小说有何不同？但是我们都知道它和才子佳人小说简直天差地别。如果说《红楼梦》是讲大家族的覆灭，那么又只是在强调一种政治表象，小说中明明讲的都是人物的日常生活，并没太多地谈到整个家族在国家政治中所经历的兴衰荣辱的过程。如果说《红楼梦》是讲女孩子们，那就会把其他人全都抹杀了，小说中毕竟塑造了四百多个人物形象，反映了不同性别、年龄和阶级的状况。那么《红楼梦》到底讲了什么内容呢？那就先从人物来看。可是当我们想到一个人物的时候，又会发现这些人物都不是独立存在的，人物关系就像金字塔。抽出来的线头越来越多，而且都纠缠在一起。比如，要谈袭人首先要讲贾母，因为她最开始是贾母的丫鬟，这就是涉及了晴雯，因为晴雯也是贾母的丫鬟，贾母最喜欢的就是晴雯，认为只有晴雯将来才有资格服侍宝玉。但王夫人喜欢袭人，这就又牵扯出袭人和晴雯的矛盾，甚至还有贾母和王夫人的矛盾。而谈到袭人和晴雯的矛盾，当然离不开宝玉了，袭人是怡红院第一大丫鬟，但是在宝玉心中，晴雯却是首席大丫鬟。而按照批语所说袭人晴雯又是黛玉和宝钗的影子，那么不了解钗黛，就还是不能很好地分析袭人。

袭人服侍过贾母之后，还服侍过湘云，这又联系到了湘云，作者曾经表示，袭人有一种痴性情，服侍谁就一心一意心里想的都是那个人，完全没有别人。所以，只有联系湘云，我们才能明白这句话的意思。因为有一次，湘云埋怨袭人，以前服侍她的时候对她那么好，现在服侍宝玉去了，都不搭理她了。我们才从湘云的话中恍悟，袭人果然是作者说的这种性格特点，这就是袭人的现实性。她对宝玉说：难道你以后做了贼，我也跟着你啊？这种观念就是与当代爱情观格格不入的，如果换了黛玉这样的人，估计即便宝玉犯了杀头的罪，她也不会怕受牵连。这些都还不足以把握住袭人这个人物，还要联系大观园分土地的事。探春理家，把大观园的地分了，各人负责一摊，这又扯出了探春，所以我们还要了解探春的性格，她为什么会理家等一系列问题。因为，土地分给大家管理以后，有一次，袭人到园子里，遇到了管种水果的妈妈，为了讨好袭人，她说要摘一串葡萄给袭人尝鲜。这时候，我们如果不了解这些分到地的妈妈们对这些地的感情，我们还是不能理解，贾府这么富有的人家，怎么一串葡萄都可以作为好大一个人情来笼络人了呢？而且袭人居然还义正词严地拒绝了，还把老妈妈给批评了一顿，说她不守规矩，主子们还没吃的东西，奴婢能先尝鲜吗？就这一件事，我们的确是看到了袭人奉公守法、忠于主人的义仆的形象，但是为了知道这一个性格，我们却要先了解很多的背景，否则必然不能完全看懂这个人。另外，因为袭人最大的特点就是劝谏。要了解袭人是怎么劝宝玉的，作者就写了宝玉一大早，在黛玉和湘云还没睡醒时，去了黛玉的房间，然后在那里和两个人一起梳洗了，被袭人发现后，袭人大怒，回来就对宝玉实施冷暴力。宝玉心烦意乱，这时候就又牵扯出四儿等小丫鬟，宝玉为了气袭人，有意抬举她们，到后来小说抄检大观园的时候，王夫人把四儿等人撵走，还说出了只有宝玉房里人才知道的私密话，只有把这些内容全都放在一起，才能明白袭人的行为和性格在小说中的作用。

所以说《红楼梦》中虽然有故事，但这些故事是散落在日常生活的每个时间节点上的看似零散琐细的小事，要想看清其中某一个人物的真面目，就必须将那些和这个人物相关的事件都归拢梳理到一起，才能豁然开朗。

附 录

俞平伯对《红楼梦》研究的重要贡献

　　为纪念俞平伯先生120周年诞辰，中国社会科学院文学研究所于2020年12月9日举办了"俞平伯《唐宋词选释》及词学成就暨俞平伯先生120周年诞辰纪念"学术研讨会。会间论及俞平伯的红学研究。在当代人心中，一提到俞平伯，很多人马上就会想到1954年，如果这样，就容易忽视他在红学方面的重大贡献。因为他的这些研究在百年红学学术史上都是不可磨灭的首创，也是所有红学研究者和红学爱好者应该了解和知道的，所以有必要专门整理归结。

　　1923年俞平伯的《红楼梦辨》出现之前，红学研究经历了四个时期：即带有浓重个人偏好的评点时期；程甲本印行之后，略微提及版本和本事，或对后四十回作者提出初步质疑的时期；认为宝玉是胤礽，黛玉是朱彝尊，凤姐是朱由检等类观点盛行的索隐时期；胡适首次提出，作者是曹雪芹，《红楼梦》是自叙传，后四十回作者是高鹗的新红学时期。

　　就是在这种作者家世基本上是传闻、版本研究不成系统的背景下，俞平伯的《红楼梦辨》出版了。

　　俞平伯的了不起是他不仅有放眼百年之后的学术眼光，还有着极其强大的反思能力。这使他成为中国红学史上第一位发现了最多问题，研究了最多问题，引发了范围最大、时间最长的学术讨论，给后人留下了最多研究思路和方向，也是最早、从最为本质的角度去看待和匡正"新红学"的学者。

很多人认为俞平伯的研究和胡适是一样的，都是所谓的新红学，那就错了。因为胡适考证完作者和家世，作了小说是自叙传、后四十回作者是高鹗的断语之后，他的研究就基本结束了。而俞平伯的研究才刚刚开启。他虽然利用了胡适的一些结论，但他的研究和结论从本质上看是与胡适相反的。

胡适最重要的结论就是"《红楼梦》是自叙传"。但1923年俞平伯的《红楼梦辨》出版后不久，他就发现自己按照胡适的这个结论推出的观点有问题，于是他马上写了两篇修正文章，一针见血地指出：如果不能分辨自叙传和自叙传的文学，就如同不能分辨历史和历史小说一样。在清末民初，索隐和考据如火如荼之时，是他最早认清了旧红学和新红学的本质是一样的，即不管他们的研究路数是否相同，他们都是把《红楼梦》当作历史，而不是小说来看待。1986年，他继续强调《红楼梦》的文学性，提倡用文学和哲学的眼光来研究《红楼梦》。这是俞先生的第一个重要贡献。也幸亏他的敏锐和坚持，后来的红学研究才能在因为受到各种研究内容和方法的冲击而反复地摇摆不定时，始终不曾丢失对作品文学性的重视。

第二个重要贡献：1931年胡适给俞平伯读他刚发现的被誉为是红学史上最早、最为重要的版本甲戌本。俞平伯没有像胡适那样把甲戌本捧上天，他非常冷静地列举了三个证据，提出了甲戌本是"过录本"的重要说法。这也是红学史上人们第一次认识到我们所看到的抄本并非曹雪芹或脂砚斋原稿，而是后来人抄写誊录的本子。事实证明，到目前为止，我们所看到的一切《红楼梦》古抄本都是俞平伯所说的过录本。俞平伯的这一判断使红学版本研究避免了多少不必要走的弯路，所有研究过《红楼梦》的学者都心知肚明。

第三个重要贡献：他认为他对《红楼梦》后四十回价值的肯定还不够，提出《红楼梦》后四十回应该受到更多重视。而红学研究现状正是对他这个看法的完整肯定，因为目前无论版本研究、作者研究或是语言和文艺思想研究，都不能避开后四十回问题。

第四个重要贡献：俞平伯是开启红学史上系统性版本研究的第一人。他第一个从版本校勘入手，来探寻作者创作过程。可以说他是《红楼梦》成书史的开创者。

第五个重要贡献：为了研究后四十回的作者，俞平伯大力探索八十回后的佚稿。他根据前八十回的文本和批语对八十回以后的重要故事情节做了一系列推测。这就是后来在红学史上影响很大的"探佚学"的发端，俞平伯也成为探佚学的始创者。

第六个重要贡献：俞平伯和王佩璋合作的《红楼梦八十回校本》是红学史上第一部以多种脂本为底本的汇校本。被称为"是用科学的方法来整理八十回抄本的第一个新版本"。

俞平伯对一系列重要问题的草创性研究虽然现在看来不再新奇，但在零的起点上，他为后代学人开辟了诸多可持续研究的领域。他建立起了一整套科学的研究方法和观念系统。综观之后的百年红学，又有哪一个问题不是可以溯源到先生的研究中去呢？

而文学所所拥有的深厚红学底蕴不仅源自于俞平伯。1956—1957年之际，文学所古代室成立了"红楼梦研究小组"，包括何其芳、吴世昌、吴晓铃、曹道衡、范宁、胡念贻、蒋和森、朱兵、王佩璋、陈毓罴、邓绍基、刘世德、石昌渝、扎拉嘎。这些前辈学人在一次次红学讨论中引领和开启着红学研究的浪潮。这是我们的历史，我们的传统，不忘历史和传统，才能更好地把握未来。

为纪念俞平伯先生，我写了一篇小赋，谨以此文颂扬先生坦荡至诚、纯净不阿的一生：

纪念俞公平伯百廿年诞辰

己亥之年，丁丑之月，辛巳之日，天生元圣，萱堂有佛缘之梦，俞公得僧宝之名。鞿䩦稚角，气象澄明，挑芯夜读，心意雕马。妙龄秀发，览郧侯之万籤；少男干蛊，承朴学之遗范。遂以阶前之玉，终探天上之花。

东华门里庆鸳社新开，绣帐帘内缔青梅竹马。蟒袍凤冠，成典雁之仪；七十华年，完双鱼之契。惊慧眼之独具，抉天香之隐微，焚前人之笔砚，启红楼之雄辩。两返重洋，归看残艾衰蒲；湖烟湖水，笑记麟儿姑苏。前朝焰段，小部新声，佳人抱器，周郎顾曲，鸣广陵羽衣之音，起对凤回鸾之舞。暂罢尘鞅，妆成优孟衣冠；老君堂前，演绎阎浮世界。

帝制销歇，干戈满地，盗起东夷，两京瓦解。倏忽龙亡虎逝，变怪杂出。君子有恃而不恐，小人怀畏而涂炭。父子昆弟，奉晨昏以娱亲；弃缨绝绥，领一时之朔风。持本而勇决，极志而后已，宁以德润怀宝之身折腰于淈泥扬波之流者欤！

身世蛉翼，人生蛛丝，呼吸之间，雷雨风疾。名儒雅意，视多文以为富；墨庄腹笥，觑金银如粪土。解组抽簪，东山脱屣，貂蝉羔雁，尽皆而失者，何怨之有哉？哀五车之积尽失，痛百城之书湮灭。残帙蝶飞，桑楮莫追，此诚曹仓杜库所不能留诸万一者，嗟乎！

墟里烟孤，门栖寒流，鸦过枯村淡，无人识皇尊。内无润屋之资，外乏唱酬之友。然琴鹤相随，烟霞供养，素怀诵蒹葭之赋，陋室焕奎壁之光。鹅塘可看新绿，池畔小坐绩麻，惊鱼虾只二角，喜鸡子仅七分。尝刈麦而谢农家，识楝花而知曹寅。耕田凿井，幸千里比翼，茅檐土壁，映依影晨夕。念槐屋之辽远，唯过客以长存！

昔予倩粉墨，平伯司鼓，三十三转胶片唱《思凡》《折柳》；斑斓鹤发，微躯坚骨，三百四十周年演《游园》《惊梦》。俞许琴瑟，同谱舒元炳之《沁园春》；北昆盛事，共忆曹雪芹之《红楼梦》。余音渺渺，曲尽峰回，永安新舍，堪慰红尘。莫叹庾楼之月远，应知滕阁之风近。

故吾非今，五十载星霜伶俜；前朝梦遥，八十岁回首甄尘。得不狂歌，失不狂歌。荣华过眼空无凭，风景销魂差可说。俞公以超越为名，喻新于变，无傲无耻，处则为远志，出则为小草。薆风亭之鹤唳，斥月峡之猿吟。匪低摧于霜露，匪撼动于风烟，匪颓堕于幽怨，匪沦落于泽渊。寻旧时之馆路，纪无凭之春梦，修雍容之文德，忘浮靡之功名。欣处即欣，宜留客身小驻；晚来非晚，且借灯火长明。会寸心以逞天趣，通万物以增学力。三十二年怀璧，尽己而肫诚方殷；六十五载声华，志笃而品高群彦。

生知其勤，死知其清。福田新土，筑金刚之碑以代木；自拟碑文，携旷达之心以辞路。景前贤之芳径，记风雅之遗音，欲抠衣而请谒，闻姓字而心仪者，滔滔如江河。盈虚代谢，人皆仰之乎先哲；世事迁移，余音有别于旧歌。叶落长悲，一去莫追，缄词百言，惟寓我哀。千里一觞，奠以斯文。

夏薇写于2020年庚子新秋

文中所涉俞平伯生平大事简表：

1900年1月8日，俞平伯出生。

1917年10月31日，俞平伯与许宝驯结婚。

1919年，俞陛云为方便俞平伯在北大读书而购得北京东城区老君堂七十九号宅院（位于当时的齐化门脸儿竹竿胡同，即如今的朝阳门内），举家从苏州迁居北京。俞平伯在老君堂生活共47年。1956年，北京昆曲研习社成立于老君堂。《红楼梦研究》《红楼梦八十回校本》《唐宋词选释》等重要著作皆完成于老君堂。（参看韦奈《布衣本色：俞平伯身边的人和事》，海天出版社，2017年版）

1920年1月，俞平伯自费留学英国，与傅斯年同船前往，途中结识钱昌照。

1922年5月29日，俞平伯长子俞润民出生，乳名"姑苏"。

1922年春夏之交，俞平伯开始撰写《红楼梦辨》，7月初完稿。

1922年7月，俞平伯被浙江省教育厅以视学名义派往美国考察教育。（参看韦奈《我的外祖父俞平伯》，团结出版社，2006年版。许宝骎作《〈重圆花烛歌〉跋》）

1935年，清华昆曲爱好者同人结社"谷音集"，取"空谷足音"意。

1937年，北平沦陷，俞平伯留居北平，清操自持。

1958年10月2日，为纪念汤显祖逝世三百四十周年，俞平伯和华粹深合作改编的昆曲《牡丹亭》在北京王府大街文联大楼首演，与会者有周恩来、陈叔通、郑振铎、叶圣陶、张奚若等。（王湜华：《俞平伯的后半生》，商务印书馆，2016年版）

1959年，中国唱片公司为七十余岁的欧阳予倩灌制昆曲唱片《孽海记·思凡》《紫钗记·折柳阳关》，俞平伯司鼓，朱传茗吹笛，周荃庵吹笙。

1963年7月7日，北京昆曲研习社在南河沿政协文化俱乐部举行纪念曹雪芹逝世两百周年曲会。最后一个节目是合唱俞平伯和许宝驯夫妇谱曲的《红楼梦》乾隆年抄本即舒元炜序本中舒元炳题词《沁园春》。（王湜华：《俞平伯的后半生》，商务印书馆，2016年版）

1966年，老君堂七十九号被抄。

1969年11月15日，俞平伯夫妇随中国社科院文学所下放河南信阳"五七干校"。

1971年1月，承周总理特别关照，俞平伯夫妇从干校返京，寓建国门外永安南里十号楼303号，中国社会科学院宿舍。

1986年1月20日，中国社会科学院文学研究所在近代史研究所小礼堂，为纪念俞平伯从事学术活动六十五周年召开庆祝大会。

1990年10月15日，俞平伯逝世，享年90岁。用了俞先生生前自己拟定的碑文，与夫人许宝驯合葬于北京西郊福田寺公墓。

后 记

　　我第一次读《红楼梦》是十一岁那年夏天，妈妈急匆匆去上班前塞给我一部书说现在可以看这个了。开篇一个云遮雾罩的神话，紧跟着一个古董商对着一个坏蛋官员说了一大堆不认识的人名……突然间，我听到一声巨响，以为楼下又有施工队搬运钢铁，但后脑勺撞出的肿包让我醒悟，原来是我读书时睡着了，脑袋狠狠撞到床头而不自知。直到妈妈下班我也没搞清楚书中人物的关系，就说，这什么呀？妈妈说，你继续看，会越来越好看。果然，宝黛见面以后，我就停不下来了。有一次我问，薛蟠那首诗是什么意思？妈妈说：自己去想。不懂的地方多到可笑，但之后每年的寒暑假我都要温习一次《红楼梦》，温到妈妈开始担心我不好好学习，把书藏起来不让再看。当然她的计划必定是落空的，读《红楼梦》的日子就这样继续着，一直到我三十岁开始研究这部小说。

　　我感谢妈妈没有给我过多的讲解。让我至今清晰地保存着少年青涩的阅读记忆。有朋友让我给小孩子们讲一下《红楼梦》，我表示反对。首先，太小的孩子对人类的复杂情感无法体会，而恰好《红楼梦》就是一部反映了人类最复杂情感体验的作品，没有之一；其次，过早的讲解会干扰孩子的独立阅读，压抑其最初的认知体验。成年人的理解和结论中都含有价值观，孩子的价值观虽然不成熟，却是非常生动有趣的，有时候可以开启无穷无尽的成人无法企及的想象空间。如果一开始就用成人的价值观去指点和匡正他们的一切阅读，也就等于扼杀了他们的童年，即童年中属于意识形态中那部分最可爱的东西，而这种东西在人的一生中也就那个时期会有，以后就再也找不回来了。成年人对孩子的引导应该是什么时期该看什么书，至于看书时的具体体会，还是给他们留点儿空间。等他们价值观成熟了，再去了解大众的看法、专家的看法，那样他们就可以拥有两套可以相互对比和参照的知识系统，一个是个性化的，一个是社会化的。

这本书是我三十多年读《红楼梦》的小小总结。对爱情、人性、生活，《红楼梦》都不断让我有新的感受，不同年龄时读它，也总会有猛然的醒悟。这是我眼中的《红楼梦》，也许幼稚，也许唐突，也许有缺失，但我尽力而为，要给陪伴了我几十年的最爱一个答卷。书中使用了清代孙温绘全本《红楼梦》图的部分内容，感谢旅顺博物馆和上海古籍出版社的热心帮助。衷心感谢河北教育出版社董素山社长的鼎力支持，感谢本书责任编辑和出版社相关部门的同志们的辛勤付出。感谢浙江大学文学院教授傅杰先生在我写作遇到急难时对我慷慨施以援手。感谢中国红楼梦学会荣誉会长、中国艺术研究院红楼梦研究所张庆善研究员，中国艺术研究院红楼梦研究所所长、中国红楼梦学会会长、《红楼梦学刊》主编孙伟科教授，北京大学中文系刘勇强教授多年来在红学研究上给予我的莫大帮助和鼓励。感谢北京师范大学文学院康震教授和中国人民大学历史学院张宏杰研究员的热心支持。感谢中央美术学院许军杰提供的重要资料和讯息。感谢我亲爱的父母一直陪着我、关爱我，尤其是第一个引导我读《红楼梦》的妈妈，学理工的女性教育孩子的方式是不容小觑的，尽管我们家总是在文理科谁最厉害的问题上吵翻天。感谢有耐心读完这本书的朋友们，我们是同好，有可能是战友，也有可能我已经被你们划归不一样的阵营，但我都一样期待着你们的评论。因为自从我在中社博雅和B站合作的《红楼梦》讲座视频面世以后，收到了大量同好的评论，让我开新眼界。读书和写书的路上，总有各种善良的人愿意向我伸出援助之手，来不及一一致谢，我愿用心去铭记。

夏薇记于2023年癸卯早春

335